HISTOIRE

DE LA

COMMUNE DE PARIS

EN 1871

II

1150. — PARIS. IMPRIMERIE A. LAHURE

Rue de Fleurus, 9

HISTOIRE

DE LA

COMMUNE DE PARIS

EN 1871

PAR M. L'ABBÉ VIDIEU

DOCTEUR EN THÉOLOGIE

Membre de l'Académie des Arcades, de l'Académie nationale de Reims,

Vicaire à Saint-Roch

TOME SECOND

PARIS

DENTU, Libraire-Éditeur | PALMÉ, Libraire-Éditeur

PALAIS-ROYAL, G. D'ORLÉANS   76, RUE DES SAINTS-PÈRES

HISTOIRE

DE

LA COMMUNE DE PARIS

EN 1871

CHAPITRE VIII

ŒUVRE DE RÉGÉNÉRATION TENTÉE PAR LA COMMUNE :
L'INSTRUCTION COMMUNALE. — LES CLUBS.

I

La Commune n'entreprenait pas seulement une œuvre
politique, elle visait aussi à une œuvre morale. Fonder
le régime communal et fédéral ne lui paraissait pas
suffisant, elle voulait encore régénérer le peuple de
Paris. C'est pour cela qu'elle arrêta les prêtres, ferma
les églises, et qu'elle s'efforça, par un enseignement
nouveau, d'arracher enfin les âmes à l'ignorance et à
la superstition cléricales.

Les choses de l'intelligence étaient cependant la moindre préoccupation des hommes de l'Hôtel de ville, bien qu'ils eussent un délégué à l'instruction publique. L'enseignement secondaire resta à l'abri d'actes directs d'ingérence ; ses membres purent continuer leurs fonctions sans recevoir d'autres ordres que ceux de leurs chefs légitimes. Il en fut de même de l'enseignement supérieur. Une réorganisation révolutionnaire fut tentée cependant à l'École de médecine, mais elle échoua misérablement. La Commune ne montra de sollicitude que pour l'enseignement primaire. Elle prétendait établir je ne sais quel enseignement intégral, mais au fond ses délégués de l'enseignement n'eurent jamais d'autre but que de faire triompher l'instruction gratuite, obligatoire et exclusivement laïque. Cela impliquait l'expulsion de tous les Frères de la doctrine chrétienne, de toutes les Sœurs dirigeant des écoles religieuses. C'était une source nouvelle de violences et de pillages.

L'opinion publique ne pouvait supposer cependant que l'on voulût frapper cette grande famille des Frères des écoles chrétiennes, qui s'est imposé la tâche d'élever, d'instruire, d'aimer les enfants du pauvre : car, pour instruire il faut aimer. On se rappelait avoir vu ces religieux sous les murs de Paris quand le canon grondait, s'élancer dans la neige pour ramener nos blessés, et, entraînés par la charité, dépasser nos avant-postes et tomber sous les balles. La mort sur un champ de bataille pour un pauvre infirmier qui l'a affrontée sans armes, sans colère, cela avait paru tout simplement sublime. Aussi la population de Paris ne pouvait croire à une persécution contre les Frères, mais elle ne devait pas tarder à être détrompée.

Du 10 au 13 avril, la Commune expulsa les Frères de Montrouge, de Belleville, de Saint-Nicolas-des-Champs et les remplaça par des laïques.

Le 17, on cerna dans leur maison, au moment où ils faisaient la classe, les Frères de Ménilmontant qui, jusqu'au 22, furent retenus prisonniers et ne cessèrent d'être en butte à toutes sortes de menaces et d'insultes.

Du 19 avril au 7 mai, toutes les écoles dirigées par les Frères se fermèrent successivement et le mouvement d'émigration de ces religieux se continua. Toutefois il ne put s'opérer d'une manière complète. De nouveaux ordres ayant été donnés par la Commune, de plus en plus oppressive et soupçonneuse, la surveillance s'exerçait avec une rigueur progressive. Déjà on avait arrêté dans sa communauté le Frère directeur de Sainte-Marguerite et deux de ses confrères. Vers le 7 mai, on arrêta soit aux gares, soit aux portes, soit même au delà des remparts, trente-quatre Frères émigrants. Quelques-uns furent relâchés, mais on en conduisit trente-deux à la conciergerie et de là à Mazas où étaient détenus les otages.

Les vénérables Sœurs que Paris, même dans ses jours de fièvre révolutionnaire, avait toujours respectées, comme l'expression la plus haute et la plus pure de la charité, du dévoûment chrétiens, se virent aussi remplacées par des institutrices laïques, à prix réduit, sans autre recommandation, le plus souvent, que celle d'une instruction insuffisante et d'une moralité plus douteuse encore.

Le 2 mai, dans la matinée, un délégué se présenta avec quatre citoyennes chez les Sœurs de charité, rue Affre, à la Chapelle, et, après maintes injures, leur enjoignit d'évacuer la maison. On lui répondit comme savent répondre ces saintes femmes, et on l'introduisit poliment dans les classes dont il ne put s'empêcher d'admirer l'excellente tenue. Pendant ce temps, plus de trois cents personnes se rassemblaient devant l'école et faisaient éclater sans crainte tout leur mécontentement.

Il fallut que la garde nationale intervînt, toujours au nom de la liberté, et l'on incarcéra un certain nombre de femmes, qui, révoltées de ce qu'elles voyaient, se plaignaient en termes très vifs. Mais la violence ne réussit pas aux nouvelles institutrices. Dès leur installation, le nombre des jeunes filles diminua singulièrement. Un garde national vint chercher ses deux enfants au milieu de la classe, et les emmena malgré toutes les instances qu'on lui fit pour qu'il les laissât, disant qu'il les avait confiées aux Sœurs et qu'il les leur rendrait aussitôt leur retour.

En même temps que la Commune expulsait les Frères et les Sœurs de toutes les écoles, elle les faisait accuser dans son *Journal officiel* d'avoir abandonné leurs postes. Elle ne put toutefois, malgré l'impudence de cette calomnie, faire prendre le change, car ces persécutions furent souvent mal vues de la jeunesse de Paris, qui se mutinait ou désertait les classes.

Le 11 mai, le but n'était pas encore complètement atteint. Ce jour-là, le *Journal officiel* publiait la note suivante :

« Bientôt l'enseignement religieux aura disparu des écoles de Paris.

« Cependant, dans beaucoup d'écoles reste, sous la forme de crucifix, madones et autres symboles, le souvenir de cet enseignement.

« Les instituteurs et les institutrices devront faire disparaître ces objets, dont la présence offense la liberté de conscience. »

Qu'y a-t-il donc, sur la croix, *qui offense la liberté de conscience?* C'est le Fils de l'Homme, non point au milieu de sa gloire, que les socialistes trouveraient scandaleuse, mais sur son gibet de honte, fondant par la souffrance la religion de l'humilité et du sacrifice. Celui qui saigne sur cette croix, c'est le doux Nazaréen, qui naquit dans une étable et qui vécut de son travail ;

il prêcha l'égalité des hommes devant Dieu, la seule vraie ; il a consolé tous les souffrants, tous les vaincus ; il pleura toutes les larmes de l'humanité, il fut méconnu sans devenir méchant, il fut pauvre sans manifester d'envie, il sut rendre les hommes meilleurs sans prêcher la révolte et le crime. Livré par les grands et insulté par les avocats de Jérusalem, il mourut en pardonnant à tous.

Le 14 mai, la commission de l'enseignement, suppléée jusque-là par les municipalités et une sous-commission spéciale, prend elle-même l'initiative :

« Dans plusieurs arrondissements, les congréganistes refusent d'obéir aux ordres de la Commune, et entravent l'établissement de l'enseignement laïque.

« Partout où de semblables résistances se produisent, elles doivent être immédiatement brisées et les récalcitrants arrêtés.

« Les municipalités d'arrondissement et le délégué à la sûreté générale sont priés d'agir rapidement et énergiquement, en ce sens, de s'entendre, à cet effet, avec la délégation à l'enseignement. »

Le 18 mai, la même commission prescrit : — « Dans les quarante-huit heures, un état sera dressé de tous les établissements d'enseignement tenus encore par des congréganistes, malgré les ordres de la Commune.

« Les noms des membres de la Commune délégués à la municipalité de l'arrondissement, où les ordres de la Commune relatifs à l'établissement de l'enseignement exclusivement laïque n'auront pas été exécutés, seront publiés chaque jour à l'*Officiel*. »

Il n'était pas facile de remplacer ce qu'on essayait de détruire. Un appel fut adressé aux instituteurs, aux institutrices, qui devaient joindre à leurs demandes l'exposé de leur méthode d'enseignement ; mais on ne trouve pas trace de l'ouverture de nouvelles écoles. Citons cependant une école professionnelle d'art industriel, établie rue Dupuytren pour les jeunes filles, sous la direction de la citoyenne « Parpalet, professeur de modelage » (12 mai); une autre du même genre pour jeunes garçons, installée dans le local des jésuites, rue Lhomond (22 mai).

II

Pour accomplir son œuvre de régénération, la Commune ne se contenta pas de bannir des écoles l'esprit et les symboles de la religion, elle s'empara des églises dévastées et les métamorphosa en clubs hideux.

La première idée des clubs dans les églises a été émise par Victor Hugo. Il disait, il y a quelques années, dans une causerie intime : « Je louerais les églises au culte plus offrant; et si aucun n'est assez riche pour les payer, au lieu du prêtre, j'y installerais, savez-vous qui? le lecteur public. Un homme serait chargé par la commune et par l'État de lire tous les jours à l'adolescent, à l'ouvrier, au paysan, à l'ignorant en un mot, non seulement l'Évangile, mais toutes les grandes bibles de l'esprit humain, depuis Homère jusqu'à Shakespeare. Il y aurait même deux sortes de lectures : la première, la plus immédiate, serait l'histoire, la loi, le droit, le fait, l'événement accompli il y a des siècles, comme la parole dite aujourd'hui à la tribune, l'histoire de France et le *Moniteur;* la seconde lecture, la plus haute, serait l'éternelle lumière du beau, lumière non moins accessible que l'autre à l'ignorance qui veut s'instruire, et je suis certain que l'Iliade serait aussi écoutée que la Convention.

« Ainsi l'art sur la muraille, et dans la chaire l'histoire et la poésie : voilà ma cathédrale. Au lieu de Dieu uniqueemnt enseigné aux fidèles, l'homme appris à

l'homme. Deux lectures : une le matin, l'autre le soir ;
le matin, Danton, et le soir, Dante. Au fond, Michel-
Ange. »

Dès le début de l'insurrection, le 20 mars, cette pensée saugrenue fut reprise par un citoyen dont le nom
est resté ignoré. Il avait placardé dans le IXe arrondissement, un modeste vœu qui avait la prétention de faire
à chacun sa part :

« De nombreux imbéciles ont la faiblesse de tenir
encore à la prêtraille et à ses momeries. La magnanime
Commune doit respecter l'opinion de chacun. Mais
puisque les calotins ne travaillent que le matin, ne
pourrait-on pas, le soir, laisser leurs *boutiques* à la disposition des citoyens qui voudraient se réunir ? »

Cette proposition *conciliatrice* (ce mot était celui du
jour) fut de beaucoup dépassé par le citoyen Mortier,
qui bientôt formulait à une séance de la Commune
cette motion plus radicale :

« Si la sûreté générale faisait évacuer ou fermer
toutes les églises de Paris, elle ne ferait que prévenir
nos désirs. Ce que je pourrais lui contester, ce serait
la fermeture complète de ces maisons ; car je désire les
voir ouvertes pour y traiter de l'athéisme, et anéantir
par la science les vieux préjugés et les germes que la
séquelle jésuitique a su infiltrer dans la cervelle des
pauvres d'esprit. »

La Commune, toujours empressée d'adopter les propositions les plus extravagantes, approuva ce mode d'enseignement populaire. Elle l'inaugura le 28 avril, par
l'installation du club de la salle Molière à l'église de
Saint-Nicolas-des-Champs. Ce jour-là, on se serait cru au
temps de la première Commune révolutionnaire : c'était
une sorte de vignette de 1793. L'église était éclairée
comme pour une grande fête ; une foule immense inondait la nef centrale et les bas-côtés, foule tapageuse,

hurlante, qui saluait d'applaudissements frénétiques chaque motion violente. Les femmes étaient en grand nombre, plusieurs avec des enfants dans les bras.

Le bureau siégeait à l'autel et le président agitait la sonnette qui sert pour la messe. Les orateurs montèrent en chaire. L'un demanda, à propos du décret sur le mont-de-piété, que l'on rendît aux pauvres tous les dépôts, sans exception, mais qu'on retînt tout aux riches. « Voilà qui est bien, s'écria une citoyenne : c'est pour cela que j'aime la Commune. » L'autre lut la protestation d'un jeune prêtre de Saint-Nicolas-des-Champs, M. l'abbé Cottin, contre l'odieuse profanation de l'Église et se livre aux plus furibondes invectives contre le clergé catholique, qu'il accusa de lâcheté, de mensonge, d'exploitation du peuple. L'enthousiasme de l'assemblée tenait du délire. « J'entends encore, dit l'un des assistants, M. de Pressensé, j'entends encore des dénonciations passionnées contre les fournisseurs de l'armée, et la foule de rugir : « A mort ! à mort ! » Chaque discours se terminait par un cri formidable de Vive la Commune ! qui roulait sous les voûtes gothiques. C'est de cette façon que les Communeux entendaient la séparation de l'Église et de l'État.

Voici le compte-rendu de la fameuse séance où fut votée la mort de l'archevêque ; nous le publions tel qu'il nous a été adressé par une dame courageuse qui était présente :

« Monsieur l'abbé,

« Vous me demandez si je suis allé voir ce qu'était un club au vilain temps de la Commune, et ce que j'y ai entendu. J'ai eu, en effet, cette curiosité malsaine ; et bien que je susse qu'il n'y avait là ni un Mirabeau ni un Danton, j'ai été étonnée d'une telle pénurie d'orateurs.

« C'est au plus fameux et au plus tapageur, à Saint-

Nicolas-des-Champs, que je me suis rendue. La foule remplissait déjà l'église. Elle était composée de gardes nationaux en uniforme et de gens de la classe ouvrière. Un petit nombre seulement paraissaient antipathiques aux idées nouvelles, et témoignaient par leur air consterné du profond chagrin que leur faisaient éprouver ces effroyables scènes.

« Le premier discours ne fut au fond qu'une plate flatterie à l'adresse *du grand peuple de Paris;* et quant à la forme qui était des plus triviales, elle s'émaillait à chaque instant de phrases dans le goût de celles-ci : *Il ne faut pas fermer l'œil; le règne de la révolution des peuples est arrivé; il faut que le peuple règne à tout jamais en révolutionnant sans cesse; il est l'heure pour le peuple de se partager les richesses, afin qu'il n'y ait plus ni acheteurs, ni vendeurs.* Invitation était faite à tous les bons citoyens *de mettre la main à la pâte.*

« On admire, disait l'orateur, la grande voix du peuple, qui se fait entendre dans les clubs, ces précieux auxiliaires de la Commune. Des clubs doivent jaillir les idées que la Commune a la mission de réaliser. A eux de lui distribuer le blâme ou l'éloge. Or, en ce moment, elle mérite le blâme pour avoir dénoncé en public quelques peccadilles de gardes nationaux qui, dépourvus d'argent et très fatigués, ont vendu leurs vêtements, armes et munitions, *afin de boire un coup !*

« Assurément on peut avoir confiance dans l'armée de la Commune, mais il faut se méfier de tous.

« Je propose d'envoyer deux délégués par chaque club pour surveiller les travaux des généraux et officiers supérieurs pendant la journée. Le soir, ils viendraient rendre compte de toutes leurs opérations à la Commune. Ces délégués seraient entretenus aux frais des citoyens et citoyennes qui se nourrissent de la manne descendue des tribunes. »

« En vérité, je peux affirmer maintenant que le personnage devait être Vermesch, parlant son journal le *Père Duchesne*.

« Après lui, suivait un autre orateur, avocat déclassé, d'une tenue assez bonne. Il s'efforça de faire comprendre à son auditoire que toutes les démarches de conciliation étaient dues à l'initiative de la Commune. Elle voulait user de ce moyen pour déconsidérer le gouvernement de Versailles, le faire haïr, et par là révolutionner les provinces qui forcément suivraient l'exemple de Paris, et se gouverneraient par les communes qu'elles institueraient.

« Enfin, et ce fut le succès de la soirée, nous vîmes apparaître, sous forme de loustic, un être ignoble. Sur sa figure se lisaient en toutes lettres : paresse, envie, vol, férocité. Il venait se plaindre avec un langage qui exhalait une odeur de sang, qu'on n'avait pas encore exécuté les otages, comme on en avait menacé les Versaillais. Il alléguait que les otages étant des hommes comme les autres, il fallait, sans tarder davantage, faire tomber leurs têtes en commençant par celle de l'Archevêque, et les envoyer à Versailles en réponse aux proclamations de M. Thiers. Cette proposition fut votée par acclamation et avec une sorte de frénésie.

« Un seul parla avec logique et modération sur la manière dont il faudrait établir la république, et il fut sifflé ! Tous lançaient de fulminants anathèmes contre M. Thiers et le Gouvernement.

« J'eus l'imprudence de critiquer hautement ces méchants et ces fous ; mais comme je soulevais bien des colères autour de moi, je m'empressai de sortir et m'estimai ensuite bien heureuse de m'être sauvée de leurs mains. Je prie Dieu qu'il nous préserve à l'avenir de pareilles horreurs.

« M.... »

Les succès du club Nicolas-des-Champs, la haute approbation qu'il avait obtenue de la Commune, devaient exciter l'émulation des autres réunions publiques; aussi les
vit-on s'emparer à l'envi des églises Saint-Pierre de Montrouge, Saint-Bernard, Saint-Ambroise, la Trinité, Saint-
Eustache, Saint-Germain l'Auxerrois, Saint-Sulpice, etc.
et y créer des clubs qui rivalisèrent de violence, de
sottise et d'impiété.

Le club Bernard envoya à la Commune les résolutions
suivantes, prises à l'unanimité par trois mille citoyens;
il y avait toujours une touchante unanimité : « Suppression de la magistrature qui a précédé, et anéantissement
des codes; leur remplacement par une commission de
justice chargée d'élaborer un projet de loi en rapport
avec les nouvelles institutions et aspirations du peuple.

« Suppression des cultes, arrestation immédiate des
prêtres, comme complices des monarchiens, cause de
la guerre actuelle; la vente de leurs biens, meubles et
immeubles, ainsi que de ceux des fuyards et des traîtres
qui ont soutenu les misérables soldats de Versailles, le
tout au profit des défenseurs du droit.

« Les travaux et entreprises de la Commune devront
être donnés aux différentes corporations ouvrières.

« Exécution d'un otage sérieux toutes les vingt-quatre
heures jusqu'à la mise en liberté et l'arrivée à Paris du
citoyen Blanqui, nommé membre de la Commune. »

Le club Saint-Sulpice fut plus difficile à établir, mais
il ne fut ni moins impie ni moins radical. Le soir où il
devait s'ouvrir, le temple était illuminé, l'office du *mois
de Marie* commençait lorsqu'une centaine de gamins et
d'hommes ivres firent irruption en criant : Vive la Commune! imitant le chant du coq, criant, miaulant. Les
femmes de la paroisse, loin de s'effrayer, entonnèrent
avec un ensemble imposant les psaumes de la pénitence.
Les voix avinées des gardes nationaux faisaient le plus

ridicule contraste avec les graves harmonies de la religion et furent bientôt couvertes par le chant des fidèles.
Cependant les gens de la Commune exaspérés d'avoir le
dessous appelèrent à leur aide une compagnie de fédérés
et menacèrent de conduire à Saint-Lazare les femmes
qui refuseraient de quitter l'église. Ce fut le signal d'une
vraie bataille d'où finirent par sortir victorieux les soldats de l'Hôtel de ville, mais non sans avoir reçu force
horions. Le séminariste témoin de cette scène burlesque
que nous rapportons d'après son récit, nous a dit avoir
remarqué surtout une femme dont la force était doublée
par l'arme qu'elle maniait avec une grande dextérité :
c'était un énorme sabot à l'aide duquel elle défendait
les abords de la chaire.

Le samedi 13 mai, et les jours suivants, grâce à l'intervention de M. le curé, qui désirait éviter une nouvelle
rixe entre ses paroissiens et les clubistes, ces derniers
purent ouvrir leur séance à huit heures précises, et on
eut alors la mesure de leur goût.

« Il faut écraser les moines, les jésuites et les calotins,
s'écria par trois fois le président, au milieu de frénétiques applaudissements; il faut les chasser de cette
maison qui est à nous et où l'infâme Bonaparte donna
des banquets; il faut leur arracher les enfants et les
femmes qu'ils élèvent dans l'ignorance et la haine de la
république sociale...»

Le scandale de ces réunions fit grand bruit et devint
pour les masses un attrait de plus. Aussi, le 29 avril,
les réunions publiques fleurirent de toutes parts : clubs
pour la discussion des affaires publiques; clubs pour
la propagation des opinions incendiaires;— clubs pour
les hommes, et même clubs pour les femmes.

De tous les points de l'horizon, on vit accourir au secours de la Commune en danger le noir bataillon de la
bohême féminine. On vit monter à l'assaut des chaires

improvisées dans les salles de spectacles ou de cafés-
concerts, des conférencières d'un talent plus que douteux : elles étaient accueillies avec plus de curiosité que
que de sympathie par cette population bien indulgente
pourtant quand on offre un attrait à son ennui blasé. Il
est difficile de rendre l'impression maussade que produisaient leurs lamentations effrontées sur le prétendu
esclavage dont elles étaient la vivante et désagréable
négation, le spectacle de ces attitudes d'improvisation
simulée, ces contorsions d'une inspiration sibylline dont
on avait étudié les effets dans un miroir, ces gestes aigus,
tout cet appareil d'un bavardage prétentieux et superficiel, impertinent et banal, dont justice fut bientôt faite
par les sifflets du public.

Le premier meeting des femmes se tint sur le boulevard d'Italie, un peu au delà de Montrouge, dans une
sorte de pavillon surmontée d'une loque rouge. La salle
délabrée était encombrée de femmes de tout âge. La plupart appartenaient à la plus basse classe et portaient des
jaquettes malpropres et des bonnets fripés. Au bout de
la salle se trouvait une table couverte de papiers et de
livres, derrière laquelle s'étalait une rangée de citoyennes ayant des écharpes rouges sur l'épaule et à la ceinture. Chacun était absorbé par le discours d'une jeune
femme aux longs cheveux noirs et aux yeux flamboyants ;
elle pérorait sur les droits de la femme. « Les hommes
sont des lâches ! criait-elle ; ils se disent les maîtres du
monde et ne sont que des niais. Ils se plaignent de ce
qu'on les oblige à se battre, et ne cessent de murmurer
sur leurs malheurs. Qu'ils partent et aillent rejoindre la
bande de poltrons de Versailles ! et nous défendrons la
ville nous-mêmes ; nous avons du pétrole, des haches et
des cœurs forts, et nous sommes aussi capables qu'eux
de supporter la fatigue. Nous défendrons les barricades
et leur montrerons que nous ne voulons pas plus long-

temps être foulées aux pieds par eux. Ceux qui sont encore disposés à combattre pourront le faire côte à côte avec nous. Femmes de Paris, en avant ! »

Elle se rassit, hors d'haleine et passablement confuse, ayant eu à supporter beaucoup de railleries à propos de l'étrangeté de ses comparaisons ; « mais, » dit un correspondant du *Times* qu'une marchande de journaux avait introduit furtivement dans l'assemblée, « elle paraissait très belle, et aurait pu poser pour le portrait de l'une des héroïnes de la première Révolution. Cependant, il y avait dans son regard quelque chose qui me faisait plaindre le sort de son mari. »

La conférencière qui prit ensuite la parole avait l'air respectable ; elle était vêtue d'une robe noire et d'un chapeau de même couleur ; mais son discours fut aussi décousu et aussi insensé que le précédent. « Nous sommes de simples femmes, commença-t-elle, mais nous ne sommes pas faites d'une étoffe moins forte que celle de nos aïeules de 93. Ne permettons pas que leurs ombres rougissent de nous, mais levons-nous et agissons comme elles le feraient, si elles vivaient encore. Nous avons des devoirs à accomplir. S'il le faut, nous lutterons de vaillance avec les meilleures d'entre elles et nous défendrons les barricades ; mais je ne pense pas que cette épreuve suprême vous soit imposée. Nous irons sur les champs de bataille, nous aiderons à ramener nos héros blessés, et nous sauverons ainsi de nombreuses existences qui seraient inutilement sacrifiées sans cela. Nous établirons des fourneaux de campagne et préparerons la viande qui est distribuée aux soldats de notre armée, et qu'ils jettent maintenant parce qu'ils ne peuvent la faire cuire. » Encouragée par les applaudissements qui l'avaient accueillie jusque-là, elle commença à se livrer à des attaques contre le clergé en général et contre la confession en particulier, mimant

les gestes faits par l'officiant pendant la messe, au milieu des éclats de rire et des bravos de l'auditoire. Une
vieille femme tomba en pâmoison et le long de son visage, entremêlées au tabac qui le couvrait, coulaient
des larmes abondantes. « Ah ! les prêtres ! je les ai vus
de près, moi aussi, » disait-elle à ses voisines.

Cette partie du discours fut le triomphe de la soirée ;
aussi la conférencière y insista-t-elle longuement avant
d'aborder l'histoire de Jeanne Hachette et d'en tirer
une conclusion morale. Elle fut écoutée jusqu'à la fin
dans un silence respectueux, l'auditoire ayant été profondément impressionné par son *immense* érudition
historique. « Elle s'y connaît celle-là, ma chère, » disait
avec conviction une vieille femme à une autre.

La dernière qui prit la parole était très loquace et
douée d'une voix forte et stridente. Elle débuta par une
diatribe contre les gouvernements, parce que, expliqua-
t-elle, « ils vivent tous de la sueur du pauvre. » Son
discours était vague ; elle tombait dans d'incessantes
redites, mais elle avait un point de repère où elle se
réfugiait sans cesse, c'était son amour pour les républicains, sans toutefois préciser ce qu'elle entendait par
ce terme.

Toute cette scène eût paru amusante si elle n'eut été
impie ; et elle restera dans la mémoire des assistants
parmi les plus curieux souvenirs de ces temps agités.

Encouragée par ce premier essai, l'*Union des femmes*
fit élection d'un plus noble domicile. Ne pouvant s'ins-
taller dans la grande nef de l'église de Vaugirard, à
cause de l'indomptable résistance de M. le curé, elle
s'établit dans la crypte. Cette *Union* était toute cosmopo-
lite. A voir le bureau du club, on se demandait si les
étrangers, qui composaient presque uniquement l'état-
major de la garde nationale, n'avaient pas amené là
leurs citoyennes.

La présidente était une fille d'Albion qui paraissait avoir beaucoup vu, mais beaucoup de printemps et même assez d'automnes. Elle avait une casaque rouge. A côté d'elle, une grosse et blonde Allemande, le képi sur l'oreille, remplissait un large uniforme de cantinière de la garde nationale ; ces deux héroïnes étaient flanquées de deux autres, une Américaine et une Russe. Leur but était de régénérer la France. « La France, disaient ces dames, est tombée dans l'idiotisme et le crétinisme le plus abject par l'influence des calotins (*sic*) qui font le catéchisme, et par le crédit des religieuses à qui on a livré l'éducation des filles... Donc, pour régénérer la femme, pour relever la France, plus de ces femmes noires ! plus de calotins ! nous n'en voulons plus, non ! pas plus que de leur s..... confession ! nous autres citoyennes, nous voulons faire comme nos citoyens. »

Il y avait bien quatre ou cinq cents personnes à écouter ces divagations, mais la majorité était attirée par la curiosité. Les uns riaient, beaucoup haussaient les épaules.

Au club de Saint-Germain-l'Auxerrois, trois femmes parlèrent, la première sur l'instruction qu'elle voulait intégrale, laïque, obligatoire ; la deuxième sur la guerre à outrance ; elle engageait les hommes à marcher à l'ennemi et disait que le devoir des femmes était d'aller au devant de l'armée de Versailles avec du tabac, du poivre et du pétrole pour empêcher son entrée dans Paris ; la troisième se déchaîna contre l'Église. Toutes furent ridicules, pitoyables, froidement accueillies par le plus grand nombre, sifflées par plusieurs. L'une d'elles, irritée des rires peu sympathiques avec lesquels l'assistance accueillait ses outrages à la langue française et à la morale, osa bien apostropher ainsi ses auditeurs : « Si vous ne daignez pas respecter l'orateur, vous devez du moins respecter par votre silence la sainteté du lieu. »

On vit un soir à la Trinité une centaine de femmes envahir la grande nef, et cinq cents curieux accourir à leur suite. « Citoyennes, » disait l'une d'elles, affublée d'une écharpe rouge et qui avait la prétention de fonder l'avenir, « citoyennes, vous êtes des travailleuses, et, en cette qualité, vous êtes des opprimées. Mais ayez un peu de patience, voilà le jour de la revendication et de la justice qui arrive à grands pas. Il luira demain. Demain donc, vous serez à vous-mêmes et non à des maîtres. Les ateliers dans lesquels on vous entasse vous appartiendront ; les outils qu'on met entre vos mains seront à vous ; le gain qui résulte de vos efforts, de vos soins et de la perte de votre santé sera partagé entre vous. Prolétaires, vous allez renaître. Femmes frêles, vous vous nourrirez, vous vous vêtirez, vous deviendrez de puissantes génératrices et une forte race ; la vraie famille de l'homme sortira de vos entrailles plus fécondes. Mais pour en arriver là, citoyennes, il faut de votre part une rupture soudaine et absolue avec les folles superstitions qu'on a prêchées dans le local où j'ai l'honneur de vous parler en ce moment. » Une triple salve d'applaudissements accueillit ces paroles.

L'émancipation de la femme, c'était la bonne nouvelle, l'évangile des mères de la Commune. Cela marchait de pair avec l'émancipation du prolétariat et ne laissait pas d'étonner les naïfs qui avaient cru jusque-là que les femmes et les prolétaires s'étaient suffisamment émancipés eux-mêmes. Proudhon avait deviné ces natures de femmes dans un de ses derniers livres, et il les avait flagellées avec une verve d'invectives qui avait fait de sa fustigation une exécution immortelle. Mais ces dames ne sont pas rancunières. Elles passent par les verges de tous les apôtres du socialisme, et, comme la Martine de Molière, semblent les adorer en proportion des coups qu'elles reçoivent. Tout récemment encore n'ont-elles pas subi en silence cette foudroyante apostrophe de M. Bebel : « Quant à la femme, à de très rares exceptions près, elle ne peut servir à la reconstitution de la société. Esclave de tous les préjugés, atteinte de toutes sortes de maladies morales et physiques, elle sera la pierre d'achoppement du progrès. Avec elle, il faudra employer *au moral certainement, au physique peut-être*, la raison péremptoire envers les esclaves de vieille race : le bâton. »

La dernière réunion publique eut lieu à Sainte-Marguerite, le 21 mai. Des femmes impures montèrent dans la chaire et y firent entendre les plus horribles blasphèmes. Ce club pendant lequel on vendait les journaux communeux et, en particulier, une feuille immonde, remplie des plus abominables calomnies contre les prêtres et les congrégations religieuses, le *Prolétaire* dura huit jours.

Mais quelque fût le zèle des orateurs de la Commune, ils ne traînèrent pas leurs oripeaux rouges et leurs figures avinées dans les chaires de plusieurs grandes églises de Paris. Notre-Dame, Saint-Roch, la Madeleine, Saint-Merry, Saint-Étienne-du-Mont, Saint-Laurent, etc...., échappèrent à ces parodies sacrilèges. Les voûtes de Sainte-Geneviève n'entendirent pas non plus les déclamations effroyables, les ignobles blasphèmes qui tombaient, par exemple, sur les auditeurs de Saint-Sulpice, de Saint-Nicolas-des-Champs. La basilique s'y prêtait cependant : la chaire est facile, l'église sonore, immense. Les destinations du monument offraient une occasion naturelle de la revendiquer pour les grands débats des citoyens et pour les parades nationales. Mais la main de l'humble vierge de Nanterre a écarté les loups et les sangliers de la maison de Dieu.

CHAPITRE IX

RÉORGANISATION DES TROUPES DE LA COMMUNE
ET RECONSTITUTION DES FORCES DE VERSAILLES.
LEUR RÉPARTITION.
PROGRÈS DE L'ARMÉE FRANÇAISE.

I

Parallèlement aux décrets de l'Hôtel de ville et à l'agitation intérieure des partisans de la Commune, se produisaient des faits militaires qui ne devaient pas tarder à dominer les événements politiques.

Après la déroute de Neuilly, l'*héroïque* Bergeret fut arrêté comme l'avaient été tour à tour Assi et Ch. Lullier, et on fit une enquête pour savoir comment s'était exécutée la sortie ; on voulait s'assurer si le général n'était pas un traître. Il n'était pas coupable uniquement du crime d'avoir été battu ; on lui reprochait d'avoir favorisé la gloriole en donnant à son état-major et aux officiers l'exemple d'un amour déréglé du galon. Le fait est que, toujours chamarré de dorures, il ressemblait plus à un charlatan forain qu'à un général de république. En même temps, on conférait le commandement en chef des forces militaires au général Cluseret qui, avide de popularité, avait non seulement juré de délivrer la République des galons, mais qui, en outre, prétendait que dans une démocratie bien organisée nul ne devait plus se parer du titre de général.

Cluseret avait la réputation d'être un assez bon officier. En Algérie, où il avait fait ses premières armes, il avait gagné le grade de capitaine. Une lettre publiée dans les journaux de Versailles, a raconté qu'il aurait été expulsé de l'armée pour fait de concussion, mais l'accusation n'a pas été prouvée. En quittant la France, il alla offrir son épée à l'Amérique du Nord. On était au moment de la guerre de sécession : après quelques affaires d'éclat, il fut nommé général, et c'est ce qui lui valut le titre de citoyen américain. Il y a sept à huit ans, Cluseret revint à Paris et prit une part si active au mouvement démocratique, qu'il reçut l'ordre de sortir de France. Après Sedan, on le vit effectuer son retour, mais pour s'éclipser complètement quand il fallut combattre les Prussiens : l'agitation folle était la seule passion politique dont il fût susceptible. Il ne reparut qu'avec le flot de boue soulevé par la Commune, alors que ses appétits pouvaient se satisfaire à l'aise.

Général d'un talent ordinaire, Cluseret était un excellent organisateur. Sa première préoccupation fut de rétablir la discipline dans l'armée, et de la réformer. De concert avec la Commission de la guerre, qu'il ne consultait pas toujours, il réorganisa ainsi les troupes de la Commune :

Recrutement. — En abolissant la conscription, le gouvernement de l'Hôtel de ville avait décidé que tous les citoyens valides feraient partie de la garde nationale. L'état de guerre nécessitait un décret complémentaire qui parut le 4 avril :

« Font partie des bataillons de guerre, tous les citoyens de dix-sept à trente-cinq ans non mariés, les gardes mobiles licenciés, les volontaires de l'armée ou civils. »

Trois jours après, un arrêté, signé de Cluseret, trop remarquable par sa logique pour ne pas trouver place ici, complétait l'ensemble des dispositions relatives au recrutement :

« Considérant les patriotiques réclamations d'un grand nombre de gardes nationaux qui tiennent, quoique mariés, à l'honneur de défendre leur indépendance municipale, même au prix de leur vie, le décret du 4 avril est ainsi modifié : de 18 à 19 ans, le service dans les compagnies de guerre sera volontaire, et, de 19 à 40 ans, obligatoire pour les gardes nationaux mariés ou non. J'engage les bons patriotes à faire eux-mêmes la police de leur arrondissement et à forcer les réfractaires à servir. »

L'encouragement donné au dénonciations venait donc de haut. Dans tous les arrondissements, la recherche des réfractaires fut poussée activement, et elle prit dans les derniers jours et dans certains quartiers, le caractère d'une véritable chasse à l'homme.

Conseils de guerre et cours martiales. — Les réfractaires, les gardes qui refusaient de marcher à l'ennemi devaient être déférés aux conseils de guerre de légion. Ceux-ci n'ayant pu être organisés, on créa pour les remplacer une cour martiale unique, qui appliquait sa jurisprudence à tout acte intéressant le salut public. La procédure, les séances du conseil rappelaient celles des conseils de guerre; mais l'instruction était plus rapide et l'accusé n'avait pas à se pourvoir. Cinq membres de la Commune statuaient sur les condamnations à mort. (17, 25 avril.)

Pensions. — En même temps, la Commune encourageait ses combattants en attribuant une pension de trois cents à huit cents francs, aux citoyens dont les blessures causeraient l'incapacité de travail, et une pension de six cents francs aux veuves et enfants des gardes nationaux tués pendant la guerre.

Solde. — La solde des officiers de la garde nationale appelés à un service actif, en dehors de l'enceinte fortifiée, était ainsi réglée (12 avril) :

	Par jour.	Par mois.
Général en chef[1]	16 65	500[2]
Général en second	15 »	450
Colonel	12 »	360
Commandant.	10 »	300
Capitaine, chirurgien-major, adjudant-major.	7 50	225
Lieutenant, aide-major . . .	5 50	165
Sous-lieutenant.	5 »	150

Les gardes touchaient, par jour, 1 fr. 50 et les vivres ; les sous-officiers, 2 fr.

Élections. — *Nominations.* — Tous les officiers devaient être élus. Néanmoins, dans la pratique, on dut laisser au délégué à la guerre la nomination des officiers d'état-major et des officier des états-majors de légion ; et, afin d'éviter une trop grande mobilité dans les fonctions, on décida que les officiers élus ne pourraient plus perdre leur grade que par jugement ou décret spécial du délégué à la guerre.

Troupes d'infanterie. — Les bataillons de la Commune étaient répartis en légions correspondant aux divers arrondissements. Ils se partageaient en bataillons de guerre et bataillons sédentaires : ces derniers étaient destinés à assurer la police des quartiers à faire le service intérieur.

---

1. La Commune avait cependant supprimé, depuis le 6 avril, le titre de général.
2. Maximum des émoluments pour une fonction quelconque.

En outre, des bataillons de tout genre, portant des noms plus ou moins étranges, concouraient à la défense active.

Génie. — Chacune des neuf sections de l'enceinte bastionnée devait recevoir une compagnie de sapeurs du génie à l'effectif de 120 hommes, commandée par des ingénieurs militaires. Roselli-Mollet, directeur du génie, tentait, le 29 avril, la formation de six compagnies du génie avec les militaires restés dans Paris.

Artillerie. — En principe, 20 batteries de marche furent seules organisées (22 avril); mais, en fait, les troupes de la Commune, n'ayant plus tenu la campagne depuis le 4 avril, ne firent usage que de batteries de position très nombreuses, soit à l'extérieur, soit dans les forts, soit sur les remparts et surtout aux portes de la ville.

Cavalerie. — Plusieurs régiments de cavalerie restèrent en formation pendant toute la Commune; les chevaux de selle manquaient, les cavaliers aussi. Les escadrons organisés furent réduits au rôle d'escorte et fournirent des estafettes.

Ambulances. — Le service médical fut ainsi constitué (13 et 16 avril) :

1 Chirurgien en chef (supprimé bientôt).

1 chirurgien principal, 1 aide-major, à l'état-major de la place.

1 chirurgien principal par légion.

1 chirurgien-major (compagnies de guerre), 1 aide-major (compagnies sédentaires), 1 sous-aide-major (compagnies de guerre), par bataillon.

20 docteurs et officiers de santé par chaque compagnie d'ambulance.

60 élèves en médecine ayant sous leurs ordres : 10 voitures d'ambulance portant chacune le sac réglementaire bien garni.

120 brancardiers portant 30 brancards.

Chaque compagnie était divisée en 10 escouades.

Tous ceux qui faisaient partie du service médical étaient assimilés, pour la solde, à tous les grades, depuis le simple garde jusqu'au capitaine.

Services administratifs. L'intendance générale, supprimée par décret du 28 avril, fit place à sept directions distinctes : solde, manutention, habillement, campement, lits militaires, hôpitaux, approvisionnements, agissant sous le contrôle de la commission des subsistances et sous la surveillance d'un inspecteur général.

Défense intérieure. — Le citoyen Gaillard père était chargé de la construction des barricades, qui devaient former une seconde enceinte en arrière des fortifications, et de citadelles fermées au Trocadéro, aux buttes Montmartre et au Panthéon.

Une commission des barricades, présidée par le commandant de la place et composée des capitaines du génie, de deux membres de la Commune et d'un membre élu par chaque arrondissement, fut instituée après le 9 avril.

Organisation générale des troupes. A partir du 16 avril, tout ce qui avait rapport à l'organisation des bataillons de guerre incombait aux municipalités chargées de compléter les effectifs, de faire élire les cadres et de diriger les bataillons sur le Champ-de-Mars ou sur le parc Monceau.

Arrivés au camp, les bataillons n'avaient plus de rapports qu'avec le délégué à la guerre, par l'intermédiaire des chefs de service.

Les chefs de légion aidaient les municipalités dans leur service, mais n'avaient aucune action sur les bataillons de guerre chargés exclusivement des opérations extérieures. Le service intérieur était fait par les bataillons sédentaires, sous la direction des chefs de légion.

Cet arrêté avait pour but de délimiter les fonctions de chacun et de simplifier les rouages; le 26 avril, une commission spéciale fut chargée des attributions militaires :

« Il est créé dans chaque municipalité un bureau militaire, composé de sept citoyens nommés par les membres de la Commune de l'arrondissement. Leurs attributions sont ainsi fixées :

« Requérir les armes.

« Rechercher les réfractaires pour les incorporer immédiatement dans les bataillons de l'arrondissement. Procéder en même temps au maintien sur le pied actif des compagnies sédentaires.

« Les conseils de légion donneront aux bureaux militaires leur action pleine et entière pour l'exécution des mesures prises ou à prendre avec le concours du Comité central de la garde nationale.

« Les chefs de légion seuls sont chargés de l'exécution des ordres militaires de la place... »

Marine. — On organisa aussi la marine de la Commune, dont les canonnières prirent part à la lutte, embossées au Point-du-Jour. Nous n'en dirons qu'un mot.

Placée d'abord sous la direction de la commission de la guerre, la marine passa, le 2 mai, dans les attributions du ministère spécial créé à cet effet.

Le 20 mai, le corps des marins fut dissous et n'eut pas le temps de se réorganiser.

Pour l'aider à déblayer le chaos de l'anarchie qu'il trouva au ministère de la guerre, Cluseret accepta le concours du polonais Jaroslaw Dombrowski, d'abord chef de la 12e légion, puis nommé commandant de la place de Paris en remplacement du citoyen Bergeret, appelé à d'autres fonctions. Ce Jaroslaw (et non Ladislas) Dombrowski, dont la nomination avait jeté une certaine inquiétude dans la garde nationale, où il était inconnu, se distinguait cependant par quelques précédents notables de cette tourbe d'étrangers qui sortaient tout à coup de dessous terre, et qu'on improvisait généraux pour cette seule raison qu'ils étaient étrangers. Il était né dans la Pologne russe, et il avait reçu une éducation militaire. Lorsqu'il sortit de l'école des cadets, on l'avait envoyé à l'armée du Caucase, où il s'était fait remarquer tout d'abord par sa bravoure. La Pologne s'étant de nouveau insurgée, il s'évada et vint à Varsovie, où il fut investi du commandement en chef. Vaincu, il put s'enfuir par l'Autriche et se rendit en Italie auprès de Garibaldi, dont il devint bientôt le lieutenant et l'ami. Cette situation le mit aussitôt en vue, la presse parla du passé du *général*. Impliqué deux fois dans des procès de faux billets de banque russes, il avait été acquitté. Peut-être était-il innocent sur ce chef, mais sans scrupule d'ailleurs, il fut soupçonné pendant le siège de Paris d'entretenir des intelligences avec les Prussiens, et pour ce motif arrêté plusieurs fois.

Cet aventurier qui, en hôte ingrat de la France, allait aider à répandre le sang français, s'empressa de prendre le titre de général, malgré le décret de la Commune. Entouré d'un nombreux état-major choisi parmi la fleur des chenapans de Paris et de l'émigration polonaise, mais de chenapans dorés sur toutes les coutures, il monta à cheval et soutint pendant quarante jours de suite le choc de l'armée régulière.

On ne s'explique pas tout d'abord l'inaction de celle-ci après ses premiers succès, ni pourquoi, au lieu de laisser aux fédérés le temps de s'organiser, elle ne profita pas de leur découragement et de leur désarroi pour tenter un assaut? Mais le Gouvernement de Versailles, préférant avec raison ne frapper que des coups certains, avait dû, d'après les conseils des généraux, en venir à l'idée d'un investissement et d'un siège en règle. Un

assaut était impossible, en effet, dans les conditions
données, et surtout avec le petit nombre de troupes dont
le Gouvernement pouvait disposer. Il fallait reconstituer
toute une armée, chefs et soldats ; et, pour y parvenir,
on fut réduit à la nécessité de s'adresser aux Prussiens
et de leur demander humblement l'autorisation
d'augmenter nos forces sur la rive droite de la Loire.
Nos vainqueurs voulurent bien y consentir, et le
retour des troupes prisonnières en Allemagne compléta
enfin l'armée active de Versailles.

Un seul homme avait conservé sur le soldat un pres-
tige assez grand pour qu'aucun ne refusât de marcher
sous ses ordres, c'était le blessé de Sedan, le héros de
Magenta. Il n'était arrivé de captivité que le 17 mars,
la veille du jour où l'on tua les généraux Lecomte et
Thomas, et n'avait fait que traverser son logis de la
rue Bellechasse. L'insurrection avait jeté les yeux sur cet
otage. Réfugié à Saint-Germain, dans ce même hôtel
du pavillon Henri IV où M. Thiers, un jour, devait rendre l'âme, le maréchal de Mac-Mahon assistait, de cette
hauteur, aux tristes événements qui mettaient le comble
à nos hontes et à nos malheurs.

Quelque désir qu'il eût de combattre, il avait repoussé
une première fois, l'offre que lui avait faite M. Thiers
de lui confier le commandement supérieur de l'armée.
C'est une simple division que le maréchal eût voulu
conduire contre les insurgés de la Commune ; il pensait
que cette modestie seyait à un vaincu et serait bien vue
de l'armée.

Quand vint l'ordre formel du gouvernement, il fallut
obéir ; mais une autre difficulté survint. Depuis la blessure qu'il avait reçue et qui, un moment, nous avait fait
croire à sa mort, le duc de Magenta n'était point monté
à cheval. Les médecins lui avaient même prescrit de n'y
point monter avant un an. Ce fut un grave sujet d'inquiétude

pour tous les membres de sa famille ; mais le maréchal ne s'inquiéta pas autrement de l'ordre des médecins. Huit jours durant, il chevaucha devant la terrasse de Saint-Germain, sur un poney dont le trot était renommé pour sa douceur.

Lorsqu'il se trouva rassuré sur sa blessure, le maréchal de Mac-Mahon se demanda quel accueil allait lui, faire l'armée de Versailles. Une partie des troupes avait été commandée pour cette présentation, dans l'avenue du Grand-Trianon.

Monté sur le poney de Saint-Germain, le nouveau commandant en chef, au fur et à mesure qu'il s'avance, éprouve une angoisse particulière que ne lui a jamais causée l'approche du champ de bataille. C'est comme une pudeur de guerrier, une vague appréhension de retrouver sur les visages de ses compagnons d'armes, un reflet de la colère sourde que lui-même avait ressentie de la défaite et de la capitulation. Il sait que, dans les rangs de l'armée de Versailles, il retrouvera les survivants de Reichshoffen et que peut-être, dans l'allée de Trianon, il va les avoir en face de lui. Sera-t-il acclamé comme autrefois? Sera-t-il acccueilli, au contraire, par quelques démonstrations hostiles ? Émotion poignante, dont le visage martial du duc de Magenta ne peut entièrement dissimuler la trace.

Cependant, il y avait, dans cette journée, et dans ces belles avenues de Versailles, comme une attente solennelle de victoire. Les clairons sonnaient et réveillaient dans le grand parc, des échos qui semblaient endormis depuis des siècles. Le maréchal déboucha par le rond-point de la grille du Dragon ; il pénétra au petit galop de son poney, dans la grande allée au bout de laquelle l'attendaient les troupes rangées en bataille. Il était en képi brodé, en épaulettes, en tunique sur laquelle il ne portait que sa plaque et sa médaille militaire. Le général

Borel, le colonel Robert, M. d'Harcourt en lieutenant de mobiles, le colonel de Vaufreland, modérant leurs montures, le suivaient à la distance réglementaire.

Dès qu'il apparaît, un cri s'élève des premiers rangs : « Vive le maréchal ! » Le maréchal soulève son képi et salue le drapeau. L'acclamation gagne de proche en proche comme une traînée de poudre ; au fur et à mesure qu'elle se propage, elle augmente d'intensité. C'en est fait ; la glace est rompue ; le courant électrique est rétabli entre le chef et les soldats. L'âme du commandant en chef s'épanouit d'aise et s'enflamme comme aux plus beaux jours de bataille.

L'armée de l'ordre placée sous son commandement comprenait, lors de sa formation : l'armée de Versailles propement dite, composée de trois corps, sous les ordres du maréchal de Mac-Mahon, et l'armée de réserve, sous les ordres du général Vinoy. Le 1er et le 2e corps, ainsi que l'armée de réserve, comptaient chacun trois divisions d'infanterie et une brigade de cavalerie légère ; deux batteries d'artillerie et une compagnie du génie étaient attachées à chaque division ; deux batteries à balles et deux batteries de 12 formaient la réserve d'artillerie de chacun de ces corps. Le 3e corps, entièrement composé de cavalerie, comprenait trois divisions, à chacune desquelles était attachée une batterie à cheval. La réserve générale de l'armée comprenait dix batteries et deux compagnies du génie ; elle était spécialement chargée de garder la ville où résidait l'Assemblée nationale.

A ce moment, Paris et les forts du Sud étaient au pouvoir de l'insurrection ; seul, le Mont-Valérien restait entre les mains de l'armée. Les troupes réunies à Versailles, sous les ordres du général Vinoy, avaient occupé, dans les premiers jours d'avril, Châtillon, Clamart, Meudon, Sèvres et Saint-Cloud, ainsi que Courbevoie et la tête du pont de Neuilly sur la rive droite.

II

Telles étaient les positions des combattants lorsque, le 11 avril, le maréchal de Mac-Mahon, commandant en chef, indiqua à chacun des corps les emplacements à occuper et les dispositions à prendre.

Le 2e corps, sous les ordres du général de Cissey, fut chargé des attaques de droite ; il s'établit à Châtillon, Plessis-Piquet, Villa coublay et dans les villages en arrière sur la Bièvre. Le 1er corps, sous le commandement du général Ladmirault, fut chargé des attaques de gauche. La division Maud'huy occupa Courbevoie et la tête du pont de Neuilly ; la division Montaudon, Rueil et Nanterre ; la division Grenier campa à Villeneuve-l'Étang. La division occupant Courbevoie et la tête du pont de Neuilly devait être relevée tous les quatre jours par l'une des deux autres divisions du corps.

L'armée de réserve, commandée par le général Vinoy, fournit deux divisions en première ligne ; l'une d'elles occupa Clamart, Meudon et Bellevue ; l'autre, Sèvres et Saint-Cloud ; une troisième resta en réserve à Versailles ; le 3e corps, sous les ordres du général du Barail, fut chargé de couvrir l'armée sur la droite. Il devait occuper Juvisy, Longjumeau, Palaiseau et Verrières, poussant ses avant-postes en avant de la route de Versailles à Choisy-le-Roi.

Du côté de la Commune, les forces destinées à sa défense avaient été divisées par Cluseret, en deux grands commandements :

Le premier, s'étendant de Saint-Ouen au Point-du-Jour, était confié à Dombrowski.

Le second, allant du Point-du-Jour à Bercy, était attribué à Wroblewski.

Chacun de ces commandements devait être subdivisé en trois.

La première subdivision du premier commandement comprenait Saint-Ouen et Clichy jusqu'à la route d'Asnières.

La deuxième subdivision, Levallois-Perret et Neuilly, jusqu'à la porte Dauphine.

La troisième subdivision s'étendait de la Muette jusqu'au Point-du-Jour.

Quant au deuxième commandement, sa première subdivision comprenait les forts d'Issy et de Vanves.

La deuxième, les forts de Montrouge et de Bicêtre.

La troisième, le fort d'Ivry et l'espace qui s'étend entre Villejuif et la Seine.

Le quartier général du premier commandement était au château de la Muette, et celui du second à Gentilly.

Toutes les communications relatives au service devaient être adressées au délégué à la guerre, par l'entremise des généraux commandant en chef; les communications faites directement n'étaient pas prises en considération. Enfin, les commandants en chef devaient établir immédiatement, à leurs quartiers généraux, un conseil de guerre en permanence et un service de prévôté.

III

A cause du grand nombre d'ennemis qu'elle avait à combattre et aux fortes positions qu'ils occupaient, un coup de main était impossible pour l'armée régulière,

Son intérêt était de se rapprocher peu à peu de l'enceinte, de s'emparer successivement des forts de Vanves, d'Issy et de Montrouge, des hauteurs de Courbevoie, des positions de Neuilly et d'Asnières ; et enfin, après avoir rejeté les fédérés en dedans de l'enceinte fortifiée de Paris d'en faire les approches régulièrement, et de donner sur plusieurs points un assaut décisif, que supporteraient difficilement, après un temps donné, les défenseurs de la Commune. Ce plan fut donc adopté, malgré les lenteurs qu'il devait entraîner et le chiffre considérable de troupes qu'il nécessitait.

Le 12 avril, une première tentative, qui avait pour objet d'éprouver la solidité des forces fédérées, fut faite sur les deux ponts de Neuilly et d'Asnières. Ce sont les deux seules voies ouvertes sur Paris, de ce côté ; et il eût été extrêmement utile à l'armée de l'ordre d'y établir des places d'armes, qui assurassent aux troupes la possession de cette porte de la ville. L'action commença par un mouvement du colonel Grémelin ; à la tête d'un régiment de gendarmerie à pied, et appuyé par de l'artillerie, il s'empara de la caserne de Courbevoie, et rejeta derrière la barricade élevée à la tête du pont les gardes nationaux, qui alors ouvrirent un feu de mousqueterie très violent. Le mont Valérien prit la parole ; et, après une rude canonnade, les fédérés, délogés par les gendarmes de la première barricade, se replièrent derrière celle de la porte Maillot. Ayant reçu de nombreux renforts, il conservèrent la position d'Asnières, rompirent le pont de bateaux qui y conduisait et jetèrent d'énormes masses entre Levallois et les bords de la Seine. Le lendemain, la lutte recommença. L'objectif des troupes de Versailles était la seconde barricade, celle de la rive droite, c'est-à-dire la tête du pont sur Paris, et les premières maisons de Neuilly, à droite et à gauche de la route. Elles feignirent d'abandonner les positions con-

quises ; mais lorsqu'un détachement de gardes nationaux parut hors de l'enceinte pour les réoccuper, elles
sortirent des maisons de Courbevoie où elles s'étaient
postées, et démasquèrent leurs mitrailleuses. Les fédérés
se retirèrent en désordre ; cependant ils reçurent cette
fois encore des renforts nombreux, et la mêlée devint
très vive aux alentours du pont. Un caisson sauta, le
général Besson fut tué, le général Pechot gravement
blessé, ainsi que son aide de camp. Le général Montaudon,
lui aussi légèrement atteint, avait divisé ses forces en
deux colonnes pour s'emparer à la fois des maisons d'angle, côté de Puteaux et de Courbevoie. Il y réussit, et
mit fin au combat en occupant le pont de Neuilly, la barricade et une partie de l'avenue de Courbevoie.

A partir de ce moment, la lutte fut en quelque sorte
stationnaire sur ce point ; mais, du côté d'Asnières, il
fallait nécessairement marcher en avant.

Il y a entre ce village et Courbevoie une assez vaste
construction, qui servait d'avant-poste et d'observation
aux bataillons fédérés cantonnés à Asnières ; c'est la villa
Orsini, célèbre sous le nom de château de Bécon. On
voulut enlever cette position par une surprise de nuit ;
mais les insurgés veillaient ; et comme les bâtiments du
château et les murs du parc étaient crénelés, ils s'y retranchèrent, et ouvrirent contre l'armée régulière un feu
violent et très meurtrier, devant lequel elle fut obligée de
se retirer, sauf à revenir bientôt à la charge.

Le 17 avril, après avoir occupé Bois-Colombes, Co-
lombes et Gennevilliers, on résolut, comme complément
indispensable d'opération, d'enlever le château de Bécon.
Ce fut au 36e régiment de ligne, commandé par le duc
d'Auerstaed, que fut confiée cette attaque, et elle réussit
de la façon la plus honorable pour le jeune colonel.

La possession de ce château assurait en quelque sorte
la prise d'Asnières, qui était elle-même un fait capital

dans l'ensemble des opérations. La division Montaudon, que nous avons vue s'emparer de la route de Courbevoie, se porta en avant, et attaqua résolument le village par le côté du chemin de fer venant de Paris. La position fut d'abord vaillamment défendue par les fédérés, habitués à la guerre des rues ; mais voyant que leur plus sûr moyen de retraite, le pont, était menacé, beaucoup se précipitèrent vers la Seine ; tandis que d'autres, plus hardis, se retranchèrent dans la partie droite d'Asnières, et prolongèrent, inutilement toutefois, une lutte sanglante. La position resta entre les mains des soldats de Versailles, et leur assura de ce côté un avantage qu'ils ne perdirent jamais, malgré les engagements qui se livrèrent tous les jours pendant un mois, depuis Neuilly jusqu'à la gare d'Asnières.

Par suite de ces coups de main, l'insurrection se trouva définitivement confinée sur la rive droite ; et le corps Ladmirault resta, dès lors, sur la défensive, sans chercher à gagner du terrain en avant, si ce n'est pour s'emparer, dans Neuilly, de quelques îlots de maisons nécessaires à la protection de la ligne de défense.

A la droite, le corps de Cissey s'avança vers le fort d'Issy, en établissant des parallèles entre Clamart et Châtillon. Les insurgés prononçaient journellement contre les tranchées de l'armée des mouvements offensifs qui étaient vigoureusement repoussés.

Les travaux de tranchée, et la construction d'une série de batteries établies sur les crètes à Châtillon, Meudon et Bellevue, absorbent la période du 11 au 25 avril, signalée seulement par l'occupation de Bagneux, enlevé aux insurgés le 20, et mis en état de défense.

Pendant ce temps, le 4ᵉ et le 5ᵉ corps d'armée sont créés par décision du 23 avril, et comprennent chacun deux divisions formées principalement des prisonniers revenant d'Allemagne. Ils sont placés sous le commandement des généraux Douay et Clinchant, et doivent prochainement prendre part au travaux du siège.

Le 25 avril, les batteries des attaques de droite ouvrent leur feu ; les batteries de Breteuil, de Brimborion, de Meudon, de Châtillon et du Moulin-de-Pierre, couvrent le fort d'Issy de leurs obus, et la batterie entre Bagneux et Châtillon tire sur le fort de Vanves. Ces deux forts puissamment armés, répondent vigoureusement, ainsi que l'enceinte et le Point-du-Jour. Une carrière, près du cimetière d'Issy, est enlevée aux insurgés, et une tranchée est creusée le long de la route de Clamart aux Moulineaux.

Le lendemain, on décide de poursuivre les travaux d'approche, à droite et à gauche du fort d'Issy, afin de le déborder sur deux côtés et de l'isoler autant que possible. Dans ce but il est nécessaire de s'emparer du village des Moulineaux, poste avancé des insurgés, qui inquiète nos approches. Cette opération est exécutée dans la soirée du 26 par des troupes du 35e et du 110e de ligne (division Faron), du corps Vinoy. Le village des Moulineaux, attaqué avec vigueur, est vaillamment enlevé. Les journées des 27 et 28 sont consacrées à s'y fortifier, en même temps qu'une seconde parallèle est établie entre les Moulineaux et le chemin dit la Voie-Verte, à trois cents mètres environ des glacis du fort. Des cheminements sont poussés aussi en avant, dans la direction de la gare de Clamart. L'occupation des Moulineaux permet à l'armée de déboucher sur les positions que les insurgés possèdent encore à l'ouest du fort, tant sur le plateau, au cimetière, que sur les pentes, dans le parc, en avant du village d'Issy. Ces positions sont fortement retranchées par les fédérés qui s'abritent derrière des épaulements, des maisons et des murs crénelés, dirigeant sur les troupes une fusillade incessante.

Le 29, dans la soirée, le cimetière, les tranchées et le parc d'Issy sont enlevés par le concours de trois colonnes composées de bataillons des brigades Derroja, Berthe et Paturel. L'action, préparée par une violente canonnade, est menée avec vigueur ; le cimetière est enlevé à la baïonnette, sans tirer un coup de fusil ; les tranchées, qui relient le cimetière au parc, abordées avec élan, tombent au pouvoir de l'armée, pendant que les troupes de la brigade Paturel s'emparent vaillamment de formidables barricades armées de mitrailleuses, et pénètrent dans le parc d'Issy, où elles refoulent les insurgés. Les pertes de l'armée sont minimes : l'ennemi a un grand nombre de tués, et laisse entre les mains des soldats de Versailles un certain nombre de prisonniers et huit pièces d'artillerie.

Le commandant du fort était Mégy ; il n'avait pas attendu ce moment pour disparaître. Les gardes nationaux, sans autre direction que celle de chefs subalternes qui voulurent prendre le commandement et ordonner quelques travaux de réparation, se mutinèrent et firent sans bruit leurs préparatifs de départ. Les marins enclouèrent les pièces, la porte du Nord fut ouverte, et ils rentrèrent tous à Paris, complètement démoralisés, les habits couverts de boue et en lambeaux.

Cet incident fut pour la Commune un coup de foudre. Était-il l'effet de la trahison ou de l'incapacité ? Suivant son habitude de s'en prendre toujours à quelqu'un de ses mésaventures, le gouvernement insurrectionnel révoqua immédiatement Cluseret de ses fonctions, et approuva son arrestation ordonnée par la Commission exécutive. En même temps, la note suivante était inscrite à l'*Officiel* : « L'incurie et la négligence du délégué à la guerre ayant failli compromettre notre possession du fort d'Issy, la Commission exécutive a cru de son devoir de proposer l'arrestation du citoyen Cluseret à la

Commune qui l'a décrétée. La Commission a pris d'ailleurs toutes ses mesures pour retenir en son pouvoir le fort d'Issy. »

Mais les nouvelles troupes, dont fut bondé ce fort, ayant été accueillies avec la même pluie de fer et de feu qui avait déjà amené la première évacuation, ne tenaient pas à y faire une longue station. Aussi, parmi les chefs, les citoyens Bourget, Sérisier et Billioray étaient-ils en train de vendre la position aux Versaillais, quand l'arrivée subite de Rossel au pouvoir militaire bouleversa leur plan.

Le 15 floréal, an LXXIX, l'*Officiel* de la Commune publia le décret suivant :

« *Le Comité de Salut public arrête :*

« Art. 1er. La Délégation de la guerre comprend deux divisions :

Direction militaire ;

Administration.

Art. 2. Le colonel Rossel est chargé de l'initiative et de la direction des opérations militaires.

Art. 3. Le Comité central de la garde nationale est chargé des différents services de l'administration de la guerre, sous le contrôle direct de la Commission militaire communale. »

Qu'était M. Rossel ? Un élève de La Flèche et de l'École polytechnique qui, devenu capitaine du génie, avait été détaché à Bourges ; là, sous le pseudonyme de Randal, il avait envoyé au *Temps* des articles de critique militaire. Placé dans l'état-major du génie à Metz, il s'évada de cette place lors de la capitulation, alla offrir ses services au Gouvernement de la Défense, qui le nomma colonel et le chargea d'organiser le camp de Nevers. A la nouvelle de l'insurrection du 18 mars, Rossel donna sa démission d'officier dans l'armée régulière et vint mettre son épée à la disposition de la

Commune. Énergique jusqu'à la cruauté, doué d'une belle intelligence et de connaissances étendues, il fut une précieuse acquisition pour les chefs de l'insurrection.

Il débuta par un mot énergique. Le 30 avril, à six heures du soir, le fort d'Issy étant démantelé, la garnison avait hissé un drapeau parlementaire devant lequel s'était aussitôt éteint le feu de l'ennemi. Le général Faron fit alors porter aux fédérés cette sommation du major de tranchée :

« Au nom et par ordre de M. le maréchal commandant en chef de l'armée, nous major de tranchée, sommons le commandant des insurgés, en ce moment réunis au fort d'Issy, d'avoir à se rendre, lui et tout le personnel enfermé dans ledit fort.

« *Un délai d'un quart d'heure* est accordé pour répondre à la présente sommation.

« Si le commandant des insurgés déclare en son nom, et au nom de la garnison tout entière, qu'il se soumet, lui et les siens, à la présente sommation, sans autre condition que d'avoir la vie sauve et la liberté, moins l'autorisation de résider dans Paris, cette faveur lui sera accordée.

« Faute par lui de répondre dans le délai indiqué plus haut, toute la garnison sera passée par les armes.

« *Le colonel d'état-major, major de tranchée,*

« E. LEPERCHE.

« Tranchée devant le fort d'Issy, 30 avril 1871. »

Les pourparlers se prolongèrent assez pour donner à Rossel le temps d'accourir. Aucune clause particulière de la sommation ne concernait les chefs Eudes et Mégy qui, frappés de précédentes condamnations pour assassinats, ne pouvaient bénéficier de la capitulation.

Comme toujours le troupeau devait payer pour les bergers, car Eudes et Mégy refusèrent seuls de rendre le
fort aux douces conditions qui étaient offertes. Con-
trairement aux lois de la guerre, Rossel passa la nuit à
remettre le fort en état ; et le lendemain matin, Eudes
lui-même portait aux tranchées cette impudente réponse
de Rossel au *citoyen* Leperche :

« Mon cher camarade,

« La première fois que vous vous permettrez d'envoyer une sommation aussi insolente que votre lettre
autographe d'hier, je ferai fusiller votre parlementaire,
conformément aux usages de la guerre.

« Votre dévoué camarade,

« ROSSEL,

« Délégué de la Commune. »

Une ronde d'inspection qu'il fit, tant aux quatre forts
du Sud qu'aux remparts, lui donna cette conviction que
tant d'ouvrages avancés étaient réellement imprenables,
du moins pour le moment ; mais les fortifications
n'étaient plus une force suffisante là où l'armée fédérée
n'était rien. Or, au gré de l'homme de guerre, elle
était un zéro à côté d'un chiffre et rien de plus. Il trouvait l'anarchie partout ; et, ce qu'il y avait de pire encore, un système d'ivrognerie qui, poussé à l'extrême,
remplissait tous les jours les ambulances de malades.
Un moment, il conçut l'espoir de réformer l'armée ;
dans ce but, il répartit ainsi les commandements
militaires :

Le général Dombrowski devait se tenir à Neuilly et
diriger directement les opérations de la rive droite.

Le général la Cécilia était chargé de conduire les
opérations entre la Seine et la rive gauche de la Bièvre.

Il prendrait le titre de général, commandant le centre.

Le général Wroblewski garderait le commandement de l'aile gauche. Le général Bergeret commanderait la première brigade de réserve, et le général Eudes la deuxième brigade active de cette même réserve.

Chacun de ces généraux conserverait un quartier dans l'intérieur de la ville, savoir : le général Dombrowski, à la place Vendôme ; le général la Cécilia, à l'École militaire ; le général Wroblewski, à l'Élysée ; le général Bergeret au Corps législatif ; enfin le général Eudes, à la Légion d'honneur.

Après cette répartition des commandements qui dura jusqu'au moment où Dombrowski fut nommé général en chef, c'est-à-dire jusque dans les derniers jours de la lutte, Rossel se mit à trancher dans le vif. Il menaça de faire fusiller quiconque n'obéirait pas ou obéirait à d'autres qu'à lui : il ne connaissait pas cette démocratie française pour laquelle l'obéissance est un joug intolérable. Il eut beau établir un grand prévôt au fort d'Issy ; ce nouveau fonctionnaire laissait évader, chaque nuit, les malheureux condamnés à mort pour refus de marcher, ou les prisonniers faits par ses collègues.

Malgré la menace de faire canonner les fuyards, le rigide délégué à la guerre n'en vit pas moins ses troupes fuir à la moindre petite alerte. Les fédérés furent battus honteusement non plus au fort, mais au village de Vanves qu'ils durent délaisser. Or, Issy et Vanves manquant, Bicêtre et Montrouge étaient menacés. En même temps, Dombrowski était repoussé à Neuilly, et l'armée de Versailles acquérait un effectif considérable. Rossel était trop intelligent pour ne pas voir que bientôt tout serait perdu pour la Commune. Sur ces entrefaites on vint lui dire que les amis de Félix Pyat et les agents du Comité, très enclins à faire prédominer l'élément civil et ouvrier sur l'élément militaire, songeaient

à le faire mettre en accusation. Il profita de la prise du
moulin Saquet par les Versaillais pour se plaindre très
haut de la désobéissance des chefs de bataillon, du désarroi des intendances, de la confusion de tous les pouvoirs militaires, et la Commune n'osa pas le destituer.
Quelques jours plus tard, le 9 mai, paraissait tout à
coup cette affiche de Rossel, au milieu des triomphants
bulletins qui annonçaient la victoire sur toute la ligne :

« COMMUNE DE PARIS.

« Midi et demi.

« Le drapeau tricolore flotte sur le fort d'Issy, abandonné hier soir par sa garnison :

« *Le délégué à la guerre,*
« ROSSEL.

« Une heure.

« Le général Brunel, commandant au village d'Issy,
est chargé d'occuper la position du Lycée, en la reliant
au fort de Vanves.

« Paris, 9 mai 1871. »

Le coup était rude, mais on le para avec la botte ha-
bituelle, c'est-à-dire en criant à la trahison. Le héros
Rossel devint aussitôt un misérable traître et l'ordre
de l'arrêter fut donné par le Comité de salut public. La
commission militaire reçut l'ordre, mais avec un ensemble édifiant qui prouve combien ces pouvoirs divers
se soutenaient les uns les autres, les membres qui la
composaient sursirent à l'arrestation. Rossel, après
avoir fait le tableau de la situation devant Ch. Delescluze et Henri Rochefort, rédigea cette lettre si altière
et si sensée par laquelle il déclarait se retirer et demander une cellule à Mazas :

« Citoyens membres de la Commune,

« Chargé par vous à titre provisoire de la délégation de la guerre, je me sens incapable de porter plus longtemps la responsabilité d'un commandement où tout le monde délibère et où personne n'obéit.

« Lorsqu'il a fallu organiser l'artillerie, le Comité central d'artillerie a délibéré et n'a rien prescrit. Après deux mois de révolution, tout le service de vos canons repose sur l'énergie de quelques volontaires dont le nombre est insuffisant.

« A mon arrivée au ministère, lorsque j'ai voulu favoriser la concentration des armes, la réquisition des chevaux, la poursuite des réfractaires, j'ai demandé à la Commune de développer les municipalités d'arrondissement.

« La Commune a délibéré et n'a rien résolu.

« Plus tard, le Comité central de la fédération est venu offrir presque impérieusement son concours à l'administration de la guerre. Consulté par le Comité de salut public, j'ai accepté ce concours de la manière la plus nette, et je me suis dessaisi, en faveur des membres du Comité central, de tous les renseignements que j'avais sur l'organisation. Depuis ce temps-là, le Comité délibère et n'a pas encore su agir. Pendant ce délai, l'ennemi enveloppait le fort d'Issy d'attaques aventureuses et imprudentes dont je le punirais si j'avais la moindre force militaire disponible. Notre garnison, mal commandée, prenait peur, et les officiers délibéraient, chassaient le capitaine Dumont, homme énergique qui arrivait pour les commander, et, tout en délibérant, évacuaient leur fort, après avoir sottement parlé de le faire sauter, chose plus impossible pour eux que de le défendre.

« Ce n'est pas assez. Hier, pendant que chacun devait

être au travail ou au feu, les chefs de légion délibéraient pour substituer un nouveau système d'organisation à celui que j'avais adopté afin de suppléer à l'im-
prévoyance de leur autorité, toujours mobile et mal
obéie. Il résulta de leur conciliabule un projet au moment où il fallait des hommes, et une déclaration de
principes au moment où il fallait des actes.

« Mon indignation les ramena à d'autres pensées, et
ils me promirent pour aujourd'hui, comme le dernier
terme de leurs efforts, une force organisée de 12 000
hommes, avec lesquels je me suis engagé à marcher à
l'ennemi. Ces hommes devaient être réunis à onze heures
et demie ; il est une heure, et ils ne sont pas prêts ; au
lieu d'être 12 000, ils sont environ 7 000. Ce n'est pas
du tout la même chose.

« Ainsi la nullité du comité d'artillerie empêche l'organisation de l'artillerie ; les incertitudes du Comité
central de la fédération arrêtent l'administration ; les
préoccupations mesquines des chefs de légion paralysent
la mobilisation des troupes.

« Je ne suis pas homme à reculer devant la répression;
et hier, pendant que les chefs de légion discutaient, le
peloton d'exécution les attendait dans la cour. Mais je
ne veux pas prendre seul l'initiative d'une mesure énergique, endosser seul l'odieux des exécutions qu'il faudrait faire pour tirer de ce chaos l'organisation, l'obéissance et la victoire. Encore, si j'étais protégé par la
publicité de mes actes et de mon impuissance, je pourrais
conserver mon mandat. Deux fois déjà je vous ai donné
des éclaircissements nécessaires, et deux fois, malgré
moi, vous avez voulu avoir le comité secret.

« Mon prédécesseur a eu le tort de se battre au milieu
de cette situation absurde. Éclairé par son exemple,
sachant que la force d'un révolutionnaire ne consiste
que dans la netteté de la situation, j'ai deux lignes à

choisir : briser l'obstacle qui entrave mon action, ou me retirer.

« Je ne briserai pas l'obstacle, car l'obstacle, c'est vous et votre faiblesse : je ne veux pas attenter à la souveraineté publique. Je me retire, et j'ai l'honneur de vous demander une cellule à Mazas.

« ROSSEL. »

Ainsi Rossel n'accusait que les personnes et leur disait de dures vérités, il ne s'en prenait pas aux choses. C'était pourtant sous le poids écrasant des réalités qu'il succombait. Égaré par l'orgueil, il s'était cru de taille à dominer les circonstances ; la bonne opinion qu'il avait de lui-même avait pu seule lui faire croire qu'il sortirait de l'impasse avec les éléments dont il disposait.

Cette lettre parut d'abord dans le *Mot d'ordre*, et Rochefort fit l'apologie de Rossel ; Delescluze lui-même le défendit énergiquement. Mais la Commune fut d'avis d'envoyer l'ex-délégué devant la cour martiale, et répondit à sa lettre par la proclamation suivante :

« Citoyens, la Commune et la République viennent d'échapper à un péril mortel. La trahison s'était glissée dans nos rangs. Désespérant de vaincre Paris par les armes, la réaction avait tenté de réorganiser ses forces par la corruption. Son or, jeté à pleines mains, avait trouvé jusque parmi nous des consciences à acheter. L'abandon du fort d'Issy, annoncé dans une affiche impie par le misérable qui l'a livré, n'était que le premier acte du drame ; une insurrection monarchique à l'intérieur, coïncidant avec la livraison de nos forts, devait la suivre et nous plonger au fond de l'abîme. Mais, cette fois encore, la victoire reste au droit. Tous les fils de la trame ténébreuse dans laquelle la révolution devait se trouver prise sont à l'heure présente entre nos mains. La plupart des coupables sont arrêtés.

Si leur crime est effroyable, leur châtiment sera exemplaire. La cour martiale siège en permanence. Justice sera faite. »

Rossel fut arrêté, en effet, par les ordres réitérés du Comité de salut public, et détenu à la questure. Le citoyen Gérardin sollicita l'honneur de garder le prisonnier. Or, ce qui prouve l'intelligence toute particulière de la Commune, ou même sa volontaire négligence, c'est que Gérardin était l'ami intime de Rossel. Il ne le quittait jamais et avait partagé ses dangers, lors d'une reconnaissance faite, le 2 avril, à Issy. Gérardin avait présenté Rossel à Cluseret. Donc Gérardin, seul avec Rossel à la questure, n'eut rien de plus pressé que d'offrir la liberté à son prisonnier, et, quelques heures après, les deux amis prenaient la clef des champs.... ou plutôt celle d'un appartement, dans lequel l'ex-délégué à la guerre resta caché pendant deux mois, c'est-à-dire jusqu'au jour où il fut arrêté.

Le même jour où le fort d'Issy venait de tomber au pouvoir de Versailles, où Rossel disparaissait de la scène, où le gouvernement de Paris s'agitait dans son impuissance, les troupes de la France faisaient une entrée triomphale dans la ville de Louis XIV. Elles ramenaient vingt-huit des cent neuf bouches à feu trouvées dans le fort, ainsi que les drapeaux du 5e, du 99e et du 115e bataillon de la garde nationale. Ce cortège se composait de délégations fournies par les troupes qui avaient concouru à la prise d'Issy. Le génie des divisions Susbielle et Faron marchait en tête de colonne ; puis, venaient la brigade Paturel, représentée par des détachements du 17e bataillon de marche de chasseurs à pied, du 38e et du 76e de marche ; le 39e de marche de la brigade Noël ; presque toute la division Faron ; le 55e d'infanterie de la brigade de la Mariouse ; le 109e et le 110e de la brigade Derroja, le 22e bataillon de marche de chasseurs et le 65ᵉ d'infanterie, de la brigade Berthe ; enfin le 75ᵉ de marche de la brigade de Langourian. A la suite, roulaient les canons couverts de feuillages ; il y avait des aubépines aux tambours, des lilas aux fusils. A trois heures, la colonne s'arrêtait devant l'hôtel de la préfecture, les clairons sonnaient aux champs. Le chef du pouvoir exécutif, accompagné du général en chef, vint recevoir cette députation militaire et lui adressa des félicitations chaleureuses.

De là, le cortège se dirigea vers la cour du château. Les divers détachements, rangés autour de la statue de Louis XIV, demandèrent à offrir à l'Assemblée le trophée que l'armée venait de conquérir. Plus de deux cents députés quittèrent aussitôt la séance pour saluer les représentants de l'armée.

Que durent penser les Prussiens de ces marches triomphales après nos défaites récentes, lorsqu'ils occupaient encore le tiers de notre territoire, lorsque les vaincus étaient des Français ?

CHAPITRE X

I

Bien que portée à se faire illusion, la Commune conçut des doutes sur l'issue de la lutte, quand elle vit se succéder les échecs de ses troupes.

Après les premières défaites, elle avait fait un appel suprême à l'intervention pacifique ou armée des départements. Un soulèvement général pouvait seul la sauver. Dans ce but, ses agents avaient parcouru la France, quêtant des sympathies au mouvement communal de Paris. Voici une pièce saisie sur un de ces émissaires dans les départements et qui ne manque pas d'intérêt historique :

« COMMUNE DE PARIS.

» *Commission des relations extérieures.*

« INSTRUCTIONS.

« 1° Ne faire connaître sa qualité et l'esprit de sa mission qu'à des amis politiques sûrs et pouvant être utiles ;

« 2° Se mettre en relation avec les journaux ; dans le cas où il n'en paraîtrait pas dans certaines contrées, les remplacer par des écrits, des circulaires imprimées retraçant exactement le fond et la forme du mouvement communal ;

« 3° Agir par et avec les ouvriers lorsqu'ils ont un commencement d'organisation ;

« 4° Éclairer le commerce, l'engager par des raisons solides à continuer ses affaires avec Paris, et s'appliquer à favoriser le ravitaillement ;

« 5° Se mettre en rapport avec la bourgeoisie et avec l'élément républicain modéré pour, à l'instar de Lille, pousser les conseils municipaux à envoyer des adresses on des délégués au citoyen Thiers, pour le sommer de mettre fin à la guerre civile ;

« 6° Empêcher le recrutement pour l'armée de Versailles ; faire écrire aux soldats pour les détourner de la guerre contre Paris. »

Ces instructions secrètes furent développées publiquement le 19 avril, dans un manifeste que nous avons également reproduit dans cet ouvrage.

C'était là un aveu de détresse, dont Versailles saisit immédiatement le sens et qui ne trouva pas d'écho dans les départements. Les tentatives d'insurrection qui eurent lieu à Limoges, à Narbonne, à Toulouse, échouèrent moins par la vivacité de la répression que par suite de l'indifférence générale ; fatiguée de guerre, la province était encore plus lasse de révolution.

Déçue de ce côté, la Commune, tout en affectant un profond dédain pour « l'impuissante rage des Versaillais », stimula sous main l'ardeur conciliatrice de l'*Union républicaine des droits de Paris*, sorte de comité formé de gens naïfs ou remuants que la Commune exploitait habilement à son profit.

L'*Union républicaine*, heureuse d'entrer en scène, dé-

légua aussitôt MM. Adam, Desonnaz et Bonvallet pour
aller à Versailles, et voici le programme dont ces messieurs furent chargés de demander la ratification :

« Paris élit son conseil municipal, chargé de régler
seul le budget de la ville. La police, l'assistance publique, l'enseignement, la garantie de la liberté de
conscience, relèvent uniquement de lui.

« Il n'y a d'autre armée à Paris que la garde nationale, composée de tous les électeurs valides. Elle élit
ses chefs et son état-major suivant le mode réglé par le
conseil communal, de telle façon que l'autorité militaire soit toujours subordonnée à l'autorité civile.

« Paris fournit sa quote-part des dépenses générales
de la France et de son contingent en cas de guerre
nationale.

« L'armée régulière n'entre point à Paris, et il lui est
fixé une délimitation qu'elle ne peut franchir, comme à
Rome autrefois, comme à Londres aujourd'hui, et
comme à Paris même sous la Constitution de l'an III. »

A l'annonce de ces pourparlers, les nombreux amis
de la paix organisèrent, pour le soir même, une démonstration pacifique sur la place de la Bourse. On crut
un instant que l'épouvantable catastrophe qu'on sentait
venir pourrait encore être conjurée ; ce fut malheureusement une fausse espérance. Il était évident que Paris, avec
les institutions que lui attribuait le programme de
l'*Union républicaine*, devenait par la force des choses
une cité à part. Non seulement il cessait de pouvoir
jouer à un degré quelconque le rôle de capitale, mais
son organisation particulière le mettait rapidement en
dehors de la vie nationale.

Cependant, les délégués furent reçus par M. Thiers.
Obligé de maintenir intacte entre ses mains l'autorité
que la France lui avait conférée par l'intermédiaire de
l'Assemblée, le chef du pouvoir exécutif ne pouvait ni

subir des conditions, ni prendre des engagements qui, en humiliant cette autorité, eussent du même coup porté la plus déplorable atteinte au grand principe de l'unité nationale. Il fit connaître loyalement ses dispositions, qui étaient de nature à satisfaire tous ceux qu'animait la seule et sincère revendication des droits de Paris.

La réponse de M. Thiers renfermait ces quatre choses, ainsi stipulées :

« 1° L'affirmation de la République.

« 2° La reconnaissance complète, absolue, des droits municipaux de Paris, qui, sortant enfin du régime exceptionnel auquel il a été soumis si longtemps, jouira des mêmes franchises que toutes les autres villes de France.

« 3° La promesse d'une amnistie générale pour tous les faits de guerre, sous la seule réserve des crimes commis contre le droit commun.

« 4° Dès à présent, une suspension d'armes de fait qui résultera de l'attitude pacifique de la garde fédérée elle-même. »

Le rapport des trois délégués constatait, en outre de ces quatre points capitaux, ceux que voici :

« M. Thiers déclare qu'il ne peut, ni ne veut traiter d'un armistice ; mais il dit que si les gardes nationaux de Paris ne tirent ni un coup de fusil, ni un coup de canon, les troupes de Versailles ne tireront ni un coup de fusil ni un coup de canon, jusqu'au moment indéterminé où le pouvoir exécutif se résoudra à une action et commencera la guerre.

« M. Thiers ajoute : « Quiconque renoncera à la lutte « armée, c'est-à-dire quiconque rentrera dans ses foyers « en quittant toute attitude hostile, sera à l'abri de toute « recherche. »

« M. Thiers excepte seulement les assassins des généraux Lecomte et Clément Thomas, qui seront jugés si on les trouve.

« M. Thiers, reconnaissant l'impossibilité, pour une partie de la population actuellement privée de travail, de vivre sans la solde allouée, continuera le service de cette solde pendant quelques semaines. »

Rapportées par les délégués, ces paroles pleines de dédain pour les chefs que le dépositaire du pouvoir regardait comme de vulgaires insurgés, humilièrent la Commune, qui avait ambitionné de traiter d'égal à égal. Elle crut se faire la situation meilleure en continuant la lutte ; et reniant aussitôt la *Ligue d'union républicaine*, comme si elle avait agi à son insu, elle lança cette proclamation :

« La réaction prend tous les masques, aujourd'hui celui de la conciliation.

« La conciliation avec les chouans et les mouchards qui égorgent nos généraux et frappent nos prisonniers désarmés ;

« La conciliation, dans de telles circonstances, est de la trahison ;

« La Commune,

« Considérant qu'il est du devoir des élus du peuple de ne pas laisser frapper par derrière les combattants qui défendent la cité ;

« Que nous savons de source certaine que des Vendéens et des gendarmes déguisés doivent figurer dans ces réunions dites conciliatrices, arrête :

« Art. 1er. La réunion annoncée pour ce soir, à six heures, salle de la Bourse, est interdite.

« Art. 2. Toute manifestation propre à troubler l'ordre et à exciter la guerre intérieure pendant la bataille sera rigoureusement réprimée par la force.

« Art. 3. Toute contravention au présent arrêté est

déférée au délégué de la guerre ou au commandant de
la place.

« *Signé :* F. Cournet, Delescluze, Félix Pyat,
Tridon, E. Vaillant, Vermorel,
« *Membres du Comité d'exécution.* »

La Commune faisait « la fière » bien haut ; mais elle
voulut encore essayer de la conciliation, quand elle vit
l'armée française s'approcher par Neuilly et Asnières,
en même temps qu'elle écrasait sous ses projectiles les
forts d'Issy et de Vanves. Plusieurs nouvelles délégations
de la *Ligue de l'union républicaine* firent le voyage de
Versailles. MM. Georges Lechevalier, Paraf-Javal et le
Dr Villeneuve, emportèrent l'adhésion des cinquante-huit
chambres syndicales de l'*Union nationale*, des vingt-
quatre chambres syndicales ouvrières, de la Société
pour l'instruction élémentaire, et, prétendait-on, de la
franc-maçonnerie. Mais le résultat de toutes ces allées
et venues était invariablement le même : M. Thiers
répétait son programme et la Commune le sien.

Les maires, adjoints et conseillers municipaux de la
Seine s'étaient réunis, le 22 avril, à Vincennes, et avaient
nommé leur délégation qui, après avoir été reçue, le
23 à Versailles par M. Thiers, rendit compte de ses
démarches à la Commune. Voici son rapport :

« Les membres de la commission ont remis, le 26, à
la Commune de Paris, les déclarations de M. Thiers.
Le 27, la commission introduite près du citoyen
Paschal Grousset, chargé de la recevoir au nom de
la commission exécutive, a recueilli les paroles suivantes :

« La commission exécutive donne acte, par écrit, de
sa communication à la délégation des municipalités de
la Seine ; mais c'est la seule réponse qu'elle puisse y
faire.

Le rapport ajoutait : « En dehors des termes de cette réponse officielle, — a dit le citoyen Paschal Grousset, — je vous ferai remarquer que votre désir fort honorable de conciliation se trouve entravé, dès le début, par cette déclaration de M. Thiers : « qu'on n'aperçoit « pas de moyens de conciliation possibles entre lui « et les coupables. »

« Versailles se refuse donc à toute transaction. La Commune de Paris est prête, au contraire, à la conciliation ; mais elle ne peut avoir lieu que par la reconnaissance des droits que nous défendons et que nous avons reçu mission de défendre par les armes, si nous ne pouvons en obtenir la consécration par un arrangement.

« La Commune de Paris n'a pas la prétention d'imposer sa loi à la France ; elle entend se borner à lui servir d'exemple. Nous n'aspirons qu'à faire cesser l'effusion du sang ; mais Paris veut que la révolution communale s'achève, et la Commune la fera triompher au nom du droit ; car la Commune de Paris se regarde comme un pouvoir plus régulier que celui de Versailles, qui ne représente qu'un pays foulé par l'étranger, ayant voté sous l'empire de sentiments difficiles à apprécier. »

Enfin la délégation concluait : « Après les réponses qui précèdent, recueillies à Versailles et à Paris, il est constant que le terrain de conciliation que la Commission des municipalités de la Seine avait pour mission de rechercher, échappe, quant à présent, à ses efforts.

« *Les membres de la Commission :*

« COURTIN, DEHAIS, GENEVOIS, JACQUET, LECOSNIER,
« *Président* ; LEPLANQUAIS, LETELLIER, MINOT,
« *secrétaire* ; PRUDON, ROUGET DE L'ISLE. »

Le journal *le Temps* lança à son tour son projet de conciliation, qui consistait en : 1° une trêve de vingt-

cinq jours; 2° l'élection d'une Commune nouvelle, dans
les formes de la loi votée par l'Assemblée, avec mandat
de traiter avec Versailles sur les bases du maintien
de la république, des libertés municipales et d'une
amnistie complète et générale.

Dans le but d'opérer une pression sur le chef du Gouvernement, l'*Union républicaine* adressa alors aux conseils municipaux de France la circulaire suivante :

« La *Ligue d'Union républicaine des droits de Paris*,
malgré la persistance de ses efforts, n'a pu mettre fin
à la lutte fratricide qui ensanglante Paris et désole la
France. Ses demandes réitérées, celles des différents
groupes de citoyens qui ont spontanément adopté son
programme comme base de réorganisation entre Versailles et la Commune, les adresses et délégations, envoyées par les conseils municipaux de plusieurs départements, n'ont pas eu les résultats que nous étions en
droit d'en attendre.

« La Ligue maintient résolument son programme, et
continue son œuvre de médiation et d'humanité; mais
elle pense qu'à son action directe la province doit joindre,
plus que jamais, l'autorité de son intervention, et elle
est convaincue que, pour que cette intervention devienne
efficace, toutes les grandes communes de France, au
lieu de procéder par des démarches isolées, doivent
s'unir dans un effort commun et s'entendre pour une
démarche collective. Paris et la province ont les mêmes
aspirations ; leurs revendications sont identiques, elles
doivent être unies pour en obtenir la réalisation. La province sait bien d'ailleurs qu'en arrêtant à Paris le fléau
de la guerre civile, avant qu'une victoire sanglante fasse
des vainqueurs et des vaincus, elle se préserve peut-être
de semblables malheurs.

« Nous faisons donc appel à tous les conseils municipaux des communes de France, qui vont être nommés

aux prochaines élections. Qu'un grand congrès où chaque ville déléguera un ou plusieurs de ses membres se réunisse, soit à Lyon, soit dans toute autre ville qu'il lui conviendra de désigner, et que cette imposante réunion d'hommes que le suffrage universel a jugés dignes d'être aussi ses mandataires, cherche le meilleur moyen de mettre un terme au déchirement de la patrie, et présente ses résolutions à Versailles et à la Commune. »

En même temps, avaient lieu des manifestations auxquelles la Commune n'était pas étrangère. Nous voulons parler des réunions qui se tinrent au Cirque national, dans le but d'intéresser au succès de la révolution communale les provinciaux de passage à Paris. Des délégués y furent nommés qui devaient aller exciter les départements à intervenir en faveur du gouvernement du 18 mars.

Sous leur impulsion, il se forma en province ce qu'on a appelé *la Ligue patriotique des villes républicaines.* Un congrès devait s'ouvrir à Bordeaux, composé de délégués envoyés par tous les conseils municipaux récemment élus.

C'était donc une nouvelle assemblée, un troisième pouvoir qui surgissait en face de Versailles et de Paris, une sorte d'aréopage qui eût prononcé entre Paris et l'Assemblée, et qui, n'ayant mandat ni de l'un ni de l'autre, exposé par conséquent à se voir désavouer, était dépourvu en tout cas des moyens de faire exécuter la sentence. Quelque ridicule que fût l'idée, sa réalisation pouvait être un nouvel élément de désordre dans le pays; aussi M. Thiers se hâta-t-il de mettre obstacle à la réunion du congrès.

Et, en effet, le congrès ne se réunit pas. M. Paschal Grousset avait bien offert, dans une proclamation pompeuse, le palais du Luxembourg pour tenir les séances de la *Ligue patriotique*, personne n'eut le désir ou la possibilité d'y venir siéger.

Privée de cette ingénieuse diversion, la Commune, à bout de ressources, s'adressa à la franc-maçonnerie, qui ne craignit pas de se compromettre dans la politique de l'hôtel de ville. Beaucoup de ses membres, déposant leur masque, se jetèrent dans l'arène des partis, et s'y montrèrent à visage découvert. Ils avaient commencé par adresser un manifeste aux membres de la Commune, comme au Gouvernement de Versailles, qu'ils adjuraient, au nom de l'humanité et de la fraternité, d'arrêter l'effusion du sang : « Nous ne venons pas vous dicter un programme, disaient-ils en terminant ; nous nous en rapportons à votre sagesse ; nous vous disons simplement : Arrêtez l'effusion de ce sang précieux qui coule des deux côtés, et posez les bases d'une paix définitive qui soit l'aurore d'un avenir nouveau. Voilà ce que nous vous demandons énergiquement ; et si notre voix n'était pas entendue, nous disons ici que l'humanité et la patrie l'exigent et l'imposent. »

Ce manifeste n'ayant pas produit l'effet qu'ils en attendaient, les francs-maçons décidèrent qu'ils feraient une démonstration publique, sorte d'exhibition théâtrale sur le résultat de laquelle ils se croyaient en droit de beaucoup compter.

A dix heures et demie, les loges des trois rites, le Grand-Orient, le rite Écossais et le Mesraïm, se réunirent dans la cour du Louvre et sur la place du Carrousel, et se dirigèrent ensuite vers le palais municipal. Des gardes nationaux occupaient la rue de Rivoli et la place du Palais-Royal, contenant avec peine la curiosité de la population parisienne, pour qui tout est spectacle. Ah ! qu'ils étaient donc ridicules, ces francs-maçons, avec leurs ceintures, tabliers, sautoirs, bannières et autres oripeaux, bons peut-être pour le huis

clos, mais qui n'auraient jamais dû s'exposer ainsi au
grand jour des railleries populaires.

Une députation de toutes les loges pénétra dans la cour
de l'hôtel de ville, et y fut reçue par tous les membres
de la Commune, au son des clairons et des tambours. Il
y eut échange de discours : Félix Pyat, Charles Beslay
et Léo Meillet prirent successivement la parole. Un
membre de la Commune, Jules Vallès, orna même une
des bannières de son écharpe écarlate, aux grands
applaudissements des assistants.

Du Châtelet à Neuilly, où les francs-maçons devaient
s'aboucher avec l'armée de Versailles, le chemin le plus
direct était de descendre la Seine ; mais la Commune
tenait à ce qu'une telle manifestation ne fût pas perdue
pour le peuple de Paris. On fit donc remonter le cortège
vers la Bastille, pour suivre ensuite toute la ligne des
boulevards. Les francs-maçons allaient planter leurs
bannières sur les remparts ; nul doute qu'à la vue de
ces enseignes redoutables les Versaillais n'oseraient
continuer le feu! Cependant, l'audacieux Mont-Valérien,
sans respect pour un si ridicule clinquant, salua les
vénérables frères d'un envoi de boîtes à mitrailles, qui
les fit détaler à toutes jambes.

« Quel bonheur! disait un fuyard, nous avons un des
nôtres blessé.... Sans cette heureuse chance, nous aurions
été ridicules! »

Trois francs-maçons avaient obtenu d'être conduits à
M. Thiers ; mais ce dernier persistant toujours « à ne
pas se rendre à la Commune », ils revinrent déplanter
leurs inutiles bannières qui flottaient au vent des obus.

Les Parisiens se bornèrent à rire de ce dénouement ;
mais, quelque plaisant qu'il paraisse, on ne peut s'empêcher de reconnaître que derrière les devises mensongères de la paix les francs-maçons se sont ralliés à la
Commune, dont tous les actes furent une insulte à la

civilisation et à la liberté ; ils ont quitté leur rôle d'apaisement pour pactiser avec les hommes du pillage et de la
terreur!

Des diverses tentatives de conciliation, il n'était en
somme résulté qu'une suspension d'armes, pendant
laquelle les habitants de Neuilly, pris entre deux feux,
avaient pu évacuer les caves dans lesquelles ils vivaient
enfermés depuis près d'un mois. Le seul résultat de
toutes ces démarches fut qu'elles aidèrent la Commune
à tromper la population sur le véritable état des choses
et sur les véritables causes de la guerre civile ; elles
contribuèrent aussi à ébranler l'autorité légitime du
suffrage universel, régulièrement représenté par l'Assemblée nationale. Il ne pouvait sortir rien autre chose de
tous les pourparlers : M. Thiers et l'Assemblée étaient
placés en face d'une situation telle, qu'il leur était interdit
d'accepter une base quelconque d'une négociation en
règle, sous peine d'anéantir à tout jamais en France
non seulement le principe d'autorité, mais le principe
de la loi elle-même. Pour eux, il y avait fatalement,
à l'hôtel de ville et sur les remparts de Paris, des coupables que l'on pouvait amnistier, mais avec lesquels
on ne pouvait traiter.

II

On aurait droit de s'étonner que les hommes d'ordre
n'eussent tenté aucun effort pour se retrouver, se compter
et s'organiser, en apercevant l'abîme où les avaient jetés
les maires et députés signataires des appels au vote du
26 mars. Ce reproche serait injuste ; et si les honnêtes
gens ne firent pas autant de bruit et de démonstrations
que la Ligue républicaine, il faut se rappeler que la

Ligue était l'alliée au moins indirecte, sinon la complice de l'hôtel de ville, tandis que le parti de l'ordre était l'objectif de ses fureurs et de ses violences.

Cependant, dès les premiers jours d'avril, un groupe de citoyens dévoués se mettait en rapport avec Versailles; il était prêt à tout affronter, à tout entreprendre pour faire cesser le triste état de choses dans lequel gémissait Paris, et pour préparer à l'intérieur les moyens de seconder et d'assurer les mesures militaires prises au dehors.

A la tête de ce mouvement, se trouvaient le colonel Domalain, de la légion bretonne, et le colonel A. Charpentier, de la garde nationale de Paris. Munis de pleins pouvoirs par M. Thiers et M. Ernest Picard, et d'accord avec M. le ministre de la marine et la commission des quinze, ces deux officiers s'occupèrent surtout de paralyser dans Paris l'action communaliste sur la garde nationale. Des chefs de groupes, désignés par eux, eurent bientôt conquis à la bonne cause une armée de vingt mille gardes nationaux environ.

En même temps, ils s'entendaient avec le commandant en second des Tuileries, avec l'inspecteur général des barricades, et même avec un certain nombre de chefs de l'insurrection. Nous avons eu entre les mains la preuve certaine que Félix Pyat, Dombrowski et Cluseret, prévoyant la chute aussi prochaine qu'inévitable de la Commune, prirent une part plus ou moins connue à cette conspiration : Félix Pyat, comme toujours, pour sauver sa personne[1]; Dombrowski, dans l'intérêt des hommes qu'il commandait; et Cluseret, pour un motif de spéculation. Ce dernier avait cherché non à se rallier, mais à se vendre, et tellement cher, que cela dépassait toute

---

1. Le Père Duchêne eut vent de la défection de Félix Pyat comme le prouve un violent article qu'il écrivit alors.

vraisemblance (10 millions pour livrer les portes). C'est le refus de ses offres et le rejet de ses propositions extravagantes, qui le poussèrent lui-même, irrité, à faire des révélations.

Cluseret fut dénoncé par Eudes qui avait en main les preuves de la défection du délégué à la guerre et d'un payement important qu'on devait effectuer le 5 mai. Eudes crut voir, dans l'abandon du fort d'Issy par trois bataillons de fédérés, une première mise à exécution du complot; et dans l'accident arrivé à Okolowicz, qui fut blessé par un coup de pistolet au ministère de la guerre, une tentative d'assassinat préméditée par Cluseret. Celui-ci avait intérêt à se débarrasser d'Okolowicz, pour mettre ses projets à exécution.

Au crime d'avoir voulu livrer le fort d'Issy on ajoutait son intervention, qui n'est pas problématique pour nous, en faveur de l'Archevêque. Afin de préparer les esprits à la délivrance de Mgr Darboy, Cluseret imagina, de concert avec Dombrowski, la prétendue démarche de l'archevêque de Posnanie auprès de M. de Bismarck, et l'intervention du gouvernement prussien auprès de la Commune en faveur de l'infortuné prélat. Mais *jamais cette Puissance, ni aucun de ses représentants militaires à Saint-Denis,* n'a donné à l'Archevêque la moindre marque d'intérêt.

On parlait aussi des visées du général à la dictature. Mais comme il nous a été donné de découvrir quelques-unes des intrigues qui furent nouées alors au sein de la Commune, nous pouvons affirmer qu'il ne s'agissait pas d'une pure question d'influence. La vive altercation qui s'éleva entre Cluseret et Delescluze, peu de temps avant l'arrestation du délégué à la guerre, eut pour motif principal des indices de la défection de celui-ci et, en particulier, *son projet de délivrer le lendemain l'Archevêque de Paris.*

L'incarcération du général amena la découverte d'une réaction intérieure armée. Ce fut ce que la Commune appela le *complot des brassards*. Qui ne connaît l'existence de cette conspiration célèbre? Elle a été, un mois durant, le sujet de toutes les conversations; la presse s'en est emparée; quelques journaux, soulevant un coin du voile mystérieux qui l'enveloppait, ont fait les révélations les plus piquantes; des brochures de nuances diverses ont revendiqué en faveur de différentes individualités le mérite de cette patriotique pensée.

L'idée d'emprunter un brassard tricolore, comme signe de ralliement, était venue à plusieurs depuis la tentative de l'amiral Saisset. Les conciliabules du Grand-Hôtel l'avaient vue éclore, et lorsque l'état-major de l'amiral s'était dispersé, la grande préoccupation des partisans de l'ordre qui effectuaient leur retraite sur Versailles et de ceux qui continuaient leur séjour à Paris, avait été de savoir comment ils reconnaîtraient leurs amis; c'est pour cela que le département de la guerre se mit à faire confectionner des brassards. Ces bandelettes à trois couleurs, estampillées au cachet du ministère, devaient être distribuées aux gardes nationaux restés fidèles, le jour où l'armée pénétrerait dans Paris. Le ministre de l'intérieur, qui s'attendait constamment à la prochaine réoccupation de la capitale au moyen d'une surprise, fabriquait aussi des modèles de brassards. Des auxiliaires de la police les introduisaient au fur et à mesure dans Paris, et les remettaient à des chefs de groupes. Mais le comité central ayant découvert quelques-uns de ces signes de ralliement, les délégués de la Commune, guidés par des limiers de la Préfecture, faisaient chaque jour des perquisitions. Les recherches pourtant n'étaient pas invariablement heureuses.

Des modèles de brassards, venus de Versailles, avaient été un matin apportés chez M. L..., par un envoyé du

commissaire de police Bérillon. L... avait mission de
faire confectionner chez lui rapidement, par des mains
sûres, assez de brassards pour en munir toute sa compagnie. Sa femme aussitôt s'était mise à l'œuvre, ache-
tant, pour détourner les soupçons, du calicot dans un
magasin, de la percale bleue dans un autre, ailleurs
enfin de la percale rouge ; en moins de quarante-huit
heures, tout cela était taillé, rassemblé, cousu. On n'attendait plus que l'ordre de répartition, lorsqu'un peloton
de fédérés se présenta chez l'horticulteur-grainetier
avec un ordre de perquisition. Le maître de la maison
était absent. Les fédérés n'en voulaient rien croire :
« Nous saurons bien les trouver, disaient-ils, lui et ses
fameux brassards. »

Au mot de brassards, Mme L... pâlit. Mais elle comprenait trop combien la situation exigeait de sang-froid,
pour que son trouble fût de longue durée. Ce fut donc
avec une courageuse apparence de calme qu'elle guida
les visiteurs dans leurs recherches. Après avoir minu-
tieusement inspecté chaque pièce, ouvert tous les tiroirs,
soulevé les housses des meubles et visité les moindres
coins : « Maintenant, citoyenne, allons examiner la
cave », ordonna celui qui paraissait être le chef.

Un factionnaire fut laissé à la porte de l'appartement
restée ouverte. Le reste de la troupe descendit, mais à
peine arrivait-on au sous-sol, qu'un coup de feu retentit
en haut : « Le misérable » exclama le chef, « il a assas-
siné notre sentinelle ! »

Déjà les autres, hors d'eux-mêmes, dirigeaient contre
Mme L... les canons de leurs fusils, et l'officier allait
commander le feu, lorsque se ravisant : « Allons voir »,
fit-il.

On remonta. Heureusement pour l'infortunée, le factionnaire était toujours à son poste. C'était la porte qui,
brusquement fermée par le vent, avait, en poussant la

main du garde, appuyé sur la détente du fusil et déterminé l'explosion de l'arme. La bande s'éloigna sans avoir rien trouvé. Elle n'avait, dans ses investigations, oublié que le piano, à l'intérieur duquel les brassards étaient cachés.

Vers le même temps où fut découvert le complot des brassards, un partisan isolé, dont le nom est resté inconnu, s'occupait avec un zèle louable de la délivrance de Paris, d'accord avec l'état-major de la guerre; mais comme il était sans rapport avec l'état-major de la garde nationale, dont les services à Versailles étaient contrôlés par le colonel Corbin, il se faisait bientôt arrêter. A la même époque, un autre fait analogue se produisait aussi. Le commandant de la caserne du Prince-Eugène, un nommé Picard, s'était rencontré avec un de ses créanciers, officier de la légion bretonne, et lui avait proposé de livrer à un moment donné la caserne aux troupes de l'ordre, moyennant une somme de 10 000 fr. L'officier demanda à réfléchir, à consulter ses chefs, et accepta un rendez-vous donné par Picard pour traiter définitivement, au grand café Parisien, place du Château-d'Eau. Quand il se présenta, Picard, qui, la veille, avait pris la précaution de lui emprunter 200 fr., le fit incarcérer. L'officier breton fut d'abord conduit à Mazas, puis devant le Comité central, puis à l'hôtel de ville, puis encore à Mazas. Il parvint à s'évader le 25 mai, et ce fut lui qui fit arrêter et fusiller Picard.

Cependant malgré la vigilance de la Commune et le zèle de ses agents, la garde nationale restée fidèle ne cessa pas de communiquer avec le Gouvernement de Versailles et de prendre ses ordres. Dans les derniers jours de l'insurrection, alors qu'une attaque était imminente, le colonel Domalain envoyait à M. Thiers la lettre suivante :

« Monsieur le Président,

« Il est absolument nécessaire que nous soyons avertis vingt-quatre heures à l'avance, attendu que nous ne pouvons tenir constamment nos hommes sur le qui-vive. Il est déjà difficile de garder sous la main des personnes campées dans un même endroit ; à plus forte raison est-ce difficile pour des hommes que l'on ne peut prévenir qu'avec les plus grandes précautions.

« J'ai aussi l'honneur de vous informer que, de concert avec X..., je prendrai énergiquement l'initiative pour ce qu'il y aurait à faire à l'intérieur de Paris, en ce qui regarde les positions à prendre ou à occuper, car, au moment de l'action, il ne nous faudra ni indécision, ni hésitation.

« Daignez agréer, etc.   « A. DOMALAIN. »

En même temps, on faisait imprimer hors de Paris, et on tenait prête à être placardée une proclamation faisant appel aux bons citoyens.

Voici quel était le plan du colonel Domalain : avec le concours de l'inspecteur des barricades, le sieur T..., on prenait l'avenue Victoria, la place de l'Hôtel-de-Ville ; on établissait autour de la place des Victoires une redoute terrible, armée de mitrailleuses et d'artillerie ; on désarmait les principales barricades de Paris. Grâce au commandant en second des Tuileries, le sieur V...., on arrêtait tous les commandants du château dont on se rendait maître sans coup férir. Les groupes de gardes nationaux se formaient dans Paris, au premier signal ; mais ce signal ne fut pas donné, l'attaque ayant été faite à l'improviste.

Il ne fut tenté que quelques mouvements isolés, doublement périlleux, car, sans ordre, sans mot de ralliement, on avait tout à craindre de la défiance des

soldats comme de la fureur des fédérés. Les hommes
de cœur qui ont payé de leur vie ces actes d'audace,
les commandants Durouchoux et Poulizac, le capitaine
Verdier, n'en font que plus d'honneur à la garde nationale fidèle.

Des circonstances fortuites empêchèrent la formation
et la réunion des groupes au moment de l'assaut, comme
ce fut uniquement le défaut de prudence de Cluseret
qui empêcha son complot de réussir. Ne faut-il pas reconnaître dans ces différents insuccès l'intervention
d'une volonté supérieure à la sagesse humaine? Paris,
qui le premier avait tiré l'épée, devait être châtié par
l'épée !

CHAPITRE XI

I

Il y avait déjà plusieurs jours que la Commune de Paris était entrée dans cette période aiguë que M. de Moltke appelle l'heure *psychologique :* le dénoûment allait venir, sanglant, terrible ! Deux généraux étaient morts, Lullier était arrêté, Bergeret était arrêté, Cluseret était arrêté, Rossel venait de l'être. Tant de rigueur montrait clairement qu'on n'avait rien à espérer en dehors de la zone des fortifications. Pour faire face aux difficultés qui grandissaient de jour en jour, les hommes de la Commune, alors dominée par les Jacobins, ne comptaient plus que sur un expédient : la terreur. Ils instituèrent un Comité de salut public pour les aider à se défendre et leur permettre de répandre plus longtemps la mort. Plagiaires de crime, de vol, de meurtre et de toutes sortes d'ignominies, ils révélèrent ainsi, du même coup suprême, la folie furieuse et lâche qu'ils étaient capables d'admirer et de copier.

Au début de l'insurrection, nous avons vu Paris gouverné par le Comité central. Après le 26 mars, le pou-

voir avait passé aux mains de la Commission exécutive,
composée des citoyens Félix Pyat, Tridon, Lefrançais,
Eudes, Duval et Bergeret; le 3 avril, les trois derniers
qui étaient généraux furent remplacés, afin de leur
permettre de mieux suivre les opérations militaires, par
Delescluze, Cournet et Vermorel. Le 20, sur la proposition de Delescluze, nouvelle organisation. La Commission exécutive fut dissoute et remplacée par une nouvelle, composée des délégués aux neuf principaux
services : Cluseret, Jourdes, Viard, Paschal Grousset,
Vaillant, Protot, Franckel, Andrieu et Raoul Rigault;
celui-ci donna sa démission et fut remplacé le 26 août
par Cournet.

Le 2 mai, lorsqu'elle apprit l'évacuation du fort
d'Issy, ce premier coup de glas qui sonnait sa chute, la
bande de l'Hôtel de ville nomma un Comité de salut
public. Dans ce conseil, qui rêvait déjà de faire sauter
des monuments et d'égorger des otages, il y avait un
homme de lettres, le vieux Pyat : il était l'acier du Comité; les autres membres, Antoine Arnaud, Léo Meillet,
Ranvier et Charles Gérardin, n'étaient que le plancher
et les montants. Ce Comité dura à peine une semaine :
il avait été constitué pendant une absence de Delescluze, que les crises toujours plus fréquentes d'une
grave maladie d'estomac retenaient périodiquement;
mais, le 9 mai, Delescluze se prononça énergiquement
contre lui. Ce même jour, la Commune prit les résolutions suivantes, après une orageuse séance en comité
secret :

« 1° Réclamer la démission des membres actuels du
Comité de salut public, et pourvoir immédiatement à
leur remplacement.

« 2° Nommer un délégué civil à la guerre, qui sera
assisté de la Commission militaire actuelle, laquelle se
mettra immédiatement en permanence.

« 3° Nommer une commission de trois membres chargés de rédiger immédiatement une proclamation.

« 4° Ne plus se réunir que trois fois par semaine en assemblée délibérante, sauf les réunions qui auront lieu dans le cas d'urgence sur la proposition de cinq membres ou sur celle du Comité de salut public.

« 5° Se mettre en permanence dans les mairies de ses arrondissements respectifs pour pourvoir souverainement aux besoins de la situation.

« 6° Mettre le Comité de salut public en permanence à l'Hôtel de ville. »

Ces diverses résolutions furent exécutées. Le Comité de salut public, reconstitué, se composa des citoyens Antoine Arnaud, Ranvier, Eudes, Gambon et Delescluze. Ce dernier s'efforça d'y faire prévaloir l'alliance des moyens révolutionnaires avec le respect de la forme, de la loi, et de l'opinion publique. Dans le *Réveil du peuple*, qu'il fonda à ce moment, il soutint avec une rare énergie les doctrines jacobines. La démission de Rossel l'amena à abandonner la Commission exécutive, dès le lendemain de sa nomination. Il devint alors délégué civil à la guerre, et dans ses nouvelles fonctions fit preuve de la plus impitoyable énergie.

Delescluze signala son avènement au pouvoir par deux proclamations, l'une à la Commune qu'il rassurait sur la situation militaire, l'autre à la garde nationale.

« Nos remparts, disait-il aux soldats fédérés, sont solides comme vos bras, comme vos cœurs. Vous n'ignorez pas d'ailleurs que vous combattez pour votre liberté et pour l'égalité sociale, cette promesse qui vous a si longtemps échappé ; que si vos poitrines sont exposées aux balles et aux obus des Versaillais, le prix qui vous est assuré, c'est l'affranchissement de la France et du monde, la sécurité de vos foyers, la vie de vos femmes et de vos enfants. Vous vaincrez donc ; le monde,

qui vous contemple et applaudit à vos magnanimes
efforts, s'apprête à célébrer votre triomphe, qui sera
le salut pour tous les peuples. »

Sectaire farouche et convaincu, Delescluze était bien
l'homme qu'il fallait à la Commune agonisante pour lui
faire de sanglantes et terribles funérailles. Épuisé par
la maladie qui le rongeait, il n'avait plus que quelques
jours à vivre. D'autres chefs, qui songeaient à la fuite
ou à la trahison, auraient pu préparer à l'insurrection une fin moins lugubre; mais bien qu'on ait écrit le
contraire, Delescluze n'estima jamais que les heures
qui lui restaient encore valussent une lâcheté ou une
infamie. Haineux et impuissant contre la société, dans
laquelle il ne put se placer au premier rang, il voulut
qu'elle s'abîmât avec lui dans le sang et le feu, et il n'a
pas tenu à lui que l'exécution ne répondît complètement
à son sinistre dessein.

A son instigation, la Commune supprima tous les
journaux hostiles au nouveau gouvernement; des mesures sévères furent prises pour relever la discipline
chez les fédérés, et Delescluze, renonçant à défendre
Paris au moyen des barricades, concentra tous les
moyens de défense sur le rempart. Mais les socialistes
du 18 mars, forcés de subir l'ascendant funeste de son
talent, ne lui avaient jamais pardonné de faire passer
la révolution politique avant la révolution sociale. A
peine était-il au pouvoir que derrière lui s'agitaient le
Comité central, le Comité de salut public et la Commune, dont les dissensions intestines allaient paralyser
ses efforts. La Commune, divisée en deux camps, tirait
à droite et à gauche, sans plus s'occuper du délégué à
la guerre, pendant que le Comité central s'efforçait de
lui arracher une part de son autorité.

A cette première heure de l'agonie, tout se débattait
dans un indicible trouble. Si la population saine se fût

soulevée pour répondre à la proclamation que M. Thiers
fit afficher dans Paris, et dans laquelle il l'invitait à
secouer le joug des fantoches qui opprimaient la capitale
depuis deux mois, la partie eût pu se gagner plus tôt,
et on aurait peut-être évité la catastrophe finale.

Mais à ce dernier appel, on ne répondit pas plus
qu'on ne l'avait fait au 18 mars. Le parti de l'ordre avait
alors laissé faire, maintenant il ne pouvait plus remuer.
Il n'avait ni drapeau, ni point de ralliement, ni chefs,
ni armes, ni argent. Comment aurait-il pu reprendre ce
que le Gouvernement n'avait pas su conserver lorsqu'il
avait entre les mains trente mille soldats, dix mille
fonctionnaires, un budget, une judicature et des ministres ?

Cependant, si peu pratique qu'elle fût dans quelques-
uns de ses détails, la proclamation de M. Thiers produisit un grand effet. Pour ceux qui comprennent le
mouvement des choses politiques, elle était un dernier
avertissement à la ville, et comme une dernière sommation à la Commune, elle indiquait « le commencement
de la fin ». Le gouvernement de l'Hôtel de ville ne s'y
trompa point. Il rapprocha cette pièce d'un récent
discours, dans lequel M. Thiers disait qu'il ne fallait
plus que huit jours pour venir à bout du siège ; et les
conséquences de l'entrée de l'armée dans Paris ne pouvaient qu'exciter la Commune. C'est pourquoi elle prit
alors, en se jouant, la plus odieuse mesure contre le
président du conseil. Plusieurs fois déjà, M. Rochefort,
invoquant la loi du talion contre le bombardement de
Paris, avait réclamé la démolition de l'hôtel de
M. Thiers. Voici de quelle façon il s'exprimait dans le
Mot d'ordre du 4 avril :

« M. Thiers possède, place Saint-Georges, un merveil-
leux hôtel plein d'œuvres d'art de toutes sortes.
M. Picard a, sur ce pavé de Paris qu'il a déserté, trois

maisons d'un formidable rapport, et M. Jules Favre, occupe, rue d'Amsterdam, une habitation somptueuse qui lui appartient. Que diraient donc ces propriétaires hommes d'État si, à leurs effondrements, le peuple de Paris répondait par des coups de pioche, et si, à chaque maison de Courbevoie touchée par un obus, on abattait un pan de mur du palais de la place Saint-Georges, ou de l'hôtel de la rue d'Amsterdam ? »

Jusqu'à ce jour, les plus téméraires avaient hésité. Cette fois, comme s'il eût voulu refaire une page de la république romaine, le Comité de salut public prit la mesure suivante, qui sut émouvoir le grand homme d'État et le prendre par son côté sensible.

« Art. 1ᵉʳ Les biens meubles des propriétés de Thiers seront saisis par les soins de l'administration des domaines.

« Art. 2. La maison de Thiers, située place Saint-Georges, sera rasée.

« Art. 3. Les citoyens Fontaine, délégué aux domaines, et J. Andrieu, délégué aux services publics, sont chargés, chacun en ce qui le concerne, de l'exécution *immédiate* du présent arrêté.

« Paris, 21 Floréal an 79.

« *Les membres du Comité de salut public,*

« Ant. ARNAUD, EUDES, F. GAMBON, G. RANVIER. »

Ainsi fut traitée autrefois la demeure de Cicéron.

Quelques naïfs avaient prétendu qu'il ne s'agissait que d'une pure fanfaronnade, mais ils ne connaissaient pas les fous furieux que le malheur des temps avait portés aux affaires. Les bataillons fédérés du dix-huitième arrondissement, le 37ᵉ, le 61ᵉ, le 64ᵉ, le 79ᵉ, le 124ᵉ et le 158ᵉ, précédés du drapeau rouge, envahirent la place Saint-Georges.

À gauche, au centre d'un véritable bouquet de lilas

s'élevait, toute pleine de souvenirs, la maison de
M. Thiers. Tous les hommes d'État, presque toutes les
illustrations du monde y avaient passé. Elle renfermait
des meubles précieux, une multitude d'objets rares,
des tableaux inestimables. Une foule aveugle et excitée
se rua contre ce temple de l'art et fit main basse sur
les trésors de toute nature qu'y avaient accumulés
cinquante ans de patience. Les livres, les dessins, les
cartes géographiques, les autographes, etc., tout fut
emporté. Parmi les nombreuses compagnies formant
les bataillons qui stationnaient sur la place Saint-Georges,
la 12e du 64e se distingua surtout par ses déprédations ;
sur les cinquante-cinq hommes qui la composaient, il y
en eut toujours vingt-quatre en permanence, buvant le
vin pris dans les caves, ou, quand ils descendaient de
garde, emportant tout ce qu'ils avaient pu soustraire
dans les appartements. Plusieurs objets furent ainsi
vendus aux passants, quelques-uns offerts à des camarades comme « souvenirs ». La foule, une foule stupéfaite,
hébétée, regardait et laissait faire : « Ils pillent, disait-on
dans les groupes, ils n'oseront pas démolir. »

Au bout de vingt-quatre heures, l'attentat dont on
avait cru incapables les hommes de la Commune était
consommé ; il ne resta debout que quelques murs.

Alors Paris commença à comprendre que ces nouveaux
Vandales ne s'arrêteraient plus devant aucun excès.

La Commune comptait sur l'énergie révolutionnaire
du nouveau Comité de salut public et du délégué civil
à la guerre ; elle ne fut pas trompée. En peu de jours
(le Comité fut le maître seulement du 11 au 23), les
mesures les plus rigoureuses se succédèrent. A la date
du 15 mai, pensant voir des traîtres partout, l'Hôtel de
ville rajeunissait le décret de la Terreur relativement
aux cartes de civisme. Suivant cet édit, tout citoyen
devait être muni d'une carte d'identité contenant ses

nom, prénoms, profession, âge et domicile, numéros de légion, de bataillon et de compagnie, ainsi que son signalement. Quiconque serait trouvé non porteur de cette carte pourrait être arrêté par le premier garde national venu. Jamais, depuis 93, formule plus tyrannique n'était venue aux oreilles de la population parisienne ; mais ce soupçon, devenu le prétexte d'une loi, ne fit qu'exciter les sourires de la foule. Pas une carte de civisme n'a été demandée aux commissaires de police.

Le 16, fut exécutée la colonne Vendôme, dont la démolition avait été décrétée le 12 avril. Ce monument de nos victoires, ce bronze perpétuant le souvenir de la défaite de l'Allemagne, ce trophée superbe destiné à redire aux siècles notre gloire et l'humiliation des Germains, était un objet de haine, un incessant aliment de rage et de fureur chez nos implacables ennemis, les Prussiens. En 1814, ils avaient épuisé contre cette colonne leur fureur impuissante ; ils devaient réussir en 1871. Il se trouva alors, comme nous en avons vu sous la Commune, des Français assez indignes de ce nom pour se faire les agents de la haine prussienne.

Quel sentiment poussait les hommes de l'Hôtel de ville à cet acte de vandalisme ? Les Prussiens y étaient-ils pour quelque chose ? Faut-il y voir l'influence de Karl Marx, de Franckel, ou bien les complaisances vénales de quelques autres, le désir de faire argent de toute matière, ou plutôt une protestation sincère contre le despotisme de l'Empire et contre l'influence du militarisme ? Nous croyons que tous ces éléments divers y concoururent.

Mais la Commune avait-elle bien le droit de protester contre la guerre, elle qui dans tous ses bulletins chantait la vaillance et prônait l'honneur militaire ? Était-il plus opportun d'invoquer le droit international, quand l'ennemi débordait de toutes parts sur nos provinces ;

ou de parler d'insulte des vainqueurs aux vaincus, lorsque la Prusse nous tenait sous son genou? Et la fraternité, y avait-il lieu de la rappeler, lorsque les Allemands pillaient, brûlaient, massacraient?

Longtemps on voulut croire que le décret qui ordonnait la destruction de la colonne n'était qu'une vaine menace. Elle appartenait après tout à la France entière; chacune de ses provinces pouvait revendiquer sa part de gloire écrite sur le bronze! Paris tout seul n'avait pas le droit de la détruire.

Et puis, quelle heure sombre ils avaient choisie pour humilier la patrie! C'était l'heure de nos désastres, l'heure où fumaient encore nos villes incendiées, nos chaumières détruites. En vain la voix de Victor Hugo s'éleva contre le sacrilège; elle n'arrêta pas les démolisseurs.

A trois heures, la musique du 190e bataillon exécute *La Marseillaise* suivie du *Chant du Départ*, pendant que quelques membres de la Commune s'installent sur le balcon du ministère de la justice où du champagne leur fut apporté.

A trois heures et demie, le clairon sonne, c'est le signal. Le public s'éloigne : on manœuvre le cabestan. Les trois cables destinés à entraîner la colonne, sciée en sifflet à la hauteur du piédestal, se tendent. Le cabestan casse, renversant les hommes attelés au moulinet, et, l'un d'eux est tué.

A cinq heures, un nouveau cabestan est installé. Pendant cet intervalle trois corps de musique charment l'impatience des spectateurs et des autorités par des fanfares et des airs tous plus patriotiques les uns que les autres.

A cinq heures et demie, un cri est poussé par toutes les personnes présentes haletantes d'émotion. La colonne oscille un instant et tombe sur le lit de fumier, qui lui est préparé, sans qu'aucune terrible secousse n'ait fait effondrer les maisons, ni casser une seule vitre.

La colonne en tombant se brise en plusieurs endroits ; la tête de la statue est séparée du tronc, et un bras est cassé. Il se trouve des hommes pour hurler à ce moment : Vive la Commune. D'autres cherchent à s'emparer d'un débris du monument ; on vend de ces débris jusqu'à cent francs le morceau.

La chute de la colonne Vendôme impressionna douloureusement l'armée. C'était elle surtout que la Commune avait voulu frapper en abattant ce monument.

Le maréchal Mac-Mahon publia à cette occasion l'ordre du jour suivant :

« Soldats !

« La colonne Vendôme vient de tomber. L'étranger l'avait respectée : la Commune de Paris l'a renversée. Des hommes qui se disent Français ont osé détruire, sous les yeux des Allemands qui nous observent, ce témoin des victoires de vos pères contre l'Europe coalisée. Espéraient-ils, les auteurs indignes de cet attentat à la gloire nationale, effacer la mémoire des vertus militaires dont ce monument était le glorieux symbole ? Soldats, si les souvenirs que la colonne nous rappelait ne sont plus gravés sur l'airain, ils resteront du moins vivants dans nos cœurs, et, nous inspirant d'eux, nous saurons donner à la France un nouveau gage de bravoure, de dévouement et de patriotisme. »

La destruction de la colonne produisit, on le comprend, une toute autre impression sur les membres de la Commune. Une députation se rendit à l'Hôtel de ville immédiatement après la chute du monument, elle fut reçue par MM. Miot et Ranvier. Miot prononça alors l'allocution suivante :

« Le peuple est patient. Il se résigne à supporter le

joug et l'humiliation, mais sa vengeance n'en est que plus terrible le jour où elle éclate. Malheur à ceux qui le provoquent et excitent jusqu'au bout son légitime courroux ! Jusqu'ici notre colère ne s'est exercée que sur des choses matérielles, mais le jour approche où les représailles seront terribles et atteindront cette réaction infâme qui nous mène et cherche à nous écraser. »

Ranvier, le membre du Comité de salut public, fut encore plus explicite : « La colonne Vendôme, la maison de M. Thiers, la chapelle expiatoire, dit-il, ne sont que des exécutions matérielles. Mais le tour des traîtres et des royalistes viendra inévitablement si la Commune y est forcée. »

Le programme des abominables assassinats, qui devaient quelques jours plus tard épouvanter le monde, était donc nettement tracé, et les scélérats, qui l'ont fidèlement suivi, avaient reçu leur mot d'ordre.

Il ne faudrait pas croire, toutefois, que ces hommes fussent de bronze. A mesure que la fin du drame approchait, ils se sentaient mollir. Un sentiment d'effroi, de plus en plus difficile à dissimuler, se manifestait dans tous leurs actes, copiés avec soin sur 93. Les habitudes, et jusqu'aux dénominations de cette lugubre époque, semblaient être définitivement adoptées. Et cependant, rien de puéril et d'incommode comme la résurrection du calendrier républicain. Mais cette défroque révolutionnaire importait peu à la population parisienne ; ce qui la préoccupait davantage c'était la chasse aux réfractaires, les arrestations d'otages, devenues de plus en plus nombreuses, les réquisitions sans nombre, particulièrement des chevaux qu'il était sévèrement interdit de faire sortir de Paris ; toutes les vexations, en un mot, et toutes les tyrannies qu'une capitale puisse souffrir de la part d'un groupe de factieux capables de tous les attentats.

Sept journaux furent supprimés d'un seul coup ; la destruction de la chapelle expiatoire de Louis XVI fut décrétée ; les persécutions contre le clergé redoublèrent ; les églises, déjà spoliées de tout ce qu'elles renfermaient de précieux, furent transformées en clubs. Les fouilles dans les vieux ossuaires des églises se généralisèrent, et sans la fin du règne de la Commune, il est difficile de dire où ces recherches repoussantes se seraient arrêtées. Nous ne croyons véritablement pas que la génération de 1793 ait vu des choses plus honteuses ni plus révoltantes.

Le 17 mai, une de ces imprudences, malheureusement trop fréquentes et qui amènent toujours de terribles accidents, fournit à la Commune une nouvelle occasion de semer la terreur. Vers six heures, Paris fut mis en émoi par une formidable explosion qu'on entendit jusqu'à Versailles. La population courait effarée dans les rues interrogeant du regard le ciel bleu d'une belle soirée de mai, sur lequel se détachait, en s'élevant, une épaisse colonne de fumée tout irisée par les rayons du soleil. Du centre de cette nuée aux diverses couleurs, retombait une pluie de balles sur tous les quartiers d'alentour. Des milliers de cartouches éclataient et lançaient au loin leurs projectiles meurtriers.

C'était la cartouchière Rapp qui venait de sauter. Elle se composait de deux corps de bâtiments : l'un servait de dépôt pour les projectiles, l'autre était l'atelier. C'est dans le dépôt qu'avait eu lieu la première et principale explosion, suivie instantanément de quelques autres moins fortes. La disposition des lieux excluait donc toute idée de malveillance ; on cria cependant à la trahison : le feu avait été mis aux poudres par quelque agent de Versailles. Les Parisiens, suffisamment exaltés déjà dans le premier moment de doute, le furent bien plus encore par cette mensongère proclamation de la Commune :

« Le gouvernement de Versailles vient de se souiller d'un nouveau crime, le plus épouvantable et le plus lâche de tous.

« Ses agents ont mis le feu à la cartouchière de l'avenue Rapp et provoqué une explosion effroyable.

« On évalue à plus de cent le nombre des victimes. Des femmes, un enfant à la mamelle, ont été mis en lambeaux.

« Quatre des coupables sont entre les mains de la sûreté générale

« Paris, le 27 floréal, an 79.

« *Le Comité de salut public :*

« Ant. Arnauld, Billioray, E. Eudes, E. Gambon, G. Ranvier. »

Le lendemain, le *Journal officiel* publiait un rapport signé Butin, lieutenant, et Garantie, chef de légion, et affirmant que « nos soldats avaient tué, après l'avoir outragée, une cantinière prise pendant qu'elle pansait un blessé, et qu'ils avaient tiré sur des parlementaires, précédés du drapeau blanc. »

Cette proclamation et ce rapport amenèrent la fameuse proposition du citoyen Urbain, dans la séance de la Commune du 17. Nous citons le compte rendu :

Le citoyen Urbain. L'exactitude du document que nous venons de lire est certifiée par le lieutenant Butin, de la 3ᵉ compagnie du 105ᵉ bataillon.

Je demande, soit à la Commune, soit au Comité de salut public, de décider que dix des otages que nous tenons en main soient fusillés dans les vingt-quatre heures, en représaille du meurtre de la cantinière assassinée et de notre parlementaire accueilli par la fusillade, au mépris du droit des gens. Je demande que cinq de ces otages soient fusillés solennellement à l'intérieur de

Paris, devant une délégation de tous les bataillons, et que les cinq autres soient fusillés aux avant-postes devant les gardes témoins de l'assassinat. J'espère que ma proposition sera acceptée.

Le citoyen J.-B. Clément. J'appuie la proposition du citoyen Urbain ; j'ai des renseignements par un parent qui revient de Versailles, où il était prisonnier. Les nôtres, qui sont détenus à Versailles, sont excessivement mal-traités : on leur donne très peu de pain et d'eau ; on débite des infamies sur leur compte et on les frappe à coups de crosse de fusil ; il faut en finir...

Le citoyen Raoul Rigault, procureur de la Commune. Je présente le projet que voici :

« La Commune de Paris, vu l'urgence,

« Décrète :

« Art. 1er. Le jury d'accusation pourra provisoirement, pour les accusés de crimes ou délits politiques, pro-noncer des peines aussitôt après avoir prononcé sur la culpabilité de l'accusé.

Art. 2. Les peines seront prononcées à la majorité des voix.

« Art. 3. Ces peines seront exécutoires dans les vingt-quatre heures.

« Raoul Rigault, Urbain, L. Chalain. »

Je suis d'avis de répondre aux assassinats des Ver-saillais de la manière la plus énergique, en frappant les coupables et non les premiers venus. Et cependant, je dois le dire, j'aimerais mieux laisser échapper des coupables que de frapper un seul innocent.

Parmi les gens que nous détenons, il y a de véritables criminels qui méritent d'être traités plus sévèrement que des otages. Eh bien ! le sort peut désigner les moins coupables, et ceux qui le sont le plus peuvent être épargnés.

En attendant que la justice soit instituée complètement, j'ai cru utile d'établir un tribunal chargé de l'examen des crimes de haute trahison. Je déclare, en outre, que je demanderai qu'il ne soit pas tenu compte de la prescription pour les crimes de cette espèce. Et je place sur la même ligne les hommes qui sont d'accord avec Versailles, et les complices de Bonaparte.

Le citoyen Président. Il y a une proposition formulée par le citoyen Urbain.

Le citoyen Urbain. Si l'assemblée décide que les représailles auront lieu dans un très court délai...

Le citoyen Raoul Rigault, procureur de la Commune. Le jury d'accusation est assigné pour après-demain.

Le citoyen Urbain. Si l'on nous donne les moyens d'exercer légalement, d'une façon convenable et promptement, les représailles, je serai satisfait.

Le citoyen Président. Voici la proposition Urbain :

« Vu l'urgence,

« La Commune

« Décrète :

« Dix individus désignés par le jury d'accusation seront fusillés en punition des assassinats commis par les Versaillais, et notamment de l'assassinat d'une cantinière fusillée par eux, au mépris de toutes les lois humaines.

« Cinq de ces otages seront fusillés aux avant-postes, et aussi près que possible du lieu où a été commis le crime.   « URBAIN. »

Le citoyen Protot. Je déclare, au sujet du projet présenté par le citoyen Rigault, que le jury d'accusation ne peut se prononcer que sur les questions de faits, qu'il n'y a pas de loi pénale atteignant les délits dont parle le citoyen Rigault. Il faut donc déterminer la peine dont ils sont susceptibles.

Le citoyen Amouroux. Je suis d'avis qu'on doit user de représailles. Il y a un mois, nous avons annoncé la mise à exécution d'un projet qui empêcha pour un temps les crimes que commettaient les Versaillais ; mais comme la Commune n'a rien fait, les Versaillais ont de nouveau recommencé à assassiner les nôtres. En présence de ce qui se passe, je demande quel usage on fait de la loi sur les otages. Devons-nous condamner les gens retenus à ce titre ? Mais est-ce que les Versaillais jugent nos gardes nationaux ? Ils les prennent et ils les tuent sur les grands chemins. Agissons donc ! et pour chacun de nos frères assassinés, répondons par une triple exécution ; nous avons des otages, parmi eux des prêtres, frappons ceux-là de préférence, car les Versaillais y tiennent plus qu'aux soldats.

Le citoyen Vaillant. Je suis, je l'avoue, dans un grand embarras, quand je vois en complet désaccord dans la grave question qui nous occupe, les deux seuls personnages compétents de cette assemblée sur cette matière. Ne serait-il pas bon que les citoyens Protot et Rigault s'entendissent pour nous apporter une résolution quelconque ?

Le citoyen Protot, délégué à la justice. Il n'y a pas de résolution à prendre. Le procureur de la Commune peut traduire devant les deux premières sessions du jury d'accusation les personnages qu'il veut faire juger.

Le citoyen Pillot, président. Ne perdons point de vue ce qui est en discussion, c'est-à-dire la proposition Urbain. La grande question, en ce moment, est d'anéantir nos ennemis. Nous sommes en révolution, et il faut agir en révolutionnaires ; il faut instituer un tribunal qui juge et qui fasse exécuter ses arrêts.

Le citoyen Urbain. Le jury d'accusation, dont on vient de parler, va-t-il fonctionner ? S'il doit fonctionner, ma proposition peut subsister ; dans le cas contraire, il vaudrait mieux voter la proposition Rigault.

Le citoyen Philippe, délégué au douzième arrondissement. Nous sommes en butte à une réaction terrible. Il faut prendre des mesures énergiques ; que l'on sache que nous sommes bien décidés à briser tous les obstacles que l'on oppose à la marche triomphante de la révolution.

Le citoyen Urbain. Si l'on vote sur le projet Rigault, je retire ma proposition.

Le citoyen Vaillant. Si votre jury d'accusation fonctionne régulièrement, il n'y a pas besoin d'une proposition spéciale. Vous n'avez qu'à appliquer le décret de la Commune relatif aux représailles, en déclarant que les citoyens Rigault et Protot sont chargés de l'exécution.

Après d'autres observations, le citoyen Urbain retire sa proposition devant le vote de l'ordre du jour suivant, mais en déclarant qu'il la reprendra, s'il le faut, dans les quarante-huit heures :

La Commune, s'en référant à son décret du 5 avril 1871, en demande la mise à exécution et passe à l'ordre du jour.

En exécution de ce vote, les jurys d'accusation furent convoqués ; en deux jours, environ vingt-cinq sergents de ville ou gendarmes passèrent devant les jurys, et sur ce nombre trois ou quatre seulement furent renvoyés. Les autres furent retenus comme otages, ce qui équivalait, dans les circonstances, à une condamnation à mort, sans qu'on leur reprochât autre chose que leur ancienne qualité, et sans qu'ils fussent défendus :

« Vous saviez, disait le président du jury au gardien de la paix Taussin, quelle division d'opinion il y avait entre le peuple de Paris et le Gouvernement ; vous connaissiez les sentiments du peuple, ne fût-ce que par les journées du 31 octobre et du 22 janvier. D'autres ont donné leur démission, pourquoi n'avez-vous pas fait de même ? »

Et le malheureux fut condamné !

Alors la terreur fut à son comble. L'angoisse, mais une angoisse inconnue jusque-là, régnait sur tous les visages ; on attendait avec la plus grande impatience l'arrivée de nos libérateurs, mais on redoutait en même temps le dernier coup de canon. Les bruits les plus sinistres circulaient sur l'issue de la lutte ; le Comité central faisait annoncer tous les soirs dans les clubs que Paris ne se rendrait jamais, qu'il était sillonné de torpilles, que les égouts étaient de vastes réceptacles de poudre ; que tout sauterait à l'arrivée des Versaillais, que l'ennemi ne trouverait que des ruines sur son passage. On savait par la dure expérience qu'on avait faite du vandalisme de la Commune, que celle-ci était capable de tous les excès. Depuis plusieurs jours on voyait passer de grandes charrettes chargées de pétrole dont on ignorait la destination ; les bataillons insurgés se précipitaient vers les Champs-Élysées ; le tambour battait la générale à chaque heure de la nuit ; le crépitement de la mitrailleuse et le bruit du canon se rapprochaient peu à peu et devenaient étourdissants. Les rues étaient désertes et il serait difficile de se faire une idée du froid glacial que jetait dans les veines la solitude des grandes voies ; les vieillards seuls pouvaient sortir sans porter l'uniforme de garde national. Les barricades négligées depuis quelque temps se relevaient partout ; une atmosphère de plomb semblait peser sur Paris ; les poitrines manquaient d'air.

Au spectacle de toutes ces violences, une minorité, saisie d'effroi, avait déclaré se laver les mains de tous les crimes que préparait la Commune. Elle songea même un instant à se démettre de ses fonctions ; mais, sur l'injonction qui leur fut faite, les membres qui la compo-

saient revinrent tout tremblants réoccuper leurs sièges.
Il n'y avait pas que ce rapprochement à ménager. En
voyant qu'on était démantelé de toutes parts, que les
forts du sud se rendaient l'un après l'autre, le Comité
central taxait la Commune d'inhabileté, de mollesse, et
se disposait à l'accuser de haute trahison pour s'en défaire et se remettre à sa place. Il était donc urgent d'effectuer une réconciliation entre la Commune et le Comité : elle eut lieu, grâce à une manœuvre conduite par
Félix Pyat. Une proclamation, affichée le 18 mai et re-
produite le lendemain par le *Journal officiel*, expliquait
la nouvelle situation. Les signataires déclaraient que, les
bruits de dissidence persistant, il fallait les réduire à
néant par une sorte de *pacte public*.

Par suite de cet arrangement, le Comité central, imposé par le Comité de salut public et l'administration de
la guerre, entrait en fonctions à partir de ce jour. Ce
n'est pas qu'il eût abdiqué depuis la proclamation de la
Commune. Tous les délégués à la guerre, qui s'étaient
si rapidement succédé, l'avaient rencontré sur leur chemin, et l'on sait comment Rossel avait été brisé pour
avoir voulu engager la lutte contre lui. Mais l'action du
Comité central, quoique prépondérante, était moins visi-
ble qu'au 18 mars. La nouvelle proclamation le montrait aujourd'hui plus puissant que jamais, et subor-
donnait Delescluze lui-même à son action souveraine.

En ressaisissant le gouvernail, le Comité ne se bor-
nait pas à jeter par-dessus le bord ceux qu'il appelait
dédaigneusement les républicains formalistes. Tout plein
des idées inexorables de l'Internationale, il avait pour
objet de frapper sans pitié la société actuelle sans perdre
le temps à suivre l'exemple des lyriques imitateurs de
quatre-vingt-treize, qui s'arrêtaient aux fleurettes du chemin. Original comme tout ce qui est barbare, il enten-
doit faire du neuf, à ce qu'il disait du moins. Agir d'une

manière terrible et parler après, si on le juge à propos, tel était son programme. Au contact de ces ouvriers impitoyables et sans art qui redevenaient les maîtres, le jacobin Félix Pyat s'était dépouillé des guenilles de l'école, et voilà comment il put servir de trait d'union entre la Commune et le terrible Comité.

Nous appelons l'attention du lecteur sur cette révolution intérieure, parce qu'elle nous paraît jeter une vive lueur sur les épouvantables événements qui vont s'accomplir, et qui étaient dès lors en préparation.

CHAPITRE XII

CAUSES DE LA DURÉE DE L'INSURRECTION :
COMPLICITÉ DE LA POPULATION PARISIENNE. — FAUSSES NOUVELLES.
FAUSSES DOCTRINES. — EXCITATION DES JOURNAUX
DE LA COMMUNE.

I

Le père Labat, dans le récit de son excursion au cœur de l'Afrique occidentale, rapporte un trait de mœurs dont la moralité nous a cruellement châtiés sous le règne de la Commune. Il s'agit d'une cérémonie de mariage entre noirs. Les époux en entrant dans leur natte de jonc sont séparés par un paquet de verges. C'est l'emblème de la puissance du mari ; et le piquant de l'histoire, c'est que le paquet de verges est apporté par la femme. Dans ses noces avec la Commune, la ville de Paris avait fourni les verges qui devaient répondre à un maître brutal de sa fidélité conjugale. Nous savons déjà si elle eut lieu de s'en repentir.

Suppression absolue de la liberté de prier, de penser, de s'associer, espionnage et délation en permanence,

confiscation et vol avec effraction des caisses publiques,
arrestation des honnêtes gens, élargissement des condamnés, appel aux armes des repris de justice, réquisitions forcées, pillage des entrepôts et des maisons de
banque, spoliation à main armée, enrôlement forcé des
citoyens pour la guerre civile, persécution des journaux
hostiles à l'insurrection, exercice systématique du brigandage sous toutes ses formes, en un mot, despotisme
et anarchie, tel fut, en attendant l'orgie suprême du feu
et du sang, le résumé des bienfaits qu'assura à la ville
de Paris le régime communal.

Comment, malgré tous ces excès, la Commune a-t-elle
pu régner soixante-six jours ? On s'est beaucoup étonné
de voir une de ces émeutes ordinaires à la capitale, se
changer en une véritable guerre civile, et l'on s'est
étonné encore davantage de la voir durer si longtemps.
Cela tient uniquement à ce que la plupart des personnes
qui ont vu et même habité Paris ne le connaissent pas.
En dehors du monde riche et brillant du plaisir, de la
mode, de la finance, du haut commerce, de la grande
industrie, il y a tout un Paris, beaucoup plus ignoré,
qui se compose de classes moyennes assez variées. La
plus nombreuse est celle qui comprend le boutiquier,
le petit rentier, le commis de magasin, l'employé, l'ouvrier en chambre. Au-dessous, se trouve la classe très
étendue des prolétaires et des travailleurs, moitié parisienne, moitié provinciale. A droite et à gauche, il y a
le monde des réfugiés, des déclassés, des gens sans profession ni domicile.

Ces diverses catégories, qui vont du bourgeois au
prolétaire, comprennent plus de la moitié de la population fixe. Le Paris de la richesse et du plaisir est un
monde superficiel et mobile, uniquement occupé
à faire de grandes fortunes et de grandes dépenses ; au premier danger, il boucle sa valise et dis-

paraît. De ce côté, pas de lutte, ni de résistance ; tout
gouvernement, quelque ridicule, quelque insensé, quelque infâme qu'il soit, pourra s'établir facilement et
même régner sans le moindre obstacle de sa part. Le
vrai Paris est plutôt dans les classes inférieures et
résidantes. C'est là qu'on trouve l'esprit particulier à
notre capitale, esprit léger, frondeur, sceptique. C'est
de là que sortent constamment les oppositions et les
insurrections. La Commune n'était qu'une manifestation
du mauvais esprit parisien ; elle répondait aux idées et
aux passions du plus grand nombre. Beaucoup de
ceux mêmes qui lui étaient contraires, qui en désap-
prouvaient les excès, qui auraient voulu la voir disparaître parce que leurs intérêts actuels en souffraient,
étaient avec elle d'esprit et de cœur. La Commune ne
s'est établie aussi facilement à Paris et ne s'est maintenue
aussi longtemps, que parce qu'elle a eu plus ou moins
les sympathies de ceux qui l'ont laissé faire. Et cette complicité incontestable, elle l'a entretenue par les fausses
nouvelles, par tous les débordements des appétits matériels et tous les mauvais courants de la pensée. C'est
là un fait qu'il importe de mettre en lumière, pour
expliquer la durée de l'insurrection.

II

Le 2 avril, la Commune tira le premier coup de fusil,
mais avec cette impudence dont elle ne se départit jamais, elle fit afficher des placards dans Paris, où elle
annonçait en ces termes que les troupes de Versailles
avaient attaqué :

« *Proclamation à la Garde nationale.*

« Les conspirateurs royalistes ont attaqué.

« Malgré la modération de notre attitude, ils ont attaqué.

« Ne pouvant plus compter sur l'armée française, ils ont attaqué avec les zouaves pontificaux et la police impériale.

« Non contents de couper les correspondances avec la province et de faire de vains efforts pour nous réduire par la famine, ces furieux ont voulu jusqu'au bout imiter les Prussiens et bombarder la capitale.

« Ce matin, les chouans de Charette, les Vendéens de Cathelineau, les Bretons de Trochu ont couvert d'obus et de mitraille le village inoffensif de Neuilly et engagé la guerre civile avec nos gardes nationaux.

« Il y a eu des morts et des blessés.

« Élus de la population de Paris, notre devoir est de défendre la grande cité contre ces coupables agresseurs.

« Avec votre aide nous la défendrons.

La Commission exécutive. »

Ainsi donc, il était bien prouvé aux fédérés qu'ils n'avaient eu affaire qu'aux pontificaux, aux agents de police, aux chouans, aux Vendéens, aux Bretons..., en un mot, à tout ce qui n'était pas « leurs braves frères de l'armée. » Ces derniers devaient saisir bientôt la première occasion de mettre la crosse en l'air.

Quelques jours plus tard, la Commune était encore complètement battue. Néanmoins, elle osa impudemment chanter victoire. Qui peut oublier cette affiche officielle? « Bergeret et Flourens ont fait leur jonction; ils marchent sur Versailles. — Succès certain. » Et cette autre dépêche, publiée trois heures plus tard, qui se terminait par : « Le général Bergeret, en tête de ses troupes, les a entraînées au cri de : Vive la République ! et a eu *deux chevaux tués*. Le feu de l'armée de Versailles ne nous a occasionné aucune perte appréciable ! » Le journal de G. Maroteau, la *Montagne*, qui eut trois éditions en quatre heures, lançait en même temps cette consolante nouvelle : « Victoire !! Le Mont-Valérien est a nous ! »

Chaque jour, cependant, les échecs se multipliaient pour les fédérés, et chaque jour les troupes régulières gagnaient du terrain : les quartiers de Paris avoisinant les lieux où se livrait un combat, étaient le théâtre quotidien de paniques et de déroutes ; chaque jour aussi les troupes fédérées diminuaient à vue d'œil. La Commune et les chefs militaires ne cessèrent pas pour cela d'enflammer par le mensonge le courage de leurs soldats. Les proclamations se suivaient plus chaudes les unes que les autres, se contredisaient parfois ; mais on n'y regardait pas de si près. On se rappelle les dépêches de Dombrowski :

« Nous sommes au pont de Neuilly, » disait-il, le premier jour, nous continuons d'avancer. »

« Nous sommes à cent mètres du pont de Neuilly, » disait-il, le lendemain.

Le surlendemain, il poursuivait ses succès : « Nous avançons toujours ; nous ne sommes plus qu'à cinq cents mètres du pont de Neuilly. »

Tous les généraux qui se succédèrent eurent bien soin d'entretenir leurs hommes dans les mêmes illusions. Rossel avait promis d'entasser les exploits, et il les entassa, dans ses bulletins du moins, qui ne furent chaque matin qu'une éclatante fanfare de victoire en l'honneur de ses intrépides Polonais. Car la lie de l'émigration polonaise lui avait fourni des soldats, outre Dombrowski : Viroblewski et Ocholowicz qui, eux aussi, ne cessaient de tailler les Versaillais en pièces.... dans les journaux de la Commune.

Cluseret surtout cultivait le mensonge avec une naï-veté grossière qui eût été une injure pour un autre pu-blic. Tout le monde a lu sur les murs de Paris cette dépêche où il disait que, du fort d'Ivry, il avait vu les Versaillais se battre entre eux pendant trois quarts d'heure. Un autre jour, c'étaient quinze cents artilleurs versaillais, tous Alsaciens, qui, annonçait-il, « avaient obstinément refusé de tirer sur le brave peuple de Paris ». Dans ses bulletins de *victoires sans pertes sensibles* le général communard inventait une nouvelle façon de « battre l'ennemi en le rejetant sur ses hauteurs ».

C'est à l'imagination de Cluseret qu'on doit attribuer ce placard que Paris trouva, un beau matin, collé sur tous les murs :

L'infanterie de ligne à la population de Paris.

« Citoyens,

« Un conseil de guerre, siégeant à Versailles, vient de condamner à la peine de mort les officiers, sous-officiers et soldats de l'armée qui ont refusé de faire feu sur le peuple.

« Aux habitants de Paris de nous juger, et si nous sommes coupables, nos poitrines sont là pour répondre. Nous ne tomberons pas en lâches.

« A. Pierre, *capitaine d'infanterie délégué*,
« Bonaventure, capitaine ; Philibert, sergent. »

Notons que plus les fédérés étaient maltraités, plus la Commune voulait persuader à ses troupes que la ligne était pour l'insurrection. Jusqu'au dernier moment la garde nationale s'attendit à voir les soldats de Versailles « lever la crosse en l'air ».

C'est ainsi qu'à travers le mirage du journalisme, les hordes devenaient des bataillons et des corps d'armée; l'agitation, de l'activité; les aventures, des entreprises. Tout grandissait ainsi, tout devenait redoutable, et le mensonge était une excellente spéculation. Quand on voit jusqu'à quel point ce moyen était exploité par les chefs, on se sent pris d'étonnement pour l'énorme effronterie des uns et la crédule stupidité des autres. M. Guizot a dit excellemment : « Rien n'égale l'empressement des passions populaires à croire ce qui leur plaît et à excuser ce qui les sert. » L'état de démence, dans lequel a vécu la milice de la Commune, est résumé dans cette phrase.

Cependant la lumière se fit. Tant que les fédérés avaient été soutenus par la conviction que la ligne ne se battrait pas, ils avaient marché courageusement; mais après avoir été vigoureusement repoussés, ils ne voulaient plus se trouver en face d'une armée poussant la trahison jusqu'à charger les fusils. Aussi, se tenaient-ils prudemment au logis et parfaitement sourds aux appels réitérés du clairon, qui les conviait à une petite fête pareille à celle dont le souvenir leur était encore si cuisant.

La Commune recourut alors à d'autres moyens pour séduire « ces désœuvrés ». Le 10 avril, elle rendit le décret suivant, en faveur des veuves des fédérés :

« Art. 1er. Une pension de six cents francs sera accordée à la femme du garde national tué pour la défense des droits du peuple, après enquête qui établira ses droits et ses besoins.

« Art. 2. Chacun des enfants, *reconnus ou non*, recevra jusqu'à l'âge de dix-huit ans, une pension annuelle de trois cent soixante-cinq francs, payable par douzièmes.

« Art 3. Dans le cas où les enfants seraient déjà privés de leur mère, ils seront élevés aux frais de la Commune, qui leur fera donner l'éducation intégrale nécessaire pour être en mesure de se suffire dans la société.

« Art. 4. Les ascendants, père, mère, frères et sœurs de tout citoyen mort pour la défense des droits de Paris, et qui prouveront que le défunt était pour eux un soutien nécessaire, pourront être admis à recevoir une pension proportionnelle à leurs besoins, dans les limites de cent à huit cents francs par personne. »

Ce décret avait pour but de créer de zélés défenseurs à la Commune. On ne promettait pas seulement des pensions aux veuves, on étendait la même faveur aux petits bâtards que le code pudibond avait jusqu'à ce jour refusé d'estampiller. Aussi, avec quel saint fanatisme vit-on de reconnaissantes viragos entrer dans des pantalons et endosser des vareuses pour soutenir un gouvernement qui leur réservait tous ses bienfaits. Elles avaient pour mission « d'emballer les hommes et de leur rendre un peu du zinc qui leur faisait défaut. »

Cependant, malgré cette certitude d'une pension pour sa veuve et ses enfants, il arriva un jour où le fédéré ne marcha plus au combat avec ce sérieux enthousiasme qui fait les héros. Devant la peur, le mauvais vouloir des insurgés qui refusaient de remplir les vides de ses bataillons, la Commune, après les séduisantes promesses, employa les menaces. La surveillance aux gares, les visites domiciliaires, la levée sur la voie publique, elle mit tout en œuvre pour se faire une armée, s'adressant même aux gens mariés que la loi exemptait, mais qui, d'après Cluseret, réclamaient l'honneur de défendre « leur indépendance municipale. »

Dès le 7 avril, le nommé Laccord, signant *chargé de pouvoir du Comité central*, placardait dans le sixième arrondissement une sorte de loi des suspects, et faisait appel aux dénonciateurs, afin, disait-il, de déférer à une cour martiale les déserteurs et les réfractaires, et

de provoquer, en outre, la suppression de leurs droits
civiques ; car « il faut absolument que les lâches traînent
dans la cité, sous l'œil et le mépris de leurs concitoyens,
le masque de leur ignominie. »

Les citoyens Pillot et Tanguy, municipaux du premier
arrondissement, étaient brefs dans leurs décisions :

« Vu nos précédents avis,

« Vu le décret du 7 courant,

« Prévenons les citoyens mariés ou non du premier
arrondissement qui ne se sont pas fait inscrire, qu'ils
sont passibles d'une *arrestation immédiate.* »

Réfractaires et déserteurs restèrent sourds aux menaces comme ils étaient demeurés insensibles aux
promesses. Ceux qui se laissaient surprendre par le
raccolage communard disparaissaient à la première
occasion. La Commune fut forcée de « rappeler ses
dépôts » c'est-à-dire les voleurs et les assassins qui
peuplaient les prisons.

Après avoir aussi brillamment pourvu à l'élément
militaire, le Comité de salut public eut le loisir de
prêter une oreille attentive à la lecture du rapport de
Paschal Grousset, l'élégant délégué aux relations extérieures :

« L'Europe comprenait enfin le mouvement communal,
disait le jeune ministre, et les Puissances SE PRÉPARAIENT
A LE SOUTENIR. »

A cette communication, bien autrement importante
que celle de l'arrivée de Guéret, Limoges et Vierzon...
qui n'arrivaient jamais, Grousset joignit le conseil
patriotique de refuser toute conciliation, si M. Thiers,
effrayé par l'intervention européenne, voulait traiter !

La nouvelle était si merveilleuse qu'elle aurait dû
doubler l'enthousiasme des soldats fédérés ; mais la
débandade n'en continua pas moins. Pour l'arrêter le

Comité de salut public vota le *Livre d'or* où l'on devait
inscrire les noms des citoyens ayant bien mérité de la
patrie. A cette première récompense, il voulut ajouter
des *armes d'honneur*, ce qui amena la découverte du
vol de cinquante mille revolvers fait dans les magasins
de l'État. MM. les fédérés n'avaient pas attendu que la
Commune garnît leurs ceinturons.

Après ces offres pompeuses destinées à ranimer l'ardeur de ses partisans, le Comité de salut public s'adressa
plus heureusement à leurs estomacs. Les omnibus furent
réquisitionnés pour transporter aux remparts et aux
forts des amas de saucissons et de nombreux tonneaux
de vin qu'on avait pris le soin de frelater avec de la nico-
tine. Ce mélange, on l'a constaté plus tard, après la
prise des forts, produisait une surexcitation qui faisait
tenir pied aux malheureux insurgés, mais en même
temps, il rendait funeste toute blessure reçue.

Tant de prévenances obtinrent bien quelque résultat,
mais la lassitude et le découragement amenèrent promptement de nouvelles désertions.

C'est alors qu'aux douceurs du Comité, Rossel voulut
faire succéder les rigueurs militaires des conseils de
guerre. Il ne parlait de rien moins que de fusiller, sans
aucune forme de procès, tous les chefs de légion de la
garde nationale, coupables du crime de délibération ;
et il accusait la Commune de pusillanimité, parce
qu'elle ne voulait pas le suivre dans cette voie. A Issy,
il brûla la cervelle à des fuyards ; et quand le revolver
fut insuffisant, il recourut au canon ; il rédigea cet
ordre monstrueux, inséré au *Journal officiel*, dans lequel
il menaçait de *canonner* les fuyards ! menace bientôt
impuissante comme les promesses.

Nous avons reproduit plus haut la fameuse dépêche
de Rossel : « Le drapeau tricolore flotte sur le fort d'Issy. »

Cette dépêche, en plongeant Paris dans la stupeur,

souleva comme un coin du voile qui couvrait la réalité.
La Commune essaya de rassurer les esprits en démentant
le fait dans la communication suivante, qui émanait de
l'Hôtel de ville, et était signée Vésinier :

« Paris 9 mai 1871. »

« C'est par une erreur regrettable qu'on a annoncé
que le fort d'Issy était pris et occupé par les Versaillais.
Il n'en est rien, heureusement, et le drapeau de la
Commune flotte toujours sur les remparts. »

Le public le crut durant une heure, mais il fallut de
toute nécessité se rendre à l'évidence, lorsque le général
Brunel fit l'aveu suivant dans une lettre adressée à la
Commune et publiée par le *Cri du peuple :*

« Les troupes cantonnées au village d'Issy ont quitté
hier leurs positions pendant que je me trouvais à Paris.
Comme ce fait se relie à une succession de causes qui
se tiennent, et sur lesquelles il est bon que le public
soit édifié, je demande à être mis en état d'arrestation et qu'une enquête soit commencée.

« BRUNEL. »

Et cependant, malgré ce nouvel échec, la Commune
continua la série de ses bulletins victorieux !

« Paris, le 12 mai 1871.

« *Vanves.* — Les fédérés ont repoussé les Versaillais
voulant s'y établir. »

« *Saint-Ouen.* — Versaillais, côté de Gennevilliers, ne
peuvent s'établir. »

« *Clichy.* 11 h. — Nos batteries ont mis le feu à Asnières, près le pont. Depuis trois heures, lutte admirable du côté des fédérés. Les Versaillais fuient de toutes
parts. »

« *Neuilly*, midi. — Reprise des hostilités ; sérieux
avantages du côté des fédérés. »

Asnières, 4 heures et demie. — Versaillais sont éprouvés par l'artillerie de nos bastions. »

Le 20 mai, alors que la Commune était aux abois, l'*Estafette* avait le triste courage d'annoncer la défaite des Versaillais : « Un grand combat, disait-elle, a eu lieu hier ; les fédérés, sortis par la porte de la Muette, ont attaqué les royalistes dans leurs retranchements, avec une vigueur et un entrain admirables. Les royalistes ont été culbutés et ont éprouvé des pertes énormes. »

L'*Officiel* du 22 mai renferme encore les documents suivants :

« GENTILLY.

« *Gentilly*. — Heureuse reconnaissance poussée jusqu'à Choisy-le-Roi, Orly et Thiais. »

« *Bicêtre*, 9 h. du soir. — Versaillais installent une batterie à mi-côté de Bagneux, mais les projectiles n'arrivent pas jusqu'à nous. Le fort et les Hautes-Bruyères ouvrent le feu et ne tardent pas à réduire les batteries ennemies. De minuit à deux heures du matin, l'ennemi s'est avancé jusque dans le cimetière de Bagneux ; nos fédérés l'ont repoussé jusqu'à leurs anciennes positions. »

« *Montrouge*. — Nos positions ont été attaquées plusieurs fois ; toutes les attaques ont été repoussées victorieusement. Le général la Cécilia a fait fusiller un espion, pris en flagrant délit. Attaque très violente de l'ennemi contre les Hautes-Bruyères, barricades de Villejuif et Moulin-Saquet. D'après des renseignements sûrs, l'ennemi y a laissé une centaine de cadavres ; de notre côté, pertes insignifiantes. »

« *Auteuil*. — Succès importants. Nos artilleurs sont pleins d'entrain, et l'esprit des troupes en général est excellent. »

« *Neuilly*. — Tout va bien. Les batteries de nos barricades font éprouver des pertes sérieuses aux Versaillais.

Reprise des hostilités jusqu'à six heures du matin ; avantage aux fédérés. — Après-midi. — Nos bastions tirent de temps à autre et font cesser le feu ennemi. »

« *Montmartre, Saint-Ouen.* — Tirent de temps en temps sur la redoute de Gennevilliers, ainsi que sur les bastions. La *Joséphine* tire sur Bécon, qui ne répond pas. »

« *Asnières.* — Forte canonnade ; nous éteignons le feu de plusieurs pièces des batteries de Bécon, Montmartre continue son tir avec de bons résultats. Le bombardement d'Auteuil, Passy et du Point-du-Jour continue ; de nombreux obus sont dirigés sur le Trocadéro. Des femmes et des enfants sont tués et blessés ; que leur sang retombe sur nos misérables ennemis ! »

« *Asnières*, soirée du 19. — Versaillais ont tenté une attaque. Au bout d'une heure leur feu a été complètement éteint. — Nuit. — Convoi d'artillerie se dirigeant sur Gennevilliers dispersé par les batteries de Clichy. — Matinée, neuf heures. — Feu très violent du côté de l'ennemi, éteint par nos batteries.

« *Petit-Vanves*, midi. — Les Garibaldiens ont mis en fuite les ruraux. Nous avons encore eu l'avantage du côté de Clamart. »

Lorsque l'*Officiel* de la Commune publiait ces dernières victoires, il y avait deux jours que les troupes de Versailles avaient pénétré dans Paris. Et quand la terrible nouvelle fut enfin connue de tous, *Paris libre* terminait son article-affiche par ces lignes : « Déjà les soldats, nos frères, reculent devant le crime qu'on veut leur faire commettre. Un grand nombre d'entre eux sont passés dans nos rangs ; leurs camarades suivront en foule cet exemple. »

III

A côté des fausses nouvelles, les fausses doctrines furent pour la Commune un autre moyen de conserver ses défenseurs et d'égarer l'opinion. Tous ses soldats n'étaient pas également braves ; beaucoup s'enfuyaient au premier choc ; d'autres se lassaient après un service assidu hors des murs ; ils rentraient en criant à la trahison, mais ils ne passaient pas à l'ennemi. On a même entendu des gardes nationaux emprisonnés au nom de la Commune, et qui n'avaient aucune raison de lui être dévoués, s'écrier en montrant le poing : « Toute notre haine est pour Versailles ! » La Commune se les rattachait par la solde, qu'elle assurait à tous les gardes nationaux qui reconnaissaient son autorité, et surtout par les espérances de transformation sociale. Il n'était pas rare cependant de rencontrer le point d'honneur militaire chez ces hommes du peuple, dont l'orgueil avait été si imprudemment exalté et si amèrement déçu pendant le premier siège.

« Le mouvement actuel, disait la *Commune* du 19 avril, est tout à la fois une révolution politique et une nouvelle évolution sociale.... Cette révolution est l'avènement des idées élaborées depuis quarante ans par la polémique des partis, et son programme consiste dans celles de ces idées qui sont désormais acceptées par l'opinion publique. Au fond, il s'agit de savoir si la France maintiendra la République *avec ses conséquences économiques,* ou si elle permettra la restauration d'une monarchie bonapartiste ou bourbonienne, avec les institutions qui en découlent naturellement comme d'une source fangeuse et empoisonnée. »

La *Révolution politique et sociale*, organe officiel de l'*Internationale*, développait le programme socialiste, proposant de réorganiser la garde nationale *sans généralat en chef et autres attributions aristocratiques...*, de supprimer complètement la police..., de faire rentrer dans la *collectivité les biens cléricaux et les édifices affectés au commerce des superstitions ;* d'entreprendre de grands travaux dans la cité, et d'en confier l'exécution à des sociétés ouvrières ; de calculer l'impôt *de façon à ce qu'il ne frappe que sur le capital.*

« Soyons révolutionnaires, disait-elle ailleurs ; et quant aux intrigants qui ne peuvent concevoir un état où tous seront obligés de produire, en échange des droits qu'assure la société, ils accepteront, émigreront ou seront anéantis. »

Le *Père Duchesne*, qui mettait son titre de jacobin et son langage grossier au service du parti socialiste le plus avancé, réclama la suppression de l'héritage et annonça que le capital serait broyé en 1871, comme la propriété avait été broyée en 89.

Grâce à cette perspective, présentée sous toutes les formes, la Commune, quoique l'ineptie le disputât chez elle à la perversité, vit croître le nombre de ses adhérents ; on la servait en la méprisant, on lui témoignait son dédain en s'abstenant de voter aux élections destinées à la compléter, mais on n'en obéissait pas moins à ses plus absurdes décrets.

La *Montagne* dirigea plus haut ses attaques : « Ne parlez pas de Dieu, écrivait-elle dans son numéro du 19 ; ce croquemitaine ne nous effraye plus. Il y a trop longtemps qu'il n'est qu'un prétexte à pillage et à assassinat : c'est au nom de Dieu que Guillaume a bu à plein casque le plus pur de notre sang ; ce sont des soldats du pape qui bombardent les Ternes. Nous biffons Dieu ! »

Le gouvernement de la Commune pensa que de sem

blables théories méritaient d'être propagées le plus possible. Le 19 avril, le directeur de l'Assistance publique
décida que les hôpitaux et les hospices auraient à l'avenir une salle de lecture où les convalescents, les blessés,
les vieillards trouveraient les feuilles démocratiques
« qui défendent la République et propagent les institutions sociales de l'avenir. »

IV

Quiconque connaît les divers éléments, dont se compose cette partie de la population parisienne, mobile et
avide de bien-être, qui a fait ou laissé faire le 18 mars,
comprend facilement qu'elle ait été égarée par les fausses
nouvelles et les fausses doctrines. Mais on ne s'explique
pas qu'elle ait toléré tous les crimes commis par la
Commune. Cette inertie de toute une ville, en face de
l'assassinat et de la destruction de ses monuments, est un
des faits les plus étranges de cette époque tourmentée.
Il faut l'attribuer surtout au désarroi de la presse honnête, la presse démagogique étant restée maîtresse du
terrain. Il fut facile aux mauvais journaux, une fois dé-
barrassés de leurs vaillants contradicteurs, de préparer
l'esprit d'hommes aussi crédules et passionnés que les
Parisiens, à des attentats qu'on leur présentait comme
des actes de justice, une expiation ou des représailles.
Le 22 mars le *Père Duchesne* jette le cri de guerre
contre l'Assemblée nationale : « Dispersez-la, écrit-il,
écrasez-la, si elle résiste ! vous êtes la force, mais seulement parce que vous êtes le droit. »
Le 27 mars, le *Journal Officiel* termine ainsi un article qu'il emprunte au citoyen Vaillant, et qui lui paraît

répondre d'une façon satisfaisante à une des difficultés du moment. « La société n'a qu'un devoir envers les princes : la mort ; elle n'est tenue qu'à une formalité : la constatation d'identité. Les d'Orléans sont en France, les Bonaparte veulent revenir ; que les bons citoyens avisent ! »

Le 4 avril, l'*Affranchi* écrit : « Si la Commune est énergique, fauteurs de désordre, promoteurs de guerre civile, demain vos têtes doivent être mises à prix ; Thiers, Porsenna qui assiège Rome ! trois cents jeunes gens ont juré ta mort. »

Si ces menaces restèrent impuissantes, il en est d'autres qui trouvèrent des exécuteurs, malgré tout ce qu'elles avaient de cynique et de féroce.

Le *Salut public* et la *Montagne* réclamèrent l'application de la loi sur les otages. Ces mêmes journaux, et d'autres avec eux, ne craignirent pas, nous l'avons vu, de soulever les fureurs populaires contre le clergé catholique, en imaginant et propageant à l'envi la fable odieuse des cadavres trouvés dans le couvent de Picpus, dans les églises de Saint-Laurent et de Notre-Dame-des-Victoires.

« Après les cadavres de Saint-Laurent, dit le *Cri du peuple*, du 6 mai, voici les squelettes de Picpus, squelettes d'enfants étouffés en naissant par les bonnes sœurs : l'Église leur défend le mariage ; l'infanticide est une ressource ; elles en usent. » Et il ajoute, en empruntant la nouvelle au *Mot d'ordre* : « On a trouvé aussi, dans la cellule d'une religieuse, un ouvrage sur la manière de faire avorter. »

La population ouvrière, dont l'intelligence est nourrie depuis quarante ans de tant de romans malsains et invraisemblables, ne tarda pas à ajouter foi à toutes ces fables.

C'est ce même journal, le *Cri du peuple*, qui, le 4 avril,

réclamait en ces termes la démolition de la colonne Vendôme :

« Laide et maigre, noire et sombre, couverte du sang
des vieux guerriers de la République, elle supporte, sur
un piédestal de boue et de fumier, la copie grotesque du
despote Napoléon ; il faut l'abattre. La Commune n'a pas
besoin de rendre un décret : la justice universelle ordonne ; le peuple de Paris sera son exécuteur ; il débou-
lonnera un à un les cylindres de ce monument d'infamie.
On en fera des sous pour les malheureux, ou des canons
pour sauver la patrie ; et ainsi disparaîtra le dernier souvenir de notre esclavage et des débauches napoléoniennes. »

La démolition de la colonne ne suffit pas à la *Montagne :* « On a démoli la colonne, disait-elle le 19 avril ;
très-bien. Mais ne va-t-on pas aussi prendre une décision
à l'égard de l'homme en l'honneur de qui elle avait été
érigée, et dont la momie repose aux Invalides ? Cette or-
dure, que ne la jette-t-on à la voirie ? »

Le *Mot d'ordre* voulut autre chose : « Aujourd'hui
même, dit-il, le 12 mai, le bonhomme de bronze sera
descendu de son socle et le socle anéanti avec son bonhomme. Eh bien ! ce ne serait que justice si, sur la place
même où ils ont si longtemps trôné, le peuple brûlait
de sa main cet autre monument dépravateur qui s'appelle
l'*Histoire du Consulat et de l'Empire.* »

Lorsque la Commune eut mis sous le séquestre les
biens de M. Thiers, le *Mot d'ordre* provoqua la prise de
possession de la demeure de cet homme d'État. Nous
avons déjà cité l'article qu'il publia alors, et qui eut
pour effet de faire piller l'hôtel de la place Saint-
Georges.

Mais cela ne devait pas calmer le ressentiment de la
Commune.

Le 6 mai, le *Vengeur* annonce en ces termes le sort
réservé à la maison de M. Thiers :

« Le nom d'Érostrate fut maudit, sa race proscrite,
sa maison rasée, une pierre noire fut posée à sa place,
semée de sel en signe de deuil et d'expiation, avec cette
devise : « Aux dieux infernaux. » Et qu'avait fait ce fou,
à côté du traître ? Le fou avait mis le feu au temple
d'Éphèse, le traître a mis le feu au temple du monde ;
il a incendié l'Éphèse du progrès, la Mecque de la liberté,
la Rome de l'humanité. Le traître a commis le crime le
plus impie, le plus sacrilège, le plus inhumain qui ait
été commis de mémoire d'homme. Au nom de Paris, au
nom de la France, au nom de l'humanité, que son nom
soit trois fois maudit, le jour de sa mort fêté ; que sa
maison tombe à l'heure même où tombera cette colonne qu'il a célébrée et dépassée en crimes ; qu'il n'en
reste qu'une pierre avec cette inscription vengeresse :
« Là fut la maison d'un Français qui a brûlé Paris. »

Tous les griefs possibles contre un gouvernement
abhorré étaient acceptés aveuglément. Auprès « des
crimes des Versaillais, » les plus abominables excès
des communeux passaient pour des peccadilles ou des
actes de légitime défense. « On fait pire à Versailles, »
disaient les plus modérés. C'était le thème habituel des
journaux populaires, même de ceux qui ne craignaient
pas de flétrir ou de railler la Commune.

Un langage semblable se tenait parfois dans des milieux
où l'insurrection n'avait jusqu'alors rencontré qu'anti-
pathie ; le second siège rappelait le premier, éveillait
des sentiments du même genre. Ceux qui en souffraient
avaient quelque peine à distinguer l'ennemi de l'ami qui
les tenait en partie bloqués, qui envoyait des obus sur
leurs maisons, qui les menaçait d'une prise d'assaut
suivie d'une affreuse boucherie dans leurs rues barrica-
dées, qui les exposait enfin à toutes les conséquences de
l'exaspération communeuse. Et ces conséquences, on ne
pouvait se les dissimuler ; il suffit de feuilleter les jour-

naux pour y trouver des provocations. Le 11 mai, le
Père Duchesne faisait une grande motion pour *qu'on f*....
à bas l'infâme baraque des Tuileries; et le 17 mai, le
Cri du peuple jetait ce défi à l'armée de Versailles :
« Qu'elle sache bien que Paris est décidé à tout, et que
les précautions sont prises. Paris vaincra ou, s'il suc-
combe, il engloutira les vainqueurs dans une catastrophe
épouvantable. Dernier avis aux bombardeurs ! »

De là une disposition trop répandue à placer sur la
même ligne la Commune et le gouvernement légal ; de
là cette forme comminatoire sous laquelle se produisaient de nouvelles tentatives de conciliation. Repoussés
à l'Hôtel de ville avec plus de hauteur apparente qu'à
Versailles, les promoteurs de ces tentatives ne montraient
d'égard que pour le pouvoir insurrectionnel ; ils lui em-
pruntaient presque tout son programme ; ils affectaient,
en lui adressant leurs requêtes, une certaine confiance
en sa sagesse ; à peine osaient-ils se plaindre de son refus
Versailles, au contraire, était menacé du soulèvement
de tout Paris s'il rejetait un seul article d'un traité de
paix qui eût été le complet anéantissement des droits de
la France sur sa capitale. L'esprit révolutionnaire dictait
seul ce langage : plus d'un défenseur de la Commune
était parmi leurs adhérents ; mais il s'y trouvait aussi
bon nombre d'honnêtes gens égarés ou aigris.

C'est ainsi que jusqu'au dernier moment, la plus
grande partie de la population parisienne, abusée, sé-
duite et affolée, put croire que le gouvernement de la
Commune était le vrai et légitime gouvernement ; qu'il
avait pour lui la force et le droit, et qu'il finirait par
triompher des insurgés de Versailles, comme il avait
cru quelques mois auparavant, sur la foi d'autres journaux, que les Prussiens fuyaient devant la garde nationale, et que Paris ne capitulerait jamais.

TROISIÈME PARTIE

CHUTE DE LA COMMUNE

Jusqu'ici les hommes de la Commune se sont montrés à nous comme des incapables ou des fanatiques d'ambition. Nous les avons vus se ruer à l'assaut du pouvoir, saisir le sceptre, être rois !.... Pour arme, pour loi, ils n'eurent jamais que la force aveugle et brutale. On eût dit que ne pouvant perpétuer leur nom par l'amour et la reconnaissance, ils chargeaient le mépris et la haine de garder leur mémoire. Ils frappaient, ils frappaient sans relâche ; ils écrasaient les uns, terrorisaient les autres. Et comme si cette impitoyable tyrannie n'eût pas suffi pour donner la mesure de leur abjection et de leur cruauté, ils vont nous apparaître maintenant, l'œil enflammé et la torche à la main.

Ils boiront à longs traits et la gloire, et le sang, et l'honneur. Ils ne seront jamais las ; à l'aube, à la nuit, on les trouvera toujours debout ; ils ne dormiront pas, car il faut se hâter : l'ennemi se rapproche et leur règne ne sera plus long.

Décrire l'orgie de fureur et de vengeance, dont Paris a donné le spectacle au monde, est une tâche, qui remplirait notre âme de désespoir, si nous n'avions que des opinions ; le désir et l'espérance de contribuer au salut de notre pays ont pu seuls nous soutenir jusqu'au bout de notre étude.

CHAPITRE I

I

Le cercle de fer et de feu qui entoure la capitale s'est de plus en plus rétréci. Les troupes ont enlevé successivement à l'insurrection Meudon, Sèvres, Rueil, Courbevoie, Bécon, Asnières, les Moulineaux, le Moulin-Saquet. Elles sont entrées, le 8 mai, dans le fort d'Issy dont la prise a entraîné, en quelque sorte forcément, l'évacuation du fort de Vanves. Du haut de toutes ces positions, la foudre s'abat sur les murailles de la ville, dans ses murs, sur ses boulevards, incendiant quelque maison criminelle, écrasant quelque cohorte de soldats fratricides ; et par les cent bouches de ses batteries, la cité rebelle répond d'une voix qui va s'affaiblissant d'heure en heure et n'aura bientôt plus d'autre puissance que celle du défi. La fin du drame approche, l'heure de l'expiation va sonner.

La canonnade incessante et vigoureuse qui, depuis plusieurs jours, ne cesse de battre l'enceinte des fortifications, au sud-ouest de Paris, a ouvert de ce côté

quelques brèches praticables. L'assaut doit avoir lieu,
le 22 ou le 23 mai, sur deux points du rempart : au sud
entre Vanves et Montrouge, et à l'ouest au Point-du-
Jour.

Tout se prépare pour ce grand acte, lorsque le maréchal est informé par le général Douay, commandant
les attaques de droite de la rive droite (4e corps, division Berthaut et L'Hérillier, et division Vergé de l'armée
de réserve), que les gardes de tranchée entrent dans
Paris. En effet, dans l'après-midi du dimanche, vers
trois heures, au moment même où le feu de nos batteries
est dirigé avec la plus grande énergie contre la porte
de Saint-Cloud, un homme, risquant mille fois sa vie,
apparaît tout à coup : il agite un mouchoir blanc et par
l'insistance de ses signaux attire enfin l'attention des
assiégeants. Craignant une embûche, dont plusieurs
fois déjà ils ont été victimes, nos officiers hésitent à s'a-
vancer vers lui lorsque, n'écoutant que son courage, le
commandant de l'avant-garde, le capitaine de frégate
Trèves, après avoir défendu à ses hommes de le suivre,
s'élance au-devant de l'inconnu. C'est Jules Ducatel,
piqueur au service municipal de Paris : ayant constaté que l'artillerie de Versailles avait délogé les insurgés,
il vient, bravant héroïquement la mort, en avertir nos
troupes et les mettre à même de pénétrer dans la ville.

Le commandant Trèves et M. Ducatel purent se parler
à travers le fossé qui borde les fortifications :

« Paris est à vous, criait M. Ducatel ; tout est abandonné, faites entrer les troupes ». Le commandant Trèves
s'aventura sur une poutre du pont-levis tombée en travers du fossé. Dès qu'il eut franchi le fossé, il alla, en
compagnie de M. Ducatel, visiter les bastions 65 et 66,
la route militaire, les postes voisins, les maisons rive-
raines ; tout était désert ; la terreur avait passé par là.

Tel est le fait dans toute sa simplicité. Il eut pour la

délivrance de Paris, une importance exceptionnelle. Par le dévouement de ces deux hommes, simplement héroïques, ont été conservées tant de précieuses existences qu'on aurait infailliblement sacrifiées dans la fureur d'un assaut. Ce résultat inappréciable n'est pas cependant le plus important; en accélérant la prise de possession de Paris, Ducatel a peut-être arraché la ville entière à la destruction par le feu. Les chefs de la Commune avaient rêvé un embrasement général pour venger leur défaite ; le temps leur a manqué. L'histoire doit s'incliner avec une respectueuse reconnaissance devant celui qui a exposé sa vie pour prévenir un pareil désastre.

Deux compagnies du 31ᵉ de ligne (division Vergé), quelques sapeurs et quelques artilleurs portant des mortiers de quinze centimètres, pénètrent aussitôt, un par un, dans la place. La fusillade s'engage ; une pièce de douze est tournée contre les insurgés, pendant qu'on établit une passerelle sur les débris du pont-levis. Les gardes de tranchées et les travailleurs sont amenés en grande hâte pour soutenir le combat.

Le maréchal commandant en chef, qui se trouve en ce moment au Mont-Valérien, donne immédiatement connaissance à tous les commandants de corps d'armée de la surprise de la porte de Saint-Cloud, et prescrit au général Clinchant, commandant l'attaque de gauche de la rive gauche (5ᵉ corps), au général Ladmirault, commandant le 1ᵉʳ corps, et au général Vinoy, commandant l'armée de réserve, de faire les dispositions nécessaires pour entrer dans la place à la suite du corps du général Douay, et il porte son quartier général à Boulogne.

Le général Berthaut, commandant la 1ʳᵉ division du 4ᵉ corps suit les deux compagnies du 37ᵉ, entrées les premières dans la place. La brigade Gandil, de cette division, y pénètre à six heures et demie, suivie de près par la brigade Carteret. Le général Berthaut a pour

mission de s'emparer du quadrilatère formé par les
bastions 62 à 67, la Seine et le viaduc du chemin de
fer de ceinture, position importante qui constitue, dans
l'intérieur des murs, une excellente place d'armes.

Cette opération s'exécute en longeant les fortifications
par le boulevard Murat, de manière à tourner les défenses du pont-viaduc qui font face au Point-du-Jour, et
à s'emparer de la porte d'Auteuil, pour donner accès à
d'autres colonnes.

La division Vergé entre dans Paris, à sept heures et
demie, et se dirige par la route de Versailles, vers le
pont de Grenelle.

Les divisions Berthaut et L'Hérillier (4e corps) après
s'être emparées de la porte d'Auteuil et du viaduc du
chemin de fer, se portent en avant pour attaquer la seconde ligne de défense des insurgés, située entre la
Muette et la rue Gillon. Elles s'emparent de l'asile
Sainte-Périne, de l'église et de la place d'Auteuil.

La division Vergé, sur leur droite, enlève une formidable barricade qui se trouve sur le quai, à hauteur de
la rue Fuillon, puis se porte sur le Trocadéro qu'elle
enlève, et y prend position, en y faisant quinze cents
prisonniers.

De son côté, le général Clinchant continue alors son
mouvement le long des remparts par la route militaire,
et s'empare de la porte de Passy. La brigade de Courcy
entre dans la place par cette porte.

La position importante du château de la Muette, dont
les défenses s'appuient aux remparts et se prolongent
vers la Seine devient l'objectif du général Clinchant.

Défendue par des fossés, des murs, des grilles, des
batteries, elle est presque inattaquable du côté des
remparts. Le général se porte vers l'est, la tourne et
l'enlève.

Pendant ce temps, les divisions Grenier et Laveau-

coupet, du 1er corps, se dirigent vers le bois de Boulogne et pénètrent dans la place dès trois heures du matin, par les portes d'Auteuil et de Passy, la 3e division
(général Montaudon) gardant ses positions de Neuilly
et d'Asnières.

Les divisions Bruat et Faron, de l'armée du général Vinoy, étaient entrées dans Paris à deux heures du
matin. La division Faron s'établit en réserve à Passy,
la division Bruat a pour mission de franchir la Seine et
d'enlever la porte de Sèvres, pour faciliter l'entrée du 2e
corps; la brigade Bernard de Seigneurens, de cette division, traverse, en effet, le pont-viaduc. Elle éprouve
des difficultés à l'attaque du quartier de Grenelle, mais
elle s'en empare au moment où les troupes du général
de Cissey, qui ont forcé la porte de Sèvres, viennent la
rejoindre.

La brigade Bocher, de la division Susbielle, formant
la colonne d'attaque du corps de Cissey, se masse vers
minuit, à deux cents mètres de l'enceinte. Les sapeurs
du génie s'approchent en silence de la porte de Sèvres,
et établissent avec des madriers, disposés en rampe, un
étroit passage, par lequel pénètre homme par homme
une compagnie du 18e bataillon de chasseurs. Ce petit
détachement s'élance sur le chemin de fer de ceinture
et s'empare de cette deuxième enceinte avant que l'éveil
soit donné.

Il est deux heures et demie; la double enceinte sur
la rive gauche se trouve forcée, et les troupes de la brigade Bocher peuvent ouvrir la porte de Versailles.

Les positions du Trocadéro et de la Muette, sur la
rive droite, étant enlevées; la division Bruat et la tête
du corps du général de Cissey, occupant déjà une partie
du quartier de Grenelle, sur la rive gauche, le maréchal,
dont le quartier général vient d'être transporté au Trocadéro, règle la suite des opérations.

Nous sommes au lundi matin.

La population parisienne se réveille par un magnifique soleil, à la grande nouvelle qui court les places et les rues, pénètre dans les maisons, jetant ici la joie, et plus loin la tristesse et la fureur. Le sentiment de la délivrance est celui de la grande majorité de la population. Dans les quartiers conquis, les troupes régulières sont accueillies avec enthousiasme, et le nom de Mac-Mahon, chaleureusement acclamé.

Jusque-là, il n'y a eu que peu ou point de résistance. Au tumulte croissant de la fusillade, au bruit du rappel et du tocsin les gardes nationaux se rassemblent et se concertent; il en est beaucoup qui, incorporés malgré eux, s'esquivent et rentrent au logis. Les plus tenaces se groupent au hasard, il n'y a de direction que dans les positions capitales, comme l'Hôtel de ville, la Préfecture de police, etc., où campe la vieille garde de Montmartre et de Belleville. Des estafettes répandent partout le mot d'ordre : « Des barricades! Aux barricades! » C'est le dernier appel de la Commune expirante:

« Que tous les bons citoyens se lèvent!

« Aux barricades! L'ennemi est dans nos murs.

« En avant pour la république, pour la Commune et pour la liberté!

« Aux armes!

« Paris, le 22 mars 1871.

           « *Le Comité de salut public* :

« Ant. ARNAUD, BILLIORAY, EUDES, GAMBON, RANVIER. »

Cluseret avait fortement insisté pour l'établissement d'une seconde ligne de fortifications volantes dans le triangle du Trocadéro, de l'Arc de triomphe, de la place d'Eylau et de celle de Wagram. Cette seconde ligne de défense n'avait été qu'ébauchée avant l'entrée dans Paris de l'armée régulière; faute énorme que, soit indiffé-

rence et incurie, soit faute de temps, la Commune avait
commise. A l'heure présente, il fallait qu'elle se retran-
chât derrière la troisième ligne, c'est-à-dire dans Paris
même, ou, pour mieux dire qu'elle improvisât sur-le-
champ cette troisième ligne ; car, à part quelques points
fortifiés avec soin à l'avance, tels que la place de la
Concorde, défendue par les deux barricades de la rue
Royale et de la rue de Rivoli, ainsi que par la terrasse
des Tuileries, excepté encore l'Hôtel de ville, Montrouge, notamment du côté de la route d'Orléans, — et
les boulevards de Charonne, Belleville et Montmartre,
dans tout le reste de la ville, la troisième ligne d'obstacles défensifs n'existait pas encore.

Mais à Paris les barricades vont vite. Le 22, elles
poussent de terre au bout de chaque rue, à l'angle de
chaque carrefour, même dans les quartiers hostiles à
la Commune, comme ceux de l'Opéra, de la Bourse, du
faubourg Saint-Germain ; seulement, faute de temps,
beaucoup de ces constructions ne peuvent s'achever
avant d'être attaquées et prises.

Et pourtant, à toutes ces barricades avaient travaillé
avec une sorte de frénésie, avec une ardeur fiévreuse,
des gardes nationaux, des hommes en blouse, des femmes, des enfants, sous les ordres d'agents de la Commune, à figure rébarbative, qui forçaient les passants à
coopérer malgré eux au travail fébrile de l'insurrection.
On vit même à la barricade du Châtelet deux femmes,
ayant des écharpes rouges et le revolver au poing con-
traindre les dames, un peu soignées dans leur mise, à
porter des pavés aux travailleurs.

En même temps, les bataillons descendent des quartiers hauts vers le centre de Paris, ayant la musique en
tête et suivis de leurs canons. Dans les rangs, on remar-
que bon nombre de femmes, armées de fusils et court-
vêtues. Il passe même sur les boulevards un bataillon

exclusivement féminin; les fédérés gesticulent, crient la *Marseillaise* : c'est un spectacle bizarre et odieux. Pendant les sept jours que dura la bataille, les femmes (j'entends certaines femmes) apparaissent hideuses, plus cruelles cent fois que les hommes; on les a vues derrière les pavés ou les volets tirant sur la troupe; le long des rues semant le pétrole; arrêtées : cyniques, ignobles. Nos pères les connaissaient : tricoteuses aux jours de discussion, furies de la guillotine aux jours d'exécution. La semaine précédente elles étaient dans les églises transformées en clubs; elles sont de là descendues dans la rue, et, jusqu'à la fin, elles lutteront là haut sur les buttes Chaumont et (théâtre fantastique de l'agonie de l'insurrection) dans le cimetière du Père-Lachaise.

C'est un des signes des crises terribles de l'humanité : quand le monde éprouve quelque immense ébranlement, quand une accumulation d'espérances insensées, d'appétits mauvais, de vices entés sur les vices, de débauche et d'incrédulité, soulève le fond des masses; alors la louve suit son mâle au combat.

La journée du lundi est donc employée par les fédérés à descendre dans les quartiers du centre, à les barricader. Les boulevards intérieurs, les deux quais, depuis la rue du Bac, les abords de l'Opéra, de Notre-Dame-de-Lorette, ainsi que les alentours de Saint-Sulpice et du Panthéon, tels sont les points spécialement travaillés, afin de protéger par une ligne continue de défenses, de Montrouge à Montmartre, le quartier général de l'Hôtel de ville.

Si l'armée avait pu, dans la journée et la nuit du lundi, continuer sans le moindre retard son mouvement offensif dans Paris, il est à peu près certain qu'elle eût traversé facilement tous ces essais de barricades, encore informes et faibles; mais ne connaissant que très imparfaitement la ville, les généraux se préoccupè-

rent des positions maîtresses et stratégiques, avant de
chercher à enlever les obstacles.

La Seine décrit dans la capitale un arc de cercle ;
sur chaque versant s'étend la grande cité en forme de
circonférence. Mais la rive gauche est bien moins étendue que la rive droite, et son versant est aussi bien
moins élevé. Par les circonstances spéciales et politiques
de l'insurrection, celle-ci se trouvait concentrée, dans sa
plus grande puissance de nombre et d'énergie, sur les
hauteurs de la rive droite. Elle pouvait toujours compter sur les sentiments révolutionnaires du quartier
Saint-Marceau et de Montrouge ; mais l'acropole de la
Commune était certainement à Montmartre, appuyée sur
les puissants contre-forts du Temple, de Belleville et de
Charonne.

Aussi, à première vue, les manœuvres d'attaque devaient suivre parallèlement les crêtes de chaque côté
de la Seine ; mais les troupes chargées de l'attaque de
gauche, se heurtant à des difficultés moins ardues, et
ayant devant elles un périmètre moins étendu, devaient
marcher plus vite, de façon à former réserve, lors de
la grande attaque de droite contre le cœur même de
la résistance.

Quant au centre de l'armée rencontrant de front les
barricades, il lui fallait aussi mesurer sa marche sur
les progrès latéraux des ailes qui, cheminant en avance
des corps intermédiaires, coupaient, isolaient et prenaient à revers le massif entier des barricades.

Ainsi, toutes les opérations se soutenaient, poussant
l'insurrection devant leur concours combiné et conver-
geant dans un commun et dernier effort contre le dernier foyer de la résistance.

Lundi matin, l'armée se forme en cinq colonnes : la
première opère à gauche, ayant pour objectif la barrière d'Italie et le Panthéon : c'est celle du général de

Cissey. Au centre, sur la Seine, le corps du général Vinoy et celui du général Douay ; à droite, la colonne du général Clinchant.

C'est aux ailes d'abord à se développer.

Le lundi, vers cinq heures du soir, le général de Cissey s'empare de la gare Montparnasse, pénètre au centre du quartier de Vaugirard, puis partage ses troupes en deux colonnes, l'une se dirigeant vers le Panthéon, où elle doit se développer ; l'autre se portant par l'avenue du Maine dans la direction de Montrouge. Cette seconde colonne s'élance vers la barricade des Quatre-Chemins, s'en empare après une lutte acharnée ; puis, neutralisant l'entrée de la grande barricade de l'avenue d'Orléans et celle de la route de Châtillon, toutes deux formidablement armées, elle les prend à rebours. Grâce à ce coup de main, toute la partie sud, depuis les Quatre-Chemins jusqu'aux fortifications avec les portes d'Orléans et de Châtillon, demeure au pouvoir de l'armée. C'est la voie frayée sur la butte aux Cailles.

A droite, les généraux Ladmirault et Clinchant ont pour objectif ces fameuses hauteurs de Montmartre, si chères aux insurgés et qu'ils avaient armées avec tant de soin. Ils ne peuvent songer à aborder la position de front : il s'agit de l'envelopper précisément par ses côtés les moins défendus, de se concentrer, au bas des buttes, de façon à se trouver par le rapprochement même en dehors de l'action des canons.

Cette manœuvre hardie est préparée le lundi 22 mai, et exécutée le mardi. Sous la protection des batteries de l'Arc de triomphe, qui tiennent en échec la place de la Concorde et les Tuileries, les troupes gagnent la caserne de la Pépinière, s'emparent de la gare Saint-Lazare ; sur l'extrême gauche, elles suivent le rempart à l'intérieur par Monceaux et les Batignolles, à l'extérieur, par Clichy et Saint-Ouen, zone neutre ouverte par les Prussiens.

Le mardi 23 mai, l'attaque s'est étroitement serrée autour de Montmartre ; les Batignolles livrent accès par le cimetière ; le général Clinchant emporte les barricades de la place Moncey et de la rue Lepic, de la place Blanche et de la place Pigalle ; le général Ladmirault enlève l'avenue Trudaine et la mairie, l'une très vivement défendue, l'autre au contraire assez mollement. A trois heures de l'après-midi, le drapeau tricolore flotte sur les buttes. La prise de Montmartre, tel est le succès essentiel qui clot la première période de l'attaque.

Au centre et sur la rive gauche, l'armée manœuvre d'ensemble avec l'aile droite pour prendre dans toute la ville son alignement à la hauteur de Montmartre.

Vers l'extrémité sud de l'opération, le corps du général de Cissey pousse en avant, se développant toujours suivant une ligne dont une extrémité tend à la Seine et dont l'autre rase les remparts à droite ; il enlève une première série de barricades élevées sur la place de l'église Saint-Pierre, et une seconde massée à l'ancienne barrière d'Enfer, près de la gare de Sceaux. En même temps il rabat la partie de ses troupes installée à la gare Montparnasse, sur la gauche, dans la direction du général Vinoy du côté de la Seine, afin de cerner le faubourg Saint-Germain et le quartier des ministères. Dans la nuit même de lundi à mardi, les soldats chassent les fédérés d'une première barricade établie à l'intersection de la rue de Rennes, enlèvent plus bas, au coin de la rue du Vieux-Colombier, une seconde barricade qui tentait de les arrêter.

II

C'est au centre de Paris que s'accomplissent les
événements les plus importants de la seconde période.
La place Vendôme, l'Hôtel de ville sont prêts à la
résistance. Quant à la place du Château-d'Eau, rien n'a
été fait dans la journée du lundi. Mais le temps singulièrement beau de jour et de nuit permet aux partisans
de la Commune de mener très activement leurs
travaux.

Les larges voies tracées par l'administration impériale
auraient favorisé l'attaque des barricades, si les troupes
seules avaient eu de l'artillerie. Mais les insurgés
possédaient des canons et des mitrailleuses de tout
système. L'opération se compliquait de canonnades,
de cheminements patients le long des maisons, et surtout de mouvements tournants. C'est pour les favoriser
dans chaque quartier et contre chaque barricade que
fut combinée la marche des cinq colonnes principales,
se soutenant mutuellement sur la même ligne et se
devançant à tour de rôle.

Dès mardi, le général de Cissey, sur la rive gauche,
borde déjà la Seine jusqu'à la rue du Bac et organise au
Corps législatif une batterie destinée à contre-battre
celle de la terrasse des Tuileries. Le général met aussi
à profit la nuit du 23 au 24 pour filer le long de la rue
du Rempart jusqu'à la courtine 83-84, et le matin, par
un vigoureux coup de main, il emporte le parc de
Montsouris, rejetant les fédérés du côté de la Butte-aux-
Cailles. Il s'empare du même coup de la ligne et de
la gare du chemin de fer de Sceaux, prenant ainsi

entre deux feux les barricades de la place d'Enfer qui,
depuis la veille lui faisaient un mal sensible. Une action
très chaude se passe encore entre la porte de Vanves et
la Maison-Blanche : les gardes nationaux refoulés se
sont réfugiés sous les canons des forts d'Ivry, de Bicêtre
et de Montrouge qui tiraient à toute volée sur le sud
de Paris.

Tandis qu'on se bat ainsi au nord et à l'ouest du
faubourg Saint-Germain, les abords du Luxembourg
et le quartier de la rue Saint-Jacques sont pourvus de
défenses formidables qui leur donnent l'aspect d'une
forteresse. Un morne silence règne partout. Ce calme
effrayant n'est d'abord troublé que par les détonations
lointaines de la bataille qui se livre du côté de la rue
de Rennes et du boulevard Montparnasse. Le 24, vers
midi, le bruit de la lutte paraît se rapprocher. D'épais
nuages de fumée s'élèvent au-dessus du vaste pâté de
maisons qui se trouve entre le Luxembourg et l'église
Saint-Germain-des-Prés, L'émotion est indicible. Quelques clairons sonnent la générale. A trois heures, on
voit des bataillons fédérés remonter le boulevard Saint-
Michel. Des officiers fédérés à cheval requièrent des
travailleurs pour réorganiser les barricades ; la plupart
de ceux qui se présentent sont des enfants, mais tout
passant est forcé de porter son pavé. Puis des fédérés
arrivent pour occuper les défenses; repoussés des
points supérieurs, ils se réfugient derrière ces constructions d'où ils vont recommencer le coup de feu.
« Fermez vos fenêtres ! » crient des voix impérieuses.
Et les volets battent violemment et précipitamment.

Le moment est anxieux. Une vive fusillade, suivie de
coups de canon, ébranle le quartier. C'est la bataille
qui s'approche à mesure que l'armée de Versailles
gagne du terrain. On entend la trompette des chasseurs
sonnant la charge. On se bat rue Saint-Jacques, rue

Gay-Lussac, boulevard Saint-Michel. Le Luxembourg est environné d'un cercle de feu. En ce moment, passe en courant une cantinière fédérée. « Ils sont à la poudrière ! » crie-t-elle. Tout à coup, en effet, un bruit formidable ébranle l'air. Les vitres volent en éclats, de tous côtés les fenêtres s'ouvrent avec fracas, les portes se brisent, les devantures des magasins sont arrachées, les cloisons jetées par terre ; des nuages de poussière obscurcissent le jour. Toute la population voisine du Luxembourg atterrée, affolée, se précipite dans les cours et dans les caves ! Une foule de débris projetés au loin jonchent le sol.

C'était la poudrière du Luxembourg, à laquelle les fédérés avaient mis le feu vers midi, qui venait de sauter, juste au moment où la brigade Paturel, comprenant le 17e chasseur, le 38e et le 76e de marche, pénétrait dans le jardin par les rues d'Assas et de Vaugirard. Le désastre fut moins grave qu'on aurait pu le craindre ; car, deux jours auparavant, on avait évacué sur Montmartre la plus grande partie des cartouches. Il ne restait que quelques tonneaux de poudre et une certaine quantité d'obus vides. L'explosion eut cependant des suites effrayantes ; les ambulances furent entièrement détruites, les arbres d'alentour brûlés jusqu'au faîte, les réverbères tordus ou brisés. Quant aux blessés, déposés en très grand nombre dans les baraquements voisins, ils avaient, cinq jours auparavant, été transportés dans le palais.

Cependant le 17e bataillon de chasseurs à pied et le 38e de ligne ont attaqué la barricade de la rue Gay-Lussac et s'en sont emparés ; en même temps, la brigade Paturel a descendu au pas de course le boulevard Saint-Michel ; mais elle a été arrêtée court par les fédérés qui occupent la barricade élevée sur ce point, et dont les rangs sont sans cesse grossis par les forces insurgées

débusquées de la Croix-Rouge par la division Lacretelle.
« Nos pertes s'accumulent, écrit un officier supérieur.
Le général Paturel, encore souffrant d'une blessure
reçue le 18 mars, est atteint d'un coup de feu à la
cuisse. Le colonel Biadelli, du 38e de marche, est également blessé. La rage s'empare de nos officiers et de
nos soldats. »

Vers deux heures, la barricade de la rue de Rennes
ayant été enlevée, des renforts arrivent aux troupes de
Versailles. Toutefois, on ne peut emporter de front les
défenses du boulevard. Des détachements de l'armée
française se jettent dans la rue de l'École-de-Médecine,
descendent jusqu'à la Seine et remontent alors le boulevard Saint-Michel, prenant à revers tous les obstacles.
En ce moment, on annonce au général Paturel de nouveaux secours. En effet, la brigade Bocher (18e bataillon
de chasseurs, 46e et 89e de marche), débouche par les
rues d'Ulm, Royer-Collard, après avoir emporté les barricades du Val-de-Grâce et de la rue des Feuillantines.

Mais la position maîtresse est le Panthéon. On le dit
miné, prêt à sauter ; aussi l'appréhension des habitants
est-elle grande. La place du Panthéon est défendue du
côté du Luxembourg, par des barricades armées de
canons, placées l'une rue Souflot, l'autre rue Saint-
Jacques. Deux autres barricades sont placées, du côté
droit, à l'entrée de la rue Cujas; du côté gauche, à
l'entrée de la rue Paillet. En outre, toutes les rues
donnant accès sur la place sont fermées par de formidables défenses.

C'est la prise de la barricade de la rue Paillet qui
doit décider de la victoire des troupes de Versailles sur
la rive gauche. Après plusieurs assauts successifs, les
chasseurs du 18e bataillon s'en emparent ; ils se répandent dans les terrains vagues qui surplombent la rue
Souflot, pénètrent dans plusieurs maisons, et de là font

sur la place un feu plongeant qui écrase les fédérés ;
leurs artilleurs sont tués auprès de leurs pièces. La
troupe alors s'élance à la faveur du désordre causé par
cette attaque imprévue, la formidable citadelle est emportée, et avec elle tombe toute résistance dans le quartier. Le carnage est horrible dans le Panthéon et à la
mairie du Ve arrondissement : les soldats, furieux de la
résistance qu'ils ont éprouvée, ne font aucune grâce.
Le lendemain matin les rues et les places du quartier
apparaissent pleines de sang, couvertes de cadavres.

Sur la rive droite, le général Ladmirault s'avance
encore plus loin sur la ligne des boulevards extérieurs ;
il s'étend jusqu'à la gare du Nord. Ses mouvements
circulaires vont envelopper le massif de l'Hôtel de ville ;
les généraux Douay et Vinoy, au centre de l'opération,
l'entament vigoureusement ; le général Clinchant les
seconde entre la ligne des boulevards. C'est l'œuvre du
23, du 24 et du 25 mai.

Les barricades du boulevard Malesherbes et du boulevard Haussmann, fortement canonnées le 24, sont
abandonnées par leurs défenseurs. Sur ce point la lutte
a été des plus vives : les vitres brisées, les balcons
écaillés par les boulets, les maisons criblées de balles,
les réverbères renversés, les arbres coupés en deux et
les trottoirs couverts de feuillage arraché par les obus :
tel est le spectacle qu'offre le boulevard depuis la Madeleine jusqu'à Saint-Augustin.

Au moment où les obstacles du boulevard Haussmann
et du boulevard Malesherbes cèdent devant le vigoureux
effort des troupes, la place de la Concorde tombe également en leur pouvoir, en dépit des deux barricades
monumentales de la rue Royale et de la rue de Rivoli,
soutenues par la terrasse des Tuileries. Les fusiliers
marins s'emparent aussitôt du ministère de la marine
qui, moyennant une forte somme, a été épargné par les

incendiaires de la rue Royale et de la rue Boissy d'Anglas.

Dès lors, la place Vendôme est prise des deux côtés par la rue de Castiglione et par la rue de la Paix : l'état-major des fédérés l'abandonne après avoir fait transporter la plus grande partie des canons à la barricade élevée en avant de la place du Nouvel-Opéra ; celle-ci ne résista pas longtemps grâce au feu d'une batterie de l'armée placée sur le boulevard Haussmann à la hauteur de la rue d'Argenson. Le génie tente immédiatement d'abattre la barricade de la rue de Castiglione, et des détachements de cavalerie occupent la place concurremment avec l'infanterie qui avait pris part aux attaques de la nuit. Des drapeaux tricolores remplacent le drapeau rouge au ministère de la justice et à l'état-major ; ils couvrent le piédestal de la colonne abattue, sur les débris de laquelle le soldat jette des regards de consternation et de colère.

De son côté, le général Clinchant, déjà maître de la gare Saint-Lazare, du quartier de l'Europe, de l'Opéra, marche droit aux obstacles agglomérés autour de Notre-Dame-de-Lorette, dans les rues de Châteaudun et des Martyrs. Il les enlève, tandis qu'un engagement également défavorable aux insurgés a lieu devant l'église de la Trinité et dans la rue de la Chaussée-d'Antin ; puis les troupes, après avoir dégagé la mairie de la rue Drouot, s'avancent dans la rue Lafayette.

Celles qui se sont emparées de la place Vendôme, remontant la rue de la Paix, marchent sur la Bourse par la rue du Quatre-Septembre, afin de découvrir le flanc droit de l'Hôtel de ville.

Le mercredi, 24, la Bourse est en leur pouvoir. Le IX⁰ et le II⁰ arrondissements sont délivrés. Les habitants de ces quartiers, cernés à peu près depuis le commencement de la lutte, accueillent les soldats comme des libérateurs. Bientôt les maisons sont pavoisées, les barricades détruites, les proclamations de la Commune lacérées.

La garde nationale restée fidèle se rassemble et vient se joindre aux troupes qui sont accueillies aussi chaleureusement qu'au faubourg Saint-Germain ; là, en effet, un groupe de citoyens commandés par MM. Durouchoux, Vrignault et Maurin avait bravement fait le coup de feu contre les insurgés, et coopéré, dès le premier jour, à la délivrance de la cité. Sur le boulevard, quelques cafés ouvrent. On raconte une douloureuse nouvelle : le commandant Poulizac a été tué mardi sur une barricade de la rue de Grammont.

Mais la nouvelle la plus douloureuse, la plus funèbre, est celle de l'incendie des Tuileries. La Commune s'était dissoute, le lundi matin, en lançant comme une suprême et sommaire instruction : la guerre des rues, et l'ordre d'incendier les positions forcément abandonnées. Elle n'est que trop obéie : une épaisse fumée monte au-dessus des Tuileries ; déjà le dôme est écroulé ; dans l'aile de l'ex-ministère d'État, on voit à travers les fenêtres, la flamme ruisseler lourde et huileuse. C'est bien le feu du pétrole. Pour arriver jusqu'au lieu de l'épouvantable sinistre, on attaque aussitôt la barricade du Théâtre-Français, par les rues Montpensier, Richelieu et Saint-Honoré. On l'emporte, et on veut alors, en venant par la rue de Valois, essayer d'arrêter le feu qui dévore le Palais-Royal ; mais on ne peut approcher des Tuileries, la lutte étant fortement engagée dans la rue de Rivoli pour la prise des barricades qui, de ce côté, défendent les approches de l'Hôtel de ville. Les balles sifflent, et les détonations des obus qui tombent de tous côtés se joignent au sinistre crépitement de la flamme : c'est l'orchestre infernal qui accompagne ce spectacle de désolation.

Alors la fureur s'empare de la foule ; jusque-là, elle était plutôt au sentiment heureux de la délivrance ; mais elle tourne bientôt aux passions impitoyables de la vengeance et des représailles. On se raconte, en frémissant, que le feu du pétrole consume également une moitié de la rue Royale, le ministère des Finances et tous les monuments du quai d'Orsay, ainsi que la rue du Bac... « Fusillez les prisonniers ! pas de quartier ! à mort les pétroleurs ! » crient les groupes affolés aux soldats qui ont conservé dans leur rude besogne un remarquable esprit d'humanité.

Quand l'armée de la délivrance comprend, par l'explosion simultanée de cent incendies à la fois, qu'il s'agit de sauver Paris d'une destruction complète, et qu'au bout de la lutte engagée se trouve le mot suprême d'Hamlet : être ou n'être pas ! l'énergie de l'action prend des proportions inattendues, et Paris voit encore se produire dans ses murs une double et sanglante tragédie.

Du côté des partisans de la Commune, on fusille sans relâche et sans pitié les soldats faits prisonniers et les citoyens paisibles qui refusent de se battre avec les fédérés. Ce n'est plus une lutte, une bataille, c'est un véritable massacre.

Du côté de l'armée, même rigueur implacable dans la répression. Les soldats fusillent eux-mêmes sur place. On fusille aux barricades, on fusille dans les rues, sur les places publiques.

Il y a encore dans la partie centrale de Paris deux positions capitales, au pouvoir de l'insurrection : l'Hôtel de ville et le Château-d'Eau ; il s'agit de les enlever et la tâche ne laisse pas que d'exiger de grands efforts.

Une partie de la journée et toute la nuit du mercredi sont employées à cerner et à emporter l'Hôtel de ville. Il faut l'attaquer de trois côtés. Il s'agit, en effet, de canonner simultanément la place du côté des quais, de celui des halles et de celui de la rue de Rivoli.

Le général Vinoy l'aborde par la rue de Rivoli ; le

général Douay qui s'est emparé de la pointe Saint-
Eustache, par les rues qui débouchent des halles
centrales, le général de Cissey enfin, par les quais de la
rive gauche qu'il a longés jusqu'à la hauteur de Notre-
Dame, après s'être emparé des barricades du Pont-Neuf.

Pendant toute la journée et toute la nuit de mercredi
c'est un fracas effroyable. Les pièces accumulées autour
de l'Hôtel de ville tonnent sans relâche. Les fédérés
résistent pied à pied derrière les innombrables barricades qui hérissent avenues, quais et ruelles, sur une
double et triple profondeur. La nuit ne paraît pour
ainsi dire pas sur le théâtre du combat, car elle est
éclairée par la lueur sinistre de l'incendie qui remplit
l'air et consume l'Hôtel de ville comme il a consumé les
Tuileries.

Voici le tableau saisissant de cette nuit d'égorgement
et d'incendie que trace un officier supérieur, témoin
oculaire de ces scènes inouïes :

« Vers sept heures et demie du soir, la canonnade commença, serrée, furieuse, incessante. Les batteries de
Montmartre écrasaient la Chapelle, la Villette, les buttes
Chaumont. A dix heures, le feu devint des plus intenses ;
et ceux qui ont entendu ces détonations n'en oublieront
jamais le vacarme infernal. Ce n'était plus un tonnerre
de canons mugissant en cadence et échangeant régulièrement leurs projectiles, mais un roulement continu
de coups violents provenant d'une armée de batteries
insensées. La Seine elle-même prenait part à lutte, et
les canonnières embossées sous les ponts grondaient
comme des volcans. La fusillade stridente était si bien
nourrie que l'oreille ne percevait plus qu'une sorte de
ronflement semblable à celui du vent qui s'engouffre
dans les vieux édifices; et, sur ce concerto sombre,
effroyable, le crépitement de la mitrailleuse avait peine
à se détacher. On se battait partout à la fois : à la Vil-

lette, à Saint-Vincent-de-Paul, sur les boulevards, à l'Hôtel de Ville, au Pont-Neuf. Paris était tout entier noyé dans une fumée épaisse, sillonnée par les éclairs du canon et çà et là rougie par la flamme; car le Palais-Royal, les Tuileries, l'Hôtel de Ville, la Préfecture de police, la Conciergerie, deux cents maisons étaient en. feu! Non, Paris n'oubliera jamais la nuit du 24 mai 1871. »

Restait le Château-d'Eau, dernier point de la résistance centrale. C'était une position extrêmement importante pour l'insurrection, puisqu'elle la mettait en rapport avec Belleville, et très forte en même temps, puisqu'elle était défendue par sept barricades correspondant avec les sept voies qui viennent y aboutir. Aussi la lutte y fut pour le moins aussi acharnée qu'à l'Hôtel de ville.

Les approches s'exécutèrent de divers côtés. Au centre, en tournant vers l'est, le corps de Douay suivit la ligne des boulevards, appuyant sa droite à la place de la Bastille, et sa gauche au cirque Napoléon. Le corps Clinchant, venant se rallier à l'ouest au corps de Ladmirault, eut à vaincre, aux magasins réunis, une résistance des plus acharnées. Le corps du général de Ladmirault, après avoir enlevé avec vigueur les gares du Nord et de l'Est, se porta à la Villette et prit position au pied des buttes Chaumont. En même temps, le corps Vinoy, longeant la Seine, opérait sur la Bastille, avec le concours brillant et efficace de la flottille.

Nous renonçons à décrire toutes les horreurs de cette longue lutte qui dura du mercredi au vendredi, sans trêve ni merci : le théâtre Saint-Martin incendié, ainsi que les maisons à l'entrée de la rue de Turbigo et du boulevard Voltaire, où s'étaient accomplis de la part des fédérés des actes de sauvagerie inouïs; les devantures éventrées ; les plaques de tôle tordues ; d'énormes

blocs de terre détachés ; du sang aux pavés ; des cadavres partout ; cela dépasse ce que l'on a pu voir sur les
champs de bataille pendant le siège prussien.

Pendant ces mortelles heures, les habitants ont vécu
dans les caves, affamés, tenus en angoisse par le bruit
de la fusillade qui éclatait jusque dans les allées des
maisons ; car les fédérés avaient exigé qu'on les laissât
ouvertes. Là on s'égorgeait à bout portant, avec des
cris horribles, des gémissements poignants et des silen-
ces de mort.

III

Nous sommes au vendredi : la concentration des corps
d'armée autour de Belleville commence déjà ; l'insurrection, acculée dans son dernier refuge, touche enfin
à son terme.

Ce jour-là s'exécute la marche du général Vinoy dans
le faubourg Saint-Antoine. Il commande, comme on
sait, l'armée de réserve ; mais, par suite de l'entrée
subite des troupes dans Paris, il s'est trouvé tout d'abord
au niveau même de l'action. Il a coopéré à l'attaque en
reliant sur la Seine le corps de Cissey au corps de Douay.
Après la prise de l'Hôtel de ville, il entre en première
ligne. Pendant que le général Douay couvre le III° arrondissement (celui du Temple), et occupe en face
du XI° (Popincourt) la ligne des boulevards, le général
Vinoy, suivant le cours de la Seine, se porte sur la place
de la Bastille, hérissée de retranchements formidables,
enlève cette position avec la division Vergé, puis, avec
les divisions Bruat et Faron, s'empare du faubourg
Saint-Antoine jusqu'à la place du Trône. Là encore est

un nœud de barricades défendant le boulevard Voltaire, le boulevard de Philippe-Auguste et le boulevard de Charonne ; il les emporte le soir, et campe aux abords de Charonne, au pied même des hauteurs du Père-Lachaise.

A ce moment, le ciel s'empourpre d'une sinistre clarté. Le fond, uniformément rougeâtre de l'horizon, est de temps à autre sillonné par de fulgurants éclairs d'un rouge plus vif et plus sanglant : on croirait que tout Paris brûle. Ce sont les docks de la Villette que les insurgés incendient, comme ils ont incendié, la veille, le Grenier d'abondance. Mais ce nouveau crime ne doit pas avoir un meilleur résultat. Tandis que le général Vinoy exécute sur Charonne une marche enveloppante, le général Ladmirault en opère une semblable sur la Villette. Les deux corps d'armée prennent simultanément position sur le revers du Père-Lachaise et sur le revers des buttes Chaumont, pour enlever de concert ces deux points menaçants d'où l'insurrection domine encore la ville. Au centre, les corps Douay et Clinchant, se tenant sur une vigoureuse défensive, ont pour mission de repousser les fédérés qui, refoulés des hauteurs, se porteraient vers l'intérieur de Paris.

Le soir venu, l'armée s'arrête, et sur toute la ligne c'est une nuit de repos ; mais l'attaque est prête, et le dernier combat va être livré le lendemain : c'est la suprême péripétie du drame.

Les fédérés sont resserrés sur Belleville, dans un demi-cercle dont les deux extrémités s'appuient aux remparts, et dont la partie intermédiaire suit les boulevards de la Bastille au Château-d'Eau, et longe le canal, du faubourg du Temple à la place de la Villette.

Les trois quarts de l'armée sont là massés pour en finir d'un seul coup. L'assaut ne peut être long, mais il le faut énergique : l'insurrection a la sauvage énergie du désespoir de l'agonie. Des hauteurs des buttes Chaumont, les fédérés tournent leurs derniers coups de canon sur Paris, qu'il leur a fallu céder à l'armée du droit et de la liberté, et labourent de leurs obus ces riches quartiers qu'ils aperçoivent encore debout et échappés à leur féroce projet de destruction complète.

Le matin et tout le reste de la journée du samedi 27, les batteries de Montmartre tirent à coups pressés, écrasent de leurs projectiles Belleville, les buttes Chaumont et le Père-Lachaise, où les fédérés ont également mis en ligne un nombre considérable de canons. Dans la soirée, le général Ladmirault franchit le bassin de la Villette, l'abattoir, le marché aux bestiaux, et gravit les buttes Chaumont, ainsi que les hauteurs de Belleville. Là, le colonel Davoust, duc d'Auerstaedt, enlève très brillamment une série de barricades. Au point du jour, le corps d'armée Ladmirault occupe les buttes.

Agissant de son côté, et partant du boulevard Richard-Lenoir qu'il occupe, le général Douay aborde par le centre les positions de Belleville, tandis que le général Vinoy gravit les hauteurs du cimetière. C'est là que, traînant avec eux le cadavre de Dombrowski, les derniers soldats de la Commune se sont réfugiés, dressant encore à la vue de Paris en flammes la sinistre loque rouge dont ils avaient fait leur drapeau....

Enfin le 28 mai, septième jour de bataille! cette horrible page de notre histoire nationale se terminait au milieu des tombes brisées par les dernières balles. Une heure après on lisait sur les murs de la ville reconquise:

« HABITANTS DE PARIS,

« L'armée de la France est venue vous sauver.

« Paris est délivré.

« Nos soldats ont enlevé à quatre heures les dernières positions occupées par les insurgés.

« Aujourd'hui la lutte est terminée ; l'ordre, le travail et la sécurité vont renaître.

« Au quartier général, le 28 mai 1871.

« *Le maréchal de France commandant en chef*,

« DE MAC-MAHON, DUC DE MAGENTA. »

Le maréchal disait vrai.

Cependant l'émeute tenait encore sur un point. Il y avait dans le fort de Vincennes trois cents gardes nationaux et dix-huit officiers supérieurs, qui, après avoir vainement tenté de fuir par les lignes prussiennes, prétendaient résister à outrance. Le siège du fort commença immédiatement et les insurgés se rendirent à discrétion.

Ce fut le dernier mot de cette insurrection formidable, sans exemple, qui avait terrorisé Paris, épouvanté la France. Elle fut vaincue aux acclamations des Parisiens qui, dès l'entrée des troupes, avaient pavoisé leurs maisons de drapeaux tricolores et couvert de fleurs les soldats intrépides qui venaient les délivrer.

CHAPITRE II

I

Que de drames ignorés, que d'aventures restées inconnues pendant les sept jours de la bataille! Nous croyons intéresser le lecteur en mettant sous ses yeux quelques-uns des plus émouvants et des moins connus.

Les insurgés ayant résolu d'incendier la maison du Bon-Pasteur, dirigée par les religieuses de Saint-Thomas-de-Villeneuve, la firent évacuer pendant la nuit. Une des Sœurs nous a raconté ainsi le départ précipité et les pérégrinations de tout le personnel de la Communauté :

« Quatre gardes nationaux nous escortaient; un lieutenant, qui avait eu la charité de protéger notre fuite, nous dit d'avancer sans crainte, en longeant le mur à droite. Cependant l'obscurité la plus profonde enveloppait la ville; il était onze heures du soir; les obus sifflaient autour de nous; devant l'Observatoire les balles et les branches d'arbres tombaient comme une avalanche.

« Dans la rue d'Enfer, nous aperçûmes, à la lueur du feu des barricades, un horrible pêle-mêle d'armes, de cadavres gisant dans des mares de sang ; des blessés qui poussaient des cris de douleur, et des mourants qui râlaient dans les convulsions d'une agonie désespérée. Lorsque nous eûmes dépassé la barricade du boulevard de Port-Royal, le même spectacle déchirant s'offrit de nouveau à nos yeux : des blessés et des cadavres sur lesquels nous ne pouvions pas toujours éviter de marcher.

« Le ciel avait pris en ce moment une teinte sanglante et blafarde. A gauche, les incendies du faubourg Saint-Germain, comme des phares lugubres, éclairaient ces scènes de carnage et de mort.

« Nous longeâmes la rue Saint-Jacques. Quand nous fûmes près de l'église, les gardes nationaux qui nous escortaient voulaient qu'on nous y fît entrer ; mais la Mère supérieure, sachant que cet édifice était occupé par les fédérés, s'y refusa.

« Poursuivant alors notre marche pénible à travers les barricades, faisant halte à chacune pendant que le lieutenant, notre conducteur, nous ouvrait le passage en donnant le mot d'ordre, nous arrivâmes au boulevard Saint-Germain, que nous prîmes à gauche pour gagner le boulevard Saint-Michel.

« On nous fit traverser la place Saint-André-des-Arts. Des gardes nationaux y construisaient une barricade ; une nuée de gamins qui les regardaient faire se mirent à crier en nous voyant : « Voilà des citoyennes qui vien- « nent nous aider. » Ils nous laissèrent passer cependant ; mais à la place de la fontaine Saint-Michel, nous fûmes cernées. « Où voulez-vous aller ? nous demanda-t-on. — « Rue de Varennes. — Cela ne se peut pas, tout le fau- « bourg Saint-Germain va sauter. — Eh bien, rue de Sè- « vres. — On va le brûler. » Nous indiquâmes le passage

des Vignes où nous avons un orphelinat. Ils se regardè-
rent, se firent quelques signes, puis nous donnèrent à
entendre qu'on devait également mettre le feu à ce
quartier.

« On nous offrit comme asile l'Hôtel de ville, la
caserne Napoléon ; nous n'acceptâmes point. Un homme
s'écria : « Il faut les conduire à Saint-Lazare. — Non, dit
« notre Supérieure, nous n'irons point à Saint-Lazare. »
Ils nous proposèrent alors la Sûreté publique.

« Pendant qu'on nous y conduisait : « Qu'est-ce que
« la Sûreté publique ? demanda notre Mère. — C'est la
« Préfecture de police », lui répondit-on. Un profond soupir s'échappa de sa poitrine. Hélas ! c'était la première
étape de Mgr l'Archevêque et du plus grand nombre
des otages ; évidemment nous allions à la mort.

« Néanmoins notre courage ne nous abandonna point ;
nous avions avec nous Celui qui sait tirer de l'abîme
les infortunés qui y sont tombés !

« Nous traversâmes la rue de Jérusalem, resserrées
entre deux haies de fédérés, et nous arrivâmes à la
Préfecture de police. Notre Mère, accompagnée d'une
religieuse, nous quitta pour comparaître devant les
sommités de la Commune. Guidées par un garde national qui devait les introduire, elles montèrent un escalier, traversèrent un grand nombre de pièces, arrivèrent
dans un bureau où elles ne trouvèrent qu'un gardien.
Il sonna, et bientôt après elles furent en présence du
délégué de la Commune, le sinistre Ferré.

« Qu'est-ce que ces femmes ? Qu'est-ce que ces
femmes ? » dit-il d'un ton moqueur. L'homme qui les
conduisait répondit : « Ce sont les habitantes du Bon-
« Pasteur, chassées de leur maison qu'on doit incendier,
« elles demandent un asile. — Que ne sont-elles restées
« dans leur Bon-Pasteur, reprit le délégué, elles auraient
« brûlé avec et seraient allées tout droit au ciel. » Il

prononça ces derniers mots d'un ton aigre et nasillard, avec une espèce de ricanement infernal. Puis, les toisant des pieds à la tête : « Voyez comme elles sont « habillées! n'ont-elles pas l'air de carnavals ? » Il faisait une pantomime grotesque en désignant leur costume. « Mais nous ne sommes pas en carnaval ! Pourquoi ne « vous habillez-vous pas comme les autres femmes ? « Allez, allez, nous ne voulons pas de femmes ici. « Qu'elles aillent à Saint-Lazare, elles seront les com- « pagnes des Picpussiennes. »

« Pendant l'absence de notre Mère, un fédéré s'était approché de nous, et nous avait enjoint de le suivre. Le lieutenant notre protecteur, resté avec nous, se plaçant en face de lui : « Vous n'avez pas reçu d'ordre, lui dit-il, « vous ne les emmènerez pas. » Notre ennemi se contenta de nous coucher en joue pour nous effrayer, mais nous ne savions plus avoir peur.

« Cependant, inquiètes de ne pas voir revenir notre Mère et sa compagne, nous trouvions les minutes longues comme des heures. « Où sont-elles ? nous disions- « nous ; que va-t-on leur faire ? Les reverrons-nous ? » Et nous demandions à Notre-Seigneur, qui avait bien voulu se faire fugitif avec nous, de nous protéger et de fortifier notre Supérieure si timide et si faible contre la dureté de ces hommes qui avaient déjà fait mourir tant d'innocents.

« Nous la revîmes enfin !

« Mes enfants, du courage ; vite sortons d'ici, » nous dit-elle, « on veut nous emmener à Saint-Lazare. » Mais notre lieutenant, suivant le désir de notre Mère, nous reconduisit au boulevard Saint-Michel.

« Nous nous disposions à passer le reste de la nuit sous des arcades, quand un homme, portant le costume des marins de l'État, dit : « Mais pourquoi n'iraient- « elles pas à l'Hôtel-Dieu ? »

« Ce fut comme une voix du ciel. Cependant il y eut un moment d'hésitation : le directeur de l'Hôtel-Dieu appartenait à la Commune, et nous avions peur de ne plus trouver les religieuses. Cette inquiétude s'évanouit promptement; nous apprîmes qu'elles avaient obtenu la permission de rester pour soigner les malades. Nous traversâmes donc le pont Saint-Michel, pour la troisième fois, mais avec l'espérance de toucher au terme de notre pénible voyage.

« Notre conducteur exposa en peu de mots notre situation au concierge de l'Hôtel-Dieu. Celui-ci ouvrit aussitôt les grilles, et nous entrâmes. Les religieuses nous firent l'accueil le plus cordial ; mais chacun oublia un instant la détresse où nous étions réduites, quand parut une chèvre qui toute la nuit avait marché, souffert avec nous; les internes lui firent une véritable ovation.

« Au moment du départ, une enfant était allée pour la dernière fois lui porter à manger ; elle était venue au-devant de sa bienfaitrice, et l'avait regardée si tristement, que celle-ci n'avait pu se résoudre à laisser la pauvre bête. Partageant nos périls, elle avait paru les comprendre. Tant qu'avait duré le voyage, elle n'avait pas poussé le moindre cri ; elle franchissait comme nous les barricades, et, quand les détonations l'effrayaient, elle se contentait de regarder sa conductrice, et de bêler un peu tout bas.

« Après avoir fait distribuer à nos enfants quelque nourriture, on nous conduisit dans les salles qui nous avaient été assignées.

« Nous fîmes coucher nos pénitentes ; mais nous restâmes debout, en prévision de ce qui pourrait arriver.

« Tout à coup, à cinq heures du matin, un cri porta l'épouvante dans toute la maison : « Qu'on fasse sortir les « convalescents ! Notre-Dame va sauter. »

« Effectivement, tout était préparé pour consommer

le crime. Le directeur se rendit aussitôt auprès du délégué de la Commune ; en considération des treize cents malades qui se trouvaient à l'Hôtel-Dieu, on lui promit que la basilique serait épargnée.

« A sept heures, une religieuse vint nous dire de nous tenir prêtes à partir à neuf heures : on s'occupait de nous diriger sur Charenton.

« Nous fûmes terrifiées. Partir sans argent, sans pain, sans aucune connaissance à Charenton ; et nous étions cent trente personnes ! Des laissez-passer allaient nous être délivrés avec des brassards d'ambulance. Un peloton devait nous conduire. Il nous fallait traverser Paris et ce terrible quartier de la Bastille, foyer de l'insurrection ; nous pouvions y être massacrées, mais nous n'avions rien à objecter.

« Cependant l'armée arrivait. A huit heures et demie, les engagements devenaient si terribles et si rapprochés, que le directeur déclara qu'il n'était plus possible de quitter la maison. On eût dit qu'il nous sauvait de la mort.

« Mais, tout à coup, retentissent de nouveau ces paroles : « Que tout le monde descende : Notre-Dame va « sauter. » Ce fut une panique générale. Les médecins, les religieuses, les infirmiers rivalisaient de zèle et de dévouement ; les brancards ne suffisant pas, ils portaient les malades sur leurs bras, sur leur dos.

« On fit également descendre près des cagnards, celles de nos enfants dont la salle était la plus exposée. On les rassembla dans la pharmacie ; et pendant dix-huit heures elles furent assises sur des chaises d'église attachées quatre par quatre, sans pouvoir changer de position. Ce qui avait été un soulagement était devenu un supplice, dont le sentiment dominait parfois la frayeur des obus qui arrivaient jusque dans notre retraite.

« Quelques heures plus tard, nous étions aux fenêtres
regardant le défilé magnifique de l'armée qui nous
sauvait, et des larmes de bonheur coulaient de nos
yeux[1]. »

Mais avant d'arriver à Notre-Dame, que cette armée
libératrice avait dû fouler de cadavres ! pendant plusieurs
jours on s'était pied à pied disputé le terrain. Les vagues
pressées, bruyantes, tumultueuses, confuses des deux
armées, s'agitant, se rencontrant, s'entre-choquant dans
l'ombre d'une épaisse fumée, semblaient des nuages
sombres, roulant sur la terre, et renfermant la mort
dans leur sein ; des éclairs jaillissaient de ces masses
effrayantes ; on entendait des grondements comme ceux
du tonnerre et le bruit sinistre de la grêle qui brise,
qui hache, qui détruit. Puis tout cela passait ; les insurgés reculaient, les soldats de l'ordre étaient victorieux. Mais le flot, en se retirant, laissait voir ses
victimes. Les morts et les mourants gisaient pêle-mêle
sur le pavé, l'un à côté de l'autre, l'un sur l'autre
quelquefois.

Un peu à l'écart, un jeune soldat, que nous avions
connu à la Villette, un enfant presque, il n'avait pas
seize ans, était tombé frappé d'une balle. La douleur,
le sang qui s'échappait de sa blessure, l'odeur de la
poudre, lui avaient fait perdre le sentiment de la vie.
Sous l'influence d'une brise fraîche il venait de reprendre ses sens ; il essaya de se soulever, et comme
s'il fût sorti d'un rêve affreux, étonné, il regardait
autour de lui. Seul au milieu des cadavres, saisi d'horreur, il appela sa mère ; et poussant un long et triste
soupir, le pauvre enfant se laissa retomber sur le pavé
froid et humide de sang. Un Versaillais le releva : « Qui

1. *Petit Journal de Saint-Thomas* pendant les troubles révolutionnaires de 1870-1871.

donc appelez-vous? — Ma mère. Voilà dix jours que je ne l'ai pas vue, je voudrais la voir…. — Où est-elle? » lui demanda le soldat. L'enfant donna son adresse. « Mais, dit-il, ne me voyant pas revenir, elle sera morte peut-être ; elle était malade quand je l'ai quittée, un matin, en lui disant : Au revoir, je ne serai pas longtemps. Puis des camarades m'ont entraîné malgré moi…. et je ne suis plus retourné. Si elle savait ce que j'ai fait! si elle savait que je vais mourir !… » Et l'enfant affaibli pleurait. Sa main cherchait quelque chose sur sa poitrine. « Tenez, dit-il tout à coup, montrant une médaille de la Vierge : c'est ma mère qui me l'a mise quand j'étais tout petit. » Et, après l'avoir longtemps regardée, à plusieurs reprises, il embrassa ce cher souvenir.

Le lendemain, le Versaillais lui-même vint donner à l'enfant des nouvelles de sa mère. « Elle est encore bien souffrante ; mais le bonheur d'avoir retrouvé son fils la guérira bientôt, » lui dit-il. Le malade était accablé, il ouvrit doucement ses grands yeux qui semblaient déjà ne plus vivre ; cependant il essaya de sourire au vieux soldat comme pour le remercier de sa sympathie : « Mais, lui demanda-t-il, me pardonne-t-elle? Vous a-t-elle dit de m'embrasser? »

Quelques instants après, ses paupières s'abaissèrent de nouveau, ses traits s'allongèrent, ses lèvres devinrent blanches comme de la cire ; son regard vague semblait chercher cet invisible qu'entrevoit seule l'âme du mourant ; la sueur baignait ses cheveux ; quelque chose de doux comme un sourire, de mélancolique comme un soupir de la brise du soir, de mystérieux comme une ombre, de pur, de céleste comme le souffle d'un ange, errait sur son visage, autour de ses lèvres : c'était son âme qui s'échappait.

Le vieux soldat pleura son jeune ennemi, devenu son ami, son fils. Il alla lui-même porter à la pauvre mère, avec une boucle de cheveux, la médaille, triste et précieux souvenir qui avait reçu les dernières confidences de l'enfant, qu'il embrassait lorsqu'il mourut, et sur laquelle son âme avait glissé en remontant aux cieux.

Dans la rue Saint-Jacques, un communeux passait et plaignait, d'un ton moitié sérieux, moitié railleur, un Versaillais blessé. « Pourquoi vous apitoyez-vous sur mon sort, répondit le modeste héros ? Je puis mourir : je mourrai content d'avoir versé mon sang pour la France, et contribué à la sauver. Mais la honte et les remords devraient vous imposer silence, à vous malheureux qui, sous les yeux de l'ennemi, avez ensanglanté votre patrie, qui l'avez dégradée, avilie, rendue pitoyable aux nations autrefois jalouses de sa grandeur. »

Si c'est dans le combat que se montre le plus souvent le héros, l'heure du péril est aussi quelquefois l'heure de la gloire et du triomphe.

Enfermée dans la sacristie, puis dans une des caves de l'église Saint-Éloi, entourée de barils de poudre destinés à faire sauter l'église, sans cesse insultée, menacée de la mort si elle ne révélait la retraite de son mari, la noble et courageuse Mme Lécuyer ne s'était point laissé vaincre. Un jour, son terrible persécuteur, le sieur Adolphe Baudoin, descendit dans la cave, escorté de deux prisonniers portant des cierges allumés qui jetaient dans les ténèbres une clarté lugubre.

« Citoyenne, lui dit-il d'une voix sinistre, le Comité a décidé ta mort. J'ai ordre de mettre le feu ici : veux-tu être ensevelie sous les décombres ou veux-tu que je te fasse sauter la cervelle ? »

Et dirigeant son revolver vers sa poitrine, il ajouta :
« Es-tu prête ? »

Devant cette mort imminente, la femme que le péril élevait au-dessus de la crainte répondit simplement :

« Je préfère être tuée, si cela doit sauver l'église. »

Cette attitude héroïque humilia l'odieux officier : il ne s'attendait pas à une si intrépide résignation.

« Tu es une brave femme ! » dit-il à la prisonnière, et il se mit à l'embrasser.

Elle put monter dans l'église, où tout était préparé pour l'incendie ; mais elle était toujours suivie de Baudoin, et elle ne dut sa liberté qu'à l'armée de Versailles.

A côté de ces grandes scènes qui remplissent l'âme de tristesse ou d'épouvante se placent des incidents qui lui font éprouver de douces émotions.

Au troisième étage d'une maison située rue de Rivoli, dans une chambre donnant sur la cour, dont on avait capitonné les fenêtres avec des matelas, une famille se tenait blottie.

Tout à coup le feu éclate dans le voisinage et enveloppe le quartier d'une fumée épaisse ; l'air s'imprègne d'une odeur de pétrole ; les Tuileries sont en feu !... Que faire ? L'incendie, toujours grandissant, envahit le château d'un bout à l'autre, et menace toutes les habitations voisines. Dans la rue, embusqués sous les portes cochères, les fédérés se mettent à l'abri des mitrailleuses qui balayent la voie, tandis que des obus frappent à droite et à gauche, ébréchant les corniches, démolissant les balcons, et couvrant les parquets de leurs éclats.

Le père, livide, tremblant, recule d'épouvante et regarde sa famille d'un œil éteint.

« Nous sommes perdus ! » murmure-t-il.

Dans cette maison, où déjà, depuis les mansardes jusque dans les caves, régnait une terreur folle, pénètre tout à coup une bande d'insurgés avec un état-major de mégères qui se mettent à enduire les murs de pétrole.

Un cri de détresse s'échappe de toutes les poitrines : « Sauve qui peut ! » Le père ramasse à la hâte quelques papiers de famille, de l'argent, des bijoux ; la mère,

aidée d'une vieille servante, noue dans un drap de lit
tout ce qu'elle trouve sous sa main. Quant à la jeune
fille, à moitié folle de peur, elle se précipite dans sa
chambre pour sauver de la mort ce qu'elle aime le plus
après ses parents.... deux tourterelles enfermées dans
une cage. Précédant tous les autres locataires avec ses
oiseaux elle se précipite dans la rue.... Un obus éclate
presque à ses côtés, et ses parents terrifiés la voient
tomber sur la chaussée, tandis que la cage va rouler
à quelques mètres plus loin.

A la vue de sa fille qu'il croit morte, le père s'élance
à son tour au milieu d'une grêle de projectiles, enlève
son enfant et la dépose sur ses genoux sous la porte
cochère.

La petite fille n'est ni morte, ni blessée!... elle
rouvre les yeux.... Puis tout à coup elle se souvient, et
avant qu'on ait eu le temps de la retenir, elle s'échappe
de nouveau, court dans la rue, et, sous les obus et la mitraille, retrouve la cage renfermant ses oiseaux.

Dans la maison, c'est la mort par le feu! au dehors,
c'est la mort par les balles! L'effroi est à son comble
parmi les fugitifs qui se pressent dans le vestibule et
voient les flammes se répandre partout. La pauvre petite,
ne lâchant toujours pas sa cage, se cramponne à ses
parents en poussant des cris de détresse.

Une pétroleuse, qui vient de mettre le feu à l'entresol,
s'arrête, et au milieu d'un éclat de rire :

« Eh bien! la petite, après? ils rôtiront, tes merles!
voilà-t-il pas une belle affaire? »

A ces mots, l'enfant comprenant l'immensité du péril,
se redresse, jette à la pétroleuse un regard de haine et
de colère, et tandis que de grosses larmes roulent le
long de ses joues, elle ouvre la cage, et les oiseaux
s'envolent pour se perdre dans les nuages noirs. ---
Eux, du moins, seront sauvés !

En ce moment, le tambour bat la charge au détour de la rue.... l'infanterie arrive. En un clein d'œil pétroleurs et communards se dispersent dans toutes les directions. On parvient à maîtriser le feu ; chacun rentre dans son gîte ; peu à peu le calme rentre dans les esprits. La jeune fille sourit comme les gens qui renaissent à la vie, mais à cette joie se mêle un deuil dans cette jeune âme : au milieu de l'effroyable catastrophe qui a failli réduire Paris en cendres, elle pleure ses oiseaux envolés.

Le lendemain, comme elle venait sur le balcon penser tristement à ses chères victimes, un cri de joie s'échappe de sa poitrine : ses tourterelles sont revenues au logis comme les autres Parisiens et rapportent à une pauvre petite fille le bonheur qu'elle croyait avoir à jamais perdu !

Les fédérés avaient été refoulés de toute part, mais partout ils s'étaient battus avec un courage qu'il serait injuste de méconnaître. Furieux de la résistance qu'ils éprouvaient, exaspérés surtout à la vue des incendies qui ruinaient Paris, les soldats de Versailles étaient souvent sans pitié pour les insurgés pris les armes à la main : ils en fusillèrent trois cents qui s'étaient réfugiés dans la Madeleine. Mais voici un trait d'humanité qui les honore.

Un des insurgés exécutés le 28 mai à la place du Trône avait avec lui ses deux petits enfants, l'un âgé de dix ans, l'autre de huit. Après la mort de leur père, les deux pauvres orphelins, ne sachant que devenir, restèrent au milieu des soldats qui en prirent grand soin. Le colonel du régiment, apercevant ces deux infortunés qui mangeaient à la gamelle au milieu d'une escouade, demanda qui ils étaient, et comment ils se trouvaient là. Un caporal répondit qu'ils étaient les enfants d'un insurgé condamné à mort par la cour martiale, et qu'ils n'avaient pas de famille pouvant se charger de leur sort. Le colonel, ému, proposa aux officiers et aux soldats d'adopter les orphelins et de les admettre parmi les enfants de troupe. Cette motion généreuse trouva de l'écho, et les deux infortunés sont devenus les fils adoptifs du 29ᵉ de ligne.

. Le plus navrant de ces épisodes ce sont les fusillades. Durant les sept jours de bataille, on fusilla sur place la plupart des prisonniers pris les armes à la main. Après la bataille, des cours martiales furent immédiatement constituées pour continuer sans retard l'œuvre des représailles.

Le principal de ces tribunaux siégeait au Châtelet. A tout instant on voyait arriver des bandes de prisonniers. Ces convois étaient tous composés à peu près des mêmes éléments : gardes nationaux, hommes en blouse, femmes des faubourgs, cantinières, enfants déguenillés. Les prisonniers étaient enfermés dans l'intérieur du théâtre. Quand on les apercevait se promenant sur la terrasse, ils étaient l'objet des malédictions de la foule qui stationnait sur le quai et sur la place du Châtelet.

Ces cris de réprobation, il faut bien le dire, étaient loin de déconcerter les insurgés. Presque tous portaient haut la tête. Cette attitude était surtout remarquable chez les combattants, et leurs réponses provoquantes ne s'harmonisaient que trop avec le cynisme de leurs physionomies : « Nous avons perdu les deux premières parties, celle de juin 1848 et celle de mai 1871 ; mais nos arrière-neveux gagneront la troisième. »

Et nunc erudimini!

Les jugements de la cour martiale n'étaient prononcés qu'en parfaite connaissance de cause ; le nombre des cas réservés était des plus considérables. Mais ceux qui étaient passibles de la peine capitale ne trouvaient aucune pitié, et l'exécution ne se faisait pas attendre.

Les condamnés sortaient du théâtre par groupes de vingt

à quarante, et se dirigeaient, escortés par des soldats,
vers la caserne Lobau, qui fait face à la caserne Napoléon, située derrière l'Hôtel de ville. Les condamnés
étaient attachés deux à deux par le poignet, et ne se faisaient pas illusion sur le sort qui les attendait. Arrivés
à la caserne, la porte s'ouvrait et se refermait sur la
fournée, c'est le mot qu'employait la foule très nombreuse sur tout le parcours ; puis, on entendait des feux
de pelotons, suivis de coups de feu précipités : c'était
la *fournée* qui tombait !... La porte se rouvrait alors,
livrant passage aux fourgons chargés des cadavres qu'on
enterrait provisoirement sur les berges de la Seine, au
milieu des squares, un peu partout.

On évalue à plus de quinze mille le nombre des fédérés qui ont perdu la vie, soit en combattant, soit après
le combat. Mais la responsabilité de ces terribles représailles ne doit pas retomber tout entière sur l'armée.

« Les soldats, dit M. Jules Rouquette, obéissaient souvent aux excitations d'une partie de la population. La
colère, la haine et aussi les basses passions s'en mêlaient.
Des êtres vils, se vantant tout haut d'accomplir un
devoir civique, devenaient délateurs sans vergogne. Non
seulement ils dénonçaient ceux qu'ils avaient vus dans
les rangs des fédérés, mais encore, emportés par un
zèle cruel et souvent intéressé, ils suppliaient les officiers
de leur donner des escouades, afin d'aller eux-mêmes
faire des arrestations. Que de vengeances particulières
ont pu ainsi s'assouvir ! D'autres cherchaient, par leur
empressement à dénoncer les fédérés, à donner le change
sur leurs propres opinions, et à faire oublier leur incontestable penchant pour la Commune.

« Ce qui donne une idée de la décadence de la génération actuelle, de la dépravation des idées et des sentiments, de la profonde démoralisation de notre époque,
c'est le nombre de dénonciations anonymes qui arri-

vèrent alors à la Préfecture de police : on en compta
plus de cinq mille par jour, et elles atteignirent le
nombre total de trois cent dix mille. Un avis dut être
publié portant qu'à l'avenir on ne lirait plus ces lettres
honteuses; qu'on poursuivrait même leurs auteurs, conformément à la loi, si on parvenait à les découvrir. A
quelle ignominie, grand Dieu! la France était-elle ré-
servée! »

Ces violences aveugles, cet emportement amenèrent
de cruelles méprises : un prêtre polonais, attaché à la
paroisse de Chaillot, fut arrêté dans la rue et conduit
à Versailles, où il subit une dure incarcération. Il ne
dut sa délivrance qu'à l'intervention de M. l'abbé Gentil,
aujourd'hui curé de Ménilmontant. Un honnête homme
nommé Vaillant, comme le membre de la Commune,
fut pris et traîné de force à Satory par suite de confusion de personne; on voulait le fusiller en route. Le
Siècle constatait un fait douloureusement vrai lorsque,
dans son numéro du 27 mai 1871, il écrivait : « La vie
des citoyens ne pèse pas plus qu'un cheveu dans la
balance de la justice populaire; pour un oui ou pour
un non, on est fusillé. A Chaillot, un malheureux du
nom de Constant, coupable d'une ressemblance avec
Billioray, fut arrêté par la foule, et, sur les injonctions
de deux cents badauds, fusillé malgré ses prières et ses
protestations; il eut beau donner son adresse, supplier
qu'on le conduisît à son domicile où il serait reconnu
par sa famille et ses voisins : la foule fut inexorable;
après l'exécution, elle se contenta de dire : « Il s'est
roulé en pleurant aux pieds des soldats; en voilà un qui
est mort lâchement. »

Telles sont bien les foules : elles prêtent d'abord la
main à toutes les révoltes; puis, acclamant le plus fort,
elles finissent toujours par insulter aux vaincus.

CHAPITRE III

INCENDIE DE LA CAPITALE.

ON NE PEUT L'ATTRIBUER AUX PASSIONS POLITIQUES.

ATTITUDE DES PRUSSIENS PENDANT CE DÉSASTRE.

LES ÉGLISES MIRACULEUSEMENT PRÉSERVÉES.

DIEU A PARLÉ A PARIS PAR LE FEU.

I

Il y a dix ans de cela, tous les peuples du monde avaient rendez-vous dans la capitale de la France. Ils accoururent tous pour offrir à leur admiration les produits de la nature et de l'industrie, les merveilles de la science et de l'art. Mais ils venaient aussi pour contempler Paris, le débouché principal et l'entrepôt du talent des nations civilisées, la ville soleil des sociétés modernes. Tous ces peuples aspiraient à voir, à visiter Paris. On fit pour eux un livre ; et, en tête du livre, le poète des *Châtiments* plaça cette préface, page philosophique d'un ton sibyllin, comme il convenait à Hugo !

« Paris fait à la multitude la révélation d'elle-même.... La multitude est la nébuleuse qui, condensée,

sera l'étoile : Paris est le condenseur.... Il a une patience d'astre mûrissant lentement un fruit. Les nuages
passent sur sa fixité. Paris décrète un événement. La
France, brusquement mise en demeure, obéit.... Sur
le conflit de la nation et de la cité pour la révolution,
voici ce qui donne ce grossissement : d'un côté la Convention, de l'autre la Commune. Duel titanique. La
Convention incarne un fait définitif, le peuple ; et la
Commune incarne un fait transitoire, la populace. »

Eh bien ! la populace et la Commune aimées du
poète ont voulu détruire ce livre écrit par les siècles,
et aux lueurs sinistres de l'incendie donner la révélation du genre humain qu'ils avaient rêvé. Paris a vu
surgir en un siècle de progrès et de lumière cette armée de sauvages qu'enfantent la fermentation des vices
en bas et l'excitation de quelques misérables en haut,
les sauvages de la convoitise, les sauvages de la haine
sociale, les sauvages de la jouissance matérielle goû-
tée et aussitôt perdue, sauvages sans principes, sans frein
d'aucune sorte, qui, ne pouvant détruire la patrie, vaincus
et sanglants, ont voulu, pour se venger de leur écrasement,
anéantir Paris avec tous ses souvenirs et toutes ses gloires.

Le moyen âge, la Renaissance, le siècle de Louis XIV,
le dix-huitième siècle et même le commencement du
dix-neuvième, ont accumulé dans cette grande et superbe capitale les richesses du genre humain, les diverses manifestations du génie, à toutes les époques et
sous toutes les formes. C'est une collection énorme de
tous les souvenirs de l'ancien régime, et même, chose
à remarquer, c'est surtout du temps abominable où les
révolutions, jacobines ou communeuses, étaient complètement inconnues, et où la monarchie absolue s'épa-
nouissait dans toute sa splendeur, que nous viennent
ces chefs-d'œuvre de la peinture et de la statuaire,
images immortelles du beau.

Toutes ces merveilles qui encombrent nos musées sont comme la chaîne d'or qui relie les générations passées aux générations futures ; c'est cette chaîne que les incendiaires de la Commune vont s'efforcer de rompre ; ils n'aiment pas l'art ancien qui est infecté, disent-ils, de royalisme. Pour établir le monde nouveau, ils veulent faire table rase de l'ancien. Il n'est donc pas étonnant de voir les vengeances de la révolution se rabattre sur les monuments, les musées, les galeries de tableaux, les bibliothèques, et autres collections artistiques, que Paris renferme dans son sein.

Et qu'on ne dise pas qu'il y a eu absence de préméditation : dès le premier jour de son règne éphémère, la Commune avait annoncé *urbi et orbi* que si elle était forcée de rendre la capitale, elle ne la rendrait que couverte de ruines. Vallès s'était fait l'écho de cette sauvage résolution dans un article qui se terminait ainsi : « M. Thiers, qui est chimiste, nous comprendra. » Dans les premiers jours d'avril, le commandant d'artillerie, qui, en dépit des réclamations et de la terreur des habitants du quartier, faisait établir une batterie au Trocadéro, avec la folle prétention d'atteindre le Mont-Valérien, disait tout haut : « Les quartiers des réactionnaires sauteront tous. Nous n'en épargnerons pas un seul. » Enfin la formidable organisation du corps des pétroleurs, à la formation duquel avait présidé Gaillard père ; ce déploiement d'habileté cynique et sauvage qui a enrégimenté, pour allumer les incendies et les activer, jusqu'aux femmes et aux enfants, chargés de faire manœuvrer des pompes remplies de pétrole, tous ces faits ne prouvent que trop qu'il y a eu là une machination ourdie de longue main. Les incendiaires n'attendaient que le signal de la Commune, qui leur fut donné le 20 mai.

Ce jour-là, c'est-à-dire la veille de l'entrée des trou-

pes dans Paris, il y eut séance à l'Hôtel de ville. On y
entendit un rapport sur la situation. Les yeux des fins
politiques de la Commune étaient couverts d'écailles.
Ils persistaient sérieusement à croire que l'armée de
Versailles ne parviendrait jamais à forcer les portes.
Néanmoins, un membre, le général Cluseret, récemment amnistié par ses collègues, ayant demandé la
parole, exposa qu'il . y avait péril en la demeure. Il fit
voir d'abord que les troupes de l'Assemblée nationale
s'étaient augmentées, au point de former un effectif considérable, d'un chiffre supérieur au contingent des fédérés ; il ajouta que tous les forts s'étaient rendus, que
les remparts étaient troués, que tous les gardes nationaux étaient malades, usés, fatigués. Il dit encore qu'il
ne fallait pas prendre le calme apparent de Paris pour
un acte d'adhésion, mais que la ville au contraire n'attendait qu'un signal pour se soulever. Enfin il déclara
que suivant lui, homme du métier, il n'était guère possible qu'il n'y eût pas dans fort peu de temps, de la
part de Mac-Mahon, une attaque des plus sérieuses à la
suite de laquelle la citadelle de la Révolution pourrait
bien céder ou être emportée d'assaut. Devant ces confidences d'un soldat, Ch. Delescluze réclama le comité
secret ; les membres du Comité de salut public appuyè-
rent la motion.

Que s'est-il passé dans cette mystérieuse séance ? A
la suite de l'arrestation de Grelier, la police est par-
venue à mettre la main sur les procès-verbaux d'une
machination infernale ; et quoiqu'ils n'aient pas été
livrés à la publicité, nous pouvons assurer que ce
jour-là, 20 mai, fut présenté et adopté de sang-froid le
double projet ayant pour but de massacrer les otages
dans les prisons et d'incendier Paris. On vota l'incendie
par le pétrole comme une mesure de salut public. On
discourut à tour de rôle, et on convint de changer les

gardes nationaux en bourreaux et les femmes en furies
chargées de mettre le feu aux principaux édifices.

Quatre jours plus tard, un cri s'élevait, effaré, douloureux, cri d'horreur et de détresse : Paris brûle ! Ce
monument incomparable, ou plutôt cet ensemble grandiose de monuments et de magnificences sans rivales,
les Tuileries et le Louvre, ce centre de notre histoire,
que tous les arts avaient concouru à immortaliser, avait
été livré aux flammes dans la nuit du 23 au 24, au moment où les généraux Douay et Vinoy se préparaient à
attaquer les insurgés.

L'incendie du palais avait été résolu, le 23, dans un
conseil de guerre tenu par l'entourage de Bergeret et
présidé par lui. Chacun avait reçu ses instructions pour
protéger la retraite des fédérés ; Bénot, garçon boucher
fait colonel par la Commune, fut spécialement chargé
de préparer l'incendie. « Bénot, dit M. Maxime Du Camp,
était un lourd garçon, trapu, haut en couleur, absolument brute, ivrogne fieffé, radicalement dénué de sens
moral, battant les femmes, battant les enfants, n'ayant
d'autre argument que celui du coup de poing, tutoyant
tout le monde et couchant avec ses bottes « parce qu'il
trouvait cela plus commode. » Entre cinq et six heures
cinq fourgons chargés de barils de poudre, de bonbonnes
de pétrole, de tonnelets de goudron liquide arrivèrent
par la place du Palais-Royal et furent rangés dans le
vestibule du pavillon de l'Horloge. On se partagea la
besogne. Bénot se réserva le pavillon central ; un
nommé Boudin eut pour mission de « préparer » le pavillon Marsan ; un troisième bandit fut envoyé au
pavillon de Flore. Chacun de ces porte-torches était
accompagné d'une équipe de dix hommes environ,
choisis parmi les fédérés du 174e bataillon qui était
cantonné aux Tuileries. Pendant que Bénot, à la tête de
son escouade, faisait disposer trois barils de poudre

près de l'escalier d'honneur et deux jusque dans la salle
des Maréchaux, qu'il répandait des seaux d'huile minérale sur les parquets et aspergeait les murs à l'aide de
balais, Boudin enduisait les tentures des appartements,
les boiseries du théâtre, l'autel, l'orgue de la chapelle.
Au pavillon de Flore on brisait les bonbonnes, cinq ou
six bidons d'essence de térébenthine furent versés dans les
salles de stuc où était enfermé le mobilier de M. Thiers.
Tout fut relié par des traînées de poudre que Bénot
alluma lui-même.

Les premières lueurs apparurent à la salle de stuc,
les meubles du président de la République flambaient.
Il était un peu moins de neuf heures. L'horloge des
Tuileries s'arrêta sous l'action du feu, et les flammes
jaillirent du sommet du pavillon.

Bénot rentra à la caserne du Louvre, vers dix heures
du soir, les vêtements imprégnés de l'odeur du pétrole,
et donna un dernier coup d'œil aux préparatifs du
souper du général Bergeret. Bientôt, tout l'état-major
était à table, choquant joyeusement les verres, tandis
qu'aux étages supérieurs les fédérés brisaient et démo-
lissaient. Bénot fit ensuite aux convives les honneurs de
son œuvre ; et tous, de la terrasse du Louvre, contem-
plèrent l'incendie.

L'imagination la plus exaltée ne peut se faire une
idée de ce spectacle, pas plus que la plume n'arriverait
à le décrire. Cette immense façade de quatre cents mètres de développement, vomissant par des centaines
d'ouvertures des langues ardentes qui allaient se
perdre dans les aigrettes de flammes dardées par les
combles ; les intermittences soudaines de cette éruption
permettant au regard de scruter dans ses détails l'intérieur incandescent du palais ; puis, pour couronner
cette œuvre de pyrotechnie infernale par un bouquet
digne d'elle, la grande coupole centrale de Philibert

Delorme s'abîmant dans une gerbe de feu qui sembla
jaillir jusqu'aux étoiles effarées : ce sont là les quelques
linéaments d'une description impossible.

Si le feu d'artifice fut affreusement splendide, bien
tristes sont les ruines qu'il a faites, mais d'une tristesse
sans majesté et même sans grandeur, malgré leur immensité. A peu de distance on dirait les restes calcinés
de quelque grande filature. Sauf le pavillon de Flore
qui venait d'être fort élégamment reconstruit par
M. Le Fuel, et qui a dû à l'état de l'intérieur, encore
inachevé, d'être relativement épargné par l'élément
destructeur, le reste n'est plus qu'une double et longue
paroi criblée d'ouvertures béantes. Les statues ne font
plus qu'un amas de cendres calcinées ; ornements,
bronzes, moulures, frises et chapiteaux exquis sont
confondus dans la promiscuité fumante d'un métal sans
nom ; vestibules, escaliers gigantesques, galeries,
beautés éblouissantes, panneaux superbes, tout ce que
le génie d'une nation d'artistes avait mis des siècles à
créer, n'est plus aujourd'hui que cendres et poussière.
Une nuit d'incendie a suffi pour étendre sur nos constructions d'hier la patine des siècles.

Les idiots furieux qui ont voué ce palais au pétrole
pour purifier, disaient-ils, une place souillée par le
séjour du despotisme, auraient dû se souvenir que les
Tuileries ont reçu l'onction insurrectionnelle de la
Terreur, que les scènes les plus émouvantes de la Révolution française se reflétaient en quelque sorte sur les
murs ; que la Convention nationale a tenu des séances
dans la salle du théâtre, depuis l'an Ier jusqu'à l'an IV,
et que le Comité de salut public en fit son antre.

Nous allons suivre de monument en monument les
progrès des flammes. Vers quatre heures, les nouvelles
deviennent de plus en plus mauvaises ; on se dispose à
incendier le Louvre ; on mettra, en commençant, le feu

à la bibliothèque, qui attisera merveilleusement la
flamme. Malgré les supplications et les larmes des
gardiens de ce trésor, un groupe, armé jusqu'aux
dents et le pétrole à la main, envahit le pavillon de la
bibliothèque, verse le liquide sur les parquets et dans
la cage de l'escalier, et sort par une cour de la caserne
du Louvre en laissant derrière elle un sillage incandescent. La surprise des insurgés, le manque de temps
pour leurs sinistres préparatifs, et le dévouement de
l'armée qui se précipite au pas de course sur le Louvre
en feu, contribuent à sauver le reste du monument.

Si les richesses artistiques qu'il renferme avaient été
préservées, jusque-là, de la destruction, elles le doivent à M. Barbet de Jouy, de conservateur devenu
gardien, à M. Héron de Villefosse et à M. Morent, qui,
restés à leur poste, multiplièrent les prodiges de
présence d'esprit et d'audace. Presque tous les établissements, voués aux travaux et aux œuvres de l'intelligence, furent sauvés de même par le dévouement et
le courage des fonctionnaires de tout ordre qui n'avaient
voulu fuir ni les périls généraux de Paris, ni les périls
particuliers de leur service. Le zèle et le courage
qu'ils ont alors déployé ont souvent imposé aux incendiaires et atténué les effets de leur rage, lorsqu'elle ne
put être conjurée ou détournée. Les Archives, dans un
des quartiers les plus exposés, ont été préservées par
la vigilance de leur directeur, M. Alfred Maury et de
ses employés. Mais c'est surtout à l'Observatoire que
le dévouement à la science a pris un caractère
dramatique.

Il faut lire dans le Rapport des directeurs du bulletin
international de l'Observatoire de Paris l'émouvant récit
de M. Marié-Davy, chef du bureau météorologique : ces
trois jours passés au milieu des insurgés, — l'espèce de dé-
férence qu'ils témoignent aux savants, en voyant que leur

présence et leurs formidables mesures de défense
n'empêchent pas les travaux, — la sécurité relative
dont on jouit, jusqu'au moment où, dans la nuit du
23 au 24 mai, l'incendie est tout à coup annoncé, —
les efforts faits pour l'éteindre, avec le concours des
domestiques et de quelques ouvriers réfractaires de la
Commune à qui l'Observatoire avait donné asile, — la
brusque apparition des fédérés forçant l'entrée de
l'édifice, et y cherchant un refuge contre les troupes
qui les poursuivaient, — les préparatifs accumulés
pendant plusieurs heures pour le faire sauter, — le
salut enfin, au moment le plus critique, par l'irruption
soudaine des soldats.

Le Palais-Royal était trop voisin des Tuileries et du
Louvre ; ainsi que ces deux palais, il rappelait trop
les souvenirs de la royauté pour ne pas être désigné
dès les premiers jours à la torche des incendiaires.
Un premier ordre de détruire le palais fut expédié le
23 par le Comité de salut public vers dix heures du soir,
un second fut transmis à onze heures ; celui-ci était
signé E. Eudes et ainsi conçu : « Incendiez et repliez-vous
sur l'Hôtel de ville ; en cas de refus, faites passer par
les armes les officiers. » La menace était inutile. Boursier, marchand de vins, colonel des fédérés, se mit aussitôt à la besogne ; il avait pour collaborateurs Joseph
Hinard, capitaine d'état-major à la première légion, Alfred Bernard, ouvrier bijoutier, colonel délégué du III°
arrondissement de Paris, et Pierre Rey, capitaine au
1er bataillon. Ces quatre sacripants procédèrent méthodi-
quement après avoir mis dans leurs poches beaucoup
d'objets précieux appartenant au prince Napoléon. Trois
foyers furent préparés : le premier dans le pavillon de
Valois ; le second dans le bâtiment qui fait façade sur
la cour d'honneur ; le troisième foyer fut disposé de
façon à enflammer le pavillon de Nemours et à atteindre

la Comédie-Française. — Ce furent Alfred Bernard et Joseph Hinard qui, théâtralement, une torche à la main et aux cris de : *Vive la Commune !* mirent le feu aux foyers préparés. Il était alors environ trois heures du matin. Le pavillon de Valois, saturé de pétrole à tous les étages, s'enflamma avec une rapidité extraordinaire, et bientôt les vitres éclatées laissèrent échapper des tourbillons de feu et de fumée. Si les flammes n'eussent été maîtrisées, tout le Palais-Royal, le Théâtre-Français, la rue de Richelieu auraient pu brûler ; les balles qui sifflaient sur la place du palais, et les obus qui pleuvaient dans l'intérieur, empêchèrent de porter d'efficaces secours : aussi la flamme eut bientôt acquis une effrayante intensité. Toute la nuit les lueurs rouges de l'incendie ensanglantèrent le ciel, dans le premier arrondissement. La fumée, qui s'élevait en tourbillons, s'étendait de toutes parts sur la ville et formait un voile immense comme pour cacher les scènes atroces qui se déroulaient plus bas.

Le matin du 24, quelques secours purent être organisés, des pompes furent amenées et commencèrent à fonctionner ; les habitants du quartier prêtèrent le concours le plus dévoué. Mais leur zèle fut paralysé par la ruse : à un certain moment, le pompier qui dirigeait le jet s'aperçut qu'il lançait du pétrole au milieu des flammes. De nombreuses arrestations eurent lieu, on fusilla sur place des femmes prises en flagrant délit. Dans la soirée seulement on se rendit maître du feu. Mais la galerie qui restait du palais édifié par Richelieu, celle du Trône et la plus grande partie du monument rebâti après l'incendie de 1763, par le grand-père du roi Louis-Philippe, étaient complètement détruites.

Pendant que la foule contemplait tristement l'édifice qui s'effondrait, on vit jaillir d'une fenêtre une langue de flamme. Elle venait lécher la hampe de fer qui soutenait le drapeau rouge déjà noirci par la fumée. Le feu gagna bientôt l'étoffe, il en atteignit l'extrémité, et en un clin d'œil l'oriflamme disparut et ses cendres furent dispersées par le vent. C'était le dernier vestige de la révolution qui disparaissait.

Les Tuileries en cendres, le Louvre en flammes, le palais des princes d'Orléans détruit, ainsi que le ministère des finances, la rue Royale couverte de décombres et montrant ses entrailles, la moitié de Paris saccagée et baignant dans le sang, tel est le spectacle que présente la rive droite.

On espérait que les hommes, qui ont demandé le plus haut les franchises municipales, auraient du moins respecté la maison du peuple de Paris ; et c'est là précisément que les ravages de l'incendie ont été le plus effroyables, là que la fureur de la révolution a été déployée dans toute son horreur. Quatre pans de mur, c'est tout ce qui reste de ces constructions célèbres, au sein desquelles s'est passée presque toute l'histoire de Paris, de ces salles splendides où retentissait le bruit des joies et des fêtes de l'Empire. Les rois et les reines de l'Europe sont venus là admirer et envier les grandeurs du Paris impérial ! L'Empire s'est effondré ; le palais n'est plus qu'un souvenir ! Plus même de trace de ce léger campanile qui s'élançait si élégamment dans les airs. Et les salles du Trône, des Arcades, les deux salons des Arts, la salle des Cariatides, celle de la Paix, la grande galerie où tant de célébrités sont venues, aux grands jours de gala, illustrer nos fêtes, où sont-ils ? Tout a été détruit. Les actes de l'état civil n'existent plus. Honte sur ces vandales qui ont accompli de sang-froid ce que les Prussiens n'ont pas osé faire pendant la guerre !

Cette horreur et cet effroi que les habitants de Pompéi éprouvèrent quand les cendres et les laves du Vésuve firent une éruption subite, la population de Paris les a ressentis. Pas un quartier qui ne se soit vu menacé, pas un habitant qui n'ait eu à redouter le feu et la mort. A peine vient-on de constater l'horrible dégât de l'élément destructeur dans une rue que l'incendie se déclare plus loin. Une main invisible promène la torche sur tous les toits et au fond de toutes les caves. On arrête des femmes et des enfants au moment où ils lancent le pétrole et l'étoupe enflammée. De tous côtés on découvre des fils électriques communiquant à des mines.

L'idée de Paris brûlé et anéanti, cette idée que l'imagination n'eût pas osé concevoir, semble près de se réaliser. Les Tuileries, le Louvre, le ministère des finances[1], le Palais-Royal, l'Hôtel de ville, tant de monuments, d'hôtels et de maisons brûlent encore, que des flots de flammes et de fumée s'élèvent à l'horizon, sur la rive gauche. Le Conseil d'État, le Châtelet, le Palais de Justice s'embrasent simultanément. On dirait un océan de feu élevant jusqu'au ciel ses vagues alternativement rouges et noires. Nous avons eu la douleur de contempler ce spectacle à la fois horrible et grandiose : Paris semblait n'être plus qu'une agglomération de volcans où cent cratères lançaient des torrents de flammes. Les monuments épargnés se détachaient en noir sur le fond éclatant des incendies ; et comme pour donner à cette scène quelque chose de plus lugubre encore, le fleuve la reflétait dans ses ondes.

Dans cette dure sentence de la Commune contre les monuments de Paris, le Palais de Justice était justement condamné. Il fut jadis la demeure de nos rois, le siège de l'unité nationale, l'un des foyers les plus bril-

---

1. Heureusement le grand-livre qui occupait le second étage du ministère des finances ne fut pas consumé; du moins la portion représentant la dette inscrite actuelle avait pu être arrachée aux flammes, grâce au dévouement extraordinaire du personnel — employés et garçons de bureau — resté à son poste.

lants de la civilisation et du génie de la France. Au
cours du temps, il était devenu, pour Paris, le centre
de la vie civile et l'asile inviolable où le droit de chacun trouvait sa charte, ses preuves et ses sûretés. Dans
ses réduits obscurs, dans ses greffes poudreux, il ca-
chait un trésor : les parchemins, les blasons et les archives d'une société maudite que l'on s'était promis
d'anéantir sans retour. Il fallait que tout pérît : les con-
trats, les jugements, les titres d'hérédité, ces lois qui
nous gouvernent, qui nous lient ; tout, jusqu'à nos
noms, jusqu'à nos antiquités domestiques, jusqu'à ces
actes sacrés que les générations se transmettent l'une
à l'autre, comme le seul témoignage durable de leur
passage sur la terre. La salle des Pas-Perdus, que l'Europe entière connaissait, est tombée dans le feu, couvrant de ses décombres la place où fut la table de
marbre, et où se puisaient les plus anciens souvenirs
de notre histoire. « Vous avez vu là, dit M. Rousse, l'effrayant chef-d'œuvre que le génie du mal a su faire :
les voûtes déchirées, ouvertes sur le ciel ; ces fers gigantesques tordus dans la fournaise, les dalles soulevées
par l'incendie et se heurtant en tumulte ; les statues
mutilées, les murailles dorées par les flammes, comme
sont dorés par le soleil de la Grèce les marbres du
Parthénon ; ces colonnes rugueuses, rongées et ciselées
par le feu comme des arbres qu'a broutés la dent des
troupeaux.... Et au fond de la scène, éclairé par un
brusque rayon de lumière, ce bas-relief étrange : la Justice impassible, l'éternelle Thémis tenant la balance,
appuyée sur le glaive et regardant les coupables. Mais
déjà cette vision s'est évanouie ; l'apparition vengeresse
est rentrée dans l'ombre, et ces ruines mêmes ont péri....
Etiam periere ruinæ. »

Le foyer principal de la rive gauche se trouve entre
la Halle aux vins et la gare d'Orléans. Les vastes appro-

visionnements d'alcool et les dépôts d'huile de pétrole
du Jardin des Plantes fournissent des matières terribles
à l'incendie. A chaque instant, d'immenses jets de flammes, dont la lumière du soleil n'empêche pas l'éclat,
s'élèvent jusqu'à une hauteur prodigieuse, et des flots
accumulés de fumée épaisse forment un vaste nuage qui
s'étend jusqu'à Versailles. Des détonations successives
se font entendre : c'est le bruit du canon ou le fracas
prolongé des explosions.

Mais ce n'est là qu'un prologue, c'est en arrivant à la
place de la Bastille que le vrai spectacle se déroule.
Toutes les voies qui aboutissent à cet immense espace
y versent des cataractes de ruines et de scories. On se
croirait au centre du cratère d'un volcan éteint. Au
milieu se dresse la colonne de Juillet, brûlée aussi (car
les insurgés avaient fait de son fût une colossale torche
à pétrole). Elle est hideuse et grotesque. Criblée de
coups de mitraille et d'obus, noircie, bosselée, défor-
mée, elle a l'aspect d'un vieux tuyau de poêle. La flamme
fuligineuse a *culoté* son génie de la liberté, cette effrontée
statue qui a volé sa pose au Mercure de Jean de Bolo-
gne, et qui tient à la main une torche allumée.

A gauche, tout le long du quai du Canal et sur une
étendue de plus d'un kilomètre, fument les débris de
l'arsenal et des entrepôts de la Villette. C'est un spectacle navrant, épouvantable, que celui de ces quelques
pans de mur calcinés et brûlants, qui seuls indiquent
encore la place où furent tant d'objets de prix et de
précieuses denrées devenues la proie des flammes.

Ces docks se composaient de trois bâtiments principaux situés tous les trois au bord du canal de l'Ourcq :
l'un, au n° 204 du boulevard de la Villette, en haut du
faubourg Saint-Martin ; les deux autres auprès du pont
tournant, près de la rue de Crimée. C'est le premier
de ces corps de bâtiments qui fut incendié d'abord,

dans l'après-midi du jeudi. Les insurgés prévoyaient qu'ils ne pourraient tenir longtemps encore à la barricade établie sur ce boulevard, c'est pourquoi plusieurs d'entre eux vinrent répandre des bonbonnes d'essences minérales au pied des murs de l'entrepôt, et y mirent le feu. Il était impossible aux voisins de porter le moindre secours, car la barricade fut défendue pendant une demi-heure au milieu d'une véritable grêle de balles et d'obus.

Cet entrepôt contenait peut-être pour quinze ou vingt millions de francs de marchandises, non seulement en blé, farine, avoines, colza, huile, mais surtout en objets de provenance exotique, cachemires des Indes, châles de Perse, soieries de Chine, etc., etc., etc. C'était l'entrepôt des marchandises des colonies, et les magasins en étaient encombrés depuis la crise commerciale.

Tous les bâtiments n'ayant qu'un rez-de-chaussée qui longe le canal ont été préservés ; mais les deux corps, situés à l'autre extrémité, ont été entièrement consumés.

Nous ne pouvons énumérer les propriétés particulières qui sont devenues la proie des flammes. Nous ne parlerons que des quartiers les plus éprouvés.

Les maisons de la rue Royale portant les numéros 15, 16, 17, 19, 21, 23, 25, 24, 27, le n° 422 de la rue Saint-Honoré, les numéros 1, 2, 3 et 4 du faubourg Saint-Honoré étaient en feu. Dans la maison qui fait l'angle de la rue du Faubourg-Saint-Honoré et de la rue Royale, des filles de magasin et des servantes, pour se soustraire aux projectiles des combattants, s'étaient réfugiées dans les caves. Refoulés par les troupes de Versailles, les fédérés avaient battu en retraite, laissant à leur suite les misérables chargés de mettre une barrière de feu entre eux et l'armée victorieuse ; l'incendie s'alluma en même temps aux quatre coins du carrefour et rendit bientôt toute fuite impossible ; les malheureuses filles, abandonnées de tous, périrent misérablement, écrasées sous les décombres ou brûlées vives.

Rue de Rivoli, les maisons qui faisaient face à la colonnade du Louvre furent détruites, ainsi que le n° 79, habité par l'ancien maire du premier arrondssement.

La maison portant le numéro 38 de la rue de Rivoli a été sauvée grâce à l'énergie et au courage d'un voisin, le docteur Joulin, professeur à l'École de médecine, et de M. Levasseur, pharmacien, rue de la Monnaie. Contraints de l'épargner, les fédérés la saccagèrent ; les meubles et tous les objets la garnissant furent jetés par les fenêtres. Les habitants étaient menacés d'être fusillés ou de périr dans les flammes.

Sur la rive gauche de la Seine, la rue de Lille fut une de celles qui souffrirent le plus. Depuis la rue de Bourgogne jusqu'à la rue de Beaune, elle n'était qu'une fournaise : dix-neuf maisons furent incendiées. En vain les habitants supplièrent les *pétroleurs* de leur donner au moins le temps d'emporter leurs nippes. On les traita de Versaillais, on leur mit le revolver sur la gorge ; la fille Marchais, vivandière fédérée, hurlait : « Il faut que tout le monde crève ! » Une femme que suivaient deux pauvres enfants accrochés à sa robe, saisit un fédéré à bras le corps : « Protégez-nous, sauvez mes enfants, ne laissez pas brûler la maison ! » Le fédéré repondit : « Madame, ne voyez-vous donc pas que c'est la fin du monde. » Dans la rue du Bac, neuf maisons furent longtemps en ruines.

On brûla aussi les maisons 9, 11 et 13 du boulevard Sébastopol et une partie des magasins de Pygmalion. Le mardi, à trois heures du soir, deux gardes nationaux et un artilleur se présentaient à l'appartement de M. Sautton, syndic de faillites, et y déposaient une quantité considérable de pétrole. Comme on leur demandait des explications, ils exhibèrent un ordre signé par le général Bergeret.

Nous ne pouvons omettre dans cette funèbre énumé-
ration la liste des tapisseries, dessins et maquettes que
les sauvages de la Commune détruisirent systématique-
ment aux Gobelins dans l'exécrable journée du 25 mai.

Parmi les pièces incendiées, il s'en trouvait du quin-
zième et du seizième siècle, de plus anciennes même,
provenant soit de la fabrique royale créée par Fran-
çois Ier, soit de celles de la Trinité, rue Saint-Denis, des
Jésuites et du quai des Tournelles, si chères à Henri IV
et à Louis XIII. *Les Actes des Apôtres* d'après Raphaël,
des Chasses d'après Lucas de Leyde, la *Légende de Saint
Crépin*, etc., toutes en plusieurs pièces, figuraient dans
cette série, qui rappelait les curieuses tapisseries de
l'Hôtel de Cluny, d'Orléans, de Munich, de Berlin et de
Dresde.

Pour ce qui appartient aux Gobelins, à dater de leur
installation officielle en 1663, comme Manufacture royale
des meubles de la Couronne, voici le relevé pur et
simple de l'immolation communarde :

RAPHAEL. — *Héliodore chassé du Temple* — *Psyché et
l'Amour* — *l'Assemblée des Dieux*, — *Saint-Paul et Saint
Barnabé à Lystres* ;

TITIEN. — *L'Assomption*, — *l'Amour sacré et l'Amour
profane;*

LE GUIDE. — *L'Aurore* si admiré, ainsi que la précédente tapisserie à l'Exposition universelle de 1867.

Mais le Comité de salut public ne se proposait pas
seulement de brûler Paris; il avait conçu aussi l'idée
de le faire sauter. Les égouts, les sous-œuvres de nos
édifices avaient été, à cet effet, criblés de mines, et les
fourneaux étaient chargés de poudre, de dynamite et de
pétrole. Le Trocadéro, les Ternes, le boulevard Malesherbes, la gare Saint-Lazare, les Invalides, l'église
Sainte-Clotilde, la rue de Lille, la rue Saint-Dominique,
devaient s'écrouler sous un jeu d'explosions formidables.

L'armée, heureusement, découvrit à temps les fils conducteurs destinés à la mise du feu. Quand un détachement pénétrait dans un quartier, il se divisait en deux
sections, dont l'une gardait les rues à la surface du sol,
et l'autre explorait les égouts sous la conduite des officiers du génie. Grâce aux habiles recherches et à la
circonspection de ces mineurs habiles, on sut prévenir
toute espèce d'accidents, et c'est l'incendie seulement
qui a fait des ravages. Mais quels ravages ! Nous ne trou-
vons rien de plus saisissant que le détail des sommes
par lesquelles se chiffrent les pertes qui en sont résul-
tées pour l'État et les particuliers.

	francs.
Palais des Tuileries.	35 000 000
Palais-Royal.	5 000 000
Louvre	2 000 000
Ministère des finances.	15 000 000
Palais de justice.	5 000 000
Préfecture de police.	5 000 000
Conciergerie	4 000 000
Conseil d'État.	11 000 000
Légion d'honneur.	2 000 000
Colonne Vendôme.	1 000 000
Gobelins	2 000 000
Dépôts et consignations.	5 000 000
Arsenal.	2 000 000
Grenier d'abondance	7 000 000
Caisse de Poissy.	3 000 000
Assistance publique.	5 000 000
Entrepôts de la Villette.	8 000 000
Maison de M. Thiers.	1 000 000
Hôtel de Ville et municipalités. . .	56 000 000
Églises	1 000 000
Casernes	1 000 000
A reporter.	152 000 000

	francs.
Report.	152 000 000
Théâtres	7 000 000
Réparations d'édifices publics. . . .	1 000 000
Répar. des palais et monuments. . .	1 000 000
Maisons brûlées.	78 000 000
Total.	239 000 000[1]

II

Quel spectacle présentait alors la ville de Paris! Cette grande capitale, si fière de sa civilisation, était bien la ville des ruines et des pleurs, la véritable cilta dolente du poète. Jamais on ne vit rien d'aussi fantastique, l'imagination de Milton ne créa rien de pareil; Savonarole prédisant la dévastation de l'Italie ne conçut rien de plus affreux. Qu'on se figure une immense perspective, tout ensoleillée de feu, toute obscurcie de fumée,

---

1. Ce n'est là qu'une faible partie du bilan de la Commune. Il faut ajouter :

	francs.
Dépenses de la Commune.	52 000 000
Voierie	2 500 000
Dépenses de guerre.	200 000 000
Maisons endommagées	34 000 000
Villages des environs de Paris.	70 000 000
Chemins de fer	10 000 000
Commerce et affaires	200 000 000
Total. . .	568 500 000
Palais et monuments incendiés	239 000 000
Total général. . .	807 500 000

Huit cent sept millions cinq cent mille francs !

les silhouettes sombres des édifices parisiens se dressant
çà et là, puis des foyers flambants ; et sillonnant cette
fournaise, les obus, les boîtes à mitraille, les bombes à
pétrole... un grincement formidable... le déchirement
de la mitrailleuse... le grondement du canon... les pans
de murs qui s'écroulent. On aurait dit un effroyable
tremblement de terre. Volcan mal éteint, le cratère populaire s'était ouvert sur tous les points à la fois, vomissant la lave, et le feu et le sang.

On a beau interroger les siècles passés, on n'y trouve
rien de pareil. Lorsque les barbares envahissaient l'empire romain, lorsqu'ils pillaient les temples et détrui-
saient les chefs-d'œuvre de l'art antique, ils n'obéissaient
qu'aux instincts de leur ignorance. A Rome, dans l'époque de sa puissance, Catilina s'était bien écrié un jour :
Mandatum meum ruina restinguam, mais cette menace
n'avait point été réalisée.

En vain les membres de la Commune, réfugiés à Londres, s'autorisent-ils de l'exemple des soldats anglais,
mettant le feu au Capitole, à Washington et au palais
d'été de l'empereur de Chine, ou encore de l'exemple
des Prussiens brûlant par vengeance des villes comme
Châteaudun, et des villages sans nombre : Anglais et
Prussiens étaient là en terre ennemie. En vain allèguent-
ils les nécessités de la guerre : « La Commune n'a employé le feu que comme moyen de défense. Elle s'en est
servie pour fermer aux troupes de Versailles les longues
avenues ouvertes expressément pour l'usage de l'artillerie ; elle s'en est servie pour couvrir sa retraite. » Mais
on peut constater que les honteux exploits des incendiaires se divisent en deux catégories. Sur certains
points les insurgés ont procédé dans une intention stra-
tégique, afin de barrer le passage des troupes victorieu-
ses ; une barricade est forcée : avant de l'abandonner
les défenseurs mettent le feu aux maisons, sur les deux

côtés de la rue ; puis, ils se rejettent derrière la barricade suivante. Le brasier empêche les soldats de tourner l'obstacle : il faut l'escalader par le milieu de la chaussée, droit sous les balles de l'adversaire, ou bien faire un long détour : l'alternative se résout par une perte d'hommes ou par une perte de temps. A ce cas se rapporte la ruine de la plupart des maisons particulières. Mais si l'incendie d'un grand nombre de maisons et, en particulier, du massif de la Croix-Rouge peut s'expliquer par la nécessité de s'opposer à la marche victorieuse des Versaillais dans les quartiers de la rive gauche pareille raison ne saurait être invoquée pour justifier l'incendie du théâtre de la Porte-Saint-Martin et des maisons attenantes ; ni ceux des boulevards du Temple, du Prince-Eugène et du faubourg Saint-Antoine ; ni ceux de la rue Royale, sous les décombres desquels furent ensevelies de nombreuses victimes. Il y a dans la destruction des maisons particulières, quelque chose de plus révoltant peut-être et de plus sinistre que dans celle des monuments publics. Celle-ci peut être, à la rigueur, mise au compte des passions politiques ; il faut songer que les misérables, qui ont couronné par de tels crimes leur sanglante carrière, étaient surexcités par deux mois et demi d'une lutte sans espoir. Depuis plus de six semaines, le bruit incessant et chaque jour plus rapproché de la fusillade avait dû pousser jusqu'à la plus furieuse démence, la folie qui les avait portés à se jeter dans une entreprise aussi extravagante que criminelle. Mais les autres incendies ont un caractère de perversité plus intense, d'empoisonnement moral plus intime. Elles sont vraiment l'œuvre de la fédération de tous les vils instincts, de tous les monstrueux appétits de l'espèce humaine, et n'ont d'autre raison d'être que l'assouvissement d'une haine de paria enragé.

Il faut reconnaître cependant que l'incendie de nos

monuments fut une terrible déconvenue pour les économistes de la Commune, et plus d'un des illuminés du
socialisme en a cruellement souffert alors. Malon s'arracha les cheveux de désespoir ; Vermorel, montrant ses
compagnons, disait : « J'aime mieux être fusillé par les
Versaillais que d'être condamné à vivre avec de pareilles
crapules. » Jourde éclata en larmes lorsqu'on lui apprit
l'incendie du ministère des finances. Il était trop tard,
la semence des doctrines erronées, qu'ils avaient jetées
à pleines mains à travers des intelligences mal équilibrées,
produisait ses fruits naturels et la responsabilité morale
des crimes, dont ils étaient les spectateurs impuissants
remonte jusqu'à eux.

III

On a écrit que les incendiaires obéissent le plus souvent à une sorte d'hystérie cervicale qui leur procure
à la vue des flammes d'ineffables jouissances. Tout ce
qu'il y avait de mauvais, de vicieux, de lâche dans la
population parisienne tressaillit à la voix de Delescluze.
Feu ! Feu partout ! avait-il ordonné, et Paris, nouveau
Sardanapale, se fit un bûcher de toutes ses richesses et
de toutes ses gloires ! Mais faut-il attribuer uniquement
à des Français une si épouvantable conflagration ?

M. de Bismark n'a pu cacher l'impression que lui
produisait l'incendie de nos monuments ; c'est avec une
joie manifeste qu'il s'est écrié : « *Leur brillant Paris
n'est déjà plus le même.* » Et cette joie a été publiquement partagée par l'armée allemande.

« Nous étions à Montmorency pendant cette semaine
infernale, dit M. Paul de Saint-Victor. Chaque soir du

haut des collines, on voyait les incendies s'allumer dans l'enceinte de Paris qui remplissait l'horizon.... Le spectre rouge de la grande ville, brûlée vive, flamboyait sous la noirceur de la nuit; les officiers et les soldats prussiens accouraient là comme aux avant-scènes d'un joyeux spectacle, gais, railleurs, bruyamment hilares, saluant les jets de flammes incendiaires comme les fusées d'un feu d'artifice. J'entends encore leurs éclats de rire, j'entends leurs hurrahs et leurs quolibets vociférés dans cette langue allemande qui prend, lorsqu'elle insulte, l'accent bestial d'un idiome sauvage. Ces rires effrayants déchiraient le cœur. »

L'attitude de nos vainqueurs manifeste leur basse jalousie et leurs sentiments envieux, mais ne prouve pas suffisamment qu'ils aient eu la main dans nos derniers désastres. La lettre suivante ouvre un champ plus vaste aux suppositions. Elle a été adressée, le 25 mai 1871, au journal *la Gironde*, par un officier de l'armée danoise :

« Je suis Danois d'origine, mais Français de cœur ; et, en lisant dans votre journal l'incendie du Louvre et des Tuileries, j'éprouve une profonde tristesse. Cependant laissez-moi vous rapporter quelques bribes de ma conversation avec un officier d'état-major prussien que je rencontrai, il y a quelques jours, à Compiègne, et dont je fis la connaissance en 1868, précisément au bal des Tuileries, en l'entendant causer en allemand, avec assez de familiarité, avec un domestique de Sa Majesté l'empereur qui le servait au souper. « Que pensez-vous du drame qui se passe à Paris ? » me dit-il. « Je suis fier du succès de mon pays, mais où je rougis d'être Allemand, c'est d'entendre à mes côtés nos généraux se réjouir des forfaits de cette lie de toutes les nations, en partie soudoyée par Bismark pour que, suivant la prophétie, Paris « pourrisse dans son jus ». Et, afin de compléter

le programme, *ils brûleront tout*, pour la plus grande
gloire de l'Allemagne. » La prédiction s'accomplit, vous
voyez, et ma mémoire me retrace fidèlement ces paroles
sinistres, dont je vous garantis la parfaite exactitude. »

Que de conjectures cette lettre permet de faire, surtout si on la rapproche de quelques indices de la plus
haute gravité. Les escouades de pétroleuses qui ont ba-
digeonné de liquides inflammables nos monuments et
nos collections avaient fait plus d'une visite aux camps
prussiens et quand elles se sont mises à l'œuvre, elles
ont employé les procédés que pratiquaient les officiers
allemands pour brûler nos villages.

IV

De la cité, où chaque âge est en quelque sorte représenté par un chef-d'œuvre, il ne devait rester dans la
pensée des hommes de la Commune aucune pierre
debout. Mais, si quelque chose pouvait surtout offusquer
leurs regards, exciter leur rage, c'était l'Église, aussi
ce fut contre l'Église qu'ils résolurent principalement
de tourner leurs fureurs et leurs vengeances.

Eh bien! qu'est-il advenu? Tandis que les décombres
s'amoncelaient dans notre cher et malheureux Paris;
tandis que les monuments où s'abritaient les livres, les
archives de la fortune publique, où se rendait la justice,
où s'étaient succédé les représentants couronnés de la
puissance souveraine, où s'administraient les intérêts
de la ville si longtemps appelée la capitale du monde
civilisé, où s'accumulaient enfin les ressources pré-
voyantes de la grande cité; tandis que tous ces merveilles étaient réduites en cenrdes, les temples demeuraient

debout. Vainement les plus précieuses reliques de l'art catholique, la Sainte-Chapelle et Notre-Dame ont-elles été condamnées à l'anéantissement : les flammes les ont entourées, envahies même, et la maison de Dieu n'a pas péri.

Ce fut une poignante angoisse parmi les spectateurs terrifiés des catastrophes de la grande ville, lorsqu'on vit la svelte église de saint Louis enveloppée par les flammes qui dévoraient le Palais de Justice. Ce fut aussi un ravissement de joie et de reconnaissance lorsque sa flèche dorée sortit du brasier, intacte et brillante comme un rayon d'espérance, pareille à ces vierges martyres qui, liées au poteau d'un bûcher ardent, apparaissaient quand il était consumé, le sourire aux lèvres et les yeux au ciel sans que le feu eût même effleuré leurs cheveux épars. L'ange qui plane sur le sommet de l'abside complétait cette miraculeuse ressemblance ; un ange aussi apparaît quelquefois sur le bûcher des saintes et l'éteint du vent de ses ailes [1].

Mais tandis que les flammes respectaient la Sainte-Chapelle, on vit une lourde fumée s'échapper incertaine des flancs de Notre-Dame. L'antique métropole avait bien été dépouillée de ses richesses, mais encore intacte dans sa colossale structure, elle abritait de son ombre ceux-là mêmes qui conspiraient contre elle. On voyait avec étonnement sa majestueuse silhouette se dessiner aux lueurs sinistres de l'incendie qui consumait l'asile redouté des tyrans de la Commune.

Ce fut alors que les insurgés du 18 mars, écrasés de tant de grandeur, résolurent de faire disparaître la vieille basilique au milieu des flammes, et d'ensevelir pour jamais dans ses ruines le souvenir de nos siècles

1. C'est aux pompiers de Rambouillet et de Chartres, sous le commandement de M. Guénot, capitaine des pompiers de Rambouillet, qu'on doit la conservation de ce joyau.

de foi. Elle fut heureusement sauvée, grâce au courage
des habitants des rues Chanoinesse, du Cloître-Notre-
Dame et Massillon, et surtout de quelques gardes nationaux du 94ᵉ bataillon, qui, les premiers, pénétrèrent
dans la nef déjà envahie par les flammes. Voici, du reste,
le récit détaillé qu'a donné le *National* des incidents
qui ont amené la préservation de Notre-Dame :

« Le mercredi, à trois heures du matin, arrive sur la
place du Parvis-Notre-Dame une voiture portant deux
tonneaux de pétrole, sous la direction d'un lieutenant
d'état-major de la garde nationale qui requiert dans un
établissement du voisinage deux seaux et des pinces
pour accomplir son abominable travail. On lui représente tout ce qu'il y a d'affreux dans un pareil acte,
accompli tout à côté de l'Hôtel-Dieu, qui renferme sept
à huit cents malades ou blessés, et dont la vie sera bien
exposée par cet acte sauvage. Il répond qu'il a des ordres
formels, mais qu'il va cependant en référer au Comité
de salut public ; bientôt il vient annoncer que le monument sera épargné.

« Toutefois on est entré dans l'église, et quelque
temps après la voiture repart, mais ne contient plus les
tonneaux. L'édifice n'a pas changé d'aspect, ses portes
sont fermées et le guet est fait par une compagnie de
gardes nationaux. Ces braves exécutent leur consigne,
qui est de menacer de mort tout individu qui tentera de
séjourner autour de l'édifice.

« Quelques heures plus tard, les gardes aban-
donnent leur poste. Un passant croit apercevoir de la
fumée qui s'échappe de la toiture de la cathédrale, il
vient à l'Hôtel-Dieu faire part de son observation ; les
internes en pharmacie sont prévenus ; six d'entre eux
courent sur le lieu du sinistre ; on leur indique la demeure du sonneur qui, après quelques difficultés, leur
livre les clefs de la cathédrale. Ils y pénètrent par la rue

du Cloître-Notre-Dame, malgré les observations des personnes présentes qui craignent que ce ne soit une fournaise contenant des barils de pétrole ou de poudre. Mais ils sont arrêtés bientôt par une fumée noire et suffocante qui remplit complètement l'intérieur ; les lumières s'éteignent dans ce milieu irrespirable. Cependant, à mesure que l'atmosphère devient moins insupportable, on avance de quelques pas. On trouve un premier brasier en avant du maître autel avec lequel il se relie des deux côtés ; il est formé par des chaises, des fauteuils, des tapis entassés jusqu'à l'autel, qui va bientôt s'enflammer, car il est brûlant, et la chaleur en a déjà fait casser le marbre. On a réussi, non sans peine, à organiser la circulation de quelques seaux d'eau, que des femmes et des jeunes filles, habitant la rue Chanoinesse, font parvenir avec beaucoup de zèle.

« On pouvait espérer déjà que les efforts seraient couronnés de succès, si on agissait rapidement. Les morceaux de bois pétillaient en se carbonisant, il fallait les atteindre tout de suite ; on donna donc de l'air en brisant quelques vitraux ; et en tournant le monument, on attaqua avec des barres de fer les grandes portes s'ouvrant sur la place du Parvis : l'une fut enfoncée et l'autre ouverte ; mais il n'y avait pas encore d'incendie de ce côté.

« Les fédérés de la caserne de la Cité accueillirent ces tentatives sur la façade par quelques coups de feu, qui n'atteignirent personne : les balles vinrent s'aplatir sur la pierre du portail. On ouvrit aussi la porte qui donne sur le quai, et on organisa une chaîne pour éteindre un nouveau brasier que l'on venait de découvrir.

« Au bout de quelque temps de travail, tout danger parut être conjuré ; l'air et la lumière ayant pénétré dans la partie basse de l'édifice, on put s'occuper de visiter le sous-sol, où l'on ne trouva rien de suspect. Afin d'enlever toute facilité à un retour de l'incendie, on sortit les chaises et les boiseries qui avaient été épargnées. Il y en avait plusieurs morceaux se rattachant ensemble et aboutissant à l'autel ; ils se reliaient aux boiseries du chœur, et longeaient le monument pour atteindre les grandes orgues : une chaire était renversée, des bancs et des cloisons brisés, le lutrin en morceaux et les livres de chant éparpillés dans le chœur. Heureusement le feu n'avait pu encore gagner tout ce qu'on lui avait préparé, et les pertes ne sont pas très importantes ; elles ne comprennent que ce qui avait été entassé dans le chœur, sur les côtés et un peu en avant ; les magnifiques bas-reliefs en chêne sculpté sont intacts, si ce n'est l'extrémité qui a été un peu léchée par les flammes ; une partie du grand lustre est tombée. »

Le plus grand nombre des églises de Paris a échappé comme par miracle, tant aux conséquences du bombardement qu'aux dévastations auxquelles se sont livrés les exécuteurs des hautes œuvres de la Commune. Ainsi la Madeleine, Saint-Augustin, Saint-Germain-l'Auxerrois, Saint-Germain-des-Prés, Saint-Roch, Sainte-Clotilde n'ont pour ainsi dire pas souffert ; Saint-Sulpice, Saint-Vincent-de-Paul, Sainte-Élisabeth ont été profanées, comme presque toutes les autres églises, par d'ignobles parodies de 93, mais il n'y a pas eu de graves dégâts matériels.

Un des plus beaux édifices religieux de Paris, en ce sens qu'il est au milieu de cette hétérogénéité de style que l'on trouve presque partout, un vestige du style roman dans toute sa pureté et sa grandeur, l'église de Belleville devait être incendiée dans la nuit du 27 au 28. Ses caveaux correspondent par un souterrain qui traverse la rue de Belleville avec la mairie du vingtième arrondissement. Les fédérés avaient fait couler là le

pétrole à flots. Une mèche fixée à une botte de paille
suivait le souterrain dans toute sa longueur et aboutissait à la mairie. C'est de ce côté qu'on devait mettre
le feu à l'église; elle ne fut sauvée d'un désastre complet que par la promptitude avec laquelle l'attaque fut
conduite et exécutée.

Il en fut ainsi de plusieurs autres églises : le grand
et magnifique vaisseau de Ménilmontant ne fut préservé
de la destruction que par l'énergie d'un capitaine, qui
parvint à temps à noyer les torpilles déposées pour le
faire sauter.

Le Panthéon, qui se dressait avec sa vaste coupole,
dominant de sa taille de géant la ville embrasée, ne pouvait manquer d'attirer aussi l'attention des incendiaires.
Le 24, vers deux heures, des officiers fédérés sommèrent
le gardien de la poudrière, qui contenait encore environ
seize millions de cartouches, quinze à vingt tonneaux
de poudre et plusieurs caisses de dynamite, de leur en
livrer les clefs. Si le brave homme avait eu la faiblesse
de se soumettre à cette injonction, tout le quartier sau-
tait. Des fils électriques pénétraient dans l'intérieur du
monument et touchaient aux fenêtres des caveaux : la
moindre étincelle causait un immense désastre. Aussi
les gardes nationaux répétaient sans vergogne à tout
venant : « Nous n'avons pas jeté de pétrole dans les maisons voisines ; c'était inutile, la chute du Panthéon écra-
sera tout le reste. La marche rapide de l'armée déconc-
certa ce sinistre projet : le même jour, vers cinq heures
du matin, un vigoureux coup de main opéré par la division Susbielle délivra l'église de l'odieuse tyrannie des
communeux. Un peu plus tard, à deux heures, la brigade Paturel envahit le Luxembourg par les portes de
la rue d'Assas et de la rue de Vaugirard. Le colonel
Biadelli (38e de marche) enleva l'École des mines, et
disposa ses soldats en tirailleurs le long des grilles de la

rue de Médicis. Le 18e bataillon de chasseurs à pied traversa le jardin au pas de course, força la grille qui regarde la rue Soufflot, enleva la barricade du boulevard et se porta par les chemins en contre-bas dans la rue Cujas et la rue Malebranche. A la même heure, la prise de la barricade de la rue de Rennes ouvrit à l'armée régulière la rue de l'École-de-Médecine, et permit de prendre les fédérés à l'improviste.

D'autres fois, Dieu se sert pour protéger sa demeure d'un plus frêle instrument : c'est ainsi que l'église de Notre-Dame-de-Lorette a été sauvée d'une ruine complète par le courage et le sang-froid d'une artiste dramatique, Mlle Ribaucourt. Cachée derrière les rideaux de sa fenêtre, elle avait suivi les agissements des fédérés dans l'égout de la rue Laffitte qui se prolonge sous l'église, et elle prévint les soldats de Versailles au moment de leur entrée du danger qui menaçait le quartier. Ceux-ci s'étant avancés vers l'endroit désigné, furent arrêtés par les cris de « Qui vive? » Pour toute réponse, les soldats tirèrent sur l'individu, qui tomba. On trouva attaché à son genou un fil qui devait mettre en communication les barils de poudre avec les incendiaires postés à l'extérieur.

Pour quiconque ne ferme pas obstinément les yeux à la lumière, l'intervention divine est ici manifeste. Il est miraculeux, il est surnaturel, en dehors de toute prévision et de toute vraisemblance humaine, que les églises, où l'on s'enivrait, où l'on fumait au milieu d'énormes amas de pétrole et de poudre, ne soient pas un monceau de ruines.

Seules, une église paroissiale et une chapelle de communauté devinrent la proie des flammes : l'église de Bercy et la chapelle de Lorette, à Issy.

Le jeudi 25 mai, vers quatre heures de l'après-midi, on vint annoncer au sieur Philippe, maire du XIIe arrondissement, que les Versaillais s'avançaient toujours. Il se leva alors précipitamment, et s'écria avec l'accent de la fureur : « Eh bien ! nous les recevrons à bras ouverts, à bras ouverts, entendez-vous ? Une illumination *a giorno* pour fêter leur triomphe ! comprenez-moi. » Et il partit pour préparer l'incendie.

On transporta dans l'église neuf grandes tonnes en fonte et trois en bois contenant chacune environ quatre cents litres de pétrole, cinq bidons d'essence minérale débouchés pour favoriser le feu par la volatilisation du liquide, une grande quantité de fusées incendiaires et deux cents kilog. de torches de résine.

Une trentaine de misérables, hommes, femmes et enfants, entassèrent alors dans la grande nef les chaises, les tapis de paille, tous les objets facilement inflammables, et, perçant ensuite les tonneaux, ils répandirent du pétrole sur les autels, sur les housses des lampadaires, des lustres, sur les tableaux, sur les murs, les bancs, partout enfin pour assurer le succès de leur criminel dessein.

Vainement un habitant notable du quartier ferma le portes et s'empara des clefs : vers sept heures, on enfonça le grand portail, et l'incendie commença aussitôt son œuvre[1]; les vitraux éclatèrent ; et presque simultanément, par toutes les ouvertures, s'élancèrent des jets enflammés de six à sept mètres de longueur, qui communiquèrent le feu à plusieurs wagons de paille, sur a voie ferrée de Lyon-Méditerranée ; bientôt l'incendie redoublant d'intensité au dedans, les flammes sortirent, plus désordonnées, plus furieuses, et se répandirent sur

---

1. Un jeune homme de dix-huit ans ayant voulu s'opposer à cette sacrilège destruction, une mégère, transportée de fureur, lui brûla la cervelle avec son revolver et le traîna ensuite par les cheveux jusqu'à l'entrée de l'église, où son cadavre devint bientôt la proie des flammes

les murs extérieurs qu'elles tapissèrent presque entièrement.

L'effondrement des toitures souleva un nuage de poussière et de fumée, déchiré par des gerbes d'étincelles. A ce moment, l'église ne fut plus qu'une immense fournaise, qui brûla lentement jusqu'à cinq heurss du matin ; il n'en resta que les murailles calcinées.

Quel prêtre, enfant de Saint-Sulpice, ne se rappelle la douce émotion qu'on éprouvait jadis dans la chapelle de Lorette à Issy, le respect avec lequel on y pénétrait ? Le feu a consumé presque en entier ce sanctuaire vénéré ; le ciel pendant plusieurs mois lui a servi de toiture ; ses murs [noircis laissaient cependant voir la plupart des fresques qui y étaient peintes, comme si Dieu avait voulu montrer que sa main épargne quand il lui plaît. Quant au reste, c'était un affreux amas de débris ; un autel informe, les ferrures des portes, des vitraux, etc., tout cela était étendu pêle-mêle, tordu, cassé et rougi par les flammes qui en ont fait leur proie[1].

« Au sein de cette désolation, dit M. de Flamarion, le soleil ne refuse pas à la ruine les rayons qu'il accordait au monument encore debout. Aussi sa lumière inconsciente inondait l'ancienne chapelle ; je m'assis sur les marches de l'autel, et, la tête dans mes deux mains, je me mis à réfléchir. J'entendais dans le silence les insectes bourdonner au-dessus des hautes herbes voisines, et les oiseaux perchés dans les arbres répéter encore leurs chants pour animer leur solitude. Plein de confiance dans la miséricorde de Dieu, je lui demandai pardon des fautes et des crimes de notre époque ; je m'humiliai moi-même en disant : *Parce Domine parce po-*

---

1. Le sanctuaire de Lorette est sorti de ses ruines, et Mgr Guibert en a fait lui-même la consécration, le 10 décembre 1872, au milieu d'un nombreux concours d'anciens et dévoués élèves de Saint-Sulpice.

pulo tuo, ne in æternum irascaris nobis. Seigneur ne
permettez pas que le règne des méchants revienne et
que des temps si douloureux s'imposent à la mémoire
des hommes ! Je me levai ; et après avoir salué d'un
dernier regard le sanctuaire regretté, j'allai dans le cimetière de la maison. Les croix sont encore intactes, à
l'exception d'une seule ; les portiques modestes qui ré-
gnent autour du petit champ de repos ont été troués en
plusieurs endroits par des obus. »

D'autres églises ont bien été maltraitées, mais beaucoup moins qu'on aurait pu le craindre, car elles ont
servi de cible pendant plusieurs heures aux projectiles
de l'ennemi.

Le clocher de la Trinité a été percé à jour, nombre
de corniches, de festons, d'astragales ont reçu des dé-
coupures inattendues ; par un hasard providentiel aucune des statues des saints qui décorent la façade n'a
été mutilée.

L'abside de Saint-Eustache a été a moitié effondrée, et
les peintures de Couture dans la chapelle de la Vierge
ont été complètement perdues ; mais ici encore les derniers malheurs ont été épargnés.

D'où vient cette différence avec les monceaux de
cendres et de ruines entassés aujourd'hui sur le lieu
où se dressait naguère le palais des Tuileries? C'en est
fait pour jamais de la fière demeure des rois, tandis
que s'élèvent encore dans Paris toutes les demeures du
Roi des rois ! C'est que là étaient montés vers Dieu les
accents du repentir de la France ; là, des prières sup-
pliantes répondaient aux blasphèmes du dehors ; là, des
âmes pures expiaient les orgies d'un peuple en délire ;
de là partaient vers les saints tabernacles des cris de
miséricorde et d'amour. Et le Christ a tenu à prouver
cette fois encore qu'il est toujours, dans le temps même
qu'il châtie, le Dieu bon, clément et miséricordieux.

Sachons donc tirer un enseignement de ces faits.
Quand passe le flot destructeur des passions humaines,
quand tout disparaît dans le feu dévorant des utopies
athées, la croix reste debout pour indiquer aux sociétés
tombées qu'elles ne peuvent réparer leurs ruines qu'à
son ombre.

V

Lorsque se répandit la nouvelle des incendies de Paris,
il n'y eut en France qu'un long cri d'horreur. Mais
l'historien ne doit pas se borner à raconter et à flétrir
le crime des misérables qui ont voulu effacer jusqu'aux
souvenirs de notre passé et de notre gloire, il doit remonter au point de départ, à l'origine de cet épouvantable désastre.

Depuis qu'il avait vu tous les princes et les rois de
l'Europe venir contempler ses merveilles, Paris se regardait comme la capitale du monde. Il l'était en effet,
mais de ce monde hostile à Jésus-Christ et maudit par
lui. Que lui importait Dieu? Les églises comme les
théâtres n'étaient pour lui qu'une parure dont il tirait
vanité, sans nul souci de la gloire du Maître. Si quelques
âmes d'élite poussaient vers le ciel le cri d'un cœur
attristé, il était étouffé au milieu des blasphèmes
bruyants d'une multitude sans pudeur et sans frein :
plus de repos du dimanche ; absence de tout culte extérieur pour le grand nombre ; dévergondage cynique
dans les théâtres, dans les lieux publics, même dans
les conversations ; libertinage effronté ; mépris insultant
et railleur des choses les plus respectables. Enfin de
cette source féconde pour l'empoisonnement, sortaient

chaque jour par milliers des feuilles saturées de licence et d'impiété.

Mais ce n'est pas en vain qu'on bannit Dieu d'une cité, qu'on lui refuse les honneurs auxquels il a droit : il se détourne à son tour, et quand Dieu se detourne, c'est le trouble et la confusion. Il aurait pu se venger avec éclat et user de son tonnerre, il lui a suffi d'abandonner Paris à la Révolution, et pour s'être trop identifiée avec elle, cette malheureuse capitale est couverte aujourd'hui de ruines fumantes et ensanglantées.

En face de cette grande leçon, les Parisiens sauront-ils comprendre ? se rendront-ils, maintenant que les malheurs de leur ville parlent encore aux yeux en même temps qu'à l'entendement ? Hélas ! si, aveugles volontaires nous nous obstinons à ne pas voir, à quoi devons-nous nous attendre ? Et quel châtiment pourra nous amener à confesser que l'abandon de Dieu est une source inépuisable de maux et d'amertumes ? Faudra-t-il que la Révolution s'attaque directement à chacun de nous et que la destruction arrive jusqu'à nos propres demeures ?

Mais il faut bien le dire, Paris n'est pas le seul coupable dans les malheurs de notre temps. Il est bien vrai que les idées révolutionnaires, les usages païens se répandent de Paris dans toute la France, comme les eaux fétides d'un grand égout collecteur qui, grossies par des pluies trop abondantes, se précipitent à travers les plus belles campagnes où elles portent la corruption et la mort. Toutefois, si vous parcourez la liste sinistre de ces héros de l'assassinat et de la destruction enfantés par le satanisme révolutionnaire, vous verrez que non seulement la majorité est étrangère à Paris, mais encore que certains noms accusent une origine étrangère à la France. Si la province voulait se donner le droit d'imputer exclusivement à la capitale tous nos désastres, elle devrait conserver dans son sein ces hommes perdus d'honneur, perdus par des désordres ou des crimes dont ils portent chez eux la honte à découvert et qu'ils viennent cacher à Paris. Que les départements gardent toutes ces vies désorganisées par la passion du jeu ou l'immoralité, chassées vers nous par l'opinion publique qu'elles ont irritée, par les intérêts privés qu'elles ont lésés dans des affaires conduites ou sans probité ou sans intelligence !

N'est-ce pas de la province que viennent tous les ans ces nuées de jeunes gens qui sont mécontents d'eux-mêmes parce qu'ils ont trahi leurs devoirs et leur conscience ? Ces existences turbulentes, inquiètes, irritées de ne pouvoir arriver à la fortune en quelques mois et sans travail, la cherchent par tous les moyens, la demandent à toutes les tentations.

Si vous consultez l'histoire des révolutions parisiennes, elle vous montrera au jour de l'émeute une armée de demi-savants, de petits sophistes, ergoteurs ineptes, qu'on a trouvés sur tous les chemins de la France, dans toutes les réunions malsaines, qui n'apportent pour appoint à la vie morale et sociale de la grande cité que les ruines de leurs croyances religieuses et la haine de ce qui gêne leurs plaisirs. L'autorité est leur ennemie parce qu'elle s'oppose aux désordres pouvant troubler la paix publique, et sur lesquels ils sont obligés de compter pour se créer une fortune ou un succès. Ainsi, n'aimant pas le travail, sacrifiant tous les principes aux nécessités de l'heure présente, maudissant la religion et les prêtres, parce que la religion les importune par la voix des prêtres, à bout de ressources, ils font appel à la brutalité de la force ; ils déclarent la guerre à Dieu et aux hommes, ils brûlent l'autel et la cité.

Quelques réformateurs aveugles, trop enclins à confondre la décentralisation politique, qui serait une chose

mortelle pour la France, avec la décentralisation ad-
ministrative, que nous appelons de tous nos vœux, ont
témoigné pour Paris un sentiment de basse jalousie exploité depuis la Commune. Pour prévenir les trop fréquentes révolutions dont cette ville est le théâtre, ils
sont allés jusqu'à proposer de la décapitaliser. Mais
« si le prince est à l'État ce que la tête est au corps
humain (chose dont on ne peut pas douter) on peut dire
que la ville capitale de cet État est ce que le cœur est
à ce même corps ; or le cœur est conservé comme le
premier organe vivant et le dernier mourant, le principe de la vie, la source et le siège de la chaleur naturelle, qui de là se répand dans toutes les autres parties
du corps qu'elle anime et qu'elle soutient jusqu'à ce
qu'il ait totalement cessé de vivre[1]. »

Il est remarquable que les idées de Vauban sur Paris
ont été celles des hommes les plus illustres de la Révolution, qui venus pour la plupart du fond de la province, ont abjuré leurs préjugés dans l'intérêt de la
patrie.

« C'est le vrai cœur du royaume, poursuit Vauban,
la mère commune des Français et l'abrégé de la France,
par qui tous les peuples de ce grand État subsistent,
et de qui le royaume ne saurait se passer sans déchoir
considérablement de sa grandeur. »

Son patriotisme se révolte à l'idée qu'une pareille
ville est exposée à tomber entre les mains de l'ennemi.

« Il est à présumer que tant qu'elle subsistera dans la
splendeur où elle est, il n'arrivera rien de si fâcheux
au royaume dont il ne puisse se relever par les puissants secours qu'elle peut lui donner. Considération
très juste et qui fait que l'on ne peut trop avoir d'égards
pour elle, ni trop prendre de précautions pour la con-

1. Vauban.

server ; d'autant plus que si l'ennemi avait forcé nos
frontières, battu et dissipé nos armées, et enfin pénétré au dedans du royaume, ce qui est très difficile, je
l'avoue, mais non pas impossible , il ne fît tous les efforts pour se rendre maître de cette capitale, ou du
moins pour la ruiner de fond en comble. »

La Providence et les fautes des hommes n'ont pas
permis que Paris délivrât la France des armées alle-
mandes, mais avec Strasbourg, Metz, Belfort il a contribué à sauver notre honneur. Il a donné au monde le
spectacle exceptionnel dans l'histoire, le spectacle in-
vraisemblable d'une population de deux millions
d'hommes, animés du même esprit de résistance que
l'armée, acceptant la souffrance, voulant souffrir davantage, voulant mourir plûtot que de se rendre. Vu
à distance, à la distance où la misère des détails doit
disparaître, le mémorable siège qu'il a soutenu contre
les Prussiens atteste chez ses habitants une qualité rare,
en tout temps, la grandeur !

Paris ne mérite donc pas qu'on appelle sur lui les
malédictions de la France et les châtiments du ciel,
comme nous l'avons vu faire à des insensés, pour con-
jurer les révolutions qui troublent le pays si profondément. En vérité, si l'on veut sérieusement obtenir ce
résultat, il s'agit bien plutôt de rechercher les moyens
de rendre la paix aux esprits et la force à la loi.

CHAPITRE IV

I

Lorsqu'on voit jusqu'à quel délire la certitude de la défaite porta la fureur des insurgés contre nos monuments, on s'imagine facilement à quels excès de rage ils durent se livrer contre des hommes désarmés. Les prisons ont été alors le théâtre de drames sanglants et de scènes lugubres dont il est impossible de raconter tous les épisodes, parce qu'ils ne seront peut-être jamais connus. Chacun d'eux éveillerait dans l'âme l'horreur, la honte et le dégoût; à vrai dire, aucun n'ajouterait à l'effroi, à la colère, à la stupeur que fait naître l'ensemble de ces faits qui nous apparaissent comme un insolent et lugubre défi au progrès des mœurs, à la raison, à la science. Nous ne rapporterons que ceux dont nous pouvons garantir la parfaite authenticité.

Certains des prisonniers de la Commune, tels que M. l'abbé Lamazou, vicaire à la Madeleine, M. Laurent Amodru, vicaire à Notre-Dame-des-Victoires, etc., ont livré à la publicité l'émouvante relation de leur capti-

vité et des scènes terribles qui se sont déroulées sous
leurs yeux. Mais ces récits, à cause de leur objet restreint, sont nécessairement incomplets. Du reste, ce
n'est pas lorsque l'arène de l'amphithéâtre était encore
toute fumante du sang des martyrs, qu'au temps de la
primitive Église les notaires apostoliques écrivaient en
détail les Actes des héros qui avaient été les témoins du
Seigneur. Ils se contentaient de placer dans les dyptiques
le nom, l'âge, la profession des victimes du fanatisme
païen, la date et le lieu de leur martyre, laissant aux
historiens de l'Église le soin de raconter les circonstances de leur supplice glorieux. C'est cette dernière
tâche que nous avons entreprise. En coordonnant les
divers récits des otages, et en les comparant aux faits
recueillis par l'enquête et attestés devant les conseils
de guerre, nous pouvons écrire aujourd'hui seulement
d'une façon sérieuse l'histoire authentique des prisons
de la Commune et des fusillades dont elles devinrent le
théâtre.

Le christianisme s'est montré là tel qu'il s'était fait
voir aux premiers siècles de son histoire. Le monde a
vieilli, lui n'a pas changé ! C'est toujours la même foi,
la même patience, la même sérénité, le même tranquille et humble courage ! A travers les siècles, tous
nos martyrs se donnent la main, ils continuent la
même tradition.

Nous avons vu les chefs de la Commune ordonner à
leurs dignes soldats d'incendier les monuments et les
maisons à mesure qu'ils se replieraient devant les
troupes de Versailles ; il ne leur restait donc plus qu'à
fixer le sort de leurs nombreux otages : ce sort, hélas !
fut promptement décidé.

Le 21 mai, lorsqu'il ne fut plus possible de douter
de l'entrée des Versaillais dans Paris, Delescluze remit
à Rigault l'ordre suivant :

« Commune de Paris,

« *Direction de la sûreté générale.*

« Le citoyen Raoul Rigault est chargé avec le citoyen Régère, de l'exécution du décret de la Commune de Paris relatif aux otages.

« *Paris, 2 prairial an* 79

« Delescluze, Billioray. »

C'était l'arrêt de mort des otages. Le lendemain les citoyens Ferré, Lefrançois, Protot, Vallès et Vermorel, réunis en conciliabule, et satisfaisant au désir souvent exprimé du procureur de la Commune, décidèrent de nouveau la mort des prisonniers. Jules Vallès lutta avec une extrême énergie pour empêcher l'exécution ; il ne fut point écouté et disparut.

Conformément à cet arrêt, presque tous les otages furent transférés à la Roquette, le lundi 22, assez tard dans la soirée. Il y eut pour les pauvres captifs, qui depuis si longtemps n'avaient pas vu et ne connaissaient même pas tous leurs compagnons d'infortune, un instant de douce surprise et d'attendrissement, quand, descendus de leurs cellules respectives et réunis au greffe, ils vinrent à se compter et à se reconnaître : des prêtres, des religieux, des laïques se pressaient autour de l'Archevêque de Paris. M. Bonjean rappelait avec amabilité à Monseigneur des circonstances de sa vie, des entrevues d'autrefois. Il était très calme et même enjoué et spirituel, quoiqu'il eut beaucoup souffert à Mazas.

Les prisonniers, au nombre d'une quarantaine, furent entassés dans des fourgons de factage appartenant au chemin de fer de Lyon ; ils étaient assis sur de simples banquettes de bois placées en travers, exposés à tous les regards, à toutes les insultes. Dans la première charrette montèrent Mgr Darboy, M. l'abbé Petit, son secrétaire général, M. Perny, missionnaire de Chine,

M. le président Bonjean, Mgr Surat, archidiacre de
Notre-Dame, M. Bayle, promoteur du diocèse, un laïque,
M. Jecker, le fameux banquier du Mexique. En
dernier lieu venait M. Houillon, prêtre des missions
étrangères.

Ils demeurèrent plus d'une heure dans cette voiture,
stationnant dans la cour de Mazas. Au dehors, la foule
était immense et impatiente ; sachant qu'on allait transférer le clergé à la Roquette, elle frappait avec violence
à la porte et menaçait de l'enfoncer si l'on n'ouvrait
pas. Ce flot populaire, grossissant de minute en minute,
accompagna la voiture. Les injures les plus basses, les
vociférations les plus éhontées sortaient à la fois de
toutes ces bouches hideuses à voir. Une foule d'enfants
des deux sexes, de femmes du peuple, d'hommes en
blouse, à la figure sauvage s'écriait : « Arrêtez ! arrêtez !
A quoi bon aller plus loin ? A bas les calotins ! Qu'on
les coupe en morceaux ici ! N'allez pas plus loin. A
bas ! A bas ! »

Les soldats de la Commune avaient de la peine à
contenir les vagues de cette mer humaine. La voiture
allait au pas comme pour permettre aux prisonniers
d'épuiser jusqu'à la lie le calice d'amertume. Au lieu
de suivre la grande voie des boulevards, on leur fit traverser la rue du faubourg-Saint-Antoine, et tous ces
quartiers si dévoués à la Commune. Aucune plainte sur
le passé et sur le présent, aucun murmure contre les
odieux traitements dont ils étaient l'objet ne s'échappa
de leurs lèvres. Plusieurs fois M. le curé de la Madeleine dit à l'Archevêque : « Vous entendez, Monseigneur ? » Le prélat garda le silence.

Il était nuit quand les captifs parvinrent à leur troisième et dernière station. On les introduisit d'abord dans
une grande salle d'attente au rez-de-chaussée, espèce
de vestibule pourvu de bancs le long des murs, où on

les retint assez longtemps. C'est que rien n'était prêt
pour les recevoir ; comme le transfèrement avait été im-
prévu, l'installation devait être improvisée Mais le citoyen François, directeur de la prison, plein d'une
ingénieuse prévoyance, imagina sur-le-champ un dis-
positif simple et commode. Cet honnête fonctionnaire,
à l'arrivée du cortège, venait de dire : « On pourra peut-
être évincer quelques laïques, mais tous les prêtres y
passeront; il y a dix-huit siècles que ces gens-là nous
embêtent. »

En conséquence, tout un quartier de l'immense prison, débarrassé de ses anciens hôtes, fut exclusivement
dévolu aux nouveaux arrivés; ainsi les victimes seraient
mieux sous la main du geôlier et passeraient plus
vite sous celle des bourreaux.

Cependant l'Archevêque de Paris était là sans distinc-
tion aucune, assis comme les autres sur la banquette
de bois, entre M. le président Bonjean et M. Deguerry,
curé de la Madeleine. Celui-ci venait d'appeler le prélat
par son titre honorifique, quand un garde l'interpella
durement : « Citoyen, il n'y a plus de seigneur ici. »
A l'instant même, l'insulte valut une amende honorable.
Le P. Clerc se leva de sa place, et, se mettant à deux
genoux devant Monse neur, lui baisa la main et lui
demanda sa bénédiction: Puis, comme le malheureux
pontife paraissait défaillant et presque affaissé sur lui-
même, il ouvrit un petit paquet qu'il portait sous le
bras et lui offrit quelques provisions sauvées de
Mazas.

Pendant ce temps, on inscrivait au greffe les noms
des otages, et on disposait leurs cellules qui n'étaient
pas prêtes à les recevoir, parce que leur translation à
la Roquette avait été subitement ordonnée. On procéda
deux fois à l'appel nominal des prisonniers, sans doute
pour bien s'assurer qu'ils étaient tous présents. A leur

tête figurait l'Archevêque sous le titre de citoyen Darboy. Aussitôt un brigadier, la lanterne à la main, leur fit suivre un long corridor du premier étage : à mesure qu'ils défilaient dans l'ordre où ils avaient été nommés, une porte s'ouvrait et se refermait sur chacun d'eux. L'obscurité était profonde ; chaque otage dut palper les murailles de son réduit et chercher sa couchette à tâtons. Le silence de cette première nuit à la Roquette était lugubre ; on sentait de sa cellule que toutes les poitrines étaient oppressées par l'émotion et l'expectative des sanglants événements qui allaient s'accomplir. Des gémissements de cœurs plongés dans la prière interrompaient seuls le silence de cette nuit du 22 au 23 mai.

Cependant, le jour à peine venu, les nouveaux hôtes de la Roquette eurent bientôt pris connaissance de leur domicile de la nuit. L'inspection en était facile : pas de table, pas même une chaise, rien qu'un lit, et quel lit ! sur des ais grossiers, une paillasse et une couverture. On donna cependant des draps aux otages[1]. On le devine au premier coup d'œil, ici on ne demeure pas, on ne fait que passer, le condamné attend son heure. Et cependant la Roquette vaut bien mieux que Mazas ; au moins c'est une prison humaine, les cellules ne sont pas des tombeaux, et si on y est enfermé, on n'y est pas enterré. Au lieu des correspondances du dehors, il y a des conversations au dedans : or, quand la bouche parle, le cœur respire et vit. D'abord chaque cellule, d'un côté du moins, n'est séparée de la cellule voisine que par une cloison qui partage également en deux la fenêtre commune : et ce n'est plus comme à Mazas, une lucarne

1. Mgr Darboy n'eut pas de draps la première nuit qu'il passa à la Roquette. On lui appliqua dans to te sa rigueur la règle qui ordonne d'ôter aux condamnés tout   qui pourrait servir à une évasion ou à un suicide.

hors d'atteinte, mais une vraie fenêtre à hauteur d'appui.
Là, au premier signal donné, les deux voisins s'avancent, se rencontrent tête à tête et peuvent sans contrôle
échanger des confidences et même une confession. De
plus, le règlement de la maison admet les récréations
communes. Si le temps est beau, on fait descendre les
prisonniers par un escalier tournant, à l'extrémité du
corridor, dans le premier chemin de ronde ; quand il
fait mauvais, ils se promènent dans le corridor de leur
étage respectif, ou même ils se retirent dans les cellules
qui demeurent ouvertes. Encore une fois, dans cette
maison de mort, il y a de la vie, parce qu'il y a de la
société.

Le 23 mai, premier jour passé à la Roquette, faillit
être le dernier ; la Commune en pleine déroute avait hâte
d'en finir avec les victimes. Il fut donc enjoint d'exécuter
immédiatement tous les prisonniers arrivés la veille ; mais
le délégué, chargé de cette atroce mission, peu soucieux
d'assumer une pareille responsabilité, éluda l'ordre sous
prétexte d'un défaut de formes et gagna ainsi quelques
heures.

Vers six heures du matin, on donna, selon l'usage, le
signal du lever. La journée s'annonçait splendide ; le
ciel paraissait en fête et la terre était en deuil ; on
entendait le fracas toujours plus proche de la bataille,
et on voyait la fumée des grands incendies allumés pendant la nuit : Paris était à feu et à sang. Le sinistre
reflet de la flamme se projetait jusqu'à Versailles, et
qui a entendu alors cette effroyable nouvelle : *Paris
brûle!* ne l'oubliera jamais.

« Le mardi matin, raconte M. Bayle, vicaire général
de Paris, je suis allé voir l'Archevêque dans sa cellule ;
j'ai trouvé Monseigneur assis sur sa paillasse, et le
P. Olivaint assis à côté de lui. Je n'ai passé qu'un instant avec eux ; mais tout dans leur attitude me faisait

supposer que le pontife avait dû témoigner au religieux
la plus grande confiance. »

En effet, le P. Olivaint, dans un sentiment de vénération compatissante, paraissait s'attacher surtout à la
personne de l'Archevêque de Paris. Souvent l'infortuné
prélat, affaibli par les privations et la souffrance, de-
meurait à moitié couché sur son grabat : alors le P. Olivaint venait s'asseoir à ses pieds, et ensemble ils parlaient
du passé et du présent ; pouvaient-ils encore parler de
l'avenir ? Dès ce premier jour, les vivres commençaient
à faire défaut à la Roquette ; le pain même devenait rare.
Sans doute, le combat des rues, qui gagnait toujours
du terrain, gênait le ravitaillement ordinaire. Le P. Olivaint prenait dans ce qui lui restait encore, un peu de
pain d'épices et de chocolat en tablettes ; il était donné
à un pauvre religieux de faire la charité à un archevêque de Paris.

On remarqua bientôt un rapprochement plus singu-
lier entre le P. Clerc et le président Bonjean ; rencontre
bizarre, si elle n'avait été providentielle. Le jésuite et le
gallican se trouvèrent voisins de cellule, et ils ne tardèrent point à échanger à travers la fenêtre autre chose
que de vaines paroles. Nous en avons le meilleur des
témoignages, celui de M. Bonjean lui-même. A la récréation du jour, M. Bonjean dit à l'Archevêque d'un air
radieux : « Eh bien ! Monseigneur, moi le gallican,
qui aurait jamais cru que je serais converti par un
jésuite ? »

De huit heures à neuf heures du matin, avait eu lieu
la première récréation de la journée, pendant que les
gens de service faisaient le ménage de la cellule. Un trait
commun, durant ces intervalles de relâche et de fusion,
c'était la sérénité des prisonniers : les cœurs se touchent
bien vite dans la communauté de la foi et de l'épreuve ;
on retrouvait d'anciennes connaissances et on en faisait

de nouvelles, on se consolait et surtout on se confessait.

C'est durant ces récréations qu'eut lieu une scène touchante, la reconnaissance soudaine du P. Olivaint, l'ancien recteur du collège de Vaugirard, et de M. Chevriot, proviseur de la succursale du lycée Louis-le-Grand, à Vanves. M. Bayle, présent à la rencontre des deux amis d'autrefois, raconte ainsi ce qu'il a vu : « J'ai été témoin de l'émotion du P. Olivaint et de M. Chevriot quand ils se sont reconnus : « Êtes-vous, lui demanda celui-ci, Pierre Olivaint qui était à l'École normale à telle époque ? — Oui, vraiment. » Et, cela dit, ils s'embrassèrent avec effusion, en s'écriant à la fois. « O mon cher camarade. » C'est ce même fonctionnaire de l'Université à qui un prêtre, M. Guérin, proposa de mourir pour lui, père de famille, s'il était porté sur la liste funèbre, et qui refusa avec autant d'héroïsme.

Le mardi soir, tous les prisonniers étaient internés dans leurs cellules ; le tumulte de la grande cité fratricide devenait toujours plus formidable ; des batteries de grosses pièces, établies sur les hauteurs du Père-Lachaise, à quelques pas de la Roquette, vomissaient sur tous les quartiers une pluie de fer et de feu : les obus sifflaient, puis éclataient dans toutes les directions ; les prisonniers comprirent que la Commune, désespérant de plus en plus du lendemain, ne tarderait pas à ordonner l'exécution des otages. Aussi, dans cette journée mémorable du 24 mai, dès le point du jour, la Roquette, séjour ordinaire du crime, apparut aux yeux de la foi, comme transfigurée. Çà et là, dans les cellules silencieuses, se célébraient de saintes agapes ; le P. Olivaint porta la sainte Eucharistie à l'Archevêque de Paris, dont on ne saurait dire la pieuse reconnaissance ; et M. Deguerry, curé de la Madeleine, la reçut de la main du P. de Bengy. Ainsi fortifiés, les athlètes du Christ attendaient sans crainte l'heure du sacrifice.

II

Les effroyables épisodes du massacre des otages s'ouvrent par l'assassinat de M. Koch, pharmacien, rue Richelieu.

M. Koch était devant sa porte, le 22 mai, vers deux heures de l'après-midi, lorsque des enfants, mêlés à une bande de fédérés, vinrent arracher les planches de clôture d'une maison en construction, pour les porter à la barricade voisine. Il leur reprocha de s'attaquer ainsi à une propriété privée, et les engagea à ne pas travailler à des barricades.

Aussitôt les gardes accoururent, l'insultèrent, le poursuivirent dans l'arrière-boutique; ils l'accusèrent d'avoir voulu leur jeter de l'acide sulfurique au visage. Des officiers qui passaient à cheval ordonnèrent de l'arrêter.

Conduit brutalement aux Tuileries, puis au Comité de salut public à l'Hôtel de ville, il fut ramené aux Tuileries vers cinq heures, avec trois autres prisonniers restés inconnus.

L'escorte était commandée par Boudin, adjudant du palais, l'auxiliaire le plus actif de Bénot dans les préparatifs d'incendie. Une des victimes s'attachait à ses vêtements, demandant grâce; les fédérés hésitaient. Mais Boudin parvint à isoler les prisonniers en les repoussant jusqu'au mur, il fit honte à ses hommes de leur faiblesse. Bergeret et son état-major parurent en même temps au balcon du pavillon central pour assister à l'exécution. La fusillade éclata, le peloton s'y reprit à deux fois : les cadavres furent insultés et mutilés.

Puis un citoyen de l'entourage de Bergeret exalta le courage des assassins dans une courte allocution pro

noncée du haut du balcon et finissant par ces mots :
« Périssent ainsi les traîtres et les ennemis de la Commune ! »

Le lendemain commençait la fusillade des otages.

III

Deux hommes parmi les membres de la Commune
avaient surtout montré contre les prisonniers un achar-
nement impitoyable. C'était Delescluze et Raoul Rigault. Il y avait de leur part notamment contre Gustave
Chaudey une haine violente. Raoul Rigault, par jalousie, dit-on, répétait sans cesse : « Quoi qu'il arrive nous
ne le laisserons pas vivant. »

Quant à Delescluze il redoutait dans Gustave Chaudey
un homme mis par Proudhon en possession de la preuve
écrite d'un vol que, dans sa jeunesse, lui, Delescluze,
avait commis chez un avoué, Mᵉ Denormandie, où il occupait un emploi de clerc. Cette peccadille, peu connue
dans le passé du délégué à la guerre, a été niée énergiquement par ses amis; mais elle a été affirmée non
moins énergiquement, dit-on, par M. Emmanuel Arago.

Quoi qu'il en soit, le 21 mai, lorsqu'il ne fut plus possible de douter de l'entrée des Versaillais dans Paris,
Delescluze remit à Rigault l'ordre suivant :

« COMMUNE DE PARIS.
     « *Direction de le sûreté générale.*

« Le citoyen Raoul Rigault est chargé, avec le citoyen
Régère, de l'exécution du décret de la Commune de
Paris relatif aux otages.

        « A Paris, 2 prairial an 79.
            « DELESCLUZE, BILLIORAY. »

C'était l'arrêt de mort des otages.

Le 25 mai, vers onze heures du soir, trois hommes se présentaient à Sainte-Pélagie et demandaient à parler au directeur ; l'un d'eux portait l'uniforme de commandant de la garde nationale, les deux autres étaient vêtus en bourgeois ; mais tous les trois avaient l'écharpe rouge et des revolvers à la ceinture. « Annoncez Raoult Rigault, dit le commandant au gardien. »

A. Ranvier, le directeur, frère du membre de la Commune, était malade et couché ; auprès de lui se trouvaient : Gentil, Jean Clément, Préau de Wedel, Benn, Jolivet, quelques officiers de la garde nationale, ses compagnons habituels de débauche.

A l'annonce de l'arrivée de Raoult Rigault, tous descendirent précipitamment, et ils apprirent de sa bouche qu'il allait commencer par Gustave Chaudey l'exécution des otages. La victime fut introduite.

Le procureur de la Commune lui annonça brutalement que, dans cinq minutes, il allait mourir. Pendant un colloque assez long, dans lequel l'attitude calme et digne de Gustave Chaudey exaspéra Raoul Rigault, celui-ci dictait à son secrétaire le procès-verbal dont voici à peu près la teneur, d'après une déposition :

« Par-devant nous, Raoul Rigault, membre de la Commune, procureur, ont comparu :

« Gustave Chaudey, ex-adjoint au maire de Paris ; Bougon, Capdevielle et Pacate, gardes républicains ; et leur avons signifié qu'attendu que les Versaillais nous tirent par les fenêtres et qu'il est temps d'en finir avec ces agissements, ils vont être immédiatement fusillés en la cour de cette maison.... »

Huit gardes nationaux du poste de la prison, un sergent, un sous-lieutenant, Raoul Rigault et les employés que nous avons nommés, sortirent alors avec Gustave Chaudey.

« J'ai femme et enfant, dit Gustave Chaudey.

— Qu'est-ce que cela nous f...., répliqua Rigault.

— Regardez donc comment meurt un républicain, » lui riposta Gustave Chaudey.

Raoul Rigault leva son épée, la victime tomba en criant : « Vive la République ! »

— « Je vas t'en f..... de la République », s'écria Gentil ; et il lui fit sauter la cervelle.

Souvent, après un grand forfait, la conscience reprend ses droits, la stupeur succède à la rage, l'instrument du crime tombe des mains ; il n'en fut pas ainsi, et les trois gendarmes furent amenés à leur tour.

« Vous allez être fusillés, » dit Raoul Rigault.

Ces malheureux protestèrent, et l'un deux alléguant sa qualité de soldat, sa détention depuis le 22 mars, réclama sa liberté.

« Ah ! c'est plaisant, répondit le bourreau, pour que vous nous f...... des coups de fusil ! »

Un instant après, il commandait un second feu de peloton. Une des victimes, blessée seulement, se sauva ; tous la poursuivirent, la saisirent derrière une guérite, la ramenèrent près des cadavres et l'achevèrent.

Ainsi tombèrent ces braves gens, défenseurs de la loi et du devoir, sous les coups de quelques misérables.

Les corps furent transportés à l'hôpital de la Pitié : G. Chaudey et un gendarme sur une civière, les deux autres dans la charrette aux ordures. On jeta les crânes dans la fosse d'aisances.

IV

Le lendemain 24, vers dix heures, Ferré se présenta à la porte de la Conciergerie avec quatorze gardes na-

tionaux en armes : « Citoyens, leur dit-il, nous allons
remplir une mission de justice : nous allons exécuter
les prisonniers. Que ceux qui ne se sentent pas assez de
courage se retirent. » Deux fédérés s'éloignèrent, et
l'on distribua aux autres de l'argent. Après quoi Ferré
entra dans la prison et se fit remettre le livre d'écrou.
Secondé par un nommé Fouet, directeur du dépôt sous
la Commune, il fit dresser par vingt les listes des victimes, et il n'oublia pas ces hommes (les prêtres) qu'il
était si heureux de mettre en prison, « parce qu'ils
étaient ses plus cruels ennemis ». Le soin qu'il prit
d'assouvir d'abord ses vengeances personnelles leur
sauva probablement la vie.

Quand les fatales listes furent terminées, il fit appeler le n° 10 : c'était M. Veysset, commandant de la
garde nationale, accusé d'avoir eu des intelligences
avec Versailles. Ce malheureux fut amené sur le pont
Saint-Michel, fusillé et jeté dans la Seine. On conduisit
ensuite dans un préau, derrière la Cour de cassation,
un gendarme qui, le 20 mars, avait eu le courage d'en-
clouer quelques canons à Montmartre, et on l'assas-
sina.

M. Ruau, ancien commissaire de police, dont Ferré
avait éprouvé les rigueurs sous l'empire, devait être la
quatrième victime. Le brigadier Braquond, qui avait vu
inscrire le nom de cet otage alla ouvrir secrètement sa
cellule : « Sortez, lui dit-il, passez rapidement dans
cette salle, mêlez-vous aux autres prisonniers. On va
va vous appeler : gardez-vous de répondre. » Braquond
faillit payer de sa vie cet acte de dévouement : Fouet
fit appeler inutilement le détenu, et, ne pouvant le découvrir, il voulut en rendre responsable le brigadier ;
il lui mit le pistolet sous la gorge, et menaça de faire
feu si Ruau ne paraissait à l'instant. Une heureuse inspiration sauva la vie du brigadier : « Mais Ruau, dit-il

en prenant l'air d'un homme qui réfléchit, Ruau, j'y pense à l'instant, a été transféré, il y a trois jours, à la prison de la Santé. » On passa au suivant ; c'était un fou, qu'on trouva dans sa cellule revêtu de la camisole de force, car il avait tenté de se détruire : on n'osa tirer sur lui.

Ces lenteurs, habilement ménagées par Braquond, ont certainemement sauvé la vie à un grand nombre de prisonniers.

Au moment où l'on appelait la cinquième victime, un feu de peloton bien nourri se fit entendre sur le Pont-Neuf, devant la Préfecture de police. Ferré se retira, laissant ses ordres et quelques hommes à Fouet pour continuer le massacre. Il ambitionnait pour lui-même la gloire de verser un sang plus illustre. Ce jour-là même, vers onze heures, il se présentait à la Roquette pour y faire fusiller les otages ; mais comme il n'avait pas d'ordre, il ne put exécuter son sinistre dessein.

V

Dans l'après-midi du 24 mai, une grande efferves-cénce régnait dans tout le onzième arrondissement. Les membres de la Commune, ceux du Comité de salut public et du Comité central s'étaient réfugiés, dès le matin, dans la salle des mariages de la mairie. Là, ils recevaient rapports sur rapports, annonçant que l'armée régulière avançait de toutes parts, et que les défenseurs des barricades désertaient en grand nombre. En même temps, ils apprenaient que plusieurs des chefs de la Commune étaient déjà en fuite, que leur défection commençait à se raconter dans les masses, et qu'elle faisait suspecter ceux qui étaient restés. Une foule violente s'amassait sous leurs fenêtres : elle se composait de ces ignobles comparses que là Commune employait de préférence, depuis deux mois, dans les expéditions criminelles qui ont été décrites précédemment. Il y avait là « les Vengeurs de Flourens, les Lascars, les Fils du Père Duchêne, les Enfants perdus », mêlés aux plus mauvais sujets du 35e, du 66e, du 180e et du 206e bataillon.

Il fallait à tout prix enrayer la défiance chez ces hommes, souillés de tous les vices et capables de tous les forfaits ; et pour cela, il y avait deux moyens : frapper un grand coup pour affirmer qu'on ne fuyait pas la responsabilité, par exemple assassiner les otages ; ou bien aller au grand jour se faire tuer sur les barricades. Mais pour mourir, il fallait du courage ; et jusque-là, les membres de la Commune n'avaient assisté aux combats que de très loin, ou bien abrités derrière des tas de pierres comme des reptiles. Le jour où l'on rencontra l'adversaire face à face, et où il fallut se montrer à découvert, on les vit, ne songeant qu'à se sauver eux-mêmes, abandonner lâchement la défense de leurs barricades à de misérables subaltarnes improvisés colonels.

Ils choisirent donc l'assassinat et formèrent une cour martiale dans l'intérieur de la mairie : un nommé Genton, ex-porte-drapeau au 66e bataillon, en fut le président ; un sergent, qui ne le quittait pas, et un vieillard sordide, tous les deux restés inconnus, en furent les juges ; les membres de la Commune et ceux des deux Comités formaient le public. Et ce fut ce tribunal, à la fois sinistre et grotesque, qui rendit la sentence de mort, sans entendre personne, sans même connaître les noms des victimes ; le jugement fut écrit de la main du vieux juge.

Entre quatre et cinq heures, Genton ayant recruté assez d'hommes du 66ᵉ pour former le peloton d'exécution, les dirigea vers la Roquette. Il apportait un premier ordre, mais qui n'indiquait que trois noms : Mgr Darboy, M. Bonjean et l'abbé Deguerry ; il ajoutait cependant : plus trois autres au choix. Le directeur, un nommé François, éprouva non point des scrupules, mais la crainte d'engager sa responsabilité ; il ne voulut ni écrire de sa main les noms des trois autres victimes, ni les désigner. Genton reprit l'ordre pour le faire compléter à la mairie ; le soir, cependant, ce fut encore ce même ordre incomplet que rapportèrent les délégués.

On demanda à François son registre d'écrou ; il fut forcé d'avouer que les otages n'y étaient pas inscrits, et qu'il ne gardait à leur égard que les listes de transfèrement ou les ordres d'arrestation, c'est-à-dire des feuilles volantes dont nul ne prenait soin après que les prisonniers étaient enfermés. Et c'était malheureusement vrai : des infortunés étaient amenés là quelquefois par le caprice d'un fédéré ivre, et ils y perdaient leur individualité ; on ne les connaissait plus que sous leur numéro de cellule ou de dortoir. Quand il fallut donc représenter les listes envoyées de Mazas avec les otages, François ne les trouva pas : ce premier incident provoqua la colère des délégués, puis des officiers de peloton. A la fin, on découvrit les feuilles de transfèrement ; l'un des délégués, Ferré, y prit trois noms au hasard, dans l'ordre d'inscription peut-être ; et la liste des victimes, désormais complète, fut portée au gardien Beausset, avec ordre de faire l'appel à la quatrième section.

Bientôt on trouva que cet homme, qui était très ému, tardait à revenir. D'ailleurs les soldats de peloton l'avaient suivi à la quatrième section, et faisaient un grand bruit dans le corridor des cellules : les uns frappaient leurs crosses à terre, les autres proféraient des

menaces de mort. L'appel était impossible. Au greffe,
on vociférait contre la lenteur du gardien, à ce point
que l'un des officiers sortit et, brandissant son sabre
sur Ramain, le gardien en chef, l'envoya lui aussi vers
les otages. Ramain y monta, prit la liste des mains de
Beausset et fit l'appel.

Mgr Darboy, M. Bonjean, l'abbé Deguerry, les PP. Clerc
et Ducoudray, et l'abbé Allard sortirent de leurs cellules.

On trouvait qu'ils n'allaient pas assez vite. Ces vieillards souffreteux avaient quelques précautions à prendre : l'un, M. Bonjean, voulait se couvrir : « Ce n'est pas
la peine, lui dit-on ; pour ce que l'on veut faire de vous,
vous êtes bien comme cela. » Un autre ne sortait pas
assez promptement ; Ramain lui cria : « Faut-il que j'aille
vous chercher ? » Enfin le peloton qui était entré traversa le corridor.

Afin de donner aux otages un avant-goût du supplice
qui leur était réservé, les gardes nationaux firent de
nouveau résonner les crosses à terre, et frappèrent à
droite et à gauche. C'étaient presque tous des enfants ou
des vieillards avinés. Pour cette horrible besogne, la
Commune n'avait pas trouvé des hommes de trente ans ;
elle avait dû recourir à des jeunes gens qui n'avaient
pas conscience du grand crime qu'ils allaient commettre.

Une fois les gardes descendus, les otages défilèrent
devant la deuxième grille, prirent l'escalier tournant
et arrivèrent devant l'infirmerie, au sud de la prison.
Il paraît que les fédérés se disposaient à les fusiller là ;
mais, en descendant le petit escalier, ils trouvèrent la
grille fermée. Pendant qu'un gardien essayait de l'ouvrir, l'officier qui commandait fit remarquer que l'on
serait trop en vue : ces hommes avaient peur du grand
jour pour commettre leurs horribles forfaits.

Cependant le peloton était déjà prêt ; quand les victimes

le rejoignirent, les bourreaux leur adressèrent des injures obscènes; puis ils les poussèrent brutalement vers le chemin de ronde intérieur. Mgr Darboy, M. Bonjean et l'abbé Allard, avant de s'engager dans ce chemin, essayèrent de dire quelques mots; ils ne réussirent qu'à faire redoubler les insultes. « Allons, allons, s'écria une voix farouche, celle de Ranvier; ce n'est plus le moment des discours, les tyrans n'y mettent pas tant de ménagements. » Ces paroles furent très distinctement entendues par M. l'abbé de Marsy, vicaire à Saint-Vincent-de-Paul.

Si, comme on le prétend, Monseigneur a dit, après avoir franchi la grille de fer : « J'ai toujours aimé la liberté », il n'a pu prononcer cette parole, dans un moment aussi solennel, que pour repousser une accusation injuste; et il a dû le faire en marchant vers le lieu du supplice, non au moment d'expirer : un évêque, à cette heure suprême, ne peut plus avoir qu'une pensée, celle de l'éternité!

Au mépris des cheveux blancs de l'Archevêque et de ses compagnons, sans souci de la mort qui attendait ces vénérables personnages, on continuait à les accabler de mauvais traitements jusqu'au lieu de leur exécution. Cette scène odieuse ne se termina que par l'intervention de l'un des fédérés qui fit taire ses compagnons en leur disant : « Vous ne savez pas ce qui peut arriver demain. » Monseigneur se mit à genoux, fit une courte prière, donna une dernière bénédiction à ses amis agenouillés autour de lui, puis le funèbre cortège se mit en marche. Ces six chrétiens s'étaient relevés plus confiants et plus résignés à l'horrible mort qui s'annonçait si certaine et si proche. L'abbé Allard marchait en tête des condamnés et récitait à demi-voix les prières des agonisants. Il était précédé du brigadier Ramain qui s'avançait, les deux mains dans ses poches et l'air insouciant, comme s'il

accomplissait une besogne ordinaire. Derrière M. Allard,
venaient Mgr Darboy et M. Bonjean, puis M. Deguerry et
les PP. Clerc et Ducoudray. Les fédérés entouraient les
victimes et marchaient sans ordre ; le surveillant Jannard,
plus mort que vif, suivait par derrière. Tous ces détails
étaient vus des fenêtres des cellules de la quatrième section,
où se trouvaient d'autres otages réservés, disait-on,
pour une autre fournée.

Au bout de ce premier chemin de ronde extérieur,
que le cortège a suivi en marchant du sud au nord, se
trouve une grille communiquant avec le deuxième
chemin de ronde extérieur. Elle était fermée ; il fallut
sonner et attendre qu'un gardien eût apporté la clef. On
fit une nouvelle halte. Monseigneur essaya de prononcer
encore quelques paroles ; les fédérés lui répondirent
toujours par des injures, et l'on passa dans le second
chemin de ronde, en marchant alors du nord au sud.
Au passage de la grille, le surveillant Jannard tendit
furtivement la main aux victimes, qui la lui pressèrent
en lui donnant leur bénédiction. Cet homme en fut ému
au point d'être obligé de s'asseoir un instant ; il laissa
passer les derniers hommes du peloton et s'enfuit.

A partir de ce moment, nous n'avons plus de témoignage de la part des assistants. Les prisonniers restés
aux cellules, et les gardiens de la Roquette seuls affir-
ment qu'il se passa encore environ six minutes avant
que l'on entendît la fusillade, quoiqu'il n'en fallût pas
même une pour arriver au lieu de l'exécution. On suppose que ce temps aura été employé à placer les otages
en rang et à former en bataille le peloton des assassins ;
car on a remarqué un certain ordre dans les traces
laissées par la direction des balles, et surtout dans la
façon dont les victimes étaient tombées.

L'assassinat a été consommé à l'extrémité sud du
chemin de ronde, à l'angle du mur extérieur qui borde

la rue de la Folie-Regnault et la rue de la Vacquerie. Le citoyen Ranvier, membre de la Commune qui s'était joint au bourreaux, présidait l'exécution, en compagnie de Mégy.

Les condamnés paraissent avoir été placés debout, sur un rang, le dos à environ trois mètres du mur ; un seul feu de peloton prolongé, avec deux courts intervalles, puis quelques coups isolés, ont été entendus à huit heures moins quatre minutes. Les victimes sont tombées à l'endroit même où l'on a ensuite relevé leurs corps ; aucune d'elles ne paraissait avoir été déplacée, car les blessures correspondaient exactement aux flaques de sang répandues sur la terre. Elles étaient rangées sur le dos presque parallèlement dans l'ordre suivant :

Monseigneur se trouvait à droite, puis venaient MM. Bonjean, Deguerry[1], les PP. Clerc et Ducoudray ; enfin M. Allard, dont la tête reposait sur le P. Ducoudray, tandis que ses pieds étaient plus à gauche.

On croit — l'examen de ses blessures autorise cette supposition[2] — qu'au moment suprême Mgr Darboy, par une sublime inspiration, aurait levé la main droite. Son dernier geste, en ce monde, aurait été de bénir ses bourreaux. Ainsi s'étaient réalisées, pour lui, ces belles paroles qu'il avait dites à son peuple six mois auparavant : « Restons à notre poste, et faisons notre devoir,

1. On a prétendu à tort que M. l'abbé Deguerry eut un moment de défaillance ; voici ce qui a pu donner lieu à cette erreur : lorsque les victimes furent appelées par leur nom, M. Deguerry, étendu sur son lit, dormait d'un profond sommeil, et il ne s'éveilla qu'en entendant Mgr Surat lui dire d'une voix émue : « Mais, mon ami, c'est vous qu'on appelle ! » M. Deguerry éprouva alors cette surprise que peut tout naturellement ressentir, dans l'intérieur d'une prison, un condamné qu'on éveille en sursaut. Mais il avait le pressentiment du martyre. Parlant, ce jour-là même, à M. l'abbé Delmas, il lui avait dit : « Le salut de Paris ne sera pas obtenu sans l'effusion d'un sang innocent. »

2. L'index de la main droite était brisé.

comme des soldats sous l'œil de Dieu, notre chef suprême.
Et quand la mort viendra, nous serons prêts à la recevoir, voyant en elle le sommeil qui finit et le rêve qui
s'en va, le jour qui se lève et la vie qui commence avec
la vraie félicité. » (Avent de 1870.)

Mgr Darboy avait cinquante-huit ans quand se termina
pour lui le rêve tour à tour si brillant et si douloureux
de la vie présente, et lorsqu'il s'éveilla pour toujours à la
bienheureuse éternité. Avant de mourir avec cette sérénité qui accepte et qui pardonne, l'Archevêque avait fait
un acte de foi et d'humilité plus précieux même que sa
mort. Entre la captivité du siège et la captivité de la prison, il s'était soumis à un décret de l'Église qu'il avait
combattu. C'est la gloire de sa vie, sa couronne plus res-
plendissante que sa couronne de sang, le triomphe de
son âme sacerdotale. C'est par là qu'il a sauvé son Église,
et obtenu de Dieu, pour son peuple, un autre pasteur
qui le guide dans sa foi.

Que le nom de Georges Darboy, Archevêque de Paris,
témoin de Pierre, vicaire du Christ, et témoin du Christ,
fils unique de Dieu, soit béni à jamais !

Dans la nuit qui suivit l'exécution de l'Archevêque et
de ses compagnons, leurs cadavres, après avoir été
dépouillés et insultés de nouveau par les assassins[1],
furent entassés dans une voiture de commissionnaire et
conduits au Père-Lachaise, où on les jeta pêle-mêle
dans la fosse des suppliciés. En même temps, on dressait à la mairie du XIe arrondissement le bref et cynique
procès-verbal qui suit :

« COMITÉ DE SURETÉ GÉNÉRALE.

« Aujourd'hui 24 mai 1871, à huit heures du soir, les

---

1. On raconte qu'un des assassins s'étant blessé, en voulant
s'emparer des boucles d'argent de Mgr Darboy, frappa la victime
du pied et l'insulta en blasphémant.

nommés DARBOY (Georges), Bonjean (Louis-Bernard), Du Coudrai (Léon), Allard (Michel), Clerc (Alexis) et Deguerry (Gaspard) ont été EXÉCUTÉS à la prison de la grande Roquette.

COMMUNE DE PARIS.
CABINET
DU
CHEF.

« Sûreté générale. — Police municipale. »

Le cachet est à l'encre bleue, et il ne se trouve aucune signature au bas du procès-verbal. Le greffier a-t-il reculé devant l'horreur ou devant le châtiment possible du forfait?

VI

Pendant que ce drame lugubre se passait à la prison de la Roquette, il régnait au fort de Bicêtre un mouvement inaccoutumé : on enlevait et on enclouait les pièces d'artillerie; les clairons sonnaient longuement la retraite; les fédérés évacuaient le fort. A huit heures et demie, les sentinelles s'étaient retirées laissant enfermés dans les casemates les Dominicains, dont nous avons raconté plus haut l'arrestation. A un certain moment, ces religieux purent croire que tout le fort était abandonné, et que les troupes de Versailles ne tarderaient pas à venir les délivrer. Leur espoir fut de courte durée; un peloton du 185ᵉ bataillon accourut à la dernière minute, enfonça les portes du cachot à coups de crosse de fusil et fit sortir précipitamment les prisonniers. Leur nombre s'était réduit à vingt et un, par

suite de l'élargissement de deux enfants et de la fuite
de deux domestiques, qui avaient été mis à part en qualité de sujets étrangers. Le P. Rousselin eut le temps
d'échanger rapidement son costume religieux contre
des vêtements civils, et le triste cortège se mit en marche
vers Paris. Pour empêcher sans doute les tentatives
d'évasion, Léo Meillet cherchait à rassurer les Pères en
leur promettant la liberté, dès qu'ils ne seraient plus
en mesure de renseigner les Versaillais. Sur tout le
parcours, les infortunés religieux ne cessèrent d'être ou-
tragés et maltraités par la population ; les femmes surtout se montraient furieuses et avides de voir mourir
ces hommes revêtus de l'habit monastique. On descendit vers la porte d'Ivry ; tout à coup, une vive fusillade,
venant de Bicêtre, occasionna une panique dont le
P. Rousselin profita pour se perdre dans la foule, où
grâce à son costume civil il ne fut pas reconnu.

Après avoir dépassé la barrière de Fontainebleau,
l'escorte pénétra dans la ville par la porte de Choisy,
prit la rue du Château-des-Rentiers et remonta le boulevard de la Gare jusqu'à la mairie du XIIIᵉ arrondissement, suivie par une foule ignoble qui proférait des
blasphèmes et des cris de mort. On fit asseoir les prisonniers dans la cour de la mairie, sous prétexte de les
abriter contre les projectiles nombreux qui commençaient à rendre cet endroit dangereux.

Un homme, accusé du meurtre d'un officier fédéré,
fut amené et fusillé dans le voisinage de la mairie, et
son corps placé devant les Dominicains comme une prédiction lugubre du sort qui les attendait.

Les obus pleuvaient, la position n'était pas tenable.
Les bourreaux, obligés de la quitter, entraînèrent
leurs victimes à la prison disciplinaire du 9ᵉ secteur,
boulevard d'Italie, 38. Cette prison devenait ainsi le
centre, le quartier général d'une résistance à outrance,

organisée par Sérisier, le farouche commandant du 101ᵉ.
Il était alors dix heures du matin; vers une heure, on
vint en son nom demander les prisonniers pour les conduire à la barricade. En l'absence d'un nommé Boin,
gardien du secteur, le sieur Bertrand crut devoir envoyer à la place des religieux quatorze gardes nationaux
détenus pour infraction à la discipline. Une heure
après, il était vertement réprimandé par Boin, qui lui
signifiait l'ordre de faire sortir les « calotins » et de les
livrer à un peloton du 101° qu'il avait amené avec lui.
Bertrand s'y opposait, et, voulant dégager sa responsabilité, il exigeait un ordre écrit. Boin lui enjoignit de
rédiger cet ordre et le signa en présence de témoins.
S'approchant ensuite des prisonniers, il leur dit :
« Allons, soutanes, levez-vous! à la barricade! » Les
religieux obéirent et suivirent Boin jusque sous la porte
d'entrée. A ce moment, M. l'abbé Grandcolas aperçut,
sur la chaussée de l'avenue, Sérisier qui attendait avec
une troupe d'insurgés. Une discussion s'éleva entre
Boin et le Supérieur des Dominicains; celui-ci refusait
de prendre les armes en disant : « Il nous est défendu
de nous battre. Nous sommes infirmiers et disposés à
aller chercher vos morts et vos blessés sous les balles. »
Le chef fédéré répliqua : « Vous le promettez? » Et,
sur sa réponse affirmative, on les fit tous rentrer dans
la prison. Il était deux heures et demie.

Les Dominicains sentaient que c'en était fait de leur
vie. Pendant l'heure qui suivit, ils se mirent en prière,
se confessèrent entre eux et attendirent leur sort avec
une courageuse résignation. A quatre heures, on vint
de nouveau les chercher par ordre de Sérisier. Ils
saluèrent alors pour la dernière fois leurs compagnons
de captivité par ces mots : « Priez pour nous », et répondirent successivement à l'appel qui était fait avec
le livre d'écrou. Ils traversèrent sur deux rangs le long

couloir qui mène à la cour d'entrée et se trouvèrent en présence d'une double haie de gardes du 101e, au milieu desquels ils remarquèrent deux jeunes femmes vêtues en fédérés. Les armes furent chargées en leur présence, après quoi on se dirigea vers la porte. A peine le premier Dominicain en avait-il franchi le seuil, que les cris : « Sortez un à un!... sauvez-vous! » furent poussés par le commandant de l'escorte ; en même temps on tirait sur les prisonniers, et, au fur et à mesure qu'ils débouchaient dans l'avenue, d'autres groupes d'assassins poursuivaient les fuyards d'une grêle de balles.

Le P. Cotherauld tomba le premier en s'écriant : « Est-il possible! » Après lui le P. Captier fut atteint et dit : « Mes enfants..., pour le bon Dieu! » En un instant douze cadavres restèrent étendus sur la chaussée, exposés aux profanations de la populace accourue de toutes parts pour se repaître du carnage.

Un témoin a raconté devant le conseil de guerre que, regardant dans la rue quelques instants après, il vit un Dominicain dont la tête était légèrement soulevée et qui paraissait respirer encore. Un garde national s'était approché à quelques mètres et l'avait mis en joue ; un capitaine adjudant-major du 84e bataillon lui arracha le fusil des mains pour tirer lui-même snr le blessé. D'autres gardes se joignirent à lui, et une trentaine de coups de fusil furent tirés sur le cadavre.

Chassées comme des bêtes fauves, huit des victimes étaient parvenues à s'échapper, fuyant par toutes les rues voisines, demandant asile à toutes les portes. Parmi eux un jeune homme de vingt ans, le sieur Germain Petit, employé à l'économat, avait été recueilli dans une maison de la rue Toussaint-Féron. On eut beaucoup de peine à calmer son émotion ; des voisins trop complaisants vinrent lui apporter des habits de garde national sous prétexte de l'aider dans sa fuite. Mais à peine avait-il échangé ses vêtements, qu'un groupe d'assassins vint l'arracher de son refuge, pour l'entraîner avec eux à la barricade qui fermait l'entrée de la rue Baudricourt, au coin de l'avenue d'Ivry. Pascal, un lieutenant du 177e régiment fédéré, mit aux voix la condamnation du malheureux jeune homme. La mort ayant été unanimement votée, on prenait des dispositions pour le fusiller.... Tout à coup les troupes de ligne venant de l'avenue d'Italie débouchèrent derrière la barricade ; les insurgés se sauvèrent du coté du rempart, entraînant avec eux leur prisonnier, et dans leur fuite se trouvèrent en face de nouvelles colonnes qui les cernèrent de toutes parts. Le lendemain le cadavre du jeune Petit, la treizième victime, fut trouvé et reconnu dans la direction des remparts.

Voici les noms des treize martyrs :

1° Le P. CAPTIER, prieur.
2° Le P. COTHERAULD, dominicain.
3° Le P. CHATEIGNERET, dominicain.
4° Le P. BOURARD, dominicain.
5° Le P. DELORME, dominicain.
6° M. CAUQUELIN, professeur auxiliaire.
7° AIMÉ GROS, domestique.
8° VOLANT, surveillant.
9° CATALA, surveillant.
10° DEUTROZ, infirmier.
11° JOSEPH CHEMINAL, domestique.
12° MARCEL, domestique.
13° GERMAIN PETIT, commis à l'économat.

Les soldats du 113e régiment, qui entraient en vainqueurs après avoir franchi les barricades, reconnurent ces morts glorieux ; ils se penchèrent sur leurs cadavres, s'emparèrent des rosaires qui pendaient à leur ceinture et se les partagèrent grain à grain, comme de saintes reliques. Hélas! lorsqu'ils furent passés, les profanations recommencèrent ; et pendant plus de quinze heures encore les martyrs furent exposés à tous les outrages imaginables.

Le lendemain matin, un prêtre du quartier, M. l'abbé Guillemette, trouva sur sa route ces saintes dépouilles et les fit transporter dans la maison des Frères de la rue du Moulin-des-Prés. Là, un professeur d'Arcueil, M. d'Arsac, vint reconnaître les corps et les marquer chacun de leur nom. En même temps, M. Durand, curé d'Arcueil, et M. Eugène Lavenant, avertis du massacre des Dominicains, leurs amis et leurs compagnons à l'heure du danger, s'empressèrent de les réclamer et de les rapporter à Arcueil. Le char qui les transportait, suivi d'une foule frémissante de douleur et de colère, fut conduit au cimetière de la paroisse. Là, on déposa provisoirement les martyrs dans une fosse commune, l'un près de l'autre, ayant pour tout linceul leurs vêtements ensanglantés ; ils ont été exhumés depuis et transportés dans une chapelle construite au milieu du parc.

VII

Après Mgr Darboy et les victimes de la Roquette après les Dominicains d'Albert-le-Grand, apparaît le nom d'une victime ignorée du grand nombre, un nom de saint qui se détache doucement illuminé du martyrologe de 1871, Philippe Saguet, en religion frère Néomède Justin. Détenu à Mazas, il fut élargi le 25 mai, mais pour être conduit à la barricade du pont d'Austerliz tavec l'un de ses confrères. Ces deux religieux refusant de se servir des armes à feu, qu'on mettait entre leurs mains, s'emparèrent d'une voiture à bras destinée au transport des munitions et s'éloignèrent ainsi de la barricade. On les contraignit bientôt d'y retourner, au milieu d'une grêle de projectiles, c'était les envoyer à la mort. Le frère Néomède ne se fit pas illusion : « Cher frère, dit-il à son compagnon, que nous aurons de peine à échapper au danger ! En prononçant ces paroles la douce victime levait les yeux au ciel, se soumettant aux desseins de Dieu. Revenus près du pont, ils déchargèrent au plus vite la charrette dont ils s'étaient emparés, puis se retirèrent un peu à l'écart. Dans ce moment l'armée de Versailles approchait. Il ne restait plus qu'un petit nombre d'insurgés auprès de la barricade : quelques instants encore et l'armée régulière allait enlever cette position... Tout à coup, rapide comme la foudre, éclata un obus qui renversa et tua cinq ou six gardes nationaux, et le cher frère Néomède Justin, atteint lui aussi, tomba mort et tout sanglant aux pieds de son compagnon. Ainsi se termina la carrière de ce nouveau martyr ; son trépas violent et instantané fut le résultat d'une haine odieuse contre la foi.

VIII

Le lendemain, 26 mai, dans la matinée, la Commune voyant le découragement s'emparer de ses soldats voulut ranimer leur zèle, en leur donnant en spectacle la lente agonie des hommes contre lesquels leur haine farouche était plus vivace.

Elle avait déjà préludé à l'épouvantable boucherie

qu'elle méditait par l'assassinat de M. Jecker, le trop
fameux banquier du Mexique. Une circonstance aussi
fortuite que fatale avait perdu M. Jecker : il allait chercher un passeport à la Préfecture de police ; l'employé
ayant incorrectement orthographié son nom, le banquier
s'empressa de le rectifier. « Quoi ! lui dit son interlocu-
teur, seriez-vous le Jecker dont il a été si souvent question pendant la guerre du Mexique ? » Le malheureux
balbutia, voulut sortir, il fut retenu. Voici comment
sa mort est racontée par M. Ferdinand Évrard, l'un de
ses compagnons de captivité : « Vers sept heures du
matin, on vint appeler M. Jecker, qui fut invité à descendre au greffe. Je me mis à la fenêtre pour le voir
passer ; quand il arriva dans la cour, il attendit quelques minutes devant la grille du préau qu'on vînt lui
ouvrir, il tourna les yeux vers nos cellules, il était fort
pâle ; je lui fis un signe amical de la main, il me salua
et franchit la grille qui venait de s'ouvrir. Un moment
après, le surveillant Langevin étant remonté, je lui demandai ce qui était arrivé à notre compagnon.

« Je n'augure rien de bon, me dit-il ; on m'a renvoyé
du greffe pour que je n'entendisse pas ce qui se disait,
et j'ai vu là six gardes nationaux qui n'avaient pas
bonne figure, j'ai peur pour M. Jecker. » Dix minutes
après cet entretien, nous entendîmes le bruit d'une fusillade ; le crime venait de se consommer, sans doute
au même endroit où s'était déjà accomplie la première
exécution.

Durant toute cette journée, une morne stupeur, que
la plume ne saurait décrire, régna dans toute la prison.
Du fond de leurs cachots, les prisonniers apercevaient
la sombre lueur des incendies ; ils entendaient le canon
tonner sans trêve ; le feu de la mousqueterie ne se ra-
tentissait pas davantage. L'intérieur de la prison était
un chaos. L'agitation fiévreuse des gardiens, les perpé-

tuelles allées et venues des personnages du dehors, les cris tumultueux, les ordres et contre-ordres, tout faisait présager d'affreuses et suprèmes convulsions.

Le soir, vers quatre heures, on fit descendre dans la grande cour de la Roquette quatre groupes de victimes. Il y avait des prêtres, des gendarmes, des sergents de ville et quelques civils, en tout, de quatre-vingts à quatre-vingt-dix personnes environ; mais, dans la crainte que, vu leur nombre, les condamnés n'opposassent de la résistance, on fit remonter les sergents de ville.

L'histoire, qui enregistre les noms des criminels pour les vouer à l'exécration des siècles, doit aussi perpétuer la glorieuse mémoire des martyrs.

Les rapports officiels citent :

Trois Pères jésuites :

Le P. OLIVAINT, supérieur de la maison de la rue de Sèvres; le P. CAUBERT, économe; le P. DE BENGY.

Quatre religieux de Picpus :

Le P. LADISLAS RADIGUE; le P. MARCELIN ROU-CHOUSE; le P. POLYCARPE TUFFIER; le P. FRÉZAL TARDIEU.

Deux prêtres séculiers :

L'abbé SABATIER, vicaire de Notre-Dame-de-Lorette; l'abbé PLANCHAT, directeur du patronage de Charonne.

Un séminariste :

PAUL SEIGNERET.

Quatre otages civils :

DEREST, ancien officier de paix; LARGILIÈRE, sergent-fourrier du 74e bataillon de la garde nationale ; GREFF, garde national; MOREAU, garde national.

Trente-quatre militaires :

BALANUY; BIANCHERDINI; BERMOND; BIOLLAND; BURLOTEL; BODIN; BRETON; CHAPUIS; COUSIN; CONDEVILLE; COLOMBANI; DUCROS; DUPRÉ; DOUBLÉ; FISCHER; GARODET; GEANTY; JOURÈS; KELLER; MARCHETTI; MANGINOT; MARGUERITE; MANNONI; MOULLIÉ; MARTY; MILLOTE; MAULY; PAUL; PONS; POIROT; POURTAUT; SALDER; VALETTE; VEISS.

Nous avons pu, avec des renseignements nouveaux et en nous appuyant sur des témoignages dignes de foi, reconstruire avec la plus scrupuleuse vérité le chemin du Calvaire des victimes de la rue Haxo. Cette marche funèbre est le plus douloureux, le plus lugubre épisode du drame communeux.

Au sortir de la Roquette, les assassins n'étaient pas bien fixés sur l'endroit où ils voulaient conduire les otages, ils montèrent d'abord la rue de la Roquette jusqu'au cimetière du Père-Lachaise,

A cinquante pas en avant, un homme à cheval et tête nue, ouvrait la marche, annonçant bien haut qu'on amenait des gens désarmés, des Versaillais faits prisonniers le matin à la Bastille, et recommandant avec emphase aux citoyens le calme de la force et la dignité de la victoire. Venaient ensuite les condamnés, à la file et deux à deux, ayant l'air très calme. On leur assurait qu'ils étaient seulement transférés dans un lieu plus sûr que la Roquette, et qu'il ne leur serait fait aucun mal. Dans ce long convoi, on ne remarquait qu'un petit nombre de prêtres en soutane, quatre ou cinq environ ; les autres étaient revêtus de l'habit laïque. L'escorte se composait de cent cinquante hommes armés, gardes nationaux du 175e bataillon, auxquels s'étaient joints, pour cette fête de sang, des Enfants-Perdus de Bergeret, et d'autres bandits de tous les noms. Elle

était commandée par Emile Gois, surnommé « Grille-
d'Égout. »

D'abord, sur le passage du cortège, soit consternation, soit panique, les boutiques et les fenêtres se fer-
maient, mais la scène changea promptement : il fallait
exciter le peuple avant de le déchaîner.

Comme on parcourait la chaussée de Ménilmontant,
en face de la grande fabrique d'eau de Seltz, l'homme
à cheval se détourna et fit appeler les ouvriers. Il ne se
forma d'abord qu'un groupe, qui devint bientôt une
foule, et aussitôt les clameurs commencèrent pour ne
plus finir. Les gardes avaient à lutter pour protéger les
victimes, non seulement contre les insultes, mais contre
les dernières violences.

Après avoir suivi la rue de Puebla, on avança dans
la rue des Rigoles jusqu'à une petite porte qui donne
entrée dans la cour de la mairie de Belleville. Le citoyen
Ranvier, maire de Belleville à cette époque de sinistre
mémoire, les attendait devant l'église, appuyé sur la
grille, et les mains derrière le dos ; il avait envoyé un
de ses acolytes au commandant de l'escorte, pour
lui donner l'ordre de conduire les otages à la mairie.
Là, le cortège fit une halte pendant plus d'une demi-
heure ; et comme les cris du dehors devenaient toujours
plus menaçants, on fut au moment d'en venir sans plus
tarder au tragique dénouement. Il y eut même un commencement d'exécution, on entendit plusieurs coups de
feu : c'était l'assassinat de trois otages. Leurs cadavres,
enterrés dans l'enceinte de la mairie, dans une petite
ruelle derrière l'église provisoire, furent exhumés plus
tard et reconnus, après les recherches de la Préfecture
de police, pour des prisonniers de la Roquette. Mais
comme le nombre des victimes était trop considérable
on se décida à poursuivre la marche.

Le cortège sortit par la grille de la mairie donnant

sur la rue de Belleville; et le maire, toujours dans la même position, dit au commandant : « Qu'on me conduise ça aux fortifications, et fusillez ! » (Textuel.)

Une cantinière, le revolver à la main, prit alors la tête du cortège. Afin de donner plus de solennité à la marche, on ajouta une musique militaire: des clairons accompagnés de tambours exécutaient une fanfare, et l'on allait voir le supplice comme on irait au spectacle. Les victimes suivaient, toujours deux à deux, avec la double haie de gardes nationaux, la baïonnette au bout du fusil. Les gendarmes venaient les premiers.

Cependant on n'entendait partout que ces cris féroces mille fois répétés : « A la cour martiale ! Mort aux curés ! Mort aux gendarmes ! » Les femmes surtout manifestaient la plus monstrueuse férocité. Où sont ces vierges modestes et dévouées qui apportaient naguère aux prisonniers le pain de la terre et le pain du ciel? La religion élève la femme au-dessus de son sexe, et quelquefois au-dessus du nôtre; l'impiété la dégrade toujours et la ravale au-dessous même de la nature. Il n'y a plus autour de nos marytrs que des bacchantes ivres de luxure et altérées de carnage, vraies furies, le blasphème à la bouche et le revolver au poing ! Les unes, choisissant d'avance la victime qu'elles voulaient frapper, bousculaient les rangs de l'escorte, pour aller dire à cette victime, en lui mettant une arme sous la gorge : « C'est avec cela que je vais moi-même te descendre tout à l'heure. »

Déjà la colère montait à la tête des otages. Quand on fut à la hauteur de la rue Levert, la figure des soldats, sombre et énergique, parut faire impression sur le capitaine garibaldien qui, craignant une révolte de ses prisonniers, les appréhenda en ces termes : « Mes amis, je n'écouterai pas les ordres de Ranvier ; vous devez passer en jugement et je vous conduirai au secteur ; là, ceux

qui seront reconnus n'avoir rien fait contre la Commune,
seront mis en liberté. »

Quelques-uns crurent à ces paroles ; d'autres n'osaient
pas, par une révolte prématurée, compromettre la vie
des prêtres qui se trouvaient avec eux. « Mal leur en prit,
dit M. Crépin, car si à ce moment ils se fussent jetés sur
leur entourage et qu'ils eussent désarmé les soldats
ivres qui se trouvaient à leur portée, la population honnête du quartier, toute frémissante d'horreur devant
ces ignominies, leur eût ouvert ses portes pour les mettre
à l'abri de la fureur de ces misérables[1]. » Cependant,
l'attitude de la population parisienne et des Bellevillois
pendant la période communale n'autorise pas à le
penser.

Les vociférations redoublèrent encore, quand on vint
à passer aux n°s 169, 171 et 173, devant trois maisons
pleines d'insurgés. En face du n° 180 on voulut forcer le
P. Rouchouze à crier : Vive la Commune ! et comme il
s'y refusa, il fut très maltraité par la foule.

Un peu plus loin on entendit au moins une bonne parole. A la hauteur du n° 229, plusieurs personnes sortirent sur les portes pour s'enquérir de ce qui arrivait :
« Où menez-vous ces soldats et ces prêtres ? » dirent-elles.
Un fédéré fit signe qu'on allait les fusiller, il y eut un
cri de terreur. A une autre demande pareille, un autre
garde répondit : « On va les envoyer au ciel », et cela dit
il sortit des rangs et disparut.

Aux abords de la rue Haxo, il y eut encore un arrêt et
un moment d'hésitation. Là était postée une partie du 174e,
du 173e et du 172e bataillon. Deux coups de fusil, tirés
sur les otages, partirent de leurs rangs, mais sans blesser
personne ; les deux assassins avaient visé trop haut, ils
furent arrêtés comme imprudents. Les bataillons criè-

1. *Les martyrs du calvaire de la rue Haxo.*

ɪ ent : « Vive la France, vive la République ! » Les victimes
levèrent leurs chapeaux.

La foule était très compacte. Ceux qui venaient de
loin pour assister à l'exécution, et c'était la majeure
partie, ne cessaient de vociférer la mort des otages. Ils
trouvaient bien quelques échos parmi les habitants du
quartier, mais tous n'étaient pas du même avis. « Ça
ne portera pas chance à Belleville. — Mauvaise note
aux gardes nationaux par ici », disaient quelques-uns.

Les martyrs n'étaient pas émus des menaces, ni des
cris de mort. La seule plainte qu'on ait pu recueillir
est celle d'un gendarme ; apercevant la porte de Romainville, il se prit à dire : « O ma pauvre femme et mes
trois enfants ! » Tous marchaient bravement à la mort.
Un religieux de la congrégation de Picpus, le P. Tuffier,
qui avait eu jusque-là beaucoup de peine à suivre ses
compagnons, animé tout à coup en face du martyre, les
étonnait par sa noble démarche. Il devait à ses derniers
moments honorer le sacerdoce par un trait de sublime
dévouement.

Il était cinq heures et demie, le cortège venait d'arriver à la grille du deuxième secteur, c'est-à-dire au
siège de l'état-major général des légions de Belleville
et de Ménilmontant. Cet établissement militaire avait
été commandé par le général Callier, sous le siège, et
avait été occupé par la garde nationale et l'armée ;
au 18 mars 1871, les chefs de l'insurrection s'en étaient
emparés, et depuis la veille il était au pouvoir d'un
nommé Parent, délégué à la guerre, en remplacement
de Delescluze, blessé mortellement. Au lieu de se tenir
à portée des insurgés qui luttaient encore sur quelques
points, Parent s'était établi au secteur de la rue Haxo.
C'est là que les membres de la commune s'étaient donné
rendez-vous avec la *caisse*[1], avant de s'enfuir à travers

1. Au dernier moment de la Commune, lorsque les troupes fran-

les lignes prussiennes. Parmi eux se trouvait Varlin et, dans l'espoir de sauver les otages, il lutta contre Parent.

Indépendamment des soixante-dix ou quatre-vingts officiers de toute arme qui avaient suivi le nouveau délégué, celui-ci était encore environné des délégués aux finances et à l'intérieur, d'une foule de membres ou de délégués du Comité central. L'influence occulte et chicanière de l'élément ouvrier devait peser jusqu'au dernier moment sur l'autorité civile et militaire de la Commune.

Lorsque les otages apparurent, les officiers fédérés qui se trouvaient au secteur allèrent au-devant d'eux. Arrivés au n° 85, ils se firent ouvrir la grille de l'entrée principale, et quelques membres du fameux Comité central s'avancèrent dans la rue Haxo. Le n° 88 faisant face au secteur était littéralement rempli de fédérés. Une charrette attelée fut amenée au milieu de la rue; un orateur de circonstance monta dessus, un drapeau rouge à la main, et harangua ainsi la foule : « Citoyens, le dévouement de la population mérite une récompense. Voici des otages que nous vous amenons pour vous payer de vos longs sacrifices !... » Et il termina par ces mots : « A mort ! à mort ! » qui furent couverts d'applaudissements et répétés par la foule.

Le délégué de la Commune, Parent, vivement sollicité par Varlin, avait, dit-on, l'intention de sauver les otages; il commanda à ses hommes de garder la grille par où ils devaient entrer ; mais se voyant débordé, il s'adressa ironiquement aux délégués du Comité central et leur dit : « Citoyens ! c'est le moment de montrer votre influence ; voyons, empêchez ces gens de déshonorer la Commune si vous le pouvez. »

çaises se jetaient en avant malgré les incendies, Camélinat fit placer 70 000 francs sur un fourgon qu'il conduisit à ce qui restait du gouvernement insurrectionnel.

Mais la multitude, dont la fureur croissait à mesure qu'elle pressentait la fin de son règne, se précipita en avant et poussa le cortège dans l'allée du secteur.

Un colonel fédéré ouvrait la marche; elle était fermée par un officier qui portait la pointe de son épée dans les reins des malheureux prisonniers. Les femmes échelonnées le long de l'avenue insultaient et maltraitaient les victimes; l'une d'elles prit le chapeau d'un prêtre et s'en servit pour le souffleter. Un brigadier d'artillerie, d'une force herculéenne, alla se poster à la porte même du secteur, et à mesure qu'un otage se présentait, il lui assenait un coup de poing formidable, en l'accablant d'injures. M. Seigneret donnait alors le bras au P. Tuffier [1] que le coup de poing jeta par terre; ayant regardé avec indignation le misérable artilleur, il fut lancé à deux mètres de là, et sa tête alla heurter violemment l'angle d'appui de la fenêtre du concierge. En même temps on l'entendit s'écrier : « Ah! ma pauvre famille! »

Cependant les otages pénétrèrent tous dans l'arène du martyre, dont nous donnons le plan (page 223), qui permet au lecteur de suivre tous les incidents du drame.

Ils arrivèrent, en suivant le chemin AB, et en longeant le pavillon de l'horloge, jusque dans un terrain vague qui était enclos par un petit mur à hauteur d'appui. Alors se produisit une scène qu'on ne peut se rappeler sans une vive émotion. Se voyant perdus, des gendarmes implorèrent quelques-uns de leurs bourreaux pour qu'ils voulussent bien remettre à leurs femmes et à leurs enfants quelques petits objets en guise de souvenir. Les bourreaux devenaient des exécuteurs testamentaires.

---

1. Arrivé au bout de la côte de Belleville, le P. Tuffier ne pouvait plus avancer; il était particulièrement l'objet des injures et des mauvais traitements. C'est alors que M. Seigneret lui offrit son bras, et le vénérable religieux s'y appuya jusqu'à l'entrée du secteur.

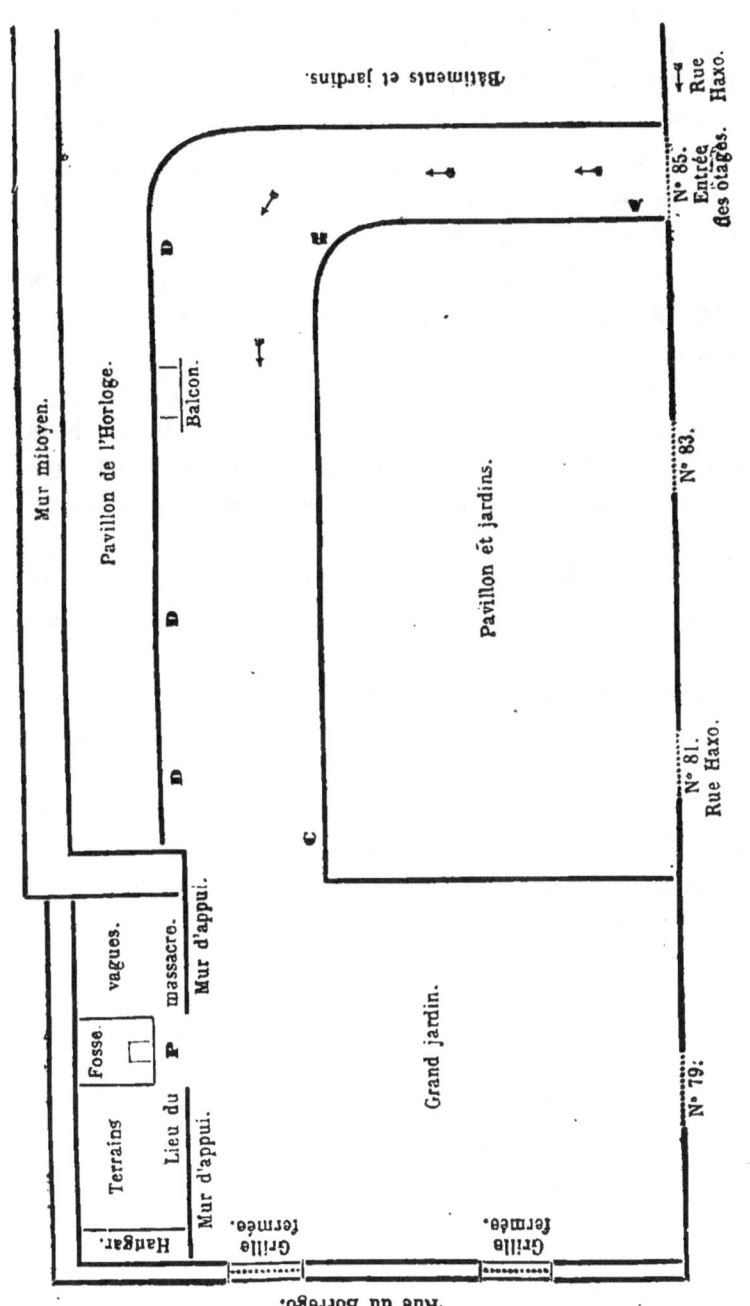

Celui-ci reçut un petit sac pour remettre à la femme
d'un condamné; un autre se chargea d'une montre et
d'un billet pour la famille d'un de ces infortunés. Pauvres soldats! ils vont mourir silencieusement pour le
devoir et pour le droit; et, après des années de service
et d'honneur, ils tombent en disant de ces paroles si
simples et si belles qu'on les entend toujours!

« ..... Du courage, ma bien-aimée, nous vivons dans
« l'espérance d'un jour où nous serons réunis pour ne
« plus nous séparer!...

« ..... Tu es ma seule inquiétude; tranquillise-toi, je
« serai toujours au-dessus de tout événement... Sois
« sûre que ces fleurs seront conservées en souvenir du
« jour et du triste lieu où je les reçois, et encore mieux
« en souvenir de toi!

« ..... Après la peine viendra le bonheur; nous irons
« à ton pays et nous ne nous quitterons plus!... La cam-
« pagne devient si belle!... »

Ils pensaient que, la volonté d'un mourant étant
sacrée, leur dernier vœu serait accompli. Hélas! ils
n'eurent même pas cette dernière consolation du condamné à mort, et que les plus cruels et les plus barbares n'ont jamais refusée; tout ce qui leur appartenait
leur fut pris, et plusieurs gendarmes furent accablés
d'outrages et des paroles les plus cyniques.

Cinq à six minutes s'étaient écoulées depuis l'entrée
des otages au secteur. Les chefs de la Commune, montés
sur le balcon du pavillon de l'horloge, parodiaient un
conseil de guerre; mais ils ne savaient de quoi accuser
les prisonniers. Ils ne voulaient pas commander l'exécution, et ils n'osaient pas les absoudre; il y eut un
moment d'incertitude très prononcée. L'attitude douce
et sérieuse des otages, l'aspect touchant de leurs regards, sans haine et sans peur, firent hésiter les assassins; ils restèrent là quelques instants sans oser les

toucher, malgré les excitations et les cris de mort qui
partaient des rangs les plus éloignés de la foule. Un
officier fédéré, monté sur un pilastre qui existait au
point C du plan, se mit à lire un papier qui, paraît-il,
tendait à disculper les victimes, lorsqu'une jeune fille
de dix-neuf ans, cantinière d'un régiment de fédérés,
plus impatiente que les autres, s'avança, le revolver
au poing, vers le conseil, et en interpella insolemment
les membres : « Ils n'en finiront donc pas, ces tas de
fainéants-là? tas de lâches, vous n'allez donc pas commencer? »

Puis, revenant sur ses pas, elle se mit à ajuster
M. l'abbé Planchat, avec son arme. Mais ce généreux
confesseur, sans se laisser émouvoir par la menace,
implora les assassins en faveur des pères de famille; il
les supplia d'épargner les gendarmes et les otages
civils, et il s'offrit pour eux en holocauste avec les prêtres,
ses frères. La jeune cantinière, exaspérée de tant de résignation et d'héroïsme, se précipita sur M. Planchat, le
poussa contre le mur, en lui criant : « J'm'en vais t'en
f..... des pères de famille! » puis elle lui brûla la cervelle à bout portant.

Ce fut le signal du massacre; les prêtres furent les
premiers immolés. Un seul fait de révolte, mais de révolte sublime, se produisit parmi eux. Le maréchal des
logis Geanty, jeune homme dans toute la force de l'âge,
présentait sa poitrine au fusil d'un marin fédéré, qui le
visait, lorsque le P. Tuffier, ne pouvant contenir son
indignation, repoussa l'assassin et se plaça devant la
victime. Cet héroïque dévouement ne produisit à
l'égard du religieux qu'un redoublement de violences
et d'injures. Les femmes — il y en avait environ une
dizaine — étaient là aussi les plus exaltées; leur furie
ne connaissait plus de bornes, elles vociféraient : « trois
coups pour celui-là. » Le P. Tuffier tomba au troisième

coup, et on le crut mort; mais après le massacre, il se releva par un mouvement convulsif, et courut vers le petit mur d'appui comme pour chercher une issue.

La plume se refuse à décrire toutes les horreurs qui se déroulèrent alors : les exécuteurs se précipitèrent sur le P. Tuffier; l'un d'eux lui fit sauter le crâne. C'était un jeune homme, presque un enfant : « As-tu vu, disait-il, au sortir de là, comme la cervelle du vieux prêtre m'a sauté après? » Ce coup de feu jeta le martyr la face contre terre ; un des bourreaux, avec son pied, le remit sur le dos, et s'apercevant qu'il râlait encore, il l'acheva. Une cantinière cherchait de ses mains crispées à lui arracher la langue; ne pouvant y parvenir, elle ne rougit pas de souiller de ses ordures la figure du glorieux martyr.

Nous ne savons presque rien des derniers moments des autres otages ecclésiastiques et civils. Après les quelques coups isolés qu'on tira d'abord sur les prêtres, on entendit les clairons résonner et un feu de peloton, puis une autre sonnerie et un autre feu de peloton. Toutes les victimes tombèrent, sauf une seule qui n'était blessée qu'à la main, et qui demanda aux assassins de ne pas prolonger son agonie ; elle fut aussitôt fusillée.

Un ou deux gendarmes, dans leur désespoir, se jetèrent mais trop tard, sur les assassins. Sans armes, ils luttèrent corps à corps avec eux, mais que pouvaient-ils contre cette légion de misérables sortis des bagnes et des prisons, écume de tous les pays de l'Europe ?

Quand tous les corps furent à terre, un officier fédéré, le sabre à la main, monta sur le mur d'appui et cria de cesser le feu, que tout était fini. Mais les victimes respiraient encore : on entendait parfois sortir de leurs poitrines des gémissements sourds et déchirants. On plaça alors les cadavres en monceau ; puis, pour faire cesser les cris, on fouilla les chairs encore palpitantes à coups de baïonnette, et quand les bras furent las, la meute de tigres, au milieu de laquelle on apercevait des hommes en costumes d'officiers, monta sur cette masse sanguinolente et la foula aux pieds.

Le sacrifice était achevé ; les héros étaient là étendus par terre et baignés dans leur sang. Leurs ennemis contemplaient ce spectacle et semblaient ne pouvoir s'en rassasier. Cependant, il était environ sept heures du soir, la nuit commençait à tomber, et l'incendie qui dévorait les somptueux édifices de la capitale projetait ses lueurs blafardes sur cette scène d'horreur. Il était temps de se retirer. Les cannibales voulurent ajouter l'ivresse du vin à celle du sang ; le reste de la nuit ne fut qu'une dégoûtante orgie, accompagnée des propos les plus révoltants.

Un enfant de quatorze à quinze ans se vantait d'avoir tiré le premier sur le vieux prêtre, le P. Tuffier. Une mégère disait du même religieux : « Ce carcan de prêtre a voulu se relever ; s'il l'avait pu, je sautais par-dessus le mur et je l'achevais. » Et sa fille, âgée de vingt et un ans, criait à une personne logée près du secteur : « Eh bien ! femme aux prêtres, descendez-vous ? » Une épicière du quartier, voyant un garde national entrer chez elle, les mains ruisselantes de sang, lui dit en souriant : « Comment, mon cher, vous vous êtes sali les mains après ces ...... ! » Le surlendemain, lorsque la cantinière qui se glorifiait d'avoir achevé le vieux prêtre, fut arrêtée par l'armée régulière, elle se vanta hautement de son action : « Fusillez-moi, dit-elle, je sais que je l'ai mérité, mais, je suis fière de ce que j'ai fait ! » Rien ne peut faire comprendre une pareille fureur.

Comme la victime du Calvaire, les martyrs de la rue Haxo ont été saturés d'opprobres et de douleurs. Pour que la ressemblance fût plus complète, Dieu permit que leurs vêtements fussent partagés. On vit l'un des fédérés porter une soutane au bout de sa baïonnette, un autre s'était coiffé d'une calotte, et ils marchaient en chantant : « La calotte et la soutane du curé. Il y en avait des prêtres, en voilà ! en voilà ! » Un canonnier s'était emparé des lunettes et de la montre d'un ecclésiastique et avait, disaient les autres, brisé *le restant de son avoir*. (C'étaient probablement des objets de piété.) Un soldat mit la main sur un beau chapelet en ivoire ; un autre prit pour lui la montre du vieux prêtre, mais il ne put en avoir la chaîne, elle se trouvait déjà dans la poche d'un gamin.

Pendant la nuit, on laissa les corps sous la garde de quelques fédérés ; et le lendemain, lorsque ces derniers furent un peu revenus de leur ivresse, ils songèrent à les enfouir. Il était près de onze heures du matin, quand, le samedi 27 mai, ils procédèrent à cette opération. Il n'y avait pas de temps à perdre ; le soleil, qui dardait ses rayons brûlants sur les cadavres, accélérait la putréfaction. D'ailleurs, l'heure de la justice vengeresse avait sonné ; les soldats de la France avançaient et resserraient de plus en plus les assassins dans le dernier repaire qui les abritait. Ceux-ci devaient donc se hâter d'effacer les traces de leurs crimes et de se dépouiller de leurs vêtements encore ensanglantés. On essaya de creuser un trou, mais il fallut y renoncer, la terre était trop dure et le temps pressait. Quelqu'un qui connaissait la propriété se rappela qu'il y avait une fosse d'aisance dans le terrain vague où s'était accompli le massacre. On sonda ; et, sous le monceau de cadavres, on découvrit en effet un grand trou, qui avait été recouvert à l'époque du siège pour établir une écurie destinée aux chevaux du général et de son état-major. On enleva les pavés et les lattes qui recouvraient l'ouverture de la fosse au point P : deux fédérés y descendirent, deux autres prenaient les cadavres par la tête et les pieds et les leur jetaient. Un capitaine de fédérés chercha dans tout le quartier à se procurer de la chaux, mais telle était la terreur inspirée par les hommes de la Commune que toutes les portes se fermèrent à son approche; il en prit d'autorité quelques pelletées chez un maçon de la rue du Télégraphe et les fit jeter sur les morts.

Il ne restait plus qu'à chercher son salut dans la fuite; mais auparavant eut lieu la dernière distribution d'argent (40100 fr.) qui fut faite dans une petite maison portant le n° 145 de la rue Haxo entre les chefs de la révolte. Les assassins se dirigèrent ensuite vers la porte de Romainville; et les femmes complices de leur forfait les suivirent en foule. Là se trouvaient des amis : les francs-maçons y avaient une loge, ils donnèrent des vivres et des secours aux réfugiés. Les Prussiens en arrêtèrent un certain nombre, en gardèrent quelques-uns et en laissèrent échapper beaucoup.

IX

Quelle longueur Dieu donne au combat des choses humaines! Quelles épreuves à la patience et à la foi du juste, quels détails à l'horreur et au crime, quelle latitude à la liberté!

Après les crimes commis, le 22 mai, contre M. Koch et ses compagnons; le 23, contre Chaudey; le 24, contre l'Archevêque de Paris; le 25, contre les Dominicains d'Arcueil, et le 26, contre le banquier Jecker et les victimes de la rue Haxo, la journée du 27 fut marquée par un nouveau forfait, le plus horrible, si l'on songe que les assassins étaient presque tous des enfants de seize à

dix-sept ans, jeunes détenus échappés de la petite
Roquette.

Ce jour-là, il restait encore, à la Grande-Roquette,
cent soixante-sept prisonniers criminels et trente-cinq
otages, qui devaient être fusillés ou écrasés sous les
murs de la prison par le feu d'une batterie de dix pièces,
munie de projectiles incendiaires et installée tout exprès
au Père-Lachaise.

Le matin, Ferré, Tridon, Avrial, G. Ranvier, Vaillant
et quelques autres scélérats annonçaient que le gouvernement de la Commune allait se transporter à la Roquette, et, de là, dicter des lois aux Versaillais, en les
menaçant du massacre des otages. Ils partirent entourés
de gardes nationaux, suivis de plusieurs chevaux de
selle et d'un camion de la Compagnie de Lyon chargé
d'une seule petite caisse, précieuse sans doute, à en juger par les soins dont elle était entourée. Ferré et Ranvier parcouraient les barricades dont le quartier était
couvert, exhortant les fédérés. Sans avoir le texte de
leurs paroles, l'instruction a recueilli des affirmations
constatant qu'après leur passage, les insurgés avaient
pour consigne de ne laisser passer aucun individu
suspect, aucun otage fugitif.

Vers trois heures, Ferré et ses compagnons arrivèrent
à la prison ; François les reçut à cheval, en uniforme
galonné, et fit pénétrer un bataillon de fédérés dans la
cour. Aussitôt Ferré remit au gardien-chef Ramain l'ordre écrit de livrer les otages, et harangua son bataillon.
Les cris de : *Vive la Commune !* lui répondirent, pendant que le sous-brigadier se dirigeait sur les bâtiments de l'Est pour en faire sortir les prisonniers. C'en
était fait de leur vie, lorsque deux incidents inattendus
vinrent changer la face des choses.

Depuis le matin, on manquait de vivres ; les otages
n'avaient reçu qu'un peu de soupe et de lard, les con-

damnés criminels, presque rien. Ceux-ci poussés, sans doute par la faim et excités par deux condamnés à mort, se révoltèrent, pillèrent les ateliers, s'armèrent de couteaux, de tranchets, de barres de fer et descendirent dans la cour, prêts à se précipiter sur le bataillon de fédérés, dont la présence insolite leur semblait une menace. Ferré, prévenant le danger, courut à eux, leur promit la liberté pleine et entière s'ils se joignaient à ses hommes, et, d'ennemis qu'ils étaient, s'en fit des complices. Tout à coup, au milieu des vivats, quelqu'un cria : *Les Versaillais!* Ce cri répété aussitôt, fut le signal d'une panique générale ; fédérés et condamnés se précipitèrent vers la porte et disparurent en jetant leurs armes, malgré les efforts de Ferré et de François. Celui-ci s'écria alors : « Ah ! c'est ainsi ; eh bien, les canons du Père-Lachaise vont raser la prison ! » et il partit à cheval vers le cimetière. Les canons n'ont pas tiré, on l'a su depuis, parce que leurs munitions n'étaient pas de calibre.

La prison se trouva ainsi ouverte et sans aucune direction. C'est alors que le plus jeune des domestiques de la 4ᵉ division ouvrit les cellules avec une grande célérité, en criant à tue-tête aux otages : « Sauvez-vous, messieurs ! sauvez-vous ! Partez vite, vite ; sortez ! allons, au plus vite ! »

Il restait au quatrième étage, au moment où les portes leur ont été ouvertes : Mgr Surat, MM. Bayle, promoteur du diocèse de Paris ; Petit, secrétaire général de l'archevêché ; Lartigue, curé de Saint-Leu : Perny, Houillon et Guérin, missionnaires ; Moléon, curé de Saint-Séverin ; Bécourt, curé de Bonne-Nouvelle ; de Marsy, vicaire à Saint-Vincent-de-Paul, et deux séminaristes ; les PP. Dumonteil, Besquent, Caschon, Tauvel, Duval, et Lemarchand, de Picpus ; MM. Chevriaux, proviseur du lycée de Vanves, Chaulieu, ancien employé à la préfecture de police, Evrard, sergent-major au 106ᵉ bataillon, et Rabut, commissaire de police de la Bourse.

Tous ces otages s'empressèrent de sortir de la prison ; c'était un parti dangereux, car tous les environs de la Roquette étaient encore entre les mains des fédérés sur la pitié desquels il n'y avait pas à compter. Les prêtres de la 3ᵉ section, qui étaient barricadés et trouvaient avec raison plus dangereux de s'enfuir que d'attendre l'arrivée prochaine des troupes, essayèrent de retenir leurs confrères ; mais ceux-ci ne les entendirent pas ou ne les comprirent pas. Du reste, dans l'ignorance où ces derniers étaient de la situation de la troisième section, ils ne pouvaient guère rester à la Roquette.

« De mon guichet, écrivait M. l'abbé de Marsy à M. l'abbé Amodru, j'apercevais, à travers le guichet et la cellule en face de la mienne, la fumée qui commençait à sortir du pavillon de l'Est.... Nous n'avions plus en perspective que l'incendie de nos cellules, ou le piège qui nous attendait à la porte, sous prétexte de mise en liberté. J'optai pour ce dernier parti[1]. »

Là est l'explication du départ des otages de la 4ᵉ division. Le mot de « piège » employé par M. de Marsy et répété dans certains récits, a fait croire que l'ouverture des portes des cellules de la 4ᵉ division, et l'invitation à se sauver immédiatement avaient pour but de faire tomber les otages sous les coups inattendus des fédérés, en dehors de la prison. Mais les récits de M. l'abbé Perny et de M. Evrard, qui tous les deux étaient de la 4ᵉ division, ne permettent pas cette interprétation. Si les fédérés avaient dressé un piège, ils auraient attendu à la porte de la Roquette les otages qui ne pouvaient manquer de sortir, et aucun n'aurait

1 *La Roquette*, page 32.

échappé. Or, comme on le verra plus loin, quatre seulement ont été tués, pas un ne l'a été immédiatement. Il est bien vrai qu'une trahison a eu lieu, mais plus tard et dans une autre section. Des soldats, qui s'étaient mis en état de défense, ont été amenés à sortir de leur retraite par des cris de : *Vive la France !* et par l'assurance donnée de l'arrivée de l'armée ; ils ont été massacrés par ceux-là mêmes qui, revêtus de costumes militaires, les avaient trompés. On aura confondu les deux faits.

Des otages de la 4ᵉ division, cinq revinrent à la Roquette, après avoir essayé de gagner les quartiers occupés par l'armée : M. l'abbé Perny, M. l'abbé Petit, deux Pères de Picpus et M. l'abbé Gard, séminariste. Mgr Surat était parti avec M. l'abbé Bayle, M. l'abbé Bécourt, le P. Houillon et M. Chaulieu. Tous étaient revêtus d'habits civils. « M. Bayle, dit M. l'abbé Perny, portait sous son bras un paquet de vêtements qui le gênait singulièrement. Le digne vicaire général, dont un homme du monde me disait un jour qu'il lui trouvait « la figure d'un martyr », chercha à déposer son embarrassant paquet sur le seuil de quelque maison. Une femme, qui s'en aperçut, lui dit aussitôt : « Que faites-vous là ? Vous allez me compromettre. Reprenez vite ce paquet. » Le bon vicaire général obéit et continua sa route, mais ses compagnons l'avaient déjà bien dépassé.

« Le temps pressait. M. Bayle, pour les rejoindre plus promptement, suivit une rue de traverse qui lui semblait devoir aboutir à celle où il rencontrerait ses chers collègues. Mais une barricade l'empêcha d'avancer. Il aperçut de loin Mgr Surat qui voulait franchir une barricade et que l'on repoussait ; rebroussant chemin, il vit une porte entr'ouverte, demanda à déposer son fardeau et même à recevoir l'hospitalité pour la nuit. « Je suis prêtre, otage de la Commune ; nous nous

« sommes échappés de la Roquette, vous pouvez me
sauver la vie. » La bonne femme qui entendait ces
paroles lui fit un accueil aussi gracieux qu'empressé :
« Venez vite, monsieur, je suis Bretonne ; j'aime bien
les prêtres. Je suis heureuse de vous recevoir chez
moi [1]. »

Mgr Surat et ses autres compagnons s'étaient dirigés
vers le boulevard Voltaire, espérant se dérober ainsi aux
poursuites des fédérés qui, en effet, ne tardèrent point
à revenir sur leurs pas. M. Chaulieu avait gardé ses
habits, qui étaient très propres, en comparaison de ceux
de ses compagnons. Peut-être fit-il ainsi remarquer le
groupe, car il marchait en tête. Derrière lui venaient
successivement M. l'abbé Bécourt, vêtu d'une jaquette
sordide, puis le P. Houillon et enfin Mgr Surat portant
tous les deux la vareuse grise des détenus.

En ces jours de bouleversement, la livrée infâme du
bagne ou des prisons valait mieux qu'un laisser-passer
aux yeux de la vile populace qui dominait Paris. C'était
grâce à leurs vestes grises que le P. Houillon et Mgr Surat avaient réussi à traverser une première barricade à
la rue Saint-Maur : un fédéré ivre s'était contenté d'in-
terpeller familièrement Mgr Surat en lui disant : « Ne
va pas plus loin, toi, mon vieux forçat, prends un flin-
got et reste avec nous. » Il n'en fut pas de même à la
seconde barricade, boulevard Voltaire, où la tenue dé-
cente de M. Chaulieu donna immédiatement l'éveil. Là
furent arrêtés les otages : on les saisit et on contraignit
M. Chaulieu et M. Bécourt à entrer dans le corridor
du n° 130.

Dès qu'il fut prouvé que les fugitifs étaient des prêtres, on voulut les fusiller sur-le-champ devant la barricade. Celui qui insista le plus était un homme que

---

1. *Deux Mois de captivité*, page 220.

les habitants de la maison ne connaissaient pas, qu'ils avaient surnommé *le Clairon*, à cause d'un instrument de cuivre qu'il portait constamment en bandoulière. Quelques dames le supplièrent de choisir un autre endroit pour l'exécution ; il y consentit ; s'adjoignant quelques fédérés, il emmena les quatre otages à la Roquette. Une ambulancière, la fille Wolff, femme Guyard, marchait en tête, un drapeau rouge à la main, un révolver et un long poignard dans la ceinture, et un brassard au bras.

Arrivé au quinconce qui sépare les deux prisons, le groupe s'augmenta de trois ou quatre fédérés, puis de plusieurs jeunes détenus, que le directeur de la Petite Roquette venait de mettre en liberté pour les armer et les faire travailler à la barricade de la rue Saint-Maur. Le Clairon, trouvant le lieu propice et le nombre de complices suffisant, rangea les otages au pied du mur de la Petite-Roquette, sur le quinconce, et tout à côté du coin de la rue Servan. Les fédérés et les jeunes détenus firent feu à bout portant contre les victimes. Trois d'entre elles tombèrent, on les acheva aussitôt. La quatrième, que l'on avait cru d'abord être Mgr Surat, mais qui était M. Chaulieu, fut épargnée dans cette première décharge.

Grâce au désordre, M. Chaulieu put se sauver, en tournant le coin de la rue Servan. Un fédéré, s'en étant aperçu, fit feu sur lui, le manqua et se mit à sa poursuite. Le jeune détenu Fillemotte et un de ses camarades coururent aussi ; ils rejoignirent leur victime à une distance d'environ cinquante pas. Une lutte s'engagea alors entre le fédéré et M. Chaulieu, qui parvint à s'emparer du sabre de son adversaire et lui porta vivement un coup de pointe, que celui-ci esquiva. Un second fédéré survint ; il fut suivi bientôt de plusieurs autres et de quelques enfants ; alors M. Chaulieu abandonna le

sabre et tenta de poursuivre sa fuite. Fillemotte ramassa
l'arme et courut après le fugitif; il le vit entrer dans
un chantier qui borde la rue, et fit signe aux fédérés
restés en arrière, que leur victime était cachée derrière
un tas de décombres. M. Chaulieu était à bout de forces,
il fut facile à saisir; on le ramena près des trois cadavres de ses compagnons, et, pendant le trajet, Fillemotte le frappait à coups de sabre.

Parvenu au quinconce, le patient s'adressa à la fille
Wolff et lui demanda grâce : « Je suis père de famille,
dit-il, et je n'ai rien fait pour mériter la mort. — Attends,
répondit cette femme, tu demandes du gras, je vais te
donner du maigre, » et de son revolver elle essaya de
faire feu. L'arme ayant été déchargée sur les premières
victimes, le coup ne partit pas. Alors elle saisit son
poignard et se précipita vers M. Chaulieu pour l'en
frapper; mais un mouvement qui se produisit dans la
foule l'en empêcha. M. Chaulieu voyant tout espoir
perdu, se résigna; on l'entendit demander d'un ton
ferme : « Où faut-il que je me mette? » Puis il regarda
en face et d'un air de défi le groupe des assassins, qui
tira sur lui et l'atteignit à la poitrine; il tomba à genoux, la tête renversée en arrière; et c'est dans cette
position qu'il fut achevé.

Avant de se retirer, l'un des enfants fit remarquer
que l'une des trois victimes respirait encore : c'était le
vénérable Mgr Surat; un fédéré lui fracassa la tête d'un
coup de crosse de fusil. Telle fut la violence du coup
que l'œil gauche disparut et que toute la partie osseuse
fut broyée. Un large lambeau de muscle de la face
pendait; la partie correspondante de la base du crâne
était détruite et laissait à découvert la substance céré-
brale; les os du nez broyés ne conservaient aucune
forme de cet organe, l'œil droit était encore adhérent
par son bord supérieur. Toute la partie inférieure de

l'orbite, l'os de la pommette et une partie du temporal étaient brisés.

D'autres exécutions ensanglantèrent aussi la Petite-Roquette ; là, elles présentaient un caractère particulier : une cour martiale jugeait et condamnait les victimes dans le greffe de l'établissement. Composée de jeunes gens restés inconnus, et dont l'âge contrastait avec la férocité, elle statuait en quelques minutes sur le sort des malheureux qu'on lui amenait, ou plutôt faisait exécuter une sentence dictée par les cris de la foule ! Les mots *en cellule* équivalaient à un sursis. Les mots *en cellule provisoire* signifiaient : « bon à livrer à la populace. » L'arrêt de mort était exécuté au moment même, sur le quinconce de la place. La justice n'a pu savoir exactement le nombre de ces meurtres isolés : elle a pu constater seulement que tous les témoins détenus à la Préfecture de police, à Mazas, aux deux Roquettes, signalent des exécutions semblables dans toutes les prisons, antérieurement à la dernière et terrible semaine du règne de la Commune.

X

Pendant que Mgr Surat et ses infortunés compagnons tombaient sous les coups de leurs jeunes assassins, une scène des plus émouvantes et des plus dramatiques se passait à la prison de la Roquette.

La deuxième section renfermait des sergents de ville et des artilleurs ; la troisième des soldats de différents corps. Dans cette troisième section avaient été placés dix ecclésiastiques venus de Mazas le 23, ou arrêtés dans

les journées du 23 et du 24. Ces ecclésiastiques étaient : ·
le R. P. Bazin, jésuite ; MM. Bacuez, directeur à Saint-
Sulpice ; Guillon, du clergé de Saint-Eustache ; Lamazou,
vicaire à la Madeleine ; Amodru, vicaire à Notre-Dame-
des-Victoires ; Depontaillier et Carré, vicaires à Belleville.

Dès le 25, tous ces prêtres avaient été menacés du
sort des otages de la quatrième division. « Un vicaire
de Notrè-Dame-des-Victoires et moi, dit M. l'abbé Lamazou, nous avons passé une demi-heure, le jeudi 25 mai,
à nous préparer à être fusillés. Ce n'était qu'une fausse
alerte, et [les agents de la Commune, chargés de ces
aimables invitations, consolaient ceux qui en étaient
l'objet, en leur assurant que ce qui n'avait pas eu lieu
la veille ne manquerait pas d'arriver le lendemain. »

A la vue du sort qui les attendait, quelques otages
songèrent à se défendre : on comprenait que tout était
sauvé si l'on parvenait à gagner du temps : l'armée arriverait et forcerait les fédérés à la retraite. L'idée première de la résistance était venue, dès le 26, à un
militaire du second étage ; le brigadier Cuinot (des sergents de ville) l'avait communiquée à M. Wabert, ex-
officier de paix, qui approuva secrètement le projet. Les
jeunes soldats de la troisième section n'en avaient pas
connaissance ; mais il se présenta spontanément et comme
par inspiration à leur esprit, lorsqu'ils apprirent que
l'ordre était donné de faire descendre tous les prisonniers du second et du troisième étage pour les fusiller.

« Au même instant, dit l'un des témoins de cette
scène[1], dont nous reproduisons textuellement le récit
pour ne pas affaiblir la saisissante réalité des faits, au
même instant, comme si ces quatre-vingt-deux jeunes
soldats, les dix prêtres, et les trois otages civils qui se
trouvaient dans la même section, n'avaient eu qu'une

---

1. M. l'abbé Amodru.

seule tête et une seule volonté, un cri fut poussé de toutes parts :

« Ne descendons pas, barricadons-nous ; défendons-nous ! »

« En moins de cinq minutes le lit de camp fut brisé ; paillasses, matelas et chevalets de lits furent jetés aux deux extrémités du couloir ; des sentinelles y furent établies ; des planches de lits furent fendues ; on se fit des épées de bois, car il n'y avait point d'armes. . . . . .

« Restait à se mettre en communication avec le second étage, où se trouvaient quarante et un sergents de ville et dix artilleurs.

« Soudain les briques du corridor furent enlevées, et on s'en fit des projectiles, les plâtres furent repoussés, une large ouverture fut pratiquée dans le plafond. Les sergents de ville et les artilleurs, appréhendant une attaque, firent le cercle au-dessous de cette ouverture. Bientôt ils se trouvèrent rassurés en entendant Soissong, l'un de leurs camarades, qui leur cria :

« Amis, ne craignez rien, c'est pour nous mettre en communication avec vous. »

« Des battements de mains et des cris de joie lui répondirent........

« Sur ces entrefaites, la Commune avait vivement délibéré et résolu de se retirer à Belleville. Bientôt arrivèrent dans la cour tous les condamnés reconnus coupables devant les tribunaux réguliers ; quelques-uns étaient armés de fusils, que venaient de leur confier les fédérés. Ils criaient tous : Vive la Commune ! A ce cri nous répondîmes : Vive la France ! Un bandit, condamné à mort par la justice, et bien reconnu par les sergents de ville, monta vers notre barricade du grand escalier ; il était armé d'un fusil et prêt à faire feu, quand il jugea prudent de se retirer. Toutefois il remonta, entr'ouvrit la porte de la grille, tenta vainement de défaire la barricade et se contenta d'y mettre le feu.

« Les vivres manquaient : nous n'en avions pas reçu depuis la veille. Le peu d'eau qu'on avait était absolument nécessaire pour tempérer la soif ; on ne voulait la dépenser qu'avec une rigoureuse parcimonie, car on ne savait pas si les troupes de Versailles arriveraient à temps pour nous secourir. Alors, nos jeunes soldats, qui ne se déconcertaient jamais, coururent au *baquet* de notre section, et en usèrent pour éteindre le feu. Ce moyen réussit à moitié, car le lendemain matin, la fumée sortait encore des matelas et pénétrait dans tout le corridor. Quant au forçat, qui criait : *Vive la Commune !* il disparut à l'aspect des briques qui allaient lui fendre la tête.....

« La nuit arrivée, le service fut parfaitement organisé. Quelques-uns purent dormir tranquillement, tandis que les autres montaient la garde en silence.

« De leur côté, les prisonniers du deuxième étage, renforcés de quelques hommes que la troisième section avait fait descendre par l'ouverture du plafond, s'acquittaient bravement de leur devoir. On gardait un profond silence ; chacun se tenait sur le qui-vive..... » Nous dirons bientôt comment ils furent délivrés.

Il y avait encore des otages dans d'autres prisons qui ne couraient pas un moindre péril, notamment M. l'abbé Jourdan, grand-vicaire, au dépôt de la Préfecture ; MM. Icard, supérieur de Saint-Sulpice et Roussel, économe à la prison de la Santé ; mais ils ont survécu, quoique les précautions fussent prises pour qu'aucun n'échappât. Au dépôt, le feu avait été mis, et en même temps les portes des cellules avaient été ouvertes et les prisonniers prévenus qu'ils étaient libres ; on ne doutait pas que les progrès des flammes ne les empêchassent de sortir ; mais un certain nombre d'otages se sauva en passant à travers le feu. Ainsi fit M. Jourdan qui, recueilli et caché chez un honnête marchand de vins, y resta jusqu'à l'arrivée des troupes. Plusieurs de ses compagnons de captivité, redoutant un piège à la sortie, refusèrent de s'éloigner et combattirent l'incendie. — A la Santé, l'ordre de fusiller MM. Icard et Roussel fut envoyé jusqu'à quatre fois, mais le directeur de la prison refusa toujours de l'exécuter.

XI

Le dimanche 28 mai, jour de la Pentecôte, il se fit, comme l'avait annoncé le P. Olivaint avant de mourir, une éclaircie dans le ciel et un apaisement sur la terre. La bataille était gagnée. Le matin de ce jour, la division du général Bruat s'emparait de la Roquette. L'infanterie de marine, heureuse, rayonnante, pénétra dans la cour en criant : « Liberté ! liberté ! Vous voilà libres ! Descendez. »

« Ici, dit un autre prisonnier, M. l'abbé Delmas, commença une scène étrange. Les cerveaux, affaiblis par le spectacle de tant d'horreurs qui s'étaient succédé depuis quelques jours, se refusaient à croire à la réalité ! « Gardons-nous de descendre ce sont des bandits déguisés ! » Bientôt deux cents soldats, colonel en tête, envahissent la maison. « Mais descendez donc ! » Jamais ! — L'un de nous fit cette proposition insensée : « Si « vous êtes des amis, envoyez-nous des fusils ! » Et le digne colonel, comprenant l'état maladif de nos esprits, fit monter cinq chassepots. Cela ne suffit pas : on exigea les livrets des officiers, puis les cahiers de rapports, puis le drapeau français qui n'avait pas encore paru. A sa vue, ce ne fut qu'un cri : Vive la France !

« On hésitait encore cependant, lorsque parut un peloton de soldats de la ligne. Plusieurs voix acclamèrent
l'armée libératrice, mais les otages militaires craignaient
encore une surprise[1]; quand l'un de nous, gourmandant
la folle peur de ces braves, s'offrit à descendre le premier;
son exemple fut suivi de tous, et bientôt les condamnés
de la Commune serraient, les larmes aux yeux et la voix
émue, les mains de leurs sauveurs. »

Un millier de soldats prisonniers recouvra ainsi, à
Belleville, la liberté et la vie.

Le 27, le directeur de la Petite-Roquette, où étaient
détenus ces militaires, leur avait ouvert les portes, et
on les avait conduits à la mairie de Belleville. Là, une
cour martiale avait montré quelques velléités de les faire
fusiller, mais les assassins manquaient. L'armée approchait, et le massacre de plus de mille hommes dont
la méfiance était éveillée, et qui étaient résolus à ne pas
se quitter, présentait de grandes difficultés. On se contenta donc de les enfermer dans l'église de Belleville,
qu'on devait incendier la nuit suivante. L'armée arriva
à temps pour les sauver, le matin du 28.

Après avoir délivré les survivants, on s'occupa de retrouver les morts. Les troupes de la France, maîtresses
de la Roquette, venaient à peine d'occuper le cimetière du
Père-Lachaise; des coups de feu isolés partaient encore
çà et là, et déjà vers huit heures du matin, une fouille était
dirigée dans la tranchée ouverte à l'angle sud-est, tout
à fait contre le mur d'enceinte. On ne tarda pas à dé_
couvrir à une profondeur de un mètre cinquante centimètres, les corps de six victimes, rangés en travers,
trois à trois, pied contre pied, et à moitié superposés

1. Cette défiance se comprenait; la veille, le cri de *Vive la
France!* poussé par des fédérés ou des forçats revêtus de costumes
militaires, avait servi à faire sortir de leur retraite dix-sept ou
dix-huit soldats qui furent traînés hors de la Roquette et fusillés.

les uns aux autres pour ménager la place dans la fosse commune. D'un côté Mgr l'Archevêque, le P. Ducoudray et le P. Clerc ; de l'autre vis-à-vis, M. Bonjean, M. Deguerry et M. Allard. Les vêtements souillés d'une boue sanglante avaient été lacérés ; les corps, quoique très maltraités, étaient parfaitement reconnaissables. On les mit aussitôt dans des cercueils provisoires : M. Bonjean et M. Allard furent laissés dans la chapelle même du ci-metière, et, sous une escorte d'honneur et de sûreté, Mgr l'Archevêque et M. Deguerry furent transportés à l'Ar-chevêché, rue de Grenelle, et les PP. Ducoudray et Clerc, à la maison de la rue de Sèvres.

A Belleville, la reconnaissance fut bien plus difficile et plus laborieuse. Le dimanche 28 au matin, des rumeurs circulaient dans le voisinage de la rue Haxo : des hommes de la valeur du P. Olivaint, du P. Caubert, ne disparaissent pas ainsi sans laisser aucune trace de leur passage ; mais on n'avait que des soupçons, on n'était pas fixé encore sur l'effroyable réalité.

En interrogeant les habitants du quartier, M. l'abbé Raymond, vicaire à Belleville, apprit cependant que des prêtres avaient « dû être fusillés » rue Haxo ; il alla en informer M. Chételat, président de la fabrique de l'église, et tous les deux se dirigèrent, à une heure environ de l'après-midi, vers l'ancien secteur, où l'on fit des fouilles qui ne durèrent pas moins de trois heures. Personne n'avait rien vu, rien entendu ; nul ne savait ce que l'on voulait dire ; la terreur régnait encore ; chacun craignait en outre de se compromettre, et, en se donnant comme témoin, de passer pour acteur ou pour complice. Munis d'une pelle et d'une pioche, MM. Raymond et Chételat creusèrent un peu partout avant de trouver l'endroit. Cependant des odeurs cadavériques s'exhalaient près d'eux ; ils aperçurent des traces de sang, trouvèrent un bouton de gendarme, puis virent des mouches vertes voltiger en quantité au-dessus de la fosse dont ils ne soupçonnaient pas encore l'existence. M. Chételat remarqua un petit volet jeté à terre, au point P désigné au plan; il le souleva, et on aperçut les uniformes des gendarmes.

Le lundi, vers quatre heures, après avoir pris toutes les précautions qu'exigeait la salubrité publique, on commença l'exhumation en présence de ces deux Messieurs et du P. Escalle, aumônier du premier corps d'armée, du P. Bazin, sauvé la veille de la Roquette; de M. Lauras, secrétaire général de la Compagnie du chemin de fer d'Orléans et de M. Henry Colombel, docteur en médecine, l'un beau-frère et l'autre ami du P. Caubert; enfin de quelques officiers des volontaires de la Seine, dont le courage fut d'un grand secours.

L'un d'eux, M. Valin, descendit dans la fosse et attacha tous les corps avec des peines inouïes. Pour se faire une idée de la difficulté de cette opération, il faut savoir que la décomposition était fort avancée : des bras, des jambes se détachaient du tronc, les chairs s'en allaient en lambeaux, ce qui était occasionné aussi par la multiplicité des blessures dont quelques cadavres étaient criblés : on en constata jusqu'à soixante et une sur celui d'un prêtre, tant d'armes à feu que d'armes blanches.

Le lieutenant Vallin attachait un des cadavres par les pieds et le remontait; les officiers et les porteurs prenaient la corde et enlevaient le corps, en lui imprimant un mouvement d'oscillation; on l'étendait sur une toile de tente, et on le portait en dehors du mur d'appui : les prêtres d'un côté, les gendarmes de l'autre. Ils étaient si défigurés par le supplice, qu'à peine conservaient-ils encore une forme humaine; et ce ne fut qu'à l'aide des vêtements ou de quelque autre signe accessoire, que l'on put constater l'identité des personnes :

les prêtres furent reconnus à leur robe ou à la marque
de leurs bas; quant aux gendarmes mariés, les malheureuses veuves eurent beaucoup de peine à retrouve
leurs maris, et les enfants leurs pères. Ce fut une scène
de douleur indescriptible, dont auraient été émus les
auteurs du massacre eux-mêmes ; les autres gendarmes
purent être reconnus peu après par les numéros matri-
cules recueillis avec peine sur leurs vêtements souillés;
et le procès-verbal de cette triste opération fut dressé
par les soins de M. Getzner, commissaire de police du
quartier.

On plaça les corps dans des bières préparées à l'avance :
les trois Pères jésuites, ainsi que le corps de M. l'abbé
Planchat furent remis le 29 au P. Escalle. Puis commença, dans la soirée même du lundi, l'enterrement
des autres cadavres au cimetière de Belleville ; et le 30
mai, à sept heures du soir, malgré l'insuffisance des
cercueils dont la plupart n'étaient pas assez grands,
tant les corps enflaient à vue d'œil, la dernière des victimes recevait les honneurs d'une sépulture chrétienne,
grâce à l'énergie et à la persévérance de quelques braves
cœurs.

XII

Quelques jours après, le 7 juin, la vieille basilique de
Notre-Dame offrait à la ville de Paris et au monde un
spectacle du caractère le plus imposant. La religion et
la patrie s'étaient donné la main pour en rehausser l'éclat.
Au milieu de la nef, sous un catafalque très élevé, reposait le corps de Mgr Darboy. Autour de lui étaient rangés
les cercueils de plusieurs prêtres qui, ayant suivi leur

évêque à la mort et à la gloire du ciel, lui furent asso-
ciés dans les honneurs que la France s'est montrée
jalouse de rendre au martyr : le Gouvernement,
l'Assemblée nationale, l'armée, la magistrature, toutes
les administrations, une foule immense s'étaient empressés auprès de ces nobles victimes, pour leur apporter
en quelque sorte les hommages et les pleurs de la patrie
en deuil. Il y avait là tout le public habituel des solen-
nités religieuses de Paris : lettrés, artistes, politiques,
savants, magistrats, professeurs, étudiants, désœuvrés
de Paris courant à l'émotion et au spectacle, tout ce
monde était venu pour honorer la grande douleur de
la patrie et de l'Église ; le clergé surtout était là représenté
par le nonce du pape, par les évêques de la province de
Paris, par les curés de toutes les paroisses, par les chefs
des communautés religieuses échappés aux sbires de la
Commune : c'était comme une sortie des catacombes,
comme un rendez-vous d'actions de grâces après les
jours de la persécution.

Il ne manquait qu'un témoin à cette fête de deuil et
d'expiation, celui sans lequel aucune fête n'est complète, l'auteur de toutes les grandes scènes, celui qui
aurait dû remplir de sa foule ces vastes nefs construites
pour lui et encore toutes vibrantes de la prière de ses
ancêtres : le peuple!

Et pourquoi le peuple, qui a tant besoin de consolation et de soutien, ne sait-il plus courir à la source d'où
découlent tout rafraîchissement et toute force? Pourquoi
paraît-il dédaigner la parole sacrée, pour aller applau-
dir les énergumènes du pétrole? C'est ce que nous dirons
bientôt.

Des services solennels furent aussi célébrés dans un
grand nombre de cathédrales de France. C'était un
hommage que la foi et la société tenaient à rendre aux
innocentes et illustres victimes. Mais l'impression publi-

que se formulait d'après cet adage des temps anciens :
« C'est faire injure à un martyr que de prier pour un
martyr. »

Des médailles commémoratives furent frappées; des
images de tout genre furent photographiées ou gravées.
On voulait surtout les portraits des martyrs. Une sous-
cription spontanée fut ouverte parmi les anciens élèves
de l'École Sainte-Geneviève et du collège de Vaugirard,
pour élever au P. Ducoudray et au P. Olivaint un monument de leur reconnaissance. Et depuis la translation
des martyrs à la rue de Sèvres, leur chapelle est devenue
le but d'un pèlerinage où l'on afflue perpétuellement de
tout Paris, de toute la France et de tous les pays du
monde. On ne peut guère entrer dans l'église de Jésus,
sans trouver le petit autel privilégié entouré d'un cercle
de suppliants de tout âge et de tous sexe. Beaucoup de
prêtres étrangers veulent dire la messe près du tombeau
des martyrs; beaucoup de fidèles veulent y communier.

Un autre témoignage de la vénération universelle,
même à distance, ce sont les lettres adressées à la rue
de Sèvres de toutes parts, non seulement de la province,
mais encore des pays étrangers et des contrées les plus
lointaines. Dépouiller toutes ces correspondances, les
lire et y répondre, est devenu presque une fonction, si
bien que le supérieur s'est vu réduit à déléguer le
P. Le Blanc, pour être d'office secrétaire des martyrs.
Du reste, avec mille variantes dans la forme, le fond
est toujours le même : on sollicite des prières, des
messes, des neuvaines, ou bien on signale des grâces
obtenues.

Dieu lui-même nous paraît s'être déjà prononcé. Ne
s'est-il pas réservé, pour les besoins de la vérité et pour
la cause de la vertu, la langue inimitable des prodiges ?
Eh bien ! à en juger par des faits nombreux et certains,
nous aurions dès maintenant entendu un écho de la voix

divine. On a bien voulu nous communiquer tout un dossier de pièces probantes, des rapports originaux accompagnés d'attestations officielles. Mais leur place n'est pas précisément dans cette histoire : d'une part, un récit circonstancié paraîtrait excessif; de l'autre, une simple nomenclature serait insuffisante et fastidieuse.

XIII

L'Église de Paris est honorée par la mort héroïque de son premier pasteur et de ses vingt-deux prêtres. Elle peut porter avec une noble fierté devant le monde entier cette tunique de pourpre que lui a faite le sang de ses martyrs. Mais l'historien ne peut pas se borner à raconter leur fin glorieuse, il doit scruter les mystères de férocité dans lesquels se sont abîmés alors les sentiments des masses égarées.

Pour atténuer ce qu'a de révoltant le massacre d'un si grand nombre de prêtres, les partisans de la Commune ont écrit que l'assassinat en grand a été pratiqué à la hâte dans les prisons, parce que l'armée de Versailles avait déjà pénétré dans la ville. Mais il y a toute raison de croire que l'épouvantable forfait aurait eu lieu, quand même l'insurrection eût été définitivement victorieuse; car on n'avait pas plus de motif de le commettre en temps de guerre qu'en temps de paix. Et pour quiconque a vécu à Paris pendant la seconde terreur, il n'est pas douteux que tous les prisonniers, les ecclésiastiques notamment, étaient condamnés d'avance. Qu'on lise toutes les affiches de l'Hôtel de ville, depuis le 18 mars jusqu'à la dernière proclamation du Comité de salut

public au peuple de Paris, et l'on verra que jamais la
Commune n'a pris la parole sans menacer du dernier
supplice ceux qui ne pensaient pas qu'elle fût l'idéal du
gouvernement, ou même ceux qui vivaient en indifférents,
comme dans la question des cartes de civisme. Il paraît
qu'un jour, en Comité secret, un fou, J. Allix, s'écria :
« L'odeur du sang nous plaît », et cet insensé disait la
vérité.

Mais quel crime avaient commis les innocentes victimes si lâchement insultées, si abominablement égor-
gées, et maintenant tutélaires ? Si, à d'autres époques,
on a vu la fureur populaire se déchaîner sur les hommes
du sanctuaire, ceux-ci pouvaient y avoir fourni quelque
prétexte par leur immixtion dans les querelles sociales
de leur temps. Quand Gaudry, évêque de Laon, fut mas-
sacré par les citoyens, aux cris de *la Commune ! la Commune!* l'explication de ce crime se trouvait dans l'ardeur
extrême avec laquelle ce prélat s'était mêlé à de dangereux conflits, dans la résistance à main armée qu'il avait
personnellement opposée aux justes revendications de
la cité. Mais ici les victimes ont été tellement choisies,
qu'elles ont paru être immolées seulement en haine de
Dieu. Ces humbles religieux, ces charitables prêtres ne
s'étaient montrés sur les champs de bataille, ils n'étaient
descendus sur le théâtre des discordes civiles que pour
prodiguer leurs soins aux blessés, dans quelques rangs
qu'ils eussent combattu. Le pontife n'avait eu que des
paroles de modération et de ménagement pour les
esprits égarés, faisant la part de l'ignorance, même de
la bonne foi, avec l'indulgence d'un père qui s'attendrit
sur des enfants, dont la plupart sont plus malheureux
encore que coupables.

Que de pareils hommes aient été mis à mort de sang-
froid, il y a là une particulière et navrante révélation
de l'abîme que des passions terribles ont creusé entre

le peuple et le prêtre. L'Archevêque, les prêtres, lès religieux, sont cette Église depuis longtemps traînée sur la claie par le vil ramas des écrivains, et dénoncée aux haines d'une populace abrutie. Les chefs ont dit, ils ont écrit, qu'à la prochaine occasion, il fallait écraser le christianisme dans le sang, et ce mot est devenu le dogme familier de tous les enfants du peuple. Ils sont élevés, ils grandissent dans la haine pour le prêtre qui secourt et bénit. Rien ne peut ni les éclairer, ni les désarmer. On panse leurs plaies, on les console, on les nourrit, on les aime, et on le leur dit et on le leur prouve, rien ne sert. La reconnaissance pour un prêtre semble à leurs yeux n'être plus un sentiment légitime du cœur; le prêtre est dans leur pensée hors la loi, hors du droit commun : c'est l'ennemi, et au moment qu'il sauve, qu'il embrasse, on doit encore l'immoler.

Il y a là-dessous un effrayant mystère. Il y a dans cette seconde et souterraine nation, qui nous menace, la haine de quiconque possède, et ce sentiment conduit nécessairement à la haine de Dieu. Or, si l'on met de côté la loi divine, cette loi qui nous impose des devoirs envers notre propre personne et nous commande le respect de la personnalité d'autrui, on a sur soi-même et sur les autres un droit qui va jusqu'à la dégradation, jusqu'à la mutilation, jusqu'au suicide et à l'assassinat. L'individu sans Dieu ne trouve rien dans son *moi* qu'il n'ait le droit de violer et de profaner; il peut pervertir ou abolir en lui le sens moral, crever les yeux à sa conscience et à sa raison, détruire jusqu'à sa vie. Il en est de même de l'homme multiple qu'on appelle le peuple. S'il ne voit pas Dieu au-dessus de sa tête, il se croit tous les droits, il s'affranchit de tous les devoirs, même de la loi de ne pas attenter à sa propre existence. C'est ce qui fait comprendre le caractère particulier de la révolution du 18 mars. Athée, elle a pour conséquence

l'entier asservissement, l'absolue immolation des individus; elle ne s'arrête devant aucune inviolabilité. Non
seulement elle traite la liberté et la propriété privée,
elle en dispose avec un sans-gêne et des façons léonines
ignorées des monarques les plus absolus, mais elle sa-
crifie sans scrupule la vie des plus illustres citoyens.

Toutefois où éclate la férocité de l'homme, il faut
scruter aussi l'économie des conseils divins. Les nations
modernes sont filles du Calvaire et elles ne peuvent être
rachetées de nouveau que par les mérites d'un sang innocent. Il s'agit, à l'heure présente, du salut de la France.
Que celui-là donc qui offre chaque matin le sacrifice
du corps du Seigneur, que celui-là soit joint aux autres victimes du troupeau, et que, traduit devant les
tribunaux profanes, il offre au Christ en sa propre personne une nouvelle hostie !

Les rites sacrés ne permettent pas que, dans la célébration publique, l'évêque soit laissé seul : le pontife
en s'avançant vers l'autel de son immolation, ne man-
quera d'aucun des officiers sacrés; jamais son cortège
n'aura été plus au complet. L'archidiacre est à ses côtés,
comme aux jours solennels; un vétéran du sanctuaire,
préposé à l'une des principales paroisses de la cité,
fait la fonction d'assistant; les lévites, même inférieurs,
ne sont pas absents; enfin les ordres religieux repré-
sentés par leurs membres d'élite complètent la couronne du grand prêtre. S'ils partagent à des degrés divers
les privilèges du sacerdoce, leur sort est pareil en tant
que victimes : ils tombent dans une même immolation,
et leur sang se mêle et se confond dans un même holocauste. Une auréole se forme des vapeurs de ce noble
sang, elle éclaire l'avenir d'un sourire de victoire, et le
champ du carnage exhale les odeurs fortes du pressoir
et de la moisson.

C'est ainsi que les nations, si elles ne sont pas à

jamais condamnées comme la Rome de Tibère et de Do-
mitien, se rachètent toujours par quelques contrastes
que permet la justice de Dieu. Abattues, elles se relèvent; brisées et meurtries, elles voient la main d'un
grand citoyen guérir leurs plaies saignantes. Si elles
sont corrompues, il sort de leur corruption même je ne
sais quelle protestation amère et indignée qui sauve.
« Rien n'est simple dans l'histoire de l'humanité. Le
crime lui-même a son revers éclatant dans la vertu intrépide de ses victimes. Galérius, le bourreau des chrétiens, sur son trône d'or; Maillard, sous son guichet
sombre; l'assassin de la Roquette les pieds dans le sang,
font encore plus de prosélytes à Dieu que de martyrs.
C'est par là que l'humanité se rachète[1]. »

1. Cuvilier-Fleury.

CHAPITRE V

MORT COURAGEUSE DE QUELQUES CHEFS DE LA COMMUNE.
LACHETÉ DE LA PLUPART.
RÉPRESSION JUDICIAIRE.

I

Nous venons de voir ce que valent les religions de l'émeute, les théories du combat social : la liberté n'y gagne rien, l'ouvrier y perd seulement, le ruisseau est rouge de sang. Toutefois, si les juges et bourreaux étaient restés comme leurs victimes au poste qu'ils avaient usurpé, imperturbables devant les représailles qui les menaçaient, fermes en face de la mort même, nous les absoudrions de tous leurs crimes et nous croirions à leurs bonnes intentions. Mais, ainsi qu'il arrive dans l'histoire de toute insurrection vaincue, les dominateurs de la veille furent les plus empressés à fuir, quand la force se retourna contre eux, ou à se renier lâchement quand elle les saisit.

Dès le 22 mai, c'est-à-dire le lendemain de l'entrée des troupes, la plupart des membres de la Commune disparurent : sur les quatre-vingts citoyens qui compo-

saient cette assemblée, quelques-uns seulement sont
morts avec courage.

Le dimanche 28 mai, vers trois heures de l'après-
midi Varlin était assis, place Cadet, à la table extérieure
d'un café. Il n'avait en rien modifié sa physionomie ; il
fut reconnu et dénoncé à un lieutenant de la ligne qui
le fit arrêter et conduire à Montmartre, où on le fusilla.
La même populace qui avait applaudi à la mort de Clément Thomas se mit à battre des mains.

Raoul Rigault, le plus exécrable de tous, fut arrêté
le 29 mai, dans une maison de la rue Gay-Lussac, par
des éclaireurs volontaires qui l'y avaient vu entrer. On
l'amena au commandant Poussargues. Le procureur de
la Commune était sans armes, vêtu d'une vareuse noire
à grand collet rouge rabattu, avec grenades d'argent,
coiffé d'un képi aux quatre galons, et chaussé de bottes
à l'écuyère vernies et neuves. Immédiatement, il fut
fouillé ; on remit au commandant tout ce qu'il avait sur
lui : mouchoir fin de batiste, des clefs, de la menue
monnaie et, dans un porte-carte en cuir de Russie, douze
cartes de visite ainsi gravées :

RAOUL RIGAULT
Membre de la Commune de Paris.

Une des cartes fut envoyée sur-le-champ au maréchal
de Mac-Mahon, les officiers se partagèrent les autres.

« Qui êtes-vous ? dit alors le commandant au prisonnier.

— Raoul Rigault, membre de la Commune, au nom
de la République et de la France.

— La cause est entendue », interrompt le commandant, qui tire son épée pendant que ses hommes font
feu. Toutes les balles portent dans la tête de l'ex-procu-
reur, dont un des côtés est entièrement fracassé. Un
soldat s'empare tranquillement des belles bottes de son

prisonnier fusillé, pendant que les habitants du quartier viennent hurler près du cadavre de l'énergumène. Il resta vingt-quatre heures rue Gay-Lussac, exposé aux malédictions de la foule.

Millière fut arrêté le même jour, après avoir opposé une résistance des plus vives, car il déchargea six coups de revolver sur les soldats qui voulurent le saisir. Il était tête nue, pâle, effaré. Deux hommes le soutenaient par les bras; on le conduisit au Luxembourg chez le général de Cissey, auquel il répondit avec assez de fermeté. Après l'interrogatoire, il fut dirigé vers le Panthéon, entouré d'un peloton de chasseurs à pied. En gravissant les marches du péristyle, l'officier qui commandait le détachement lui fit remarquer des traces de balles; c'était là que l'avant-veille Millière avait, disait-on, fait fusiller trente gardes nationaux qui refusaient de défendre les barricades. Comme il se tenait debout, faisant face aux soldats, on lui dit de se tourner vers la porte de l'église, mais un officier supérieur lui permit de reprendre sa position première; seulement, en raison de là disposition des lieux, on le força à se mettre à genoux. Millière découvrit alors sa poitrine et, levant le bras droit, il cria : « Vive la République!... Vive le peuple!.. Vive.. » Une décharge lui coupa la parole, et il tomba, inclinant sur le côté gauche.

Le docteur Tony Moilin, arrêté aux alentours du Luxembourg, avait été, après un interrogatoire sommaire, condamné à mort. Avant de mourir, il demanda avec instance la faveur de pouvoir contracter mariage avec une femme avec laquelle il vivait maritalement; cela lui fut accordé. M. Hérisson, maire du sixième arrondissement, reçut l'acte, et après la célébration du mariage, Tony Moilin fut fusillé.

Treilhard, directeur de l'Assistance publique, fut fusillé sur la place du Panthéon. Avant de sortir de chez

lui, il avait dit à sa femme : Si je suis tué, tu remet-
tras à qui de droit une somme de 40000 francs que
j'ai cachée dans la cave : cet argent appartient aux
indigents. Mme Treilhard suivit rigoureusement ces
instructions.

Dombrowski eut une fin tragique. Au moment
du péril, il avait été chargé de la défense de Montmartre par ces mêmes hommes qui, la veille, oubliant le
dévouement et le courage qu'il déployait depuis deux
mois au service de leur cause, se préparaient à l'incarcérer. Tandis que Cluseret gardait les buttes du côté
de Clichy, Dombrowski s'était avancé au-devant des
troupes dans la direction de la gare du Nord. Obligé
de reculer il se plaça avec les hommes qu'il commandait derrière une barricade, située sur le boulevard d'Ornano, au coin de la rue Myrrha. Mais l'attaque furieuse
des Versaillais épouvanta les défenseurs de la position
qui, malgré les appels désespérés de leur général,
s'enfuirent dans toutes les directions, le laissant seul
avec un petit nombre d'aides de camp. Dombrowski
s'élança sur le sommet de la barricade sans doute avec
l'intention de s'y faire tuer. Il fut atteint aussitôt et
tomba. Ses officiers se précipitèrent et purent l'emporter à
l'hôpital de Lariboisière. Là, le docteur Cusco, chirurgien
en chef, lui prodigua des soins empressés. Mais Dombrowski, une heure après, expirait au milieu des plus
horribles souffrances. Le 23, vers huit heures et demie
du soir, les troupes régulières avançant toujours, le chef
d'état-major de Dombrowski, le commandant Brioncel,
arriva à l'hôpital, suivi de l'escorte du général. « Le
général est-il mort ? » demanda-t-il. « Oui, répondit
l'interne de service. — Alors donnez-moi son corps ! »
Le cadavre de Dombrowski fut livré à Brioncel, qui le
plaça dans un fiacre. A ce moment, le directeur de Lariboisière arrivait : « Pourquoi enlevez-vous ce mort ? »

dit-il. « C'est notre général; nous ne voulons pas que les Versaillais aient son corps ! » et ils donnèrent au cocher cette adresse : « A l'Hôtel de ville. » Le cortège partit alors au galop. Dans la grande cour de l'Hôtel, où s'arrêta la voiture, des commandants descendirent les dépouilles mortelles et les déposèrent sur un lit tendu de satin bleu dans une chambre qui avait été longtemps occupée par une des filles de M. Haussmann, et qu'à cause de cela on appelait « la chambre de Valentine. » Jusqu'à minuit le corps y resta exposé, et le dessinateur Pilotell put en prendre un croquis. A minuit, des ambulanciers du quatrième arrondissement transportèrent Dombrowski au Père-Lachaise. L'inhumation eut lieu le lendemain avec une mise en scène saisissante : le cadavre était exposé sur un brancard incliné; il était revêtu de la capote polonaise; les jambes étaient enveloppées d'un linge. Un cercueil en chêne était préparé; on prit les couvertures des deux gardes nationaux présents, on les mit au fond du cercueil, et on déposa le cadavre enveloppé dans un drapeau rouge. Puis, le commandant Brunereau fit entrer les artilleurs, les marins, les cavaliers et tous ceux qui étaient de garde au cimetière : chacun déposa en pleurant un baiser sur le front du cadavre, puis, la bière fut vissée et placée dans un caveau vide, après que le frère de Dombrowski eut écrit quelques mots au crayon sur le couvercle.

Le 26 mai, à neuf heures, on apporta à Delescluze les nouvelles suivantes : « Rigault et Dombrowski sont tués, Chaudey est fusillé, les otages vont périr. »

« Quelle guerre! » s'écria Delescluze, la gorge serrée....

Vers onze heures, deux officiers survinrent.

« Les calotins sont morts. »

Delescluze écrivait; il continua sans sourciller... ; mais il pâlit affreusement au récit détaillé de l'exécution des otages. Quand les officiers furent partis, il cacha sa tête dans ses mains :

« Nous aussi, nous saurons mourir ! » s'écria-t-il brusquement.

Pendant toute la nuit, les dépêches se succédèrent désespérantes pour le dictateur. Le 26 mai, à six heures du matin, Delescluze et la Commune se replièrent à la mairie du onzième arrondissement. L'Hôtel de ville fut immédatement livré aux flammes. Le désordre fut horrible et dura tout le jour. Dans ce désarroi, tous, furieux et éperdus, s'injuriaient les uns les autres.... « Je vois encore cette scène, dit un témoin oculaire, Victor Thomas, dans cette grande salle de la mairie, encombrée d'officiers, de blessés et de mourants.

« Frankel, le bras ensanglanté, injuriait Johannard, qui insultait Jourde.... la confusion était à son comble. Tous juraient et criaient.

« Adieu, MESSIEURS, leur dit froidement Delescluze, moi je vais me faire tuer. »

« Il y avait dans ce MESSIEURS, substitué au mot citoyens, une sorte de solennité qui frappa tout le monde. Delescluze, d'un pas calme, se dirigea, une badine à la main, vers la barricade de la place du Château-d'Eau. Il gravit lentement les pavés disposés en échelons, et disparut foudroyé. Jourde, Johannard, ne purent retrouver son corps, tant le feu était violent à cette place. » Il ne fut relevé que le lendemain et enterré avec beaucoup d'autres dans une fosse creusée à l'entrée de l'église de Saint-Ambroise.

On a dit qu'il avait donné des ordres pour qu'à l'approche des troupes de Versailles les fédérés missent le feu aux monuments publics et à certaines maisons particulières. La destruction de plusieurs habitations du quartier même où il a péri semblerait justifier cette accusation. Quoi qu'il en soit, ceux qui n'avaient connu

Delescluze que par ses articles du *Réveil* ne l'auraient pas cru capable de s'associer à d'aussi exécrables attentats. Avant de faire partie de la Commune, il jouissait de l'estime, sinon de la sympathie des diverses fractions du parti républicain. On le savait partisan du système démocratique le plus radical, disciple des Jacobins et autoritaire farouche ; mais on s'accordait à louer son honnêteté, son stoïcisme, son désintéressement.

Non loin de l'endroit où tombait Delescluze, Vermorel, également frappé à mort par un éclat d'obus, fut recueilli et soigné par une brave femme qui l'avait relevé. Il est mort à Versailles dans une prison militaire. Avant de recevoir l'absolution du Père jésuite qui l'a assisté dans ses derniers moments, il voulut faire la rétractation suivante devant les gendarmes et devant les sœurs :

« Je désavoue les erreurs détestables contenues dans mes ouvrages et dans les journaux que j'ai dirigés, et je demande à Dieu, qui voit mon repentir, de me pardonner. »

Varlin, Rigault, Millière, Delescluze, Vermorel, ces Catilinas des clubs et des carrefours, ces Marats en casquette et en képi galonné, ont eu au moins le courage de mourir : *luit pœnas*, comme disaient les anciens. Mais les autres ?

Après avoir, impudents Scapins, parlé sans cesse de leur vaillance, de leur résolution de se faire tuer sur les ruines de Paris, ils n'ont eu d'énergie et de talent que pour se ménager des cachettes où ils pussent attendre sans trop d'ennui l'heure de la fuite. Jusqu'à présent, nous n'avons parlé qu'avec modération de ces sinistres affamés d'honneurs, qui n'ont reculé devant aucun crime pour se faire une célébrité scélérate ; mais nous ne pouvons plus contenir le profond dégoût que nous inspirent ces hommes qui, après avoir été ineptes, ont presque tous été des lâches.

Cerné le dernier jour de la bataille, Cluseret, encore tout noir de poudre, se présenta chez un ecclésiastique du clergé de Saint-Eustache, et lui demanda l'hospitalité. Le prêtre parut hésiter.

« Si vous me chassez, lui dit Cluseret, on me fusillera devant votre porte.

« Entrez, lui dit alors l'abbé L.... Autrefois, les églises servaient de refuge aux criminels ; entrez-y et soyez sans crainte. »

Il demeura un mois dans cet asile ; puis, un soir, il revêtait une soutane, et le lendemain à midi l'*abbé* Cluseret était à Genève.

Après avoir été infirmier, pendant quatre mois, dans un hôpital, Vallès parvint à quitter Paris de la même manière, et il est parti guilleret, sans doute, jovial et tranquille, pendant que des milliers de malheureux, trompés par les mensonges et les fausses nouvelles de son *Cri du peuple*, pleuraient sur leur sort et se demandaient quand cesserait cette expiation qu'ils subissaient à la place des grands coupables.

Le 9 juin, au soir, des agents pénétrèrent dans une maison de la rue Saint-Gilles où ils trouvèrent un homme à demi vêtu et fumant sa pipe, qui, prévenant les questions du commissaire de police, s'écria : « Je ne suis pas Courbet, examinez-moi bien, et vous reconnaîtrez votre erreur. »

Rossel s'était caché au fond d'une mansarde du pays latin, après s'être teint les cheveux en blanc. Lorsqu'il fut découvert, l'ancien ministre de la guerre avoua aux agents de police qu'il avait fait, lui-même, insérer dans les journaux le bruit de son passage en Suisse, pour donner le change à ceux qui le cherchaient.

Régère, également déguisé et teint, espérait bien se

. sauver à l'aide d'un passeport, quand les hommes de la sûreté le saisirent dans son lit, boulevard des Italiens.

Paschal Grousset, déguisé en femme, se croyait aussi à l'abri des fureteurs, grâce à son chignon et à la poudre de riz qui lui couvrait le visage; il fut très surpris de se voir arrêter chez sa maîtresse.

Andrieu se réfugia chez un de ses amis qui le cacha avec dévouement. Il fit enlever son œil borgne et le remplaça par un œil de verre qui le rendait méconnaissable. Vers le mois d'août, sous un déguisement militaire, il put gagner une ville maritime et passer à l'étranger.

Le plus habile, le plus prompt à s'enfuir, le plus ingénieux à se grimer, fut Félix Pyat. Tandis que le dramaturge s'échappait par les doubles-fonds du théâtre, il prenait aussi divers déguisements, et, en même temps, il faisait publier par la presse les inventions les plus saugrenues sur ses artifices de sauvetage.

Et cependant tous ces hommes, pour abuser les masses et conserver l'influence qu'ils avaient criminellement usurpée sur elles, n'avaient cessé de dire, durant deux mois, dans leurs emphatiques proclamations, qu'ils combattraient comme les Titans de 92. Le 17 mai, dans une séance mémorable de la Commune, Grousset avait prononcé ces paroles : « Je resterai jusqu'à la victoire ou à la mort au poste de combat que le peuple nous a confié. » Et quelques mois après, pendant que leurs soldats, obscures victimes, encombraient les pontons, Vermesch, Laccord, Boursier, Ranvier, Dupont, Longuet, Vaillant, Ledru, Clément, Gaillard père, etc., savouraient à l'étranger les douceurs de la célébrité, et se livraient à de fructueuses industries.

Comment expliquer la quantité de grands coupables dont on n'a pas retrouvé trace après la victoire de l'ar-

mée française? M. Maxime Du Camp signale un fait qui
n'a pas été assez remarqué. A partir du jour où le fort
d'Issy tomba en notre pouvoir, on cerna des quartiers
sous prétexte de faire la chasse aux réfractaires; prétexte
menteur; on fit la chasse aux papiers d'identité. On
vida les poches des personnes consignées, on y prit
des cartes de visites, des passeports, des ports d'armes,
des livrets d'ouvriers, des cartes d'électeur, de simples
enveloppes de lettres portant une suscription; ces papiers ne sont jamais rendus; plus tard ils ne seront pas
inutiles à ceux qui s'en emparent, ils serviront à franchir les portes de Paris, à passer la frontière, à moins
qu'ils n'aient servi à obtenir un passeport régulier sous
le faux nom que l'on s'est attribué. C'était une simple
précaution prise en cas de revers prévu.

III

Il nous reste à parler des jugements rendus par les
conseils de guerre. Plus de trente mille insurgés se
trouvaient, au lendemain de la lutte, entre les mains
de l'armée française, et l'on peut se figurer la confusion lamentable, les douleurs et les désordres qu'entraînait avec elle une pareille accumulation de prisonniers.
Leur transportation en masse, après une vérification ad-
ministrative sommaire, semblait le seul moyen d'en
finir avec cet embarras et ce danger. D'un autre côté,
les conservateurs, surexcités par une résistance acharnée et par tant de crimes sans précédents dans l'histoire,
réclamaient un châtiment exemplaire. Ils paraissaient
favorables à une mesure de sûreté générale, analogue
à celle qui avait suivi les événements de juin 1848. A

cette époque, aussitôt après le rétablissement de l'ordre, le Gouvernement présentait un projet de décret relatif à la transportation des insurgés; et le 27 juin 1848,
l'Assemblée nationale décrétait le transfèrement dans
les colonies françaises d'outre-mer de tous les individus arrêtés qui auraient pris part à l'insurrection des
23, 24 et 25 juin. En exécution de ce décret, le Chef
du pouvoir faisait procéder sans délai, par des juges
instructeurs, à l'interrogatoire des prisonniers, et nom-
mait quatre commissions militaires chargées de déterminer les catégories indiquées par le décret du 27 juin[1].

Les hautes raisons de justice et d'humanité qui
avaient fait adopter ces mesures exceptionnelles étaient
les mêmes : car en 1871, dans les jours qui suivirent
la chute de la Commune, le nombre des prisonniers
atteignait trente-huit mille. Mais le Gouvernement et
l'Assemblée nationale, se plaçant au-dessus des embarras et des passions du moment, voulurent punir sans
hâte et sans faiblesse, et imprimer à la répression ce
caractère inattaquable que la justice et la loi pouvaient
seules lui donner.

Les difficultés étaient grandes et nombreuses.

Les arrestations opérées à la suite de l'insurrection
finirent par dépasser le chiffre de trente-huit mille individus environ, dont cinq mille militaires, huit cent
cinquante femmes et six cents cinquante enfants de
16 ans et au-dessous.

Entre le 3 avril et le 20 mai, 3500 insurgés furent
faits prisonniers les armes à la main dans les divers
combats livrés par les troupes autour de Paris.

Du 21 au 28 mai, la lutte dans Paris et les perquisitions opérées dans les maisons amenèrent l'arrestation

---

1. Renseignements extraits du registre déposé aux archives du
ministère de la guerre, relatifs à l'insurrection de 1848.

de plus de vingt-six mille individus, aussitôt envoyés à Versailles.

Du 1er juin à la fin de juillet, des arrestations furent opérées encore à Paris par les soins de l'autorité militaire, qui avait divisé la ville en quartiers, dans lesquels des officiers étaient chargés de faire exécuter la police. Il y eut pendant deux mois près de cinq mille arrestations.

Enfin, à partir du mois d'août 1871 et jusqu'au mois de mai 1872, les autorités civiles, soit à Paris, soit dans les départements, firent procéder à des arrestations d'individus qu'on mit plusieurs jours à transférer à Versailles, à cause de l'encombrement des prisons.

On s'occupa ensuite de la répartition générale des prisonniers. Pendant la première période, du 2 avril au 20 mai, ils avaient été logés et nourris assez facilement; ils n'avaient fait que traverser Versailles. Presque immédiatement ils avaient été dirigés sur les lieux de détention provisoire installés dans le fort de Quélern, la citadelle de Fort-Louis, la maison centrale de Belle-Isle et les établissements militaires des îles d'Aix et d'Oléron.

Il n'en fut plus de même lorsque, du 21 au 28 mai, chaque jour amena à Versailles des convois de quatre à six cents prisonniers. Trente mille hommes se trouvèrent réunis dans cette ville, où rien n'était prêt pour les recevoir. Logement, nourriture, surveillance, il fallut tout improviser. Les caves des grandes écuries, les docks de Satory, les manèges de l'école de Saint-Cyr, l'orangerie du château, reçurent d'abord les prisonniers; mais ces locaux eussent été bien vite insuffisants, si les administrations de la guerre et de la marine ne s'étaient préoccupées de créer, dès le mois d'avril, sur les côtes de l'Océan, depuis Cherbourg jusqu'à Rochefort, de nombreux et vastes dépôts, où purent être reçus vingt-huit mille individus, partie dans les forts et les établissements militaires, partie sur vingt-cinq pontons divisés en quatre groupes dans les ports de Cherbourg, Brest, Lorient et Rochefort. '

La Compagnie du chemin de fer de l'Ouest assura le transfèrement sur ces lieux de détention. Les prisonniers, par convois de six cents individus environ, étaient conduits de neuf à onze heures du soir à la gare de la rive gauche, où ils recevaient deux rations de pain et de l'eau, à raison d'un bidon par dix hommes. Enfermés ensuite par groupes de trente dans des wagons à marchandises, ils étaient conduits à destination, sous l'escorte des gardiens de la paix ou de troupes choisies de préférence parmi les marins de l'armée de Versailles.

Le tableau ci-contre présente le nombre et l'effectif des convois qui, du 6 avril au 10 septembre, emportèrent vingt-sept mille huit cent trente-sept prisonniers et se succédèrent jusqu'au nombre de trois par jour, à une heure d'intervalle :

6 avril 1871[1] : 1516 transférés, 600 à Brest, 916 à Lorient.

17 avril : 168 transférés à La Rochelle-Rochefort.

30 avril : 220 transférés à La Rochelle-Rochefort.

4 mai : 450 transférés, 100 à Brest, 350 à La Rochelle-Rochefort.

8 mai : 370 transférés à La Rochelle-Rochefort.

14 mai : 200 transférés, 100 à Brest, 100 à Lorient.

19 mai : 200 transférés, 140 à Lorient, 60 à La Rochelle-Rochefort.

24 mai : 600 transférés à Brest.

25 mai : 1200 transférés à Brest.

26 mai : 844 transférés à Cherbourg.

1. Dates du départ de Versailles.

27 mai : 1200 transférés à Brest.

28 mai : 1400 transférés, 600 à Brest, 800 à Cherbourg.

29 mai : 1200 transférés, 600 à Brest, 600 à Lorient.

30 mai : 2000 transférés, 600 à Brest, 600 à Lorient, 800 à Cherbourg.

31 mai : 2000 transférés, 600 à Brest, 800 à Cherbourg, 600 à La Rochelle-Rochefort.

1er juin : 1200 transférés, 600 à Brest, 600 à La Rochelle-Rochefort.

2 juin : 1800 transférés, 600 à Brest, 600 à Cherbourg, 600 à La Rochelle-Rochefort.

3 juin : 1800 transférés, 1200 à Brest, 600 à Cherbourg.

4 juin : 1800 transférés, 600 à Brest, 600 à Cherbourg, 600 à La Rochelle-Rochefort.

5 juin : 1800 transférés, 1200 à Brest, 600 à Cherbourg.

6 juin : 250 transférés à Brest.

9 juin : 500 transférés à Brest.

12 juin : 600 transférés à Brest.

15 juin : 500 transférés, 150 à Lorient, 350 à Cherbourg.

23 juin : 700 transférés, 200 à Brest, 500 à La Rochelle-Rochefort.

28 juin : 200 transférés à Cherbourg.

1er juillet : 130 transférés à Cherbourg.

4 juillet : 400 transférés à La Rochelle-Rochefort.

5 juillet : 300 transférés à La Rochelle-Rochefort.

9 juillet : 90 transférés à La Rochelle-Rochefort.

16 juillet : 35 transférés à La Rochelle-Rochefort.

1er août : 440 transférés, 150 à Lorient, 50 à Cherbourg, 240 à La Rochelle-Rochefort.

2 août : 150 transférés à Lorient.

5 août : 450 transférés à Lorient.

7 août : 300 transférés à Lorient.

9 août : 500 transférés à La Rochelle-Rochefort.

10 août : 288 transférés à La Rochelle-Rochefort.

10 septembre : 36 transférés à La Rochelle-Rochefort.

Total : 27 837 transférés ; — 11 950 à Brest, 3556 à Lorient, 6374 à Cherbourg, 5957 à La Rochelle-Rochefort.

Malgré l'importance de ces évacuations, les individus arrêtés par l'autorité civile à Paris et en province étaient encore assez nombreux pour qu'on ne pût les recevoir à Versailles, sans renouveler l'encombrement. On décida donc de les retenir provisoirement, soit dans les prisons de Paris, soit dans celles des départements.

Après l'organisation à Versailles, dans les ports et en province, des différents dépôts, èt la répartition des détenus dans chacun d'eux, on procéda aux opérations judiciaires.

Les départements de Seine-et-Oise se trouvaient à la fin de mars 1871 en état de siège ; il appartenait à l'autorité militaire, en vertu de la loi du 9 août 1849, et aux termes du code de justice militaire, d'instruire et de poursuivre toutes les affaires relatives aux événements dont Paris avait été le théâtre dans ces derniers temps. Elle devait appliquer aux individus arrêtés les formalités légales, et leur laisser toutes les garanties dont la loi entoure l'instruction, la défense et le jugement ; scruter les antécédents, les actes incriminés de chacun d'eux, recueillir tous les éléments d'appréciation, et arriver ainsi à statuer avec impartialité et en toute connaissance de cause sur le sort d'un nombre si considérable de prisonniers, mais coupables, à des degrés différents.

C'était là un long et difficile travail. Le manque absolu de pièces, de procès-verbaux, de renseignements quelconques touchant les prisonniers, laissait dans une incertitude complète, non seulement sur l'importance du rôle qu'ils avaient pu jouer, mais aussi sur leur individualité même.

L'autorité militaire désira s'associer la justice civile, afin de profiter de ses lumières et d'accélérer ses opérations. Partant de ce principe que la justice civile, étant la justice ordinaire et normale, peut toujours, sous l'état de siège, faire légalement et valablement tous les actes de procédure, tant que la justice militaire ne revendique pas une affaire, l'autorité militaire, d'accord avec les chefs de la justice, transmit à des juges d'instruction de Paris toutes les pièces se rattachant à des affaires constituant un groupe, telles que : les pillages, les assassinats, les incendies; en second lieu, elle envoya les documents concernant les employés des diverses administrations de la Commune, prévenus d'usurpation de fonctions.

On procéda ensuite contre les diverses catégories de coupables, et voici la marche qui fut suivie.

Le but du travail d'instruction relatif aux hommes était d'arriver le plus tôt possible, sinon à déterminer la part exacte prise par chaque détenu dans les faits insurrectionnels, du moins à se former une opinion raisonnée sur le degré de culpabilité de chacun. Cette tâche était particulièrement difficile et délicate.

Personne, en effet, n'acceptait résolûment la responsabilité de ses actes; ceux qui ne se disaient pas innocents invoquaient soit le besoin, soit la contrainte, pour expliquer leur présence dans les rangs de l'insurrection, et bornaient là leurs aveux.

Le dépouillement des pièces à charge avait bien permis, il est vrai, de constituer un certain nombre de dossiers qui établissaient nettement la culpabilité; toutefois beaucoup de prisonniers n'en avaient pas encore, et, parmi ces derniers, les personnes arrêtées par erreur, qu'il fallait découvrir au plus tôt et mettre en liberté ; mais, confondus dans la masse des coupables et sans preuves de leur innocence, ils ne pouvaient être reconnus facilement. Les magistrats militaires, livrés à eux-mêmes, durent donc suppléer à ce qui leur manquait, et déployer dans leurs interrogatoires assez d'habileté et de tact pour arriver à la découverte de la vérité.

En même temps, ils multipliaient les demandes de renseignements, contrôlaient les déclarations, appréciaient la véracité des certificats et des lettres de recommandations qui leur parvenaient en très grand nombre. La moralité et les antécédents des prisonniers étaient naturellement l'objet des premières investigations ; on demandait des extraits du casier judiciaire ou des sommiers judiciaires, ou du casier central pour les étrangers. L'incendie de la préfecture de Police et la destruction des casiers à Paris faisaient craindre que l'on ne pût distinguer parmi les prisonniers les anciens forçats, les repris de justice, les habitués des prisons. Sur la demande de l'autorité militaire, des gardes-chiourmes, des agents de police, des gardiens de prison, furent envoyés dans les différents lieux de détention et reconnurent un assez grand nombre de leurs anciens pensionnaires.

Rien, en résumé, ne fut épargné pour mener à bien ce travail d'investigation ; aucun des rapporteurs n'oublia surtout le devoir d'humanité qui lui était imposé vis-à-vis des personnes englobées par erreur dans les arrestations en masse ; et si des coupables échappèrent alors à un châtiment mérité, on n'eut pas du moins le regret d'avoir gardé en prison un seul innocent plus longtemps que ne l'avaient exigé les circonstances.

L'instruction ainsi faite était terminée par des conclusions écrites, proposant soit une ordonnance de non-lieu, soit le maintien du détenu à la disposition de la justice pour une plus ample information.

Les règles générales de la procédure furent appliquées aux étrangers prisonniers. Leur nombre était de 1725 environ, sur lesquels 1236 furent l'objet d'ordonnances de non-lieu, et 89 furent retenus pour supplément d'informations. Dans le premier cas, toutefois, la mise en liberté n'était pas immédiate. Le dossier de l'individu était préalablement soumis à l'examen du préfet de police, qui provoquait ensuite, le cas échéant, l'expulsion du territoire par application de la loi du 3 décembre 1849; — 62 étrangers furent atteints par cette mesure.

La situation toute spéciale des repris de justice, au nombre de 7460 environ, compris dans les premières arrestations, commandait de prendre certaines précautions à leur égard. Lorsqu'ils devaient être l'objet d'une ordonnance de non-lieu, avis en était donné au préfet de police, qui faisait connaître, après enquête, s'il voyait ou non un inconvénient à ce que le prisonnier fût relâché. Le prévenu était ensuite dirigé sur son domicile dans les conditions ordinaires, ou recevait notification, avant son départ, d'un arrêté rendu en vertu de la loi du 9 juillet 1852, portant éloignement du département de la Seine. 444 sur les 3126 repris de justice, qui furent rendus à la liberté, ne purent rentrer dans Paris [1].

Un grand nombre de femmes avaient pris à l'insurrection une part très active. Nous les avons vues combattre dans les rangs des fédérés, allumer les incendies, massacrer les otages, tuer de sang-froid des officiers ou des soldats dans les rues de Paris, partout plus ardentes, plus cyniques, plus féroces même que les hommes. Beaucoup d'entre elles cependant bénéficièrent de l'im-

---

1. On croit devoir rappeler que les nombres sont donnés ici sans tenir compte des unités.

munité qui devait couvrir leur sexe, et on arrêta seulement celles qui furent prises les armes à la main au
milieu des insurgés, ou celles que l'indignation publique avait hautement signalées ; 850 femmes ou filles,
presque toutes nomades, livrées au désordre et à la pro-
stitution, furent amenées successivement à Versailles.
492 étaient mariées, il est vrai, mais elles n'avaient, en
général, que l'apparence d'une vie régulière, et, comme
les autres, elles avaient pour la plupart oublié depuis
longtemps tous les sentiments de famille et de morale.

Les informations, confiées spécialement à un rapporteur du quatrième conseil de guerre, se firent sur place
à Versailles d'abord, et ensuite dans les maisons de correction de Rouen, Clermont, Arras, Amiens, et à Paris.
Elles furent terminées le 1er février 1872, et donnèrent
les résultats suivants :

623 femmes furent mises en liberté, soit après un
interrogatoire sommaire, soit après une ordonnance de
non-lieu ; 200 furent envoyées devant les conseils de
guerre.

La répression, en ce qui concerne cette catégorie de
coupables, paraîtra sans doute indulgente; il ne pouvait
guère en être autrement. Le rôle de la plupart de ces
femmes, en effet, n'avait pas été localisé. Sans domicile
fixe, suivant les fédérés déplacés chaque jour, elles
avaient bien laissé sur leur passage le souvenir de leur
exaltation, de leurs crimes, mais sans que les témoins
aient pu ensuite reconnaître dans la prisonnière la
femme qu'ils avaient vue autrefois furieuse, les armes
à la main, et costumée en garde national ou en marin.

Les preuves écrites manquèrent aussi complètement.
Il ne restait donc que le fait de leur présence dans les
bandes fédérées au moment de leur arrestation, ou des
présomptions trop vagues pour servir de base à une action judiciaire ; elles étaient coupables sans doute, mais

la justice devait tenir compte des causes particulières qui avaient pu les entraîner dans les rangs de l'insurrection.

651 enfants de seize ans et au-dessous avaient été arrêtés.

Dès leur arrivée à Versailles, ils furent, surtout les plus jeunes (38 avaient de sept à treize ans), isolés des autres détenus, et placés d'abord dans un quartier spécial de la prison des Chantiers. Quelques-uns ayant manifesté le désir de ne pas être séparés d'un père ou d'un parent, prisonnier comme eux, on les évacua sur les ports; d'autres furent envoyés à la maison de correction de Rouen. Mais tous furent ramenés plus tard au dépôt de « la Lanterne » près de Versailles, où un rapporteur spécial fut chargé de conduire les instructions. Il y avait lieu, en effet, de chercher les causes d'un fait encore sans précédent, et de réunir, tout en restant dans les termes de la loi, les éléments d'une étude morale pleine d'intérêt.

Les instructions, commencées en juin 1871 et terminées en février 1872, donnèrent les résultats suivants :

80 enfants furent renvoyés devant les conseils de guerre auxquels il appartenait de statuer sur la question de discernement, et d'appliquer la loi, avec ou sans le bénéfice des articles 66 et 67 du code pénal ordinaire. 460 environ obtinrent des ordonnances de non-lieu.

Il reste à dire ce qui a été fait à l'égard de 5000 militaires trouvés dans Paris. Beaucoup d'entre eux avaient d'abord été confondus avec les détenus civils, dans les prisons de Versailles, par suite de l'absence de tout signe distinctif. Les interrogatoires sommaires permirent d'en reconnaître immédiatement un assez grand nombre et de les diriger sur Saint-Cyr, où des officiers, détachés des parquets de Versailles, procédèrent à un premier travail de classement ayant pour but de déterminer la situation de chacun, soit au point de vue militaire, soit au point de vue de l'insurrection.

Parmi ces militaires, les uns n'avaient pu rejoindre leurs corps après le 18 mars, ou du moins, par faiblesse, par ignorance ou légèreté, n'avaient pas tenté de sortir de la ville, et y étaient restés soit isolés, soit en détachements constitués.

D'autres, malgré leurs efforts, n'avaient pu gagner Versailles et avaient été enfermés dans les prisons comme otages, ou dans les casernes, sous la garde des bataillons fédérés. Venaient enfin les militaires coupables d'avoir déserté leur drapeau pour servir dans les rangs de l'insurrection. De là des degrés de culpabilité fort différents qu'une enquête longue et minutieuse parvint à préciser. Elle fut terminée au mois de janvier 1872.

Des instructions ministérielles, contenues dans une dépêche en date du 5 juillet 1871, avaient servi de base aux solutions à proposer. En principe, les militaires qui avaient participé à la résistance furent réservés pour l'action des conseils de guerre ; puis, il appartint à l'autorité de soumettre, par les voies ordinaires, aux conseils compétents, ceux auxquels on n'avait à reprocher que le fait de désertion à l'intérieur ; de punir disciplinairement les fautes qui ne motivaient pas une mise en jugement ; de renvoyer enfin à leurs corps les innocents et ceux dont la conduite était moins répréhensible. A la date du 15 janvier 1872, 4834 militaires avaient été examinés et classés comme il suit :

Réservés pour l'action judiciaire	1401
Proposés pour être renvoyés à leurs corps	2266
Proposés pour l'envoi en Algérie par mesure disciplinaire	1167
Total.	4834

La différence de ce chiffre avec celui de 5000 précé-

demment cité provient des décès et d'un certain nombre
de soldats renvoyés dans leurs foyers à la date de leur
libération.

Les opérations judiciaires commencées à Versailles,
dans la première quinzaine de juin 1871, se continuèrent
jusqu'au 31 décembre 1874. Alors fut terminée la répression entreprise à la chute de la Commune. Il n'avait pas
fallu moins de vingt-deux conseils de guerre et de 130
magistrats instructeurs pour arriver à ce résultat.

Le tableau suivant donne la décomposition des solutions obtenues à cette époque :

Décisions judiciaires se rapportant à toutes les affaires
à la date du 31 décembre 1874 :

Refus d'informer	9 291
Ordonnances de non-lieu.	25 023
Jugements de condamnation contradic- toires.	10 042
Jugements de condamnation par contu- mace.	3 751
Jugements d'acquittement.	2 452
Total des décisions judiciaires. . .	50 559

Nous ne pouvons examiner les jugements relatifs aux
différentes catégories de coupables. Nous nous bornerons
à rapporter avec quelque détail la décision concernant
ces individus que leur notoriété avait désignés plus
particulièrement à l'attention de la justice. C'étaient les
membres de la Commune, les chefs militaires, les
fonctionnaires, les journalistes, dont la culpabilité
résultait du rôle qu'ils avaient joué pendant la période
insurrectionnelle. Ils étaient destinés à passer les premiers devant les conseils de guerre.

Une des principales préoccupations du Gouvernement
avait été de faire préparer tout d'abord les dossiers et
la mise en jugement des membres de la Commune, et

de répondre ainsi à un sentiment manifesté hautement par l'opinion publique.

Dans la pensée de produire un exemple plus grand et plus solennel, l'autorité militaire avait été invitée à grouper dans un même jugement les seize membres de la Commune arrêtés à la fin de l'insurrection.

C'étaient :

Ferré, — Assi, — Urbain, — Billioray, — Jourde, — Trinquet, —Champy,—Régère,—Rastoul,—Grousset, — Verdure, — Ferrat, — Descamp, — Joseph, Victor Clément, — Courbet, — Ulysse Parent.

Lullier, qui n'avait pas été membre de la Commune, mais dont le rôle avait été très marqué pendant la lutte, fut compris dans la même affaire et jugé le même jour.

Le troisième conseil fut désigné pour juger cet important procès. Les développements matériels d'une pareille information étaient fort étendus et furent la cause des retards successifs apportés à l'ouverture des débats. Elle eut lieu à Versailles, le 7 août 1871, dans la salle du manège des Grandes-Écuries, en présence d'une affluence très considérable de spectateurs de toutes les classes de la société. La défense eut toute liberté de se produire, et les accusés furent entourés de toutes les garanties protectrices spécifiées dans la loi.

Ce grand drame judiciaire, dont la presse officielle et la plupart des journaux français et étrangers publièrent le compte rendu, se déroula pendant vingt-trois séances.

Pendant vingt-trois jours on put contempler tout ce que les batailles de la rue et la protection de l'étranger nous avaient laissé de la Commune. C'était un étalage de têtes sans relief, de profils vulgaires, de types cueillis pour la plupart dans les bas-fonds de la société. Un éclat de soleil tombant sur ces visages incolores les illumina successivement ; on aurait dit que la justice

promenait sur eux ce rayon implacable qui les forçait
à baisser les yeux.

Un seul montra quelque dignité : Jourde. Son attitude
ne ressemblait en rien à celles des seize individus que
l'on jugeait en même temps que lui. Tout lui semblait in-
différent, pourvu que ses additions fussent reconnues
exactes et que l'on ne pût élever de doute sur son hono-
rabilité professionnelle [1]. Mais les autres ? Nous aurions
voulu que la France entière pût voir, face à face, ces
tristes personnages qui ont, deux mois entiers, terrorisé Paris et stupéfié l'Europe. Avec quelle platitude ils
ont osé renier leurs actes ! Loups et renards n'étaient
plus que des agneaux. Ils n'avaient rien préparé, rien
ordonné, rien fait. Bons citoyens, excellents pères, fidèles
époux, ils étaient honnêtes, scrupuleux, sobres, austères
et chastes. On avait beau leur mettre sous les yeux ce
qu'ils appellent pompeusement leurs autographes, ils
ricanaient, comme Ferré, devant l'expert. Il n'est pas
étonnant que ces conspirateurs de brasserie et de caba-
ret aient sans remords violé la liberté. Ils ne savent pas
ce qu'elle est, car ils ignorent l'obligation qu'elle impose :
la responsabilité, et ce qui constitue son plus noble
attribut : la dignité.

Ces insulteurs de Dieu, ces détrousseurs d'églises, ces
inventeurs de crimes, de tortures, de cadavres enfouis
dans les cryptes et les souterrains ; ces tueurs de prélats
et de religieux avaient eu soin de ne pas dévorer toutes
leurs proies. Ils en avaient gardé plusieurs pour qu'ils
pussent comparaître à l'audience ; ils n'ont pas craint
de citer comme témoins à décharge quantités d'abbés,

---

1. Au cours du procès, l'on apprit que durant toute la durée de
la Commune, alors qu'il était au pouvoir, sa femme avait continué
à aller simplement blanchir le linge au lavoir public, que son enfant avait été envoyé à l'école gratuite, et que lui-même prenait ses
repas dans un humble restaurant de la rue de Luxembourg.

de vicaires, de Frères, et d'implorer le secours de ceux qu'ils martyrisaient.

Et c'est pour ces gens-là, pour des traîtres aussi lâches que sanguinaires, que le pauvre peuple de Paris a marché au combat, qu'on l'a fait passer des nuits, des semaines entières sur les remparts. C'est pour eux que, vaincu, il s'est replié sur la ville, de rue en rue, de maison en maison, laissant aux mains de la troupe le plus grand nombre des siens. C'est pour eux enfin qu'il est allé passer des mois, de longs mois sur les pontons et dans les forts, pour eux qui se moquaient bien de son courage et de sa virilité, pourvu qu'ils fussent certains de pouvoir se sauver. Les défenseurs de la Commune avaient-ils au moins raison d'espérer qu'à l'heure suprême la plupart de ses membres iraient au combat, comme ils l'avaient promis tant de fois, et marcheraient à la mort? Pendant le siège des Prussiens, pas un n'avait montré ni courage, ni dignité. Ils n'avaient rien fait, rien voulu faire, rien osé faire, sinon se prélasser dans les clubs, tandis qu'à côté de ces marauds ténébreux on voyait des gens riches, heureux, qu'une jeune femme et de petits enfants attendaient, marcher au combat la tête haute, la poitrine découverte, et mourir en criant : « Vive la France ! » Et maintenant encore le peuple de Paris croit à ces sinistres fantoches !

Une lettre écrite de Brest disait cependant : « On est éclairé ici sur la valeur des hommes qui nous ont fait battre jusqu'à la fureur, et qui eux poussaient la prudence jusqu'à l'infamie. »

Ce qui achève de confondre la raison, c'est que l'intérêt public se soit attaché à des hommes surpris le fer ou la torche à la main. Nous considérons comme sacrés tous ceux qui ont souffert et tous ceux qui ont combattu pour la vérité et la justice : les gendarmes et nos frères qui sont morts assassinés, les malheureux que l'on a traqués

pour les incorporer dans l'armée du brigandage, les
pères dont on a tué les fils. Mais on ne peut sans
dégradation morale aller jusqu'à dire que le respect
dû aux martyrs revient aux assassins. Il faut s'intéresser
aux uns et aux autres selon le sens moral dont on dispose,
mais il ne faut pas s'abandonner à un partage de
sentiments qui, en faisant injure aux victimes, relève le
bourreau.

Certes il y avait dans les misérables condamnés par
les conseils de guerre des gens dignes de commisération.
Mais ce ne sont pas ceux à qui d'ordinaire on s'intéresse;
ils n'ont rien de commun avec ces instituteurs déclassés,
ces hommes de lettres exaspérés, ces vaniteux et ces
prétentieux qui arborent comme un panache leurs
rêveries politiques ou sociales. Il y a peu de mérite à
s'intéresser aux gens de cette sorte, à parler des entraî-
nements de la plume, à prétendre qu'une fois lancé
l'écrivain ne s'arrête pas. Le couteau non plus, lorsque,
aiguisé par des hommes comme M. Rochefort, il a
commencé sa besogne, n'est pas toujours maître de lui.
Ce qui serait plus humain, ce serait de donner sa commisération à ceux des accusés qui vraiment n'ont pas
eu le sentiment complet du mal où on les entraînait, et
qui ont cédé à la faim.

Voilà, disait-on dans le public, au moment de la
répression, ce qu'ont paru ne pas comprendre les juges.
On leur reprochait de s'être montrés plus sévères envers
les subalternes qu'envers les chefs; on critiquait surtout
l'arrêt rendu contre les membres de la Commune et qui
condamnait :

Ferré et Lullier à la peine de mort, — neuf membres
de la Commune à la déportation dans une enceinte
fortifiée ou à la déportation simple, — deux aux travaux
forcés à perpétuité, — Courbet à six mois de prison et
cinq cents francs d'amende.

Descamps et Ulysse Parent étaient acquittés, alors que dans une autre salle on envoyait sur les pontons ou à la mort une tourbe obscure qui n'avait fait qu'obéir aux ordres de ces membres de la Commune.

Cette inégalité devant la justice militaire, il faut la mettre tout entière sur le compte du Gouvernement. Il avait admis en principe que l'on n'était pas coupable pour avoir fait partie de la Commune ; la culpabilité ressortait de la façon dont on s'y était conduit. Les passeports donnés à M. Beslay, à M. Theisz, prouvent que la qualité de membre de la Commune n'impliquait aucune poursuite ni aucun châtiment. Le fait d'usurpation écarté, on choisissait parmi les usurpateurs.

Pourquoi M. Thiers et ses ministres ont-ils imposé aux juges cette singulière jurisprudence ? On a cherché à expliquer cette pression du pouvoir par le consentement qu'il avait donné aux élections de la Commune. On a parlé aussi d'une certaine solidarité qui existerait entre trois membres du cabinet à cette époque et les hommes du 18 mars. Mais, quelque regrettables que soient les paroles échappées sous l'Empire à M. Jules Ferry, à M. Jules Favre et à M. Ernest Picard, dans un moment de fièvre électorale[1], c'est aller trop loin que de les rendre cautions des membres de la Commune, et de leur assigner une si large part de responsabilité dans l'origine et les actes de l'insurrection.

---

1. Dans le club de la rue de Lyon, M. Jules Ferry avait promis d'abolir le soldat, d'abolir le prêtre, d'abolir le juge. Quand sa candidature était menacée par celle de Rochefort, M. Jules Favre avait promis aux gens de la Villette tout ce qu'ils pouvaient rêver. M. Ernest Picard adhérait aux sottises de la *Lanterne*, il excusait tous les excès de plume et de parole.

CHAPITRE VI

I

L'insurrection du 18 mars, qui à l'origine ne se proposait, disait-on, que l'émancipation et l'avènement de la classe ouvrière, n'a abouti en fin de compte qu'à l'égorgement des travailleurs. A qui la faute? Habilement menée, cette révolution pouvait se faire sans trop de secousses, et, purifiée peu à peu de ses éléments mauvais, elle pouvait même produire quelques bons résultats. Les conditions irrégulières du travail et du capital, du louage et de la propriété, se seraient insensiblement modifiées par des règlements ou par les usages communaux. Il se trouvait dans le Comité central quelques hommes qui semblaient avoir une idée assez nette de cette partie de leur programme. Ils avaient aussi assez d'intelligence pour reconnaître l'inutilité des moyens violents et tout ce qu'il y avait de préjudiciable pour eux à engager une lutte ouverte avec le Gouvernement, tant qu'ils auraient quelque chance d'arriver à leurs fins en gardant envers lui une attitude défensive.

Mais ces habiles de la première heure furent bientôt dépassés ou mis de côté par des survenants qui compromirent tout. Les turbulents de profession arrivèrent, et à leur tête Lullier, qui s'empara, comme nous l'avons vu, des principales positions stratégiques de la capitale. Ce fait qui amena le triomphe complet de la Commune devait aussi causer sa perte. Le pouvoir, en abandonnant Paris à l'insurrection, l'y avait laissée maîtresse... mais à la façon du rat pris au piège. Il fallait en sortir au plus vite.

Il est certain que le Comité central, en tentant l'aventure, avait compté sur le soulèvement des principales villes dans lesquelles il avait des agents. De ces foyers d'insurrection, les trois seuls qui tentèrent d'imiter Paris : Limoges, Lyon et Marseille, furent l'objet d'une si prompte et si énergique répression, que les autres restèrent dans l'attente des événements qui allaient surgir.

Est-ce pour donner à la province le temps de s'insurger? Est-ce l'enivrement du triomphe qui lui fit perdre des heures précieuses? Le fait est que la Commune commit la faute absolument incompréhensible de rester inactive du 18 au 28 mars.

Si on considère que jamais insurrection n'avait eu à sa disposition d'aussi formidables moyens de vaincre, on ne peut s'empêcher d'attribuer en partie la chute de la Commune aux dix jours qu'elle perdit. Elle s'était rendue maîtresse, par un concours inouï de circonstances, de Paris, de ses remparts, de douze ou quinze cents canons, de trois cent mille fusils, de munitions de tout genre ; elle disposait du pouvoir le plus absolu, terrorisait les citoyens honnêtes, et attisait les plus viles passions des plus vils scélérats. Forte du concours de tous les aventuriers de l'Europe, de tous les forçats et repris de justice dont Paris est le refuge, elle attirait les âmes faibles par la solde ou les enrôlait par la contrainte. Ce n'est pas tout : elle eut encore à la tête des affaires militaires des hommes d'énergie et d'action, dont nous devons constater ici les efforts remarquables, non pour dresser un piédestal à quelques personnalités dont l'intelligence même et la volonté persévérante aggravent la faute, mais afin de dire toute la vérité sur le mouvement insurrectionnel. Il lui eût été possible d'écraser les troupes de Versailles, à l'époque où elle n'avait pas encore préparé sa résistance.

Quand, le 2 avril, la première bande communarde se décida à sortir de la ville, le Gouvernement, à ses douze mille défenseurs primitifs, avait ajouté d'autres forces dont les Prussiens avaient autorisé la formation ; et de nombreux prisonniers, rendus par l'Allemagne, venaient à Versailles se ranger sous les plis du drapeau de la France. Contre de tels adversaires, l'armée de la Commune sans discipline, sans cohésion, sans expérience du feu, sans cadres sérieux, devait être fatalement vaincue.

Ses chefs militaires ont surtout échoué par la réaction même des principes qui avaient fait leur victoire. Leurs armes s'étaient retournées contre eux. Après avoir détruit toute autorité, toute hiérarchie, ils sont obligés d'en disputer les lambeaux aux convoitises, aux ambitions, aux méfiances de l'Hôtel de ville. C'est ainsi que tous : Eudes, Bergeret, Cluseret, Rossel, tombent les uns après les autres, impuissants, vaincus, suspectés, emprisonnés ; c'est ainsi que les différents comités, jaloux de leur influence respective, sans attributions définies, ennemis nés des délégués à la guerre, s'entravent réciproquement et usent inutilement leurs forces ; c'est ainsi que les états-majors, les généraux, les chefs de légions et les personnages galonnés par le hasard ou par l'élection, interprètent les ordres, agissent pour

leur compte et rendent impossible toute unité de vue
et d'action. Si l'on joint à ces causes de désorganisation
la lutte sourde du Comité central contre la Commune
elle-même, l'intervention incessante et malveillante des
représentants de l'une et de l'autre dans tous les services, on aura une idée de l'anarchie dans laquelle se
débattait la Commission de la guerre.

Tous les délégués militaires et civils, tous les comités,
le Comité central et les Comités de salut public, n'en
ont pas moins consacré toute leur énergie au succès
de la cause insurrectionnelle, qu'ils voulaient identifier
à la leur : les volumes de correspondances, les milliers
d'ordres et de dépêches, signés par eux, attestent, dans
nos archives, l'importance de leur tentative criminelle.

Dès la fin d'avril, on aperçut le résultat inévitable
d'un pareil désordre ; mais il était trop tard ; les jours
de la Commune étaient comptés, et, quand elle confia la
dictature à Delescluze, l'armée entrait dans le fort d'Issy
et menaçait directement les remparts de Paris.

Vaincue sur les champs de bataille, la révolution du
18 mars avait encore cependant quelque chance de
durée, et pouvait aboutir à quelque résultat. Elle aurait
pu, peut-être[1], rendre aux communes quelques-unes
des franchises dont elles jouissaient autrefois, et con-
sacrer la garantie de ces libertés. Mais il fallait pour
cela qu'elle se maintînt dans la voie des revendications
municipales. Il fallait qu'à l'exemple de la commune
russe, des paroisses anglaises et des communes prussiennes, elle ne s'occupât nullement de la politique
générale, et ne fît même entendre aucun vœu qui s'y
rapportât. Partout où la liberté communale existe, elle
est soumise à cette condition. Si elle y manquait, elle

---

1. Nous disons peut-être, parce que cette sorte de liberté est
celle qui s'improvise le moins.

tomberait d'elle-même, car il faut bien noter ce point, que l'essence de la liberté communale est d'être nécessairement indifférente aux formes de gouvernement et aux théories politiques. Cette liberté-là s'applique non à des principes, mais à des intérêts. Elle n'est et ne veut être qu'une sauvegarde pour les intérêts individuels ou communaux. C'est parce qu'on la comprend ainsi, dans tout le reste de l'Europe, qu'elle y peut vivre sous les régimes les plus divers. C'est parce que nous la comprenons autrement en France qu'elle ne peut s'établir sous aucun régime, pas même sous la forme républicaine.

Mais comment les hommes de l'Hôtel de ville auraient-ils pu la comprendre? La Commune était composée, en général, non seulement d'inconnus, comme on a pu le voir d'après la proclamation des noms de tous ceux qui en ont fait partie, mais, ce qui était plus grave encore, d'incapables et d'énergumènes. La lecture du compte rendu de ses séances ne prouve que trop son peu d'intelligence politique et l'absence complète de ce calme si nécessaire dans les graves et délicates discussions qu'elle entama souvent. Aucun de ses programmes ne présente l'idée nette, l'exposé des principes arrêtés qu'on était en droit d'attendre d'individualités telles que les Delescluze, les Tridon, les Vermorel, les Félix Pyat, les Vaillant, etc... Tout est diffus et confus. On sent des cerveaux violents et pas un esprit réglé. Le premier de ces programmes, celui du 30 mars, n'est qu'un plaidoyer duquel on ne peut pas même dégager une réponse à cette question primordiale : Voulez-vous constituer la Commune ou établir le Communisme? Vainement essayaient-ils de donner à l'opinion un éclaircissement; ils ne purent ou n'osèrent jamais dire s'ils prétendaient gouverner Paris ou régenter la France. De cette équivoque qu'ils avaient d'excellentes raisons de ne pas

lever résulta pour eux cette situation qu'ils ne pouvaient pas faire un acte qui n'en contredît plusieurs
autres. D'abord, ils proclament que la Commune de
Paris est le seul pouvoir, sans indiquer les limites géo-
graphiqnes de ce pouvoir; ils annoncent sans faire la
moindre protestation, sans faire la moindre réserve,
que les conférences pour la négociation du traité de paix
définitif sont ouvertes à Bruxelles entre la Prusse et le
gouvernement de Versailles. Ils combattent la centrali-
sation, et ils n'osent pas répudier la tradition jacobine
du Comité qui est essentiellement centralisatrice. Après
avoir déclaré que la révolution du 18 mars avait pour
but de restituer à la ville de Paris son autonomie, et
à ses habitants leur indigénat, ils reconnaissent à des
étrangers le droit de faire partie de la Commune de
Paris, en qualité de représentants de la République universelle.

Ce ne fut que quelques semaines plus tard, après
d'autres programmes nébuleux et contradictoires, que
la Commune, complètement débordée, se décida à faire
connaître à la France son but définitif, qui était, non
plus seulement l'autonomie communale, mais une ré-
novation totale de la nation, tant au point de vue politique qu'au point de vue social !

Un écrivain, non suspect assurément de réaction,
M. Georges Duchesne, rédacteur d'une feuille dont le
titre indique l'opinion, la *Commune*, traçait ainsi le
plan du gouvernement de l'Hôtel de ville :

« L'arrêté de convocation des électeurs au 26 mars
et au 16 avril se réfère à la loi de 1849, qui exige,
au premier tour de scrutin, un minimum de voix du
huitième des inscrits. Les décisions du 31 mars et du
21 avril déclarent, après coup, cette exécution inutile.
29 avril, abolition de la conscription pour toute la
France; 8 avril, enrégimentation forcée à Paris de tous les

citoyens valides, depuis dix-neuf jusqu'à quarante ans.

« Au premier arrondissement, Cluseret licencie les bataillons dissidents et désarme les réfractaires ; au sixième, M. Laccord entend tout incorporer par voie de réquisition.

« Ce dernier est désavoué à l'*Officiel* dès le lendemain pour son escapade ; le 16 avril, la commission exécutive prescrit « des perquisitions méthodiques par « rues et maisons, et déclare les concierges passibles « d'arrestation, s'ils font des déclarations mensongères. »

« Le 29 mars, un arrêté fait remise aux locataires dans Paris de trois termes ; le 12 avril, les poursuites pour échéances commerciales sont suspendues ; le 19, un décret augmente le nombre des huissiers pour cause d'insuffisance.

« La commission donne d'une main et retient de l'autre : elle réclame « l'intervention permanente des citoyens « dans les affaires communales, par la libre manifesta-« tion de leurs idées, la libre défense de leurs intérêts ; » puis, par une restriction empruntée aux vieux régimes, elle proclame la Commune « seule chargée de *surveil-« ler* et d'assurer LE JUSTE et le libre *exercice* du droit de réunion et de publicité, » justifiant ainsi à sa manière la saisie du *Constitutionnel*, le communiqué au *Paris-Journal* et ses deux catégories de suppression de journaux.

« Le Conseil se défend « de poursuivre la destruction « de l'unité française ; » et il proclame l'absolutisme de la Commune « quant à la fixation et à la répartition de « l'impôt » ; quant à « l'organisation de la magistrature ; « quant à l'organisation, non seulement de la défense « urbaine, ce qui est de droit, mais « de la garde nationale. »

« Autre originalité sans précédents : les membres du pouvoir, qui sont en même temps fabricants et marchands de journaux, se permettent de promulguer la veille, par primeur et préoccupation d'achalandage, des décrets surprenants, rendus, disent-ils, en conseil de la Commune, et dont l'*Officiel* du lendemain (le vrai *Officiel*) ne parle jamais.

« Le manifeste met en première ligne « la garantie absolue de la liberté individuelle. »

« Néanmoins, un décret du 7 avril prescrit des mesures pour arrêter l'abus des incarcérations illégales. Le 16 avril la note de l'*Officiel* prouve que l'arbitraire continue d'être la loi de la force.

« Le délégué à la guerre apprend que des officiers, des postes, des gardes nationaux, portent atteinte à la liberté individuelle, en arrêtant arbitrairement, sans mandat régulier, dans des domiciles particuliers, dans les lieux publics ou sur la voie publique, des individus suspectés à plus ou moins bon droit.

« Les décrets se succèdent pour prescrire l'obligation des procès-verbaux, l'interrogatoire, sous vingt-quatre heures, des incarcérés.

« Un commissaire se permet, dans un but de vengeance personnelle, d'empoigner un honnête homme. Les officiers déclarent que la victime a été relâchée et le prévaricateur *destitué*. Ce n'est pas cela : le Code pénal prescrit les travaux forcés.

« La confusion est partout ; un décret du 6 avril supprime le *grade* de général, et les généraux en gardent la *qualification*.

« Les tracasseries au sujet des laisser-passer vont jusqu'a compromettre l'approvisionnement ; il faut qu'un décret du 16 avril enjoigne d'accorder un laisser-sortir aux bouviers, bergers et autres convoyeurs de marchandises.

« 11 avril, institution des conseils de guerre ; 14 avril, projet de Protot sur le jury d'accusation ; 16, constitution de la Cour martiale.

« Destruction de la guillotine par le peuple ; maintien de la peine de mort par le Conseil.

« 10 avril, décret sur les pensions : les frères, les sœurs, sont classés parmi les ascendants ; il n'est rien dit des enfants légitimes ; la rente, limitée à 600 francs pour les veuves, pourra s'élever jusqu'à 800 francs pour les collatéraux.

« La déclaration proclame et reconnaît aux citoyens « le droit permanent de *contrôle* et de *révocation* des magistrats ou fonctionnaires communaux de tous ordres. Le Conseil a longtemps délibéré dans l'ombre ; il signe la plupart de ses affiches de cette entité impersonnelle : LA COMMUNE. L'*Officiel* nous donne des procès-verbaux dépourvus de précision, et sur les mesures les plus graves nous n'avons pas la liste nominative des votants *non*, des votants *oui*. Dès lors, comment *contrôler ?* à plus forte raison *révoquer ?*

« Le manifeste parle encore de la liberté de travail ; cependant la Commune fait fermer les ateliers où de trop rares labeurs retiennent le garde national loin de son devoir civique ; puis elle met l'embargo et le séquestre sur les ateliers déserts.

« Jamais pouvoir n'a entassé en aussi peu de temps un pareil fatras de contradictions. »

Dans son organisation même, la Commune démontra que ses chefs les plus capables et les plus écoutés n'avaient pas une ligne définie et étaient dépourvus de toute notion pratique d'administration. Elle prit d'abord l'arrêté organique que voici, sur la proposition de Delescluze :

1° Le pouvoir exécutif est et demeure confié, à titre provisoire, aux délégués réunis des neuf commissions entre lesquelles la Commune a réparti les travaux et les attributions administratives ;

2° Les délégués seront nommés par la Commune, à la majorité des voix ;

3° Les délégués se réuniront chaque soir, et prendront, à la majorité des voix, des décisions relatives à chacun de leurs départements ;

4° Chaque jour, ils rendront compte à la Commune, en comité secret, des mesures arrêtées ou discutées par eux, et la Commune statuera.

Le scrutin, appliqué en conséquence de cet arrêté à la nomination des délégués, aux ministères, donna une première composition. Mais la Commune portait dans ses flancs des germes qui devaient rendre indéfiniment variables ses résolutions : la méfiance des membres et leur jalousie les uns à l'égard des autres[1]. Ainsi, la commission exécutive de la Commune se trouvait chaque jour composée d'une manière différente.

Le 3 avril, on y vit figurer Bergeret, Eudes, Duval, Lefrançais, Félix Pyat, G. Tridon, E. Vaillant.

Le 4 avril, elle se modifia de cette manière : Bergeret, Delescluze, Duval, Eudes, Félix Pyat, G. Tridon, E. Vaillant.

Le 5 avril, elle fut ainsi constituée : F. Cournet, Delescluze, Félix Pyat, G. Tridon, E. Vaillant, Vermorel.

Ces mutations quotidiennes se produisirent durant trois semaines ; on vit alors les membres de cette commission se faire arrêter les uns les autres et aboutir à

---

1. Il faut voir, dit M. Maxime Du Camp, comment ils se traitent entre eux : Félix Pyat attaque Vermorel et lui reproche d'avoir été un agent secret de Napoléon III ; Vermorel dit crûment à Pyat que tout son mérite consiste à avoir fait à Londres du régicide en chambre. Vermorel gourmande les deux adversaires dans le *Père Duchêne* et leur dit proprement : « Vous tombez dans la mélasse. » Lefrançais, maltraité par ce dernier, lui propose de faire un tour avec lui à la porte Maillot, et sur son refus l'accable d'injures. Vésinier et Rochefort se prennent aux cheveux. Vermorel disait : « Le dégoût me saisit au milieu de tant de sottises, de tant de prétentions, de tant de lâchetés ; nous n'avons que des imbéciles, des fripons ou des traîtres, instruments vils et ridicules ; rien que des personnalités grotesques ou monstrueuses. »

être remplacés par un Comité de salut public, nommé
dans la séance de la Commune du 30 avril. Le *Mot
d'Ordre* de Rochefort en était scandalisé lui-même, et
s'écriait : L'Hôtel de ville se défie du ministère de la
guerre, le ministère de la guerre se défie du ministère
de la marine ; le fort de Vanves se défie du fort de Montrouge, qui se défie du fort de Bicêtre ; Raoul Rigault se
défie du colonel Rossel, etc. » M. Rochefort mettait sur
le compte des mœurs républicaines cette défiance universelle des membres de la Commune, qu'il n'aurait dû
attribuer qu'à leur mutuelle incapacité et à un manque absolu d'honnêteté.

Ce Comité de salut public, élu par 34 voix contre 28,
se composait de cinq membres : Antoine Arnaud, Léo
Meillet, Ranvier, F. Pyat, Gérardin ; dans les premiers
jours de mai il devint, avec le Comité central, la pierre
d'achoppement de l'insurrection lancée dans la voie
des extravagances pour aboutir promptement au terro-
risme stupide et farouche.

On a reproché au clergé la terreur blanche qui
« au nom du droit divin et de la sainte inquisition » livrait au bourreau les libres penseurs politiques et religieux, républicains et hérétiques. Mais nous le demandons aux radicaux eux-mêmes : que faut-il préférer de
la frénésie qui pousse aux massacres de septembre et
des otages de la Commune, ou du zèle religieux qui
mène au massacre des Albigeois ? Quelle est l'intolé-
rance qui vaut le mieux, de celle qui lève la hache
contre les blasphémateurs de la révolution, ou de celle
qui perce d'un fer rouge la langue des sacrilèges ? Comment choisir entre la prétendue orthodoxie qui veut
exterminer le modérantisme par le couteau de la guillotine et celle qui veut anéantir l'hérésie par les bûchers
de l'inquisition ? « Ces monstruosités historiques » qu'on
nous jette à la face, et que nous n'avons pas à appré-

cier ici, répondaient à des passions vraies, à des convictions que leur sincérité même rendait inexorables ; et elles eurent pour effet de maintenir dans les États l'ordre et la prospérité. Mais, en inaugurant la terreur rouge, la Commune, dépourvue de principes, n'obéissait qu'à des instincts mauvais, et le moyen qui, dans sa pensée, devait assurer la durée de son règne, devint au contraire la cause qui en précipita la ruine. L'opinion, accoutumée à juger les hommes sur leurs paroles et leurs écrits, croyait trouver chez les hommes de l'Hôtel de ville, sinon de la capacité, à tout le moins de l'honnêteté. Hélas! l'illusion ne fut pas longue, et l'aspect de Paris devint chaque jour plus vide, plus morne, plus effaré.

En vain allègue-t-on l'état de guerre où se trouvait le nouveau gouvernement : même au sein d'une ville assiégée, même à l'heure où les balles versaillaises atteignaient par-dessus le rempart leurs femmes et leurs enfants, les hommes que le vote de la Commune avait érigés en dictateurs avaient le devoir strict de s'abstenir de rigueurs inutiles, et nous entendons par là toutes les rigueurs qui ne servaient pas directement la défense.

La pente était glissante, nous le savons, et l'on devait arriver facilement à copier la terreur civile de 93, sous prétexte de lui emprunter sa mâle énergie, jointe au mépris souverain de la vie humaine.

Mais la Commune avait les lois de l'état de guerre qui lui suffisaient : elles étaient un instrument assez sûr et assez rapide pour frapper tous les coupables. En dehors de ceux qui avaient fait acte d'hostilité ouverte contre l'insurrection, qui donc voulait-on atteindre et par quels autres moyens que ceux de la loi?

L'état des choses différait essentiellement de l'état de guerre civile : la guerre civile véritable, celle qui partage la cité en deux camps qui se pénètrent, où l'on touche du coude son ennemi sans le connaître, cette guerre ne va pas sans la terreur et son cortège d'arbitraire et de crimes. Au contraire, dans la lutte soutenue par la révolution du 18 mars, les camps étaient nettement séparés : de l'autre côté du rempart les ennemis, du côté de la ville les soldats et les amis de la Commune. S'il se glissait des traîtres ou des espions dans leurs rangs, les lois de la guerre suffisaient pour les punir ; mais il était absurde de prétendre imprimer la terreur, dans le cœur de ceux qu'il fallait vaincre, par l'application de mesures injustifiables, alors qu'on avait la guerre, ses lois et des canons. Il n'était pas prudent, quand on avait la guerre civile déchaînée, il n'était pas sage de « réveiller les lions endormis », comme disait le malheureux Strafford, et de remuer d'une main impie les vieux levains des guerres religieuses. En arrêtant des prêtres, en poursuivant des religieuses, en décrochant les crucifix, en établissant des clubs dans les églises, en violant des tombeaux, le Comité de salut public et le Comité central crurent avoir anéanti le catholicisme. Les insensés ! ils ne faisaient qu'accuser une fois de plus l'éternelle impuissance de l'impiété. Il y a dix-huit cents ans qu'elle entasse des ruines et qu'elle cherche à « enterrer le Christ .» Et chaque isècle voit grandir davantage la puissance du prêtre, ministre du Christ et représentant de la seule force ; et souvent, lorsqu'elle a renversé un édifice de pierre, elle le voit se relever le lendemain en argent ou en or !

C'est ce qui est arrivé sous la Commune : en saccageant les églises, en renversant l'autel, elle n'a nullement détruit la foi dans les âmes, substitué son règne à celui de Jésus-Christ. Les fidèles qui ont été témoins des profanations sont tombés à genoux pour implorer Dieu ; ils ont fait au fond de leur cœur un grand acte de foi, avec une énergie qu'ils n'auraient pas eue la veille. Ils ont promis de faire disparaître les ruines, de vivre désormais plus saintement, afin de venger Dieu de toutes ces injures. Voilà la vraie force, celle que ne peuvent atteindre ni le feu, ni le sang, ni la mort. Mais la Commune, elle, en endossant la responsabilité de tous les sacrilèges commis en son nom ou tolérés par elle, a signé sa propre condamnation, et les soldats de Mac-Mahon n'en furent plus que les exécuteurs.

CHAPITRE VII

I

C'était hier que la Commune ensanglantait la capitale, et aujourd'hui les édifices abattus par elle sortent de leurs ruines plus splendides qu'autrefois, et semblent insulter à ceux qui les voulaient anéantir. Les blanches pierres ont remplacé celles que les siècles et la flamme avaient brunies, que les crimes des hommes avaient parfois souillées; les traces des vandales sont effacées. La foule oublieuse ne se souvient plus ni des larmes ni du sang : elle rit, elle chante, elle danse, elle se couronne de fleurs, ainsi qu'elle faisait quand la mort, le deuil et la honte ensemble, l'ont frappée.

Regardons sous ces fleurs, écoutons à travers ces chants. Le sol oscille encore.... n'est-ce que la houle qui vient après la tempête, les dernières convulsions d'une crise effroyable? ou le présage sinistre d'un nouvel orage? La Commune est morte, disait-on après sa chute, et ne reviendra plus. Il semblait, en effet, que son horrible fin allait rendre son retour à jamais impossible, et que non seulement en France, mais dans le monde entier, les socialistes s'empresseraient de désavouer les massacres et les incendies. Mais Paris brûlait encore que déjà, dans toute l'Europe, la plupart des sections de l'Internationale et un très grand nombre de ses journaux proclamaient publiquement leur admiration et leur reconnaissance pour les incendiaires.

Un grand nombre de villes de France donna aussi son approbation à tous ces crimes, et à Paris même, le premier moment de stupeur passé, en marchant dans les rues incendiées, il suffisait de regarder le visage pervers et les yeux sanguinaires de la foule pour y lire ceci : « C'est à recommencer. » La population errait curieuse et gaie à travers les ruines, comme elle eût fait à Pompéi et à Herculanum, et le 8 juin elle regardait passer le convoi des otages. Combien de ceux qui ont brûlé Paris se promenaient au milieu de leur œuvre de destruction, l'admirant à raison même de son immensité et tenant par la main leurs enfants, auxquels ils soufflaient tout bas le mot de vengeance, auxquels ils faisaient respirer l'odeur du soufre et du sang qui les suivra partout et qu'ils reconnaîtront un jour ! Ils ont pu être châtiés avec le fer rouge, mais corrigés, non. Si l'on s'était fait la moindre illusion à ce sujet, il aurait suffi pour la dissiper de jeter un coup d'œil sur l'adresse adoptée dans une grande réunion par le comité parisien de l'Internationale, le lendemain même de la chute de la Commune :

« Travailleurs,

« Une lutte sans précédent dans l'histoire du monde vient de s'engager. On dit que nous sommes battus. Si notre devoir n'était pas de marcher en avant et toujours en avant, nous vous dirions : La réaction a raison.

« Mais notre devoir nous force à vous dire : Laissez la réaction chanter victoire, et agissez. On vous a désarmés, vous a-t-on réellement vaincus?

« A Paris, vous êtes encore cent mille.

« Quand on est cent mille on ne se retire pas volontairement de la lutte. La loi française vous donne, à vous travailleurs, la puissance politique. La laisserez-vous échapper encore une fois?

« Non, ce n'est pas possible.

« Vous n'avez plus ni club, ni réunion, ni organe; ralliez-vous, vous qui voulez le droit à la vie, autour de l'Association internationale des travailleurs. Seule, elle peut vous conduire à l'émancipation et vous arracher au joug du capital et des prêtres.

« L'Association internationale des travailleurs est en ce moment la grande coupable. Tous les capitulards, toutes les incapacités de la capitale l'accusent des malheurs de la France, de l'incendie de Paris.

« Les malheurs de la France, nous les rejetons sur les Trochu, Jules Favre et autres.

« L'incendie de Paris, nous en acceptons la responsabilité.

« La vieille société doit périr. Elle périra.

« Un effort gigantesque l'a déjà ébranlée ; un dernier effort doit la jeter à bas.

« En avant ! en avant !

« Vive la République sociale !
« Vive la Commune ! »

« Nos ennemis peuvent nous menacer d'extradition aux bourreaux de Versailles, d'expulsion de tous les coins du monde *civilisé*, d'une chasse féroce contre nous tous qui osons proclamer notre adhésion à la cause de la Commune; mais nos sympathies et notre concours n'ent resteront pas moins actifs; et si le monde *civilisé* ne peut nous tolérer, qu'il se débarrasse alors de nous au moyen du massacre et de l'assassinat, car ni d'une manière ni d'une autre nous ne pactiserons avec lui, et, si quelques cadavres de plus sont *nécessaires au règne de l'ordre*, qu'il les ait, ces cadavres : le monde *civilisé* n'en croulera que plus vite... »

En prenant part à la guerre civile, en s'alliant au jacobinisme, et en mettant une armée au service de révolutionnaires qui ne veulent que renverser le pouvoir pour s'en emparer, l'Association des travailleurs a fait évidemment fausse route : aussi, elle est rentrée dans l'ombre, mais, sachons-le bien, elle en sortira. Elle compte à Lyon douze mille adhérents parfaitement organisés, embrigadés et disciplinés; elle en a vingt-sept mille à Paris, sept mille à Lille, trois mille à Strasbourg, deux mille à Roubaix, cinq mille à Rouen, deux mille à Bordeaux, et c'est quelque chose cela !

Quelle sera l'issue de la lutte qui se prépare? Si nous jugeons du présent par le passé, et des similitudes par les analogies, nous voyons que la société française est exactement dans la situation où se trouvait la société romaine, lorsque les dissensions civiles avaient pour objet certaines substitutions dans la jouissance des privilèges, et d'inévitables compétitions de castes.

Aujourd'hui, en France comme à Rome sous le consulat des Gracques, les caractères continuent à décliner, les conceptions à avorter, les idées à se rapetisser, les mœurs à s'oblitérer, et, suivant l'expression d'un grand penseur appliquée à la décadence grecque, « le petit esprit est parvenu à former le caractère de la nation. » Or, lorsque le souffle des décadences traverse les plus fermes cuirasses d'honneur, de calme et de vertu, et dépose dans les âmes — même les plus pures — un germe d'ambition, d'égoïsme et de mauvaise foi, alors on peut affirmer que les bouleversements sont proches.

En France, de même qu'à Rome, sous une surface riante et parfumée de civilisation, bouillonne la lave des instincts individuels dont l'agitation se traduit périodiquement par des éruptions de sang et d'incendie. Ce fut le pillage et le meurtre en Italie; ç'a été le pétrole à Paris. Les faits se ressemblent, si les peuples diffèrent.

A Rome, au moment où le jeune Tibérius conçut l'ambition d'émanciper les prolétaires italiotes, la société dormait, riait et se consolait par la débauche. En France, des coups de tonnerre comme celui qui a éclaté en 1871 réveillent une heure, il est vrai, l'homme qui n'aime pas à trouver un pli à la feuille de rose de son oreiller. Quand il se voit menacé ou pris, il réfléchit un instant, il se reproche peut-être, mais d'une manière rapide, — il n'aime pas à s'accuser longtemps, — de n'avoir pas rempli parfaitement ses devoirs de conscience envers Dieu et envers son pays. Mais vienne le jour de la délivrance, les bonnes pensées s'envolent avec le vent qui emporte la tourmente et le danger. « Après tout, se dit-on, à quelque chose malheur est bon. Cette sanglante collision aura été l'arrière-face de la Révolution du 4 septembre, elle était inévitable. Un maréchal de France, dix généraux, cent vingt mille soldats, deux mille bouches à feu sont entrés en ligne, et il n'y a plus d'insurrection; le Sphinx qui devait nous dévorer est tué, dès à présent nous pourrons reposer en paix. » Il s'endort dans son apathie de la veille, il oublie tout, excepté ce qu'il aurait dû par-dessus tout désapprendre. Nous oublions ce que fut la Commune de 1871, et nous sommes loin de comprendre ce que serait une révolution nouvelle faite à son image. Les leçons de l'enquête, les crimes qui se sont déroulés devant les conseils de guerre, ont moins préoccupé le public qu'un

drame ou une comédie à sensation. Quel peuple sommes-
nous donc sur le point de devenir?

Or, — pour continuer notre comparaison, — pendant
l'orgie, les esclaves s'agitaient et la loi agraire s'élaborait
à Rome; en France et en Europe, les sociétés secrètes
s'organisent, communiquent, fusionnent et forment un
vaste réseau de conjurations qui menacent d'étouffer
nos sociétés. Leurs statuts nient Dieu, l'état social, la
morale, l'autorité de la famille et les sentiments humains, avec un cynisme moins affecté, il est vrai, que
celui de la Commune de Paris; mais, si l'on veut en
connaître l'esprit, que l'on observe *le parti ouvrier socialiste* qui se fonde maintenant en Allemagne sur des
bases formidables. Il doit avoir son siège à Hambourg.
Ses membres seront dispersés sur toute la surface de
l'empire, dans les villes d'Altona, de Hambourg, de Berlin, de Brunswick, de Hanovre, de Cologne, de Bielefeld,
de Breslau, de Francfort, de Magdebourg, de Chemnitz,
de Nuremberg, d'Augsbourg, de Gœppingem, de Borneim.
La fonction de ces autorités socialistes sera de servir d'intermédiaire entre la masse des adhérents et le comité
directeur. Ils auront, en outre, la charge de surveiller
l'exécution des mesures prises en congrès, et de préparer
les matières à des congrès nouveaux. Mais la force du
parti socialiste ne s'est pas manifestée au congrès de
Gotha uniquement par ce déploiement de forces et cette
forte organisation.

Voici le programme qui a été le fruit des débats du
congrès; le caractère de ses espérances n'échappera à
personne :

« I. — Le travail est la source de toute richesse et
de toute civilisation ; et, comme le travail fructueux pour
tous n'est possible que pour la société, le produit total
du travail appartient à la société, c'est-à-dire à tous ses
membres, sur la base de l'obligation universelle du

travail, d'après un droit égal, ou à chacun d'après ses besoins raisonnables. Dans la société actuelle, les moyens de travail sont le monopole de la classe des capitalistes ; la dépendance de la classe ouvrière, qui en résulte, est la cause de la misère et de l'esclavage sous toutes ses formes. L'affranchissement du travail exige que les moyens de travail deviennent le bien commun de la société ; il exige aussi la réglementation coopérative de tout le travail avec l'application au bien commun et l'équitable répartition du produit. L'affranchissement du travail doit être l'œuvre de la classe ouvrière, à l'égard de laquelle toutes les autres classes ne sont qu'une masse réactionnaire.

« II. — Partant de ces principes, le parti ouvrier socialiste d'Allemagne poursuit, par tous les moyens légaux, l'organisation socialiste de la société, la disparition de la dure loi des salaires par l'abolition du système du salariat, la suppression de l'exploitation du salariat sous toutes ses formes, de toute inégalité sociale et politique. Le parti ouvrier socialiste d'Allemagne demande, pour préparer la solution de la question socialiste, la création d'associations productrices pour l'industrie et l'agriculture, dans des proportions telles que l'organisation socialiste de tout le travail puisse en sortir. »

Il y a, on le voit, une grande différence entre ces revendications et les précédentes. Le communisme s'efforce de se dissimuler, mais son caractère international ressort clairement.

L'émotion que cette manifestation de la pensée socialiste a produite dans les régions officielles de Berlin a été profonde. Les journaux officieux se sont particulièrement effrayés de l'organisation matérielle du parti. La *Gazette de la Croix* est allée jusqu'à dire que les délégués du Comité central, dans les dix-huit villes que

nous avons citées, seront des « autorités socialistes gou-
vernementales. »

A quoi aboutira cette coalition de haines et d'appétits,
qui, comme une noire marée de barbarie, commence à
couvrir le sol de Saint-Pétersbourg à Madrid ? Nous ne crai-
gnons pas de nous tromper en affirmant hautement qu'elle
se manifesterait par de nouveaux crimes, si quelque acte
violent, si une guerre extérieure ou une révolution intérieure ouvrait la lice aux passions déchaînées. L'incertitude dont semble entouré le problème social est une
persistance de profonde agitation pour les classes laborieuses, un thème de déclamations commode aux am-
bitieux, un sujet de trouble et de souffrance pour les
ignorants et les esprits faibles.

II

Mais, que les ouvriers le sachent bien, jamais guerre
sociale ne supprimera la propriété ; elle ne fera que la
déplacer au profit d'autres possesseurs, avec des inconvénients analogues : des gens s'enrichiront qui étaient
pauvres, des familles périront qui étaient florissantes ;
les lois de l'équité, du travail, de l'économie, des droits
individuels, tout ce qui fait l'honneur, la force et la
richesse de l'humanité, seront encore une fois violées ;
la scélératesse humaine s'étalera de nouveau, cynique,
atroce ; on reverra peut-être les calamiteuses hécatom-
bes de la Commune, ses effroyables folies de meurtre
et de carnage, ses rouges embrasements où le sang se
mêlera aux flammes, et l'éclair des armes à la colère des
cieux ; mais la situation de l'ouvrier n'en sera pas
changée.

C'est un fait élucidé par l'histoire aussi bien que par la science économique et la politique pure : toutes les révolutions soi-disant sociales n'ont abouti qu'à un grand et épouvantable néant. Entasser dans les ossuaires des quantités effrayantes de cendres humaines, dévaster plus ou moins profondément des contrées fertiles, déplacer sans cesse la civilisation : tel fut toujours leur unique résultat.

Pour ne parler que d'une période déterminée à laquelle nous avons comparé la nôtre, dans la lutte du prolétariat italien contre le patriciat romain, depuis Sempronius Gracchus jusqu'à Catilina, un million d'hommes furent égorgés, les institutions ébranlées, les caractères avilis, et les mœurs singulièrement altérées. Des sacrifices humains marquèrent même les funérailles de Marius. Et malgré tous ces torrents de sang, ces monstruosités conçues et souffertes, ces immolations et ces lâchetés inouïes, la condition du prolétaire italiote au temps de César était tout à fait celle d'un homme de même caste au temps de Licinius, le tyrannique auteur des lois exclusivistes. Pourquoi? sinon parce que la lumière et la vertu n'étaient d'aucun côté, pas plus chez les opprimés que chez les oppresseurs, et ni les uns ni les autres ne pouvaient ressaisir la notion perdue du droit véritable. Il n'était donc pas réservé à la grandeur des passions de réintégrer dans le monde le principe de la dignité humaine par la réaction de l'esprit d'indépendance contre l'esprit de domination.

Seule, la révolution religieuse opérée par le christianisme a amélioré les rapports sociaux et modifié les notions du droit individuel, parce qu'avant d'agir sur les lois elle a agi sur les mœurs. Elle s'est présentée avec tous les caractères de cette puissance de l'âme agissant sur le monde extérieur par la vérité, par le devoir et par la vertu. La force et la violence lui furent

complètement étrangères. Pendant des siècles entiers
son travail s'accomplit sans qu'elle eût recours à la
force ni à la violence. Et lorsque le christianisme accepta le concours des pouvoirs de la terre, ce ne fut
qu'après les avoir subjugués par l'ascendant de vérité
et de beauté morale qui était en lui, et que la persécution
rendait plus manifeste encore. Les vertus chrétiennes
furent les seules messagères qui annoncèrent au monde
le rétablissement de la dignité humaine; messagères de
paix et de justice, toutes resplendissantes de la liberté
morale de l'homme, toutes pénétrées du respect de soi
et des autres, toutes rayonnantes d'amour. On vit alors
le front du serviteur se relever vers celui du maître, non
plus pour lui porter l'injure et le défi, mais pour lui
envoyer le rayonnement du salut fraternel, qui dès lors
dut accompagner toutes les relations des hommes entre
eux, tous les rapports d'autorité et d'obéissance ; et le
maître, reconnaissant son frère dans cet épanouissement
de la fraternité sur la figure d'un de ses semblables,
lui renvoya son amour, son respect.

III

Le christianisme n'a pas dégénéré, ce qu'il a fait
autrefois, il le peut encore aujourd'hui, mais à quelles
conditions? Il faut le reconnaître franchement.

Lorsque, dans la première partie de ce livre, nous
recherchions les causes du 18 mars, nous avons signalé
tout d'abord les instincts révolutionnaires de la nation.
Ce tempérament insurrectionnel qui est la source de
tous nos maux, comment le modifier? C'est en rétablis-
sant dans les âmes le sentiment que revendiquent pour

eux tous les partis dès qu'ils sont arrivés au pouvoir :
le respect.

Le respect! c'est là un des éléments les plus essen-
tiels de l'ordre public. On ne saurait le contester sérieusement : chacun comprend quel doit être le sort d'un
gouvernement qui n'est pas respecté. Mais ce respect si
nécessaire, qu'est-il? Quelles en sont les conditions?
Sur quoi repose-t-il? Le respect n'est pas l'étonnement,
l'admiration, la crainte. Ces sentiments, non plus que
la force, la puissance, le talent, le génie lui-même, ne
suffisent pas pour l'inspirer ou l'imposer. Le respect
est un mouvement de l'âme qui nous porte à nous
incliner, non pas devant une excellence, une supério-
rité quelconque, mais devant l'excellence, la supério-
rité reconnues du droit, du vrai, du bien. Pour obtenir notre soumission, il faut que l'autorité nous ap-
paraisse environnée de cette triple auréole, et notre
respect sera d'autant plus complet, d'autant plus
profond, que le droit, le vrai, le bien, resplendiront
chez elle du plus vif éclat.

Mais comment lui assurer ce rayonnement nécessaire?
C'est en ne séparant pas l'idée de l'autorité de celle de
Dieu, son principe et sa source. Si on ne voit que
l'homme, comme il n'est pas toujours respectable, le
respect ne tarde pas à devenir chose bien rare. Et qui
ne conçoit, qui ne sent les conséquences fatales de cette
absence? Si la famille avait Dieu pour fondement, au-
rait-elle si peu de paix et de cohésion, la discipline si
peu de vigueur? Le commandement serait-il si hésitant,
l'obéissance si incertaine, tout si faible et si chancelant,
si on revenait aux grandes traditions de l'Église sur
l'Autorité? Non, ce n'est pas impunément qu'on essaye
de repousser Celui en qui les sociétés comme les individus ont l'être, le mouvement et la vie.

Nous avons indiqué une autre cause de nos malheurs :

ce sont les vices de l'enseignement, et par ce mot nous n'avons pas entendu parler seulement de l'enseignement de l'école, mais aussi de celui de l'histoire, de la presse périodique, des théâtres. Nous avons vu quel mal nous ont fait ces écrivains voués à une détestable propagande par légèreté d'abord, puis par envie et par haine ; nous avons pu mesurer surtout les effets de cette littérature satanique tombant des planches d'un théâtre sur des populations ignorantes et nerveuses comme la nôtre.

La conclusion naturelle de cette étude, c'est que l'histoire, la presse et la littérature, qui ont contribué à un si haut degré à développer le mal qui nous mine, doivent nécessairement se reconstituer pour concourir à notre régénération. Il faut qu'il n'y ait plus de confusion possible entre les idées saines, libérales, chrétiennes, qui représentent la civilisation par la liberté et la justice, et les idées fausses, antisociales et impies, qui représentent le retour à la barbarie par l'arbitraire, la violence et l'athéisme.

Il faut avant tout débarrasser l'esprit du peuple des préjugés dans lesquels ses flatteurs l'entretiennent. Il faut recommencer notre histoire ; et, au lieu de voir de parti pris tout le mal dans le passé et tout le progrès dans le présent, nous devons rechercher ce qu'il y avait d'utile et de bon dans les institutions d'autrefois. Il faut apprendre à la classe inférieure que le moyen âge, tant méprisé, avait une organisation plus vraie, plus vivace, plus solide qu'on ne le croit généralement. A travers un grand nombre d'abus que nous sommes loin de méconnaître, il faut lui montrer les paysans des communes organisant eux-mêmes leurs jurys, leurs taxes, leurs impôts, et ayant parfois en face de leurs seigneurs des allures indépendantes qu'aucun de nous n'oserait prendre, aujourd'hui, vis-à-vis de la bureaucratie européenne.

N'oubliez pas surtout, vous qui tenez une plume, que tous les hommes à peu près savent lire et que fort peu sont en état de juger ce qu'ils lisent. Nul ne peut se défendre contre un livre. Dans la classe moyenne des esprits, chacun se laisse former en peu de temps, parfois en quelques jours, à l'image du journal qu'il reçoit. Ce qui est écrit est écrit ; ce qui est imprimé gouverne. Les masses sont absolument écrasées et broyées aujourd'hui par l'irrésistible puissance de la presse quotidienne. Les esprits les plus cultivés eux-mêmes ne savent pas assez se défendre : on a vu de grandes intelligences trompées par les écrits les plus absurdes. Qui peut, sous l'énorme et croissante quantité de matières imprimées, conserver l'attention, la lucidité, la liberté, le mouvement propre ? L'esprit parmi nous est perdu, sa liberté individuelle est détruite, l'individu pensant demeure absorbé dans la masse. En présence de cette force nouvelle, la préoccupation exclusive de tout écrivain, de tout journaliste, doit être, il faut se le rappeler sans cesse, le respect absolu du vrai, l'amour de la concorde.

Cette parole entraînante qui retentit partout, que l'écho répète, ces pages enflammées que le vent de la publicité disperse, qui excitent la défiance, soufflent l'impiété, que ne vont-elles plutôt, douces et pénétrantes, calmer les esprits et faire régner la justice ? Pourquoi jeter dans les cœurs la haine d'un adversaire plutôt que l'amour de la France, le dévouement à une cause particulière plutôt que le dévouement à la patrie ? Pourquoi faire naître la soif de la domination plutôt que le désir de la concorde ? Pourquoi creuser des abîmes au lieu de les combler, élever des barrières au lieu de les abattre ? Plutôt que de tenir dans notre main le glaive qui divise, pourquoi ne pas la tendre à tous, cette main, afin d'y réunir celles de nos concitoyens ? C'est l'amour qui féconde, tandis que la haine dévore. La puissance désunie est un fer aigu dirigé contre celui qui le tient ; devant l'ennemi, ce n'est qu'une arme brisée aux mains de la faiblesse.

Gardons-nous aussi d'idéaliser sous les mots charmants de fantaisie, de vie indépendante et d'art libre, ces désordres de mœurs et de cerveaux, ces passions malsaines qui ont jeté hors de leurs voies et perdu sans retour plus d'un talent que la nature avait créé, comme Pyat et Courbet, pour faire des vaudevilles ou des paysages, et non des révolutions. Songeons que les classes laborieuses n'ont guère que deux enseignements : les églises et le théâtre. L'église les entretient de leurs devoirs, le théâtre ne les occupe que de leurs plaisirs. Il n'y a point à s'étonner si bientôt elles désertent les leçons de l'une pour les amusements faciles de l'autre ; mais il faut se plaindre qu'on livre ainsi à des doctrines empoisonnées des intelligences vives, curieuses, ouvertes par leur faiblesse même à tous les systèmes du vice. Ne souffrons plus que l'art dramatique roule sur la pente fatale de la décadence et de la démoralisation. L'heure est venue d'organiser enfin, de toutes parts, une croisade contre la dépravation morale où semble se complaire le théâtre. Il faut que la scène française redevienne ce qu'elle était au temps de Racine, une grande école de mœurs, de patriotisme et de généreux sentiments ; il faut qu'elle se montre de nouveau fine, délicate, digne d'un peuple renommé par sa courtoisie et son titre de fils aîné de l'Église. Alors Dieu régnera sur l'esprit de la France. Dieu ! ce cri de salut n'implique nullement l'indifférence pour les intérêts terrestres ; de là, bien loin il consacre tous les droits légitimes, et offre encore pour le problème social une solution que nulle école ne peut résoudre en dehors de lui. Nous allons le démontrer.

Les uns, comme avant 1848, Saint-Simon, Fourier,

Cabet[1], choqués des irrégularités individuelles qui résultent de la rémunération prélevée par le capital, laquelle ne se subdivise qu'entre un nombre relativement restreint de copartageants, réclament une distribution générale ou par masse. Mais supposons la liquidation sociale, autrement dit un partage brutal du revenu de la France, aussitôt l'immense survaleur créée par la circulation ou le commerce s'évanouit. La circulation n'est pas quelque chose d'impersonnel et de palpable, pouvant se prêter à une division matérielle. La circulation est le résultat du jeu absolument libre et spontané des activités individuelles qui ne peuvent recevoir l'impulsion que d'elles-mêmes.

Une liquidation sociale n'aurait de prise que sur les produits en nature. Or, la production totale, agricole et industrielle de la France, autrement dit son revenu en nature, n'excède pas sensiblement, d'après les statistiques, une valeur annuelle de sept milliards. Eu égard à la population, un tel dividende est singulièrement modique. Sept milliards, également divisés en trente-huit millions d'habitants, donneraient pour chacun, et par jour, environ cinquante centimes. Le plus infime salaire est fort au-dessus de ce chiffre misérable. Ajoutons que cette chétive distribution s'amoindrirait inévitablement. L'économie de la circulation se trouvant désorganisée, le capital étant atteint dans sa disponibilité, dans la spontanéité de ses mouvements, la production matérielle serait elle-même atteinte et réduite dans une incalculable proportion. La liquidation socialiste appliquée au revenu aurait pour résultat de tarir les sources

---

1. Saint-Simon, Fourier, songeaient à appliquer révolutionnairement le communisme à la société française, tandis que Cabet prétendait le réaliser en dehors de toute compression sur la société, mais leur but était le même.

nourricières de la production, et n'aboutirait qu'à l'égalité devant la détresse.

Si nous suivions maintenant la chimère de la liquidation dans l'hypothèse de son application au capital même, au capital sous toutes les formes et tant mobilier que foncier, qui constitue le fonds de la richesse du pays, vous verriez que là aussi un immense appauvrissement des riches, des pauvres eux-mêmes, et de l'État tout le premier, serait l'infaillible résultat de ces revendications insensées[1].

L'organisation du travail, telle que l'entend M. Louis Blanc, n'est pas d'une plus facile application. La concurrence est à ses yeux la cause de tous les maux, la source de tous les vices; il faut se hâter de la faire cesser partout. Plus de concurrence entre des fabricants ou des commerçants acharnés à produire ou à vendre chacun à meilleur marché que ses voisins; plus de concurrence entre les ouvriers, s'efforçant de se supplanter les uns les autres dans le même atelier, en réduisant tour à tour le prix de leur travail. Place à l'atelier social où se rend toute l'humanité, sans rivalité, sans jalousie; où tous les travailleurs, quelles que soient leur besogne ou leur fonction, reçoivent le même salaire; où l'homme de talent est l'égal de l'incapable, où le génie et l'idiotisme vont de pair, où les gendarmes et les juges, regardés jusqu'à présent comme nécessaires dans toutes les sociétés pour prévenir ou pour réprimer les délits et les crimes, sont remplacés par un écriteau portant cette inscription : « Le paresseux est un voleur. » C'est un système complet, admirable. Il faudrait seulement, pour pouvoir l'appliquer, changer profondément la nature morale de l'homme.

---

1. Voir, dans la *Revue des Deux Mondes* (1872), le remarquable travail de M. le duc d'Ayen sur cette matière.

D'autres économistes plus sages, comme M. de Moli-
nari, ont entrevu un élément de solution dans les *Trade-
Unions* et les sociétés de résistance qui seront amenées un
jour, par la force même des choses, à devenir des intermédiaires entre les ouvriers et les patrons. Mais les partisans
de ce système ne sont eux aussi que des utopistes lorsque,
ne tenant compte que des réalités matérielles, ils ne
s'occupent nullement des faits de l'ordre moral qui sont
de nature à troubler leurs combinaisons scientifiques.

Ils veulent transformer les *Trade-Unions* et les *sociétés de résistance* en des espèces d'*associations coopéra-
tives de marchandages*. D'après eux, les hommes placés
à la tête de cette association, se tenant au courant de
l'état de l'offre et de la demande dans tous les grands
centres manufacturiers, non seulement de leurs pays
respectifs, mais encore des pays voisins, connaissant la
situation véritable du marché dans toute l'Europe, pourraient d'une part démontrer aux sociétaires que telles
ou telles de leurs prétentions se trouvent à un moment
donné injustes ou impossibles à satisfaire ; ils auraient
de l'autre à leur indiquer dans quelles villes la marchandise qu'ils ont à offrir, c'est-à-dire leur travail, est
rare, et par conséquent en hausse, dans quelles autres
elle est surabondante, et par conséquent en baisse. Ces
associations pourraient encore traiter directement avec
l'industriel, aujourd'hui réduit à s'arranger avec des
individus isolés qui peuvent tomber malades ou bien lui
manquer de parole, tandis que, grâce à l'engagement
pris par une société, on pourra compter, pendant toute
la durée de l'engagement, sur l'approvisionnement du
travail qui est nécessaire à l'entrepreneur, ou sur l'exécution de l'ouvrage à faire, à un prix qu'il connaîtra
d'avance.

Ainsi, sécurité pour l'approvisionnement du travail,
garanties pour l'exécution, simplification de la compta-

bilité, économie sur le personnel, réduction du capital circulant, sans parler de la disparition de toutes les occasions de conflits que les systèmes des rapports directs et individuels font naître incessamment entre le personnel dirigeant d'une manufacture et les ouvriers : tels seraient, aux yeux de ces derniers utopistes, les avantages que les *unions*, faisant pleinement office d'intermédiaires du commerce, du travail, procureraient aux entrepreneurs d'industrie qui consomment cette marchandise.

Mais, outre les différences énormes qui séparent le travail des autres marchandises, lesquelles n'ont ni individualité, ni passions, ni préjugés, ni haines de caste, ni affections de famille ou de patrie, la grande difficulté, qui a empêché jusqu'ici le succès de presque toutes les associations de production, se reproduira dans celle que nous venons d'étudier et dans toutes les autres qu'on tentera d'établir. C'est de la jalousie que sont nées les théories de l'*égalité* des salaires et de l'équivalence des fonctions. Grâce aux déclamations socialistes, et en particulier au détestable et fatal pamphlet de l'*Organisation du travail*, de M. Louis Blanc, les ouvriers sont maintenant très enclins à regarder d'un œil d'envie et même de haine l'habileté, l'intelligence, la science. Ce qui les irrite par-dessus tout, c'est la nécessité de se livrer à un travail manuel et plus continu, et moins bien rémunéré que le travail intellectuel du patron et de ses principaux collaborateurs. Or, cette comparaison continuera à se faire, aussi bien quand l'ouvrier sera sous les ordres d'un contre-maître nommé par l'Association, que lorsqu'il travaillera sous la direction immédiate de chefs choisis par le patron. Il faut donc, pour que l'Association change la face du monde économique, que ses membres comprennent d'un côté la nécessité de reconnaître les droits de chaque individualité, et de l'autre les devoirs de la fraternité.

Justice et charité : c'est là tout le problème social.

Après avoir étudié les différents systèmes qui se sont efforcés de le résoudre, nous avons acquis la conviction qu'on ne pourra y parvenir qu'en établissant des corporations, non pas telles qu'elles existaient avant 1789, avec les entraves qui gênaient le développement du travail individuel, du commerce et des échanges, mais en retrouvant dans une autre organisation, sans aucun des inconvénients de la corporation, l'avantage qu'elle présentait : celui de ne pas laisser l'ouvrier dans un isolement absolu et de lui créer une famille industrielle, auprès de laquelle il trouvera toujours appui et protection.

La corporation, telle que nous l'entendons, est cette forme d'association où les ouvriers d'un même corps d'état s'associent entre eux et avec leurs patrons, non pour mettre en commun leurs salaires et leurs économies et aliéner leur liberté, mais pour se concerter sur les questions qui les divisent ou pour protéger leurs intérêts contre la concurrence du dehors. Elle est donc une sorte de confrérie ou centre de réunion, où les ouvriers, sans être liés par un contrat, se réunissent librement pour s'entendre avec leurs patrons sur les questions de salaire, pour prévenir les suites des crises et des chômages, organiser des moyens de mutualité ou de prévoyance, des caisses de secours, des caisses d'épargne et des caisses de retraite pour les vieillards et les infirmes.

Nous proposons comme remède social la corporation et non l'association proprement dite, parce qu'un obstacle presque insurmontable à la formation et à la prospérité des associations ouvrières proprement dites, c'est, d'abord l'esprit d'indépendance de l'homme, et ensuite, comme nous venons de le dire, la difficulté d'associer ses intérêts matériels, sans froisser ses sentiments de justice distributive et son amour-propre.

La gérance de ces sortes d'associations est, en outre, fort difficile, et la prospérité de pareils établissements suppose des capitaux et des mises de fonds que de simples ouvriers ne sauraient avoir dans des proportions capables de tenir tête à la concurrence. Aussi M. Louis Blanc avait-il été réduit à détruire la concurrence, ce qui équivalait à retourner la société du faîte à la base et aboutissait finalement à la destruction de la liberté, résultat inévitable de toutes les utopies socialistes.

Mais, si l'association proprement dite ne peut s'établir qu'avec beaucoup de difficultés, il en est différemment dè la corporation, dont l'objet est, non de mettre en société, mais simplement de protéger les intérêts dont nous venons de parler. Autre chose est mettre en société ses salaires et son travail, et autre chose se concerter sur la quotité des salaires, sur les conditions de l'apprentissage, sur les heures et les conditions du travail, sur les jours de chômage, et sur tous les autres intérêts de la corporation.

Dans cette hypothèse, l'ouvrier et le patron conservent toujours, avec leur position respective de salarité et de salariant, leur indépendance réciproque ; et, la tâche remplie et rétribuée, ils disposent à leur gré et en toute liberté, l'un de ses salaires, l'autre des bénéfices de sa machine. S'ils mettent quelques économies en commun, s'ils organisent une caisse de secours mutuels ou de retraite pour la vieillesse, ce n'est que l'accessoire ; ce n'est pas une mise de fonds communs.

Ainsi, dans la corporation, les individualités et les intérêts, divisés en principe et en réalité, restent ce que la nature et les positions acquises les ont faits ; les hiérarchies s'établissent suivant l'activité, la capacité ou le capital de chacun ; le self-government ou l'individualisme continue à fonctionner sans entraves d'aucune sorte, sans froissement de l'amour-propre, chacun se trouvant à la place que la nature lui a faite.

De cette sorte, la vieille société serait plus près qu'on ne le pense du *desideratum* socialiste : *à chacun la totalité du produit de son travail*. Il peut rester, il reste inévitablement de regrettables disproportions dans la subdivision entre individus. C'est l'office de l'équité et de la charité privées de réparer ces griefs de détails ; c'est le fait de l'homme de bien de supporter sans envie et sans trouble qu'un autre soit plus équitablement partagé que lui. On ne se passera pas de la charité non plus que de la patience chrétienne ; il n'est pas de système économique si perfectionné qui doive, en aucun temps, en tenir lieu.

Indépendamment de ces avantages matériels, la corporation peut encore établir une sorte d'association morale, d'homme à homme, de cœur à cœur, entre individus du même corps d'état, ayant une éducation analogue et se réunissant pour la prière. Individualiste à sa base, elle devient au sommet une institution de prévoyance, de secours mutuels, de réglementation de salaires, et, s'élevant encore plus haut, elle aboutit dans l'ordre moral à la confrérie, vaste association de prières et réunion de tous les cœurs sous la bannière du saint patron, déployée à toutes les fêtes publiques, comme cela se pratique encore en Angleterre et en Allemagne.

Car il faut toujours en venir à la religion, afin qu'il y ait union d'âmes, afin que la corporation puisse fonctionner sans danger et avec fruit. Sentiment profond de solidarité de chacun envers tous, de tous envers chacun ; sentiment de fraternité qui fait de l'ouvrier l'égal de son patron, moralement, comme chrétien, puisqu'il est impossible matériellement et hiérarchiquement de les établir sur le pied d'une égalité qui serait un mensonge; respect des hiérarchies et de l'autorité, voilà ce que produit le christianisme, et telle est aussi la condition essentielle du fonctionnement de toute association.

On le voit, tout dépend encore ici du triomphe de la religion, et de la religion seulement. Le salut est dans ce triomphe, et il n'est que là. Oui, on peut défier hardiment une association quelconque, et surtout une corporation d'ouvriers et de patrons : typographes, maçons, tailleurs, cordonniers, de se constituer sagement avec quelques chances de vivre en paix, en bonne harmonie et fructueusement dans l'égalité et la fraternité, sans demander à l'Église, comme les corporations des âges de foi, de bénir son berceau, sans assister à l'office sacré, le jour de la fête du saint patron, sans être, en un mot, une confrérie. Nous la défions de résoudre dans son propre sein la question si ardue des salaires entre ouvriers et patrons, sans s'être auparavant nourrie du corps du Christ, c'est-à-dire de charité, d'esprit de transaction et de paix.

Or les socialistes ont chassé du cœur et du faîte de l'association ouvrière : Dieu, le Christ, la prière, la communion, la pénitence, la réforme des mœurs et des caractères, la régénération morale de l'homme. Il manque donc à cette association la condition nécessaire de toute corporation pour fonctionner et durer. De là l'impuissance des socialistes et l'épouvante qu'ils répandent autour d'eux quand, montrant au peuple un but légitime à poursuivre et étant incapables de le lui faire atteindre, ils lui disent que ce n'est pas leur faute, mais celle de la société, s'ils sont impuissants. Malheureux ! qui ne voient pas qu'en tenant ce langage ils placent le peuple dans la nécessité de se détruire lui-même en détruisant la société.

TABLEAUX

RELATIFS

AU COMMANDEMENT ET A L'EFFECTIF DE L'ARMÉE FÉDÉRÉE.

———————

1° Lullier (Charles), du 18 au 24 mars 1871, condamné à mort (présent), peine commuée en travaux forcés à perpétuité.

2° Brunel (Paul), du 24 au 27 mars, condamné à mort (contumax).

3° Bergeret (Jules-Henry), du 28 mars au 8 avril, condamné à mort (contumax).

4° Dombrowski (Jaroslaw), du 8 au 23 avril (a succombé dans la lutte des rues).

5° La Cécilia (Napoléon), du 23 avril au 1er mai, condamné à la déportation dans une enceinte fortifiée (contumax).

PRINCIPAUX OFFICIERS DE L'ÉTAT-MAJOR.

1° Du Bisson (Raoul), général, chef d'état-major général, condamné à mort (contumax).

2° Prod'homme (Henri), colonel d'état-major, condamné à mort (contumax).

3° Barilliers (Pierre-Charles), lieutenant-colonel, sous-chef d'état-major général, condamné à mort (contumax).

4° Vinot (Jules-Honoré), colonel d'état-major, condamné à 20 ans de travaux forcés (présent).

5° Leullier (A.), colonel d'état-major, condamné à la déportation dans une enceinte fortifiée (contumax).

6e Pancou-Lavigne (Antoine), colonel d'état-major, condamné à la déportation dans une enceinte fortifiée (en Calédonie).

7° Monteret, colonel d'artillerie, condamné à la déportation dans une enceinte fortifiée (contumax).

8° Jaclard (Charles-Victor), inspection des fortifications, condamné aux travaux forcés à perpétuité (contumax).

INFANTERIE DE LA GARDE NATIONALE FÉDÉRÉE.

234 bataillons formant 20 légions. — 1 bataillon de sapeurs-pompiers. — 38 bataillons de corps francs. — En tout, 273 bataillons.

ÉTAT-MAJOR DES LÉGIONS.

1 colonel commandant la légion.

1 lieutenant-colonel, chef d'état-major de la légion.

1 major de place.

2 capitaines d'état-major.

4 adjudants sous-officiers.

NOMS DES COMMANDANTS DE LÉGIONS.

Colonels :

1re légion, Boursier (Léopold), condamné à mort (contumax).

2e légion, Grill (Charles-Napoléon), un an de prison, dix ans d'interdiction.

3e légion, Spinoy (Adolphe), déportation dans une enceinte fortifiée (contumax).

4ᵉ légion, Esgonnière (Édouard), déportation dans une enceinte fortifiée (contumax).

5ᵉ légion, Blin, condamné à mort (contumax).

6ᵉ légion, Combattz (Lucien), déportation dans une enceinte fortifiée (contumax).

7ᵉ légion :

1ᵒ Witt (Jean-Baptiste), déportation simple ;

2ᵒ Garantie (Prosper), déportation dans une enceinte fortifiée (contumax).

8ᵉ légion :

1ᵒ Allix (Jules), déportation dans une enceinte fortifiée (contumax);

2ᵒ Lukko (Jean-Frédéric), travaux forcés à perpétuité (contumax).

9ᵉ légion :

1ᵒ Courgeon (Louis), déportation dans une enceinte fortifiée (contumax);

2ᵒ Berteault (Adolphe) père, déportation dans une enceinte fortifiée (contumax).

10ᵉ légion, Lisbonne (Maxime), à mort. — Peine commuée en travaux forcés à perpétuité.

11ᵉ légion :

Lechesne (Octave), commandant la 1ʳᵉ subdivision, déportation dans une enceinte fortifiée (contumax) ;

Marcelin (Fortuné), commandant la 2ᵉ subdivision, décédé le 9 juin 1871 ;

Sylvestre (Édouard), condamné à mort (contumax).

12ᵉ légion :

1ᵒ Huot (Edme-Crépin), déportation dans une enceinte fortifiée (contumax);

2ᵒ Devresse (Jean-Baptiste), déportation dans une enceinte fortifiée (coutumax) ;

3ᵒ Montels (Jules-Marie), condamné à mort (contumax).

13ᵉ légion :

1º Cougenot (Victor), déportation dans une enceinte fortifiée (contumax) ;

2º Serisier (Marie-Jean-Baptiste), à mort. — Exécuté.

14ᵉ légion :

1º Henri (Lucien-Félix), à mort. — Peine commuée en déportation dans une enceinte fortifiée ;

2º Wetzel, décédé au fort d'Issy ;

3º Piazza, décédé à Paris, le 24 mai 1871, place du Panthéon.

15ᵉ légion, Damary (Arthur-Oscar), déportation dans une enceinte fortifiée.

16ᵉ légion, Laporte (Étienne), déportation dans une enceinte fortifiée (contumax).

17ᵉ légion :

1º Jaclar (Charles-Victor), travaux forcés à perpétuité (contumax) ;

2º Muley (Georges), acquitté.

18ᵉ légion :

1º Josselin (François-Nicolas), condamné à mort (contumax) ;

2º Millière (Frédéric), condamné à mort (contumax).

19ᵉ légion, Pillioud (Moïse-Joseph), déportation dans une enceinte fortifiée.

20ᵉ légion :

1º Matuzewicz (Ludomir), déportation dans une enceinte fortifiée ;

2º Guérin (J.-Frédéric-Anatole), déportation dans une enceinte fortifiée.

A ces chefs de légion était attaché un état-major dont les principaux officiers portaient le titre de lieutenants-colonels chefs d'état-major et de majors de place. 25 des premiers ont été condamnés, ainsi que 22 majors de place.

EFFECTIFS DES LÉGIONS[1].

1re légion, 7 bataillons, arrondissement du Louvre, portion active : 103 officiers, 2197 troupe; sédentaire : 67 officiers, 1625 troupe; effectif général : 170 officiers, 3822 troupe.

2e légion, 9 bataillons, arrondissement de la Bourse, portion active : 110 bataillons, 1966 troupe ; sédentaire : 166 officiers, 3937 troupe ; effectif général : 276 officiers, 5903 troupe.

3e légion, 11 bataillons, arrondissement du Temple, portion active : 153 officiers, 3084 troupe; sédentaire : 225 officiers, 4077 troupe; effectif général : 378 officiers, 7161 troupe.

4e légion, 11 bataillons, arrondissement de l'Hôtel de Ville, portion active : 154 officiers, 2972 troupe ; sédentaire, 221 officiers, 4728 troupe ; effectif général : 375 officiers, 7720 troupe.

5e légion, 10 bataillons, arrondissement du Panthéon, portion active : 181 officiers, 4174 troupe; sédentaire : 167 officiers, 4393 troupe; effectif général : 348 officiers, 8567 troupe.

6e légion, 8 bataillons, arrondissement du Luxembourg, portion active : 129 officiers, 2989 troupe; sédentaire : 103 officiers, 3006 troupe; effectif général : 232 officiers, 5995 troupe.

7e légion, 3 bataillons, arrondissement du Palais-Bourbon, portion active : 38 officiers, 862 troupe; sédentaire : 39 officiers, 1049 troupe; effectif général : 77 officiers, 1911 troupe.

8e légion, 5 bataillons, arrondissement de l'Élysée, portion active : 63 officiers, 617 troupe; sédentaire :

1. Effectif moyen relevé d'après les situations établies pendant la période insurrectionnelle à la délégation de la guerre.

72 officiers, 1286 troupe ; effectif général : 135 officiers, 1903 troupe.

9ᵉ légion, 7 bataillons, arrondissement de l'Opéra, portion active : 99 officiers, 1445 troupe ; sédentaire : 109 officiers, 2069 troupe ; effectif général : 208 officiers, 3514 troupe.

10ᵉ légion, 17 bataillons, arrondissement de l'enclos Saint-Laurent, portion active : 221 officiers, 4558 troupe ; sédentaire : 344 officiers, 8313 troupe ; effectif général : 565 officiers, 12 871 troupe.

11ᵉ légion, 29 bataillons, arrondissement de Popincourt, portion active : 509 officiers, 10 730 troupe sédentaire : 437 officiers, 10 869 troupe ; effectif général : 946 officiers, 21 599 troupe.

12ᵉ légion, 15 bataillons, arrondissement de Reuilly, portion active : 179 officiers, 3337 troupe ; sédentaire : 223 officiers, 5094 troupe ; effectif général : 402 officiers, 8431 troupe.

13ᵉ légion, 12 bataillons, arrondissement des Gobelins, portion active : 168 officiers, 4325 troupe ; sédentaire : 275 officiers, 5968 troupe ; effectif général : 443 officiers, 10 293 troupe.

14ᵉ légion, 9 bataillons, arrondissement de l'Observatoire, portion active : 169 officiers, 3408 troupe ; sédentaire 188 officiers, 4103 troupe ; effectif général : 357 officiers, 7511 troupe.

15ᵉ légion, 9 bataillons, arrondissement de Vaugirard, portion active : 126 officiers, 2940 troupe ; sédentaire : 242 officiers, 6058 troupe ; effectif général : 368 officiers, 8998 troupe.

16ᵉ légion, 2 bataillons, arrondissement de Passy, portion active : 33 officiers, 742 troupe ; sédentaire : 28 officiers, 902 troupe ; effectif général : 61 officiers, 1644 troupe.

17ᵉ légion, 15 bataillons, arrondissement des Batignolles, portion active : 190 officiers, 4920 troupe ; sédentaire : 276 officiers, 7769 troupe ; effectif général : 466 officiers, 12 689 troupe.

18ᵉ légion, 24 bataillons, arrondissement des Buttes-Montmartre, portion active : 472 officiers, 8538 troupes ; sédentaire : 402 officiers, 11 462 troupe ; effectif général : 874 officiers, 20 000 troupe.

19ᵉ légion, 15 bataillons, arrondissement des Buttes-Chaumont, portion active : 225 officiers, 5581 troupe ; sédentaire : 275 officiers, 8313 troupe ; effectif général : 500 officiers, 13 894 troupe.

20ᵉ légion, 20 bataillons, arrondissement de Ménilmontant, portion active : 327 officiers, 7416 troupe ; sédentaire : 425 officiers, 11 868 troupe ; effectif général : 752 officiers, 19 284 troupe.

Total général : 234 bataillons ; portion active : 3649 officiers, 76 801 troupe ; sédentaire : 4284 officiers, 106 909 troupe ; effectif général : 7933 officiers, 183 710 troupe.

EFFECTIFS DES CORPS FRANCS

Chasseurs fédérés, dits Chasseurs de la Seine : 18 officiers, 573 troupe.

Chasseurs fédérés du 270ᵉ bataillon : 17 officiers, 630 troupe.

Chasseurs à pied polonais : 10 officiers, 91 troupe.

Carabiniers volontaires de la 1ʳᵉ légion : 3 officiers, 132 troupe.

Défenseurs de Paris (compagnie) : 1 officier, 38 troupe.

Défenseurs de la République, dits Turcos de la Commune : 37 officiers, 722 troupe.

Éclaireurs de la garde nationale : 3 officiers, 111 troupe.

Éclaireurs de l'état-major de l'Hôtel de Ville (1 compagnie) : 3 officiers, 136 troupe.

Éclaireurs de la Seine, dits Éclaireurs Bergeret : 16 officiers, 550 troupe.

Éclaireurs de Neuilly : 2 officiers, 15 troupe.

Éclaireurs du général Eudes : 6 officiers, 33 troupe.

Enfants de Paris : 9 officiers, 279 troupe.

Enfants du père Duchêne : 12 officiers, 316 troupe.

Francs-tireurs de Paris : 24 officiers, 415 troupe.

Francs-tireurs de la République : 8 officiers, 320 troupe.

Francs-tireurs du 12ᵉ arrondissement : 18 officiers, 274 troupe.

Francs-tireurs de la Commune : 3 officiers, 57 troupe.

Fédération artistique : 18 officiers, 108 troupe.

Guérillas de la 19ᵉ légion : 5 officiers, 90 troupe.

Légion Alsacienne-Lorraine : 12 officiers, 181 troupe.

Francs-tireurs de la 14ᵉ légion : 12 officiers, 233 troupe.

Légion Lorraine-Alsacienne : 24 officiers, 520 troupe.

Légion fédérale belge : 7 officiers, 156 troupe.

Légion italienne : 8 officiers, 180 troupe.

Légion des Enfants-Perdus : 19 officiers, 301 troupe.

Lascars : 25 officiers, 150 troupe.

Mobilisés de Seine-et-Oise : 6 officiers, 136 troupe.

Tirailleurs éclaireurs : 11 officiers, 1123 troupe.

Tirailleurs de la Marseillaise : 32 officiers, 348 troupe.

Tirailleurs de la Commune : 16 officiers, 248 troupe.

Vengeurs de Paris : 30 officiers, 497 troupe.

Vengeurs de Flourens : 9 officiers, 263 troupe.

Vengeurs de la République : 16 officiers, 368 troupe.

Volontaires de la colonne de Juillet : 14 officiers, 554 troupe.

Volontaires de Montrouge : 18 officiers, 240 troupe.

Volontaires du colonel L'Enfant : 6 officiers, 89 troupe.

Zouaves de la République : 11 officiers, 16) troupe.

99ᵉ bataillon (Vincennes) : 21 officiers, 383 troupe.
Effectif : 510 officiers, 10 820 troupe. — Total : 11 330.

CAVALERIE DE LA GARDE NATIONALE FÉDÉRÉE.

La cavalerie devait comprendre :
2 régiments de cavalerie de la garde nationale.
1 régiment de chasseurs à cheval de la Commune.
1 régiment de dragons de la République.
1 escadron d'éclaireurs de la Marseillaise.
1 escadron de cavaliers de remonte.
Mais, comme on le verra par les effectifs, les chevaux manquaient à la plupart des corps.

EFFECTIFS.

1ᵉʳ *régiment de cavalerie de la garde nationale.*

Officiers supérieurs, 4 ; officiers subalternes, 58 ; troupe 933 ; chevaux, 547.

2ᵉ *régiment de cavalerie de la garde nationale.*

Officiers supérieurs, 2 ; officiers subalternes, 8 ; troupe, 101 ; chevaux, 5.

1ᵉʳ *régiment de chasseurs à cheval de la Commune.*

Officier supérieur, 1 ; officiers subalternes, 7 ; troupe, 142 ; chevaux, ».

Dragons de la République.

Officier supérieur, 1 ; officiers subalternes, 4 ; troupe, 75 ; chevaux, 40.

Escadron des éclaireurs de la Marseillaise.

Officier supérieur, 1 ; officiers subalternes, 2 ; troupe, 26 ; chevaux, ».

Remonte.

Officier supérieur, 1; officiers subalternes, 9; troupe, 112; chevaux, 90.

ARTILLERIE DE LA GARDE NATIONALE FÉDÉRÉE.

20 batteries d'artillerie de marche (une par arrondissement).

5 batteries de canonniers conducteurs.

1 compagnie d'ouvriers et d'artificiers.

1 escadron du train d'artillerie et des équipages.

EFFECTIFS.

Troupes de l'artillerie.

Officiers supérieurs, 21; officiers subalternes, 136; troupe, 3883; chevaux, 355; voitures, ».

Train des équipages et d'artillerie.

Officiers supérieurs, 2; officiers subalternes, 8; troupe, 584; chevaux, 402; voitures, '612.

GÉNIE DE LA GARDE NATIONALE FÉDÉRÉE.

Un bataillon à 10 compagnies, employé aux travaux des fortifications.

Un bataillon à 9 compagnies (une par section de l'enceinte bastionnée de Paris).

Une compagnie de sapeurs mineurs.

EFFECTIFS.

1er *bataillon.*

Officier supérieur, 1; officiers subalternes, 36 : troupe, 989.

Bataillon auxiliaire.

Officier supérieur, 1 ; officiers subalternes, 26 ; troupe, 965.

Sapeurs mineurs.

Officier supérieur, » ; officier subalterne, 1 ; troupe, 145.

MARINE.

Flottille de la Seine.

Durassier (Pierre), capitaine de frégate. commandant en chef de la flottille du 3 au 24 avril, décédé le 29 mai 1871 à l'ambulance du Cours-la-Reine.

Cognet (Pierre-Henri), lieutenant de vaisseau, aide de camp de Durassier du 3 au 24 avril, déportation simple.

État-major.

Peyrusset (Jules-Antoine), capitaine de frégate, chef d'état-major du 6 avril au 5 mai, déportation dans une enceinte fortifiée.

Doussot, capitaine de frégate, chef d'état-major du 6 mai jusqu'à l'arrivée des troupes, déportation dans une enceinte fortifiée (contumax).

Gaigé (Étienne-Émile), mécanicien principal de la flottille, déportation dans une enceinte fortifiée.

Daniel (Émile), inspecteur général de la flottille, déportation dans une enceinte fortifiée (contumax).

Cruchon (Paul), lieutenant-colonel d'état-major, commissaire général, a été également à l'état-major de l'Hôtel de Ville, déportation dans une enceinte fortifiée (contumax).

Canonnières.

Bayonnette, 22 hommes d'équipage.

Commune, 24 hommes d'équipage, 2 pièces de 14, commandant Girard (Joseph), ordonnance de non-lieu.

Caronade, 14 hommes d'équipage, commandant Février (Henri-Paul), décédé le 24 novembre 1871.

Claymore, 24 hommes d'équipage, 1 pièce de 16, commandant Junot (Hippolyte), déportation simple.

Dauphin, 5 hommes d'équipage, 2 pièces de 14, commandant Roart (Adolphe), déportation dans une enceinte fortifiée (contumax).

Estoc[1], 22 hommes d'équipage, 1 pièce de 16, commandant Kervizic (Louis), déportation dans une enceinte fortifiée.

Escopette, 21 hommes d'équipage, 1 pièce de 16, commandant Chenavas (Claude), ordonnance de non-lieu.

Liberté (ex *Farcy*), 26 hommes d'équipage, 1 pièce de 24 :

1° Commandant Bourgeat (Jules), jusqu'au 19 avril, 5 ans de prison ;

2° Commandant Besche (Hippolyte), 6 mois de prison.

Perrier, 21 hommes d'équipage, 1 pièce de 16 :

1° Commandant Billard (Jean), mars et avril, déportation dans une enceinte fortifiée (contumax) ;

2° Commandant Cavaret (Auguste), mai, déportation simple.

Puebla[2], 6 hommes d'équipage, commandant Sève (Émile), ordonnance de non-lieu.

Rapière, 15 hommes d'équipage, 1 pièce de 16, commandant Imbert (Émile), acquitté.

Sabre, 24 hommes d'équipage, 1 pièce de 16 :

---

1. L'*Estoc* a été coulé sur place au viaduc du Point-du-Jour, le 15 mai 1871, par un boulet reçu à sa flottaison lancé par la batterie de l'île de Saint-Germain, qui avait démasqué son feu le matin.

La batterie de l'île Saint-Germain réduisit au silence les canonnières qui, par suite, furent désarmées, le 14 mai 1871, par ordre de la Commune, et les équipages furent incorporés dans l'artillerie des remparts de Passy.

2. La canonnière *Puebla* était affectée au service des membres de la Commune.

1º Commandant Syrot (Paul-Pierre), déportation dans une enceinte fortifiée (contumax) ;

2º Commandant Dubois (Paul), déportation dans une enceinte fortifiée (contumax).

Vedette nº 2, 4 hommes d'équipage, commandant Deré (Constant), ordonnance de non-lieu.

Vedette nº 4, 3 hommes d'équipage, commandant Guerdin (Louis), déportation dans une enceinte fortifiée (contumax).

Nuit-et-Jour, 3 hommes d'équipage.

Poudrière, 8 hommes d'équipage.

Ponton des vivres, 5 hommes d'équipage, commandant Fouliade, maître-commis aux vivres, décédé le 27 mai 1871.

Total : 247 hommes d'équipage.

EFFECTIFS.

Marins de la garde nationale : officiers, 13 ; troupe, 221 ; chevaux, ».

Artillerie de marine : officiers, 5 ; troupe, 70 ; chevaux, 12.

EFFECTIF GÉNÉRAL DE LA FÉDÉRATION DE LA GARDE NATIONALE.

Infanterie : portion active, 4159 officiers, 87621 troupe ; sédentaire, 4328 officiers, 108092 ; — total, 8487 officiers, 195713 troupe.

Cavalerie : portion active, 88 officiers, 1277 troupe ; — total 88 officiers, 1277 troupe ; — 592 chevaux.

Artillerie : portion active, 157 officiers, 4885 troupe ; — total : 157 officiers, 4885 troupe ; — 355 chevaux.

Génie : portion active, 57 officiers, 989 troupe ; sédentaire, 28 officiers, 1110 troupe ; — total : 65 officiers, 2099 troupe.

Train des équipages : portion active, 10 officiers, 584

troupe ; — total : 10 officiers, 584 troupe ; — 402 chevaux, 612 voitures.

Remonte : portion sédentaire, 10 officiers, 112 troupe ; — total : 10 officiers, 112 troupe ; — 90 chevaux.

Marine, équipages de la flotte : portion active, 25 officiers, 247 troupe ; — total : 25 officiers, 247 troupe.

Marine, troupe de marine : portion active, 24 officiers ; — total : 24 officiers, 488 troupe.

Total général : 8866 officiers, 205 403 troupe ; — 1439 chevaux, 612 voitures.

Observation. — L'effectif général de la garde nationale a été relevé d'après les situations établies pendant la période insurrectionnelle. Il représente la moyenne de l'effectif entretenu pendant ladite période.

DÉFENSE EXTÉRIEURE.
PREMIÈRE ARMÉE.

Quartier général : A l'extérieur, à la Muette ; — à l'intérieur, à la place Vendôme.

Dombrowski (Jaroslaw), général commandant, a succombé dans la lutte des rues.

Dereure (Simon), commissaire civil, membre de la Commune, condamné à mort (contumax).

Favy, colonel chef d'état-major, déportation dans une enceinte fortifiée (contumax).

Barilliers (Pierre-Charles), lieutenant-colonel, grand prévôt, condamné à mort (contumax).

Huet (Alfred), chef d'escadron commandant, déportation dans une enceinte fortifiée.

Ansart (Eugène-Ernest), chef de bataillon, déportation dans une enceinte fortifiée (contumax).

Caussin (Auguste-Frédéric) sous-intendant militaire, ordonnance de non-lieu.

Courtillier (Charles-Edme), médecin principal, inspecteur d'ambulances, 2 mois de prison.

1re SUBDIVISION DE LA 1re ARMÉE.

(Saint-Ouen et Clichy jusqu'à Asnières).

Commandants de la 1re subdivision.

Okolowiez, général du 7 au 27 avril, déportation dans une enceinte fortifiée.

Durassier, colonel du 27 avril au 5 mai, décédé le 29 mai 1871 à l'ambulance du Cours la Reine.

Dombrowski, colonel du 6 au 19 mai, déportation dans une enceinte fortifiée (contumax).

J. Vaillant, colonel du 19 mai jusqu'à l'arrivée des troupes, déportation dans une enceinte fortifiée (contumax).

État-major.

Pin (Alphonse), chef d'escadron d'état-major, déportation dans une enceinte fortifiée.

Gontier (Napoléon), chef d'escadron d'artillerie, déportation simple.

Pignolet, sous-intendant, déportation dans une enceinte fortifiée (contumax).

EFFECTIF DE LA 1re SUBDIVISION DE LA 1re ARMÉE.

10 bataillons de garde nationale fédérée : 213 officiers, 4303 troupe ; — total : 4516.

3 batteries 1/2 d'artillerie : 12 officiers, 469 troupe ; —total : 481 ; — 57 pièces d'artillerie.

5 compagnies du génie : 20 officiers, 540 troupe ; — total : 560.

Train des équipages : 1 officier, 50 troupe ; — total : 31.

Total général : 246 officiers, 5342 troupe, 57 pièces d'artillerie.

EMPLACEMENT DES TROUPES FÉDÉRÉES DE LA 1re SUBDIVISION
DE LA 1re ARMÉE.

A Saint-Ouen, 5 bataillons : 100 officiers, 2117 troupe.

A Clichy et à Asnières, 5 bataillons : 113 officiers, 2186 troupe.

EMPLACEMENT ET ARMEMENT DES BATTERIES D'ARTILLERIE
DE LA 1re SUBDIVISION DE LA 1re ARMÉE.

A Saint-Ouen : 3 pièces de 12.

A Clichy :

Pont de Neuilly : 1 pièce de 7, 2 pièces de 12, 4 pièces de 24, 4 mortiers de 32 ;

Amidonnerie : 1 pièce de 4, 1 pièce de 7.

Imprimerie Dupont : 2 pièces de 7, 1 pièce de 12, 1 obusier de 15 ;

Chemin de fer de l'Ouest : 4 pièces de 7, 4 pièces de 12.

A Asnières :

Parc : 8 pièces de 4, 2 pièces de 7, 1 pièce de 12 longue, 2 obusiers de 15, 3 mitrailleuses Gadeline ;

Parc Bérenger : pièce de 12, 3 pièces de 24 ;

Tête de Pont : 3 pièces de 7, 1 pièce de 12, 2 mortiers de 22.

Total général : 9 pièces de 4, 13 pièces de 7, 12 pièces de 12, 1 pièce de 12 longue, 7 pièces de 24, 2 mortiers de 22, 4 mortiers de 32, 3 obusiers de 15, 3 mitrailleuses Gradeline.

Wagon blindé contenant : 1 pièce rayée de marine de 24, 1 pièce de 16, 1 mitrailleuse Gadeline.

2e SUBDIVISION DE LA 1re ARMÉE.

(Levallois-Perret, Neuilly, la Muette jusqu'au Point-du-Jour).

Commandants supérieurs.

Mathieu (Auguste-Jean), colonel, déportation dans une enceinte fortifiée (contumax).

Martin (François-Amable), lieutenant-colonel, déportation simple.

EFFECTIF DE LA 2ᵉ SUBDIVISION DE LA 1ʳᵉ ARMÉE.

39 bataillons de la garde nationale fédérée : 716 officiers, 15 007 troupe ; — total : 15 723.

4 batteries d'artillerie : 24 officiers, 707 troupe ; — total 731.

2 compagnies du génie : 8 officiers, 229 troupe ; — total : 237.

1 section de dynamiteurs : 1 officier, 25 troupe ; — total : 26.

Cavalerie : 1 officier, 30 troupe ; — total : 31.

Total général : 750 officiers, 15 998 troupe.

EMPLACEMENT DES TROUPES FÉDÉRÉES DE LA 2ᵉ SUBDIVISION DE LA 1ʳᵉ ARMÉE.

1° A Levallois-Perret :

3 bataillons de garde nationale fédérée : 57 officiers, 1202 troupe ; — total : 1259.

1 batterie d'artillerie : 3 officiers, 93 troupe ; — total : 96.

Total général : 1355.

2° A Neuilly :

17 bataillons de garde nationale fédérée : 317 officiers, 6764 hommes ; — total : 7081.

3 batteries d'artillerie : 21 officiers, 614 troupe ; — total : 635.

1 compagnie du génie : 4 officiers, 110 troupe ; — total : 114.

Total général : 7830.

3° Passy, Auteuil, Point-du-Jour :

19 bataillons de garde nationale fédérée : 342 officiers, 7041 troupe ; — total : 7383.

1 compagnie du génie : 4 officiers, 109 troupe ; — total : 113.

1 section de dynamiteurs : 1 officier, 25 troupe ; — total : 26. Cavalerie : 1 officier, 30 troupe ; — total : 31.

Total général : 7553.

EFFECTIF GÉNÉRAL DE LA 1re ARMÉE.

1re *subdivision*.

Saint-Ouen : infanterie, 100 officiers, 2117 troupe ; artillerie, 1 officier, 34 troupe ; génie, 8 officiers, 216 troupe ; — effectif général : 2476 ; 3 pièces d'artillerie.

Clichy-Asnières : infanterie, 113 officiers, 2186 troupe ; artillerie, 11 officiers, 435 troupe ; génie, 12 officiers, 324 troupe ; train, 1 officier, 30 troupe ; — effectif général : 3112 troupe, 54 pièces d'artillerie.

2e *subdivision*.

Levallois : 57 officiers, 1202 troupe ; artillerie, 3 officiers, 93 troupe ; — effectif général : 1355 troupe ; 4 pièces d'artillerie.

Neuilly : infanterie, 317 officiers, 6764 troupe ; artillerie, 21 officiers, 614 troupe ; génie, 4 officiers, 110 troupe ; — effectif général, 7830 troupe ; 12 pièces d'artillerie.

Passy : infanterie, 342 officiers, 7041 troupe ; cavalerie, 1 officier, 25 troupe ; — effectif général : 7553 troupe ; 38 pièces d'artillerie.

Total général : 996 officiers, 21330 troupe ; — en tout : 22326 troupe ; 111 pièces d'artillerie.

2e ARMÉE.

Quartier général à l'extérieur. — Au Petit-Vanves, puis à la porte de Châtillon.

Quartier général à l'intérieur. — A l'École militaire.

Général commandant : La Cécilia (Napoléon), condamné à la déportation dans une enceinte fortifiée (contumax).

Commissaire civil, membre de la Commune : Johannard (François), condamné à mort (contumax).

Colonel d'état-major : Rohard, condamné à la déportation dans une enceinte fortifiée (contumax).

Brigade Brunel, à Issy.

Brunel, général-commandant, condamné à mort (contumax).

Effectif.

19 bataillons de garde nationale : 337 officiers, 7280 troupe ; — total : 7617.

2 batteries d'artillerie : 4 officiers, 261 troupe ; — total : 265.

Total général : 341 officiers, 7541 troupe ; — en tout : 7882.

Brigade Lisbonne, au Petit-Vanves et à Montrouge.

Lisbonne, colonel de la 10e légion, commandant, condamné à mort (présent), — peine commuée en travaux forcés à perpétuité.

Puesch, capitaine d'état-major aide de camp, condamné à la déportation dans une enceinte fortifiée (contumax).

Effectif.

Au Petit-Vanves, 14 bataillons de garde nationale : 209 officiers, 5262 troupe ; — total : 5471.

A Montrouge, 2 bataillons de garde nationale : 48 officiers, 714 troupe ; — total : 762.

Total général : 257 officiers, 5976 troupe ; en tout : 6233.

COMMANDEMENT DES FORTS DU SUD

(Quartier général : la Légion d'honneur.)

Eudes (Émile), général commandant, condamné à mort (contumax).

Hugot (Claude-François), capitaine d'état-major, condamné à la déportation simple (en Calédonie).

Annoy (François-Louis), lieutenant (ex-sergent au 1er régiment de ligne), condamné à mort, — peine commuée en travaux forcés à perpétuité (présent).

Colette (Jules-Eugène), colonel d'état-major, chef d'état-major, condamné à mort (contumax).

Goullé (Albert), chef d'escadron, sous-chef d'état-major, condamné à la déportation dans une enceinte fortifiée (contumax).

FORT D'ISSY.

Gouverneurs :

1° Mégy, colonel d'état-major, condamné à mort (contumax) ;

2° Larroque, colonel d'état-major, condamné à la déportation simple (en Calédonie).

Commandant du fort : Mascaux, chef de bataillon du génie, condamné à la déportation simple (en Calédonie).

Commandant de place : Rédon, major de place, condamné à la déportation dans une enceinte fortifiée (contumax).

Garnison.

Infanterie de la garde nationale : 76 officiers, 1019 troupe ; — total : 1095.

Artillerie : 3 officiers, 172 troupe ; total : 175.

Génie : 6 officiers, 160 troupe ; — total : 166.

Total général : 85 officiers, 1351 troupe ; — en tout : 1436.

Armement.

Pièces de 7 rayées, 10 ; pièces de 7 se chargeant par la culasse, 10 ; pièces de 12 lisses, 10 ; pièces de 12 rayées, 2 ; pièces de 24 rayées, 15 ; pièces de 30 marine, 6 ; pièce de 36, 1 ; — total : 52 pièces.

Mitrailleuse, 1.

FORT DE VANVES.

Gouverneurs :

1° Ledrux, colonel d'état-major, condamné à la déportation dans une enceinte fortifiée (contumax) ;

2° Durassier, colonel d'état-major, décédé le 29 mai 1871, à l'ambulance du Cours-la-Reine.

Commandant du fort : Mathey, colonel, condamné à la déportation dans une enceinte fortifiée (contumax).

Commandant de place : Petit, major de place (suspension de poursuites).

Garnison.

Infanterie de la garde nationale : 45 officiers, 1056 troupe ; — total : 1081.

Artillerie : 4 officiers, 86 troupe ; — total : 90.

Génie : 3 officiers, 60 troupe ; total : 63.

Total général : 52 officiers, 1182 troupe ; — en tout : 1234.

Armement.

Pièce de 4 lisse, 1 ; pièces de 7 rayées, 7 ; pièces de 7 se chargeant par la culasse, 7 ; pièces de 12 lisses, 2 ; pièces de 12 rayées, 3 ; — total : 20 pièces.

Mitrailleuses, 4.

FORT DE MONTROUGE.

Commandant du fort : Gillard, chef de bataillon du

génie, condamné à la déportation dans une enceinte fortifiée (en Calédonie).

Garnison.

Infanterie de la garde nationale : 43 officiers, 670 troupe ; — total : 713.

Artillerie : 2 officiers, 68 troupe ; — total : 70.

Génie : 4 officiers, 104 troupe ; — total : 108.

Total général : 49 officiers, 842 troupe ; en tout : 891.

Armement.

Pièce de 4 rayée, 1 pièce en batterie ;

Pièces de 7 rayées, 7 pièces en batterie ;

Pièces de 8 lisses, 40 pièces à l'arsenal du fort ;

Pièces de 12 lisses, 4 pièces en batterie ;

Pièces de 12 rayées, 3 pièces en batterie, 2 pièces à l'arsenal du fort ;

Mortiers de 15, 31 mortiers à l'arsenal du fort ;

Mortiers de 22, 7 mortiers à l'arsenal du fort ;

Obusiers de 15, 10 obusiers à l'arsenal du fort ;

Obusiers de 16, 4 obusiers en batterie.

Total général : 19 pièces en batterie, 90 à l'arsenal du fort.

EFFECTIF GÉNÉRAL DE LA 2e ARMÉE.

Brigade Brunel, au village d'Issy : infanterie, 337 officiers, 7280 troupe ; artillerie, 4 officiers, 261 troupe ; — effectif général : 7882 ; — pièces d'artillerie de tout calibre : 12.

Brigade Lisbonne, au Petit-Vanves : infanterie, 257 officiers, 5976 troupe ; effectif général : 6233.

Fort d'Issy : infanterie, 76 officiers, 1019 troupe ; artillerie, 3 officiers, 172 troupe ; génie, 6 officiers, 160 troupe ; — effectif général : 1436 ; — pièces d'artillerie de tout calibre : 53.

Fort de Vanves : infanterie, 45 officiers, 1036 troupe ; artillerie, 4 officiers, 86 troupe ; génie, 3 officiers, 60 troupe ; — effectif général : 1234 ; — pièces d'artillerie de tout calibre : 24.

Fort de Montrouge : infanterie, 43 officiers, 670 troupe ; artillerie, 2 officiers, 68 troupe ; génie, 4 officiers, 104 troupe ; — effectif général : 891 ; — pièces d'artillerie de tout calibre : 19.

Total : 784 officiers, 16 892 troupe.

Effectif général : 17 676 ; — pièces d'artillerie de tout calibre : 108.

3e ARMÉE.

Quartier général : A l'extérieur, Gentilly. — A l'intérieur, l'Élysée.

Général commandant : Wroblewski, condamné à mort (contumax).

Commissaire civil, membre de la Commune : Léo Meillet, condamné à mort (contumax).

Chef d'escadron d'état-major : Moreau, condamné à mort (contumax).

Colonel du génie, chef d'état-major : Rozwapowski, condamné à la déportation dans une enceinte fortifiée (contumax).

EFFECTIF DES TROUPES DU QUARTIER GÉNÉRAL.

A Gentilly : 8 bataillons, 175 officiers, 3724 troupe ; — total : 3897 ;

1 escadron de cavalerie, 6 officiers, 163 troupe ; — total : 169 ;

1 batterie (12 pièces), 3 officiers, 123 troupe ; — total : 126.

A Cachan : 3 bataillons, 43 officiers, 885 troupe ; — total : 928.

Total général : 225 officiers, 4895 troupe ; — en tout : 5120.

FORT DE BICÊTRE.

Gouverneur : Léo Meillet, membre de la Commune, condamné à mort (contumax).

Commandant du fort : Vichard, colonel d'état-major, condamné à la déportation dans une enceinte fortifiée (contumax).

Commandant de place : Denis, major de place, condamné à la déportation dans une enceinte fortifiée (contumax).

Garnison.

Infanterie de la garde nationale : 20 officiers, 433 troupe ; — total : 453.

Artillerie : 2 officiers, 68 troupe ; — total : 70.

Génie : 1 officier, 37 troupe ; — total : 38.

Train : 3 officiers, 122 troupe ; — total : 125.

Total général : 26 officiers, 660 troupe ; — en tout : 686.

Armement.

Obusiers de 4, 2 ; de 7, 4 ; de 12, 4 ; de 15, 12.

Mortiers de 15, 4.

Canon revolver, 1.

Mitrailleuse, 1.

Total : 28.

REDOUTE DES HAUTES-BRUYÈRES.

Commandant de la redoute : Bougault, chef de bataillon, décédé à Paris le 1er décembre 1873.

Garnison.

Infanterie de la garde nationale : 31 officiers, 875 troupe : total : 906.

Artillerie : 2 officiers, 60 troupe ; — total : 62.

Total général : 33 officiers, 935 troupe ; — en tout : 968.

Armement.

Pièces de 7, 7 ; de 12, 10 ; de 12 allongées, 2 ; de 24, 2.

Mortiers de 27, 2.

Mitrailleuse, 1.

Total : 24.

REDOUTE DU MOULIN-SAQUET.

Commandant de la redoute : Kamiewski, chef de bataillon, condamné à la déportation dans une enceinte fortifiée (contumax).

Garnison.

Infanterie de la garde nationale : 51 officiers, 771 troupe ; — total : 802.

Artillerie : 2 officiers, 40 troupe ; — total : 42.

Total général : 53 officiers, 811 troupe ; — en tout : 844.

Armement.

Pièces de 7, 5 ; de 12, 6.

Obusier de 4, 1 ; de 15, 4.

Total : 14.

REDOUTE DE VILLEJUIF.

Commandant de la redoute : Landry, chef de bataillon, condamné aux travaux forcés à perpétuité (présent).

Garnison.

Infanterie de la garde nationale : 15 officiers, 398 troupe ; — total : 413.

Artillerie : 1 officier, 76 troupe ; — total : 77.

Total général : 16 officiers ; 474 troupe ; — en tout : 490.

Armement.

Obusier de 7, 1 ; de 12, 1 ; de 15, 2.
Total : 4.

FORT D'IVRY ET DÉPENDANCES (Ivry et Vitry).

Gouverneur : Rogowski, condamné à mort (contumax).

Commandant de place : Evraud, capitaine, condamné à mort (présent), — peine commuée en travaux forcés à perpétuité.

Artillerie : Genty, chef d'escadron, condamné à mort (contumax).

Génie : Rouillier, chef de bataillon, condamné à 20 ans de détention (contumax).

État-major du fort : Thomaszewski, chef d'escadron de cavalerie, condamné à mort (contumax).

Robichon, capitaine d'état-major, condamné à mort (présent), — peine commuée en travaux forcés à pertuité.

Garnison.

Infanterie de la garde nationale : 106 officiers, 2063 troupe ; — total : 2169.

Artillerie : 5 officiers, 148 troupe ; — total : 153.

Génie : 1 officier, 18 troupe ; — total : 19.

Total général : 112 officiers, 2229 troupe ; — .en tout, 2341.

Armement.

Pièces de 7, 7 ; de 12, 17 ; de 24, 1.
Mortiers, 3.
Obusiers, 3.
Mitrailleuses, 9.
Total : 40.

EFFECTIF GÉNÉRAL DE LA 3ᶜ ARMÉE.

Gentilly : infanterie, 173 officiers, 5724 troupe ; cavalerie, 6 officiers, 163 troupe; artillerie, 3 officiers, 123 troupe; — effectif général : 4192; — pièces d'artillerie de tout calibre : 12.

Cachan : infanterie, 43 officiers, 885 troupe; effectif général : 928.

Fort de Bicêtre : infanterie, 20 officiers, 433 troupe; artillerie, 2 officiers, 68 troupe; génie, 1 officier, 37 troupe; train, 3 officiers, 122 troupe; — effectif général : 686; — pièces d'artillerie de tout calibre : 28.

Redoutes :

. Hautes-Bruyères : infanterie, 31 officiers, 875 troupe; artillerie, 2 officiers, 60 troupe; — effectif général : 968; — pièces d'artillerie de tout calibre : 24.

Moulin-Saquet : infanterie, 31 officiers, 771 troupe; artillerie, 2 officiers, 40 troupe; — effectif général : 844; — pièces d'artillerie de tout calibre : 14.

Villejuif : infanterie, 15 officiers, 398 troupe; artillerie, 1 officier, 76 troupe; — effectif général : 490; — pièces d'artillerie de tout calibre : 4.

Fort d'Ivry et dépendances : infanterie, 106 officiers, 2063 troupe; artillerie, 5 officiers, 148 troupe; génie, 1 officier, 18 troupe; — effectif général : 2341; — pièces d'artillerie de tout calibre : 40.

. Total général : 445 officiers, 10 004 troupe; — en tout : 10 449; — 122 pièces d'artillerie de tout calibre.

EFFECTIF GÉNÉRAL DES ARMÉES DE LA COMMUNE.

Défense extérieure.

. 1re armée : infanterie, 929 officiers, 19 310 troupe; cavalerie, 1 officier, 30 troupe; artillerie, 36 officiers, 1176 troupe; génie, 28 officiers, 759 troupe; dynamiteurs, 1 officier, 25 troupe; train, 1 officier, 30 troupe; — effectif général : 22 326; — pièces d'artillerie de tout calibre : 111.

2ᵉ armée : infanterie, 758 officiers, 15 981 troupe ;
artillerie, 13 officiers, 587 troupe ; génie, 13 officiers,
324 troupe ; — effectif général : 17 676 ; — pièces d'artillerie de tout calibre : 108.

3ᵉ armée : infanterie, 419 officiers, 9149 troupe ; cavalerie, 6 officiers, 163 troupe ; artillerie, 15 officiers,
515 troupe ; génie, 2 officiers, 55 troupe ; train, 3 officiers, 122 troupe ; — effectif général : 10 449 ; — pièces d'artillerie de tout calibre : 122.

Total général : 2225 officiers, 48 226 troupe ; — en
tout : 50 451 [1] ; — 341 pièces d'artillerie de tout calibre.

DÉFENSE EXTÉRIEURE.

Commandement militaire de l'Hôtel de Ville.

Pindy (Jean), membre de la Commune, colonel d'état-
major, gouverneur, condamné à mort (contumax).

Assi (Adolphe), membre de la Commune, gouverneur,
condamné à la déportation dans une enceinte fortifiée
(en Calédonie).

Valigranne (Louis), colonel d'état-major, condamné à
la déportation dans une enceinte fortifiée (en Calédonie).

Spinoy (Adolphe), colonel commandant la 3ᵉ légion,
chef d'état-major, condamné à la déportation dans une
enceinte fortifiée (contumax).

Parc de l'Hôtel de Ville.

Matériel :

Pièces de 12, 2 ; de campagne de 4, 4.
Canons lisses de 12, 5 ; rayés de 7, 9 ; lisses de 8, 2.
Obusiers de 15, 12.
Mitrailleuses, 14.
Total : 48.

1. Effectif moyen établi d'après les situations de prises d'armes
du 1ᵉʳ au 30 mars.

Parc des Tuileries.

Matériel au 20 mai :

Canons de 7, 10 ; de 8, 6.
Obusier de 16, 1.
Total : 17.
Forges de campagne, 7.

Commandement militaire des Tuileries et du Louvre.

Dardelle (Alexis), colonel de cavalerie, commandant militaire, gouverneur, condamné à mort (contumax).

Martin (Jean-Baptiste), colonel d'état-major, gouverneur, condamné aux travaux forcés à perpétuité (présent).

Lacaille (Charles-Georges), chef du 70e bataillon, gouverneur, condamné à 20 ans de travaux forcés (présent).

Madeuf, chef d'escadron d'état-major, chef d'état-major, condamné à mort (contumax).

Boudin (Étienne), capitaine adjudant-major, condamné à mort (exécuté).

Wernert (Antoine), capitaine régisseur des palais, condamné à 10 ans de travaux forcés (présent).

COMMANDANT DE L'ÉCOLE MILITAIRE.

Razoua, lieutenant-colonel d'état-major commandant, condamné à mort (contumax).

Guaitella, major de place, condamné à la déportation dans une enceinte fortifiée (contumax).

PARC DE L'ÉCOLE MILITAIRE.

Canonniers dynamiteurs.

Effectif : officiers, 5, canonniers, 26.

Note. — Ce parc a renfermé, du 1er au 20 mai, un chiffre moyen de 200 pièces d'artillerie.

COMMANDEMENT MILITAIRE DU CHAMP DE MARS.

Commandant : Vinot, colonel d'état-major, major du Champ de Mars, condamné à 20 ans de travaux forcés (présent).

Note. — Les bataillons destinés à marcher étaient concentrés au Champ de Mars, et de là dirigés par les soins de Vinot, d'après les ordres du délégué à la guerre, sur les divers points de la défense.

Les troupes qui y étaient réunies formaient une réserve qui n'avait pas d'effectif déterminé.

Du 17 avril au 20 mai, il a passé par le Champ de Mars 90 bataillons de la garde nationale, représentant ensemble un effectif, présent sous les armes, de 1378 officiers et 28 060 hommes de troupe.

COMMANDEMENT MILITAIRE DU 18e ARRONDISSEMENT.
(MONTMARTRE).

Note. — La seule des trois citadelles de l'insurrection qui fût un peu organisée.

Général commandant supérieur des forces de Montmartre : Ganier d'Abin, condamné à la déportation dans une enceinte fortifiée (contumax).

Lieutenant-colonel d'état-major, chef d'état-major : Bourgeois, condamné à la déportation dans une enceinte fortifiée (contumax).

Chef de bataillon du génie, commandant la butte Montmartre : Gyorock, condamné à la déportation dans une enceinte fortifiée (contumax).

EFFECTIF DES TROUPES ACTIVES A MONTMARTRE.

Infanterie de la garde nationale : 262 officiers, 4113 troupe.

Artillerie : 21 officiers, 349 troupe.

Dynamiteurs [1] : 1 officier, 25 troupe.
Total : 284 officiers, 4487 troupe.

ARMEMENT DU 18ᵉ ARRONDISSEMENT.

La Galette (buttes Montmartre) : pièces de 4 de campagne, 4; se chargeant par la culasse, 1; acier, 1; de 7, 62; de 12 rayées, 11; mortiers de 15, 22; de 22, 4; obusiers de 14, 13; mitrailleuses, 19; — total : 137.

Batterie basse (place Saint-Pierre) : pièces de 4 de campagne, 1; de 7, 17; de 12 rayées, 2; lisse, 1; mortiers de 15, 4; obusiers de 12, 5; mitrailleuses, 6; — total : 36.

Mairie de Montmartre : pièces de 4 en acier, 1; de 7, 5; de 12 rayées, 2; obusiers de 12, 2; de 14, 2; — total : 12.

Place de Clichy : pièces de 4 se chargeant par la culasse, 1; de 12 de siège, 2; mortiers de 15, 5; obusiers de 14, 3; — total : 11.

Avenue de Clichy : pièces de 7, 4; mortiers de 15, 5; — total : 9.

Boulevard Ornano : pièce de 4 de campagne, 1; obusier de 14, 1; — total : 2.

Rue de la Chapelle : obusiers de 14, 2; — total : 2.

Rue Rochechouart : obusiers de 14, 2; — total : 2.

Rue des Martyrs : pièces de 4 de campagne, 2; mitrailleuse, 1, — total : 3.

Rue Lepic : mortier de 15, 1; — mitrailleuse, 1; — total : 2.

Rue Germain-Pilon : 1 pièce de 7.

Total général : pièces de 4 de campagne, 8; se chargeant par la culasse, 2; en acier, 2; de 7, 89; de 12

---

1. Ces dynamiteurs sont les mêmes qui étaient à la 1ʳᵉ armée avec Dombrowski et qui, ayant été refoulés dans la ville, se trouvaient, le 23 mai 1871, à Montmartre.

rayées, 15; lisse, 1; de siège, 2; mortiers de 15, 37;
de 22, 4; obusiers de 12, 7; de 14, 23; mitrailleuses,
27; — en tout : 217.

BATAILLON DES BARRICADES.

(10 compagnies).

Gaillard (père), commandant du bataillon, directeur
général de la défense intérieure, condamné à la déportation dans une enceinte fortifiée (contumax).

Cortès dit Gaillard (Auguste), capitaine adjudant-
major, secrétaire général, condamné à la déportation
dans une enceinte fortifiée (contumax).

EFFECTIF.

Officiers, 40; troupe, 800. — Effectif moyen des ouvriers employés à la construction des barricades.

Note. — Ce bataillon, formé par Gaillard père, était
chargé de la construction des barricades à l'intérieur de
la ville; il était composé d'ouvriers terrassiers ne faisant pas partie de la garde nationale. Il a été dissous
le 15 mai.

EMPLACEMENT DES PRINCIPALES BARRICADES CONSTRUITES
PAR CE BATAILLON.

Avenue Uhrich.
Porte Maillot.
Trocadéro.
Arc de Triomphe.
Avenue Friedland.
Avenue du Phare (de l'Empereur).
Rues Saint-Honoré et de Rivoli, à leur débouché sur la
place de la Concorde.
Rue Royale.
Place Vendôme, rue de Castiglione et rue de la Paix.

Hôtel de Ville.

Rue Clignancourt, à son débouché sur le boulevard Rochechouart.

Boulevard Ornano.

Porte de Vaugirard.

Rue Lecourbe.

Boulevard Beaumarchais, à son débouché sur la place de la Bastille.

FORT DE VINCENNES.

Note. — Le Comité central s'empara du fort à la suite du mouvement révolutionnaire du 18 mars, et un arrêté du délégué à la guerre, du 26 mars, en confia spécialement l'administration au ministère de la guerre.

La Commune envoya, le 4 avril, au fort de Vincennes, des troupes fédérées tirées du 11e arrondissement (Popincourt), parce que les bataillons de l'extérieur (Vincennes et Saint-Mandé) lui inspiraient peu de confiance. Le fort est resté, par sa situation, en dehors de l'action ; mais son personnel, installé d'ailleurs par le gouvernement révolutionnaire, a prêté un concours très actif à la Commune.

Le fort de Vincennes a été occupé, le 29 mai, par les troupes régulières, et tout son personnel fut mis en état d'arrestation.

Faltot (Nicolas), colonel d'état-major, gouverneur, condamné à la déportation dans une enceinte fortifiée (en Calédonie).

Martin (Aimable), major de place, condamné à la déportation simple (en Calédonie).

Ledanté (Nicolas), capitaine commandant, condamné à la déportation dans une enceinte fortifiée (contumax).

Gerber (Jules), chef de bataillon du génie, décédé à Strasbourg le 27 octobre 1871.

FORT DE VINCENNES.

Garnison.

Troupes de toutes armes : officiers, 54 ; troupe, 1023 ;
— chevaux, 304.

Matériel.

Canons rayés de 7, 7 ; de 12, 13 ; de 4 de campa-
gne, 23 ; canons lisses de 12, 31.
Obusiers de 16, 11 ; de 22, 7,
Mortiers de 22, 5 ; de 27, 3 ; de 52, 2.
Obusiers de 7, 4 ; de 8, 1.
Total : 132.

FIN

TABLE DES MATIÈRES

FIN DE LA TABLE DES MATIÈRES.

1450. — Typographie A. Lahure, rue de Fleurus, 9, à Paris.

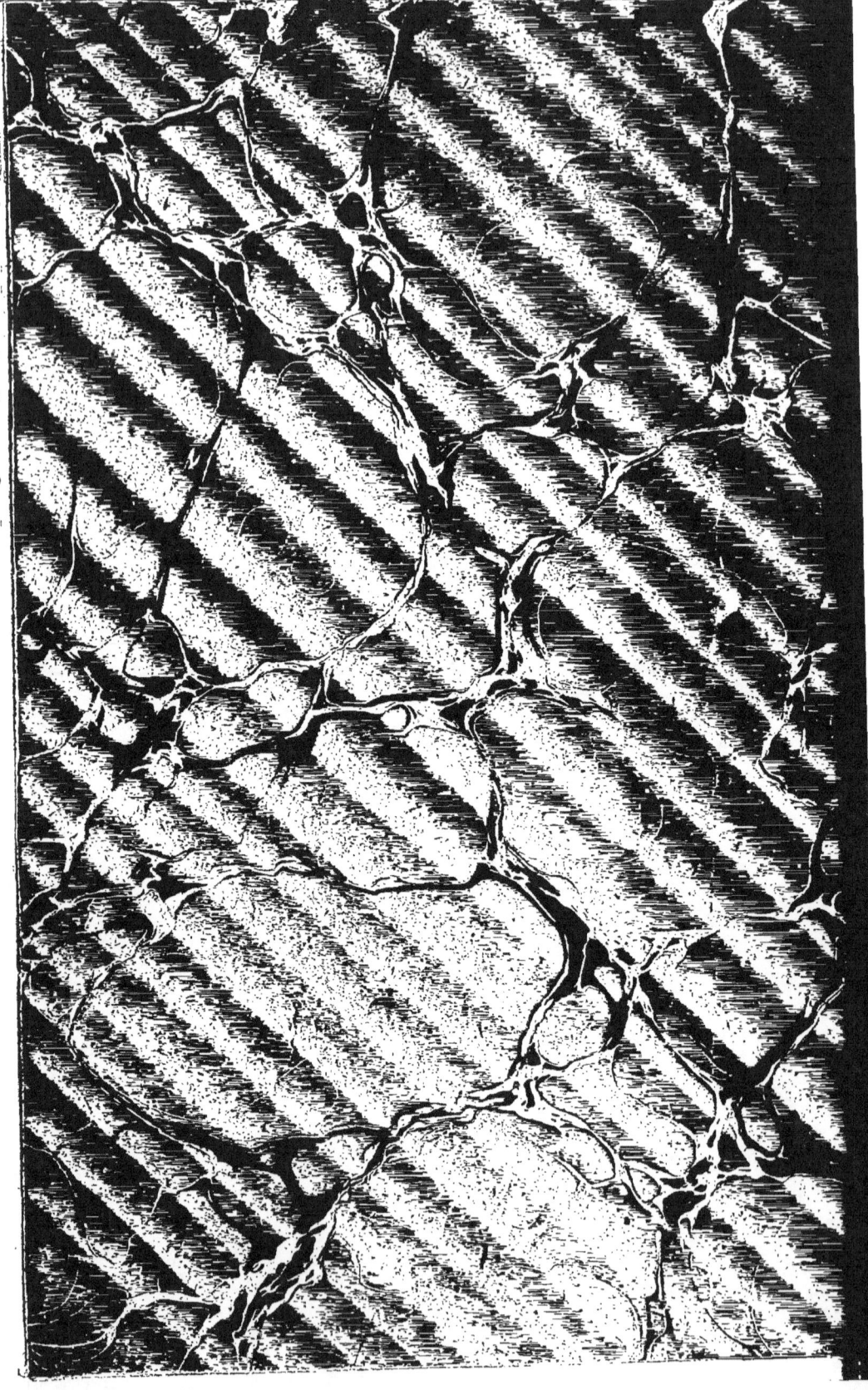

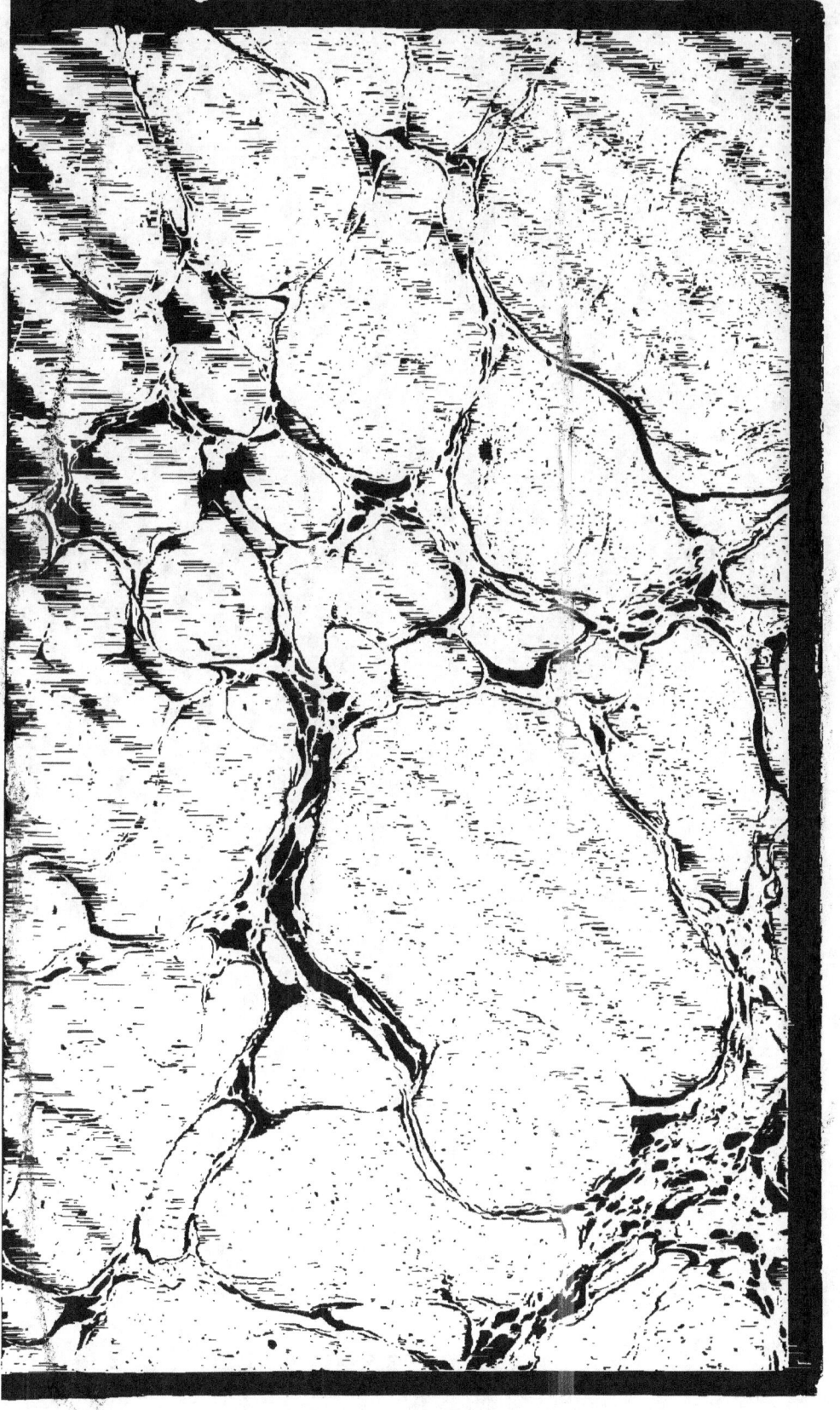

www.ingramcontent.com/pod-product-compliance
Lightning Source LLC
Chambersburg PA
CBHW060934030726
47503CB00003B/585